친애하는 나의 적

한상윤 장편소설

친애하는 나의 적

가하)

친애하는 나의 적

지은이 한상운
펴낸이 이형기
펴낸곳 도서출판 가하

초판인쇄 2016년 3월 29일
초판발행 2016년 4월 7일
출판등록 2008년 10월 15일 제 318-2008-00100호

주소 서울 영등포구 양평로 67, 1209 (당산동5가, 한강포스빌)
전화 02-2631-2846   **팩스** 02-2631-1846

www.ixbook.co.kr

ISBN 979-11-295-3936-6 03810

값 11,000원

갑작스러운 소나기에 도시 전체가 촉촉하게 젖었다. 늘어졌던 가로수가 파릇하게 살아나며 싱그러운 냄새를 풍겼다. 바쁘게 움직이던 사람들도 하늘을 쳐다보며 잠시 동안의 여유를 만끽했지만 한재영만은 와이퍼를 켜며 투덜거렸다.

"뭐야? 젠장. 오늘 세차했는데."

그는 비를 싫어했다. 비가 오면 촬영은 늦어지는데, 엑스트라며 스태프 인건비며 밥값은 평소처럼 나간다는 진리 때문이다. 그 밥버러지 같은 놈들은 공치는 날 더 많이 먹는다.

재영은 압구정역을 지나 CGV 건물 옆, 큰길가에 차를 세웠다. 명백한 불법주차지만 단속차가 방금 지나가는 걸 봤으니 상관없다.

CGV 건물 앞에 서 있던 성호가 재영을 발견하고 손을 흔들었다. 모델처럼 호리호리한 몸에 딱 맞는 고급양복을 걸친 재영은 얼핏 보면 제작자가 아니라 꽃미남 유명배우로 보였다. 그를 향해 성호가 환하게 웃었다.

"형, 왔어?"

"너 여기서 뭐 하냐? 시사회 안 봐?"

"왜는 왜야. 형 기다렸지. 같이 들어갈라구."

성호는 재영 어깨에 묻은 먼지를 털어주며 신수가 훤해졌다고 여자 생길 모양이라고 흰소리를 늘어놓기 시작했다.

재영이 의심쩍은 눈으로 성호를 노려보았다.

이 자식, 왜 이래? 회사에서 잘렸나?

김성호는 대부분의 영화인을 발가락의 때로 여겼고, 그 사실을 굳이 감추려고 하지 않았다. 영화가 블루오션인 시대는 오래전에 끝났다. 사라졌다. 멸종했다. 이제는 그런 시절이 있었는지도 가물가물하다.

영화가 돈이 된다고 소문 돌던 선사시대. 창업투자사니 영화펀드들이 우후죽순처럼 생기고, 적당히 깡패들 나오다 막판에 시원하게 우는 내용의 시나리오에 날렵한 연기하는 배우 두엇만 데려가면 무조건 제작 들어가던 때도 있었다.

그런 회사들, 그런 영화인들 대체로 다 망하고 이제 영화에 돈을 내는 회사는 한 손으로 셀 수 있을 만큼밖에 남지 않았다. 대기업을 뒤에 업고 있는 대형 투자배급사들. 이들은 진짜 돈이 되는 영화가 아니면 쳐다보지도 않았고 점심 숟가락 하나 가격까지 셈할 정도로 계산이 정확했다.

여기 있는 김성호는 대한민국 최고 투자배급사의 투자담당이사다. 다시 말해 영화계란 생태계에서 최고포식자라는 뜻이다.

재영은 작년 초, 김성호를 만나러 갔다가 두 시간이나 복도에서 기다렸던 일을 아직도 잊지 못했다. 그때 성호는 인터넷으로 프로야구 중계를 보고 있었는데 연장까지 다 보고나서야 재영을 방으로 불러 왜 왔냐고 물어봤다.

그런 놈이 갑자기 조선일보 보라고 상품권을 내미는 아저씨처럼

친애하는 내 적

상냥하게 구니 떨떠름할 수밖에 없다.

"할 말 있으면 그냥 해. 딴소리 말고."

"할 말은 무슨……. 그냥 축하하고 싶어서 그러는 거지. 이번 영화 그렇게 죽인다며? 인터넷에서 지금 난리도 아니야. 맥스무비, 티켓링크에서도 여름에 보고 싶은 영화 1위 하고 있고, 연예가프로마다 배우들 인터뷰 따려고 난리라던데."

이 새낀 무슨 덕담을 이렇게 심각하게 해. 괜히 놀랐다.

"일단 영화부터 봐라. 영화 별로면 어떡하려고 그러냐."

"뭐 볼 필요 있나? 시나리오 나왔을 때부터 소문 좋았잖아. 거기다 노련한 정인상 감독님이 연출 맡고, 요새 제일 잘나가는 남승우가 주연 맡았는데. 참, 형, 승우 무한도전 나온 거 봤어? 이번 영화가 자기 최고작이 될 거라고 하던데? 정인상 감독님의 지도를 받으면서 벽을 하나 뚫어낸 것 같다고."

"그 자식도 참. 신인 주제에 벽은 뭐고 최고작은 또 뭐냐."

재영은 뿌듯한 속내를 감추고 애써 심드렁하게 말했다. 기쁜 건 사실이지만, 설레발을 치고 싶지는 않다.

흥행은 귀신도 모른다. 대종상에 청룡영화제를 휩쓸고 해외영화제 구경까지 하고 온 유명한 감독이 최고 배우를 써서 최고 제작비로 영화를 찍어도 첫 주 이십만 들고 고꾸라지고, 듣도 보도 못한 무명감독이 한물간 배우들을 데리고 찍은 영화가 오백만 들기도 하는 게 이 바닥이다.

재영은 개봉 첫날 극장 앞에 길게 늘어선 줄을 보고 대박이야! 라고 말했던 모 감독이, 무대행사가 끝나자마자 관객들이 썰물처럼 빠지는 광경을 보고 풍으로 쓰러진 일을, 아직 잊지 못했다.

"승우 얼굴로 벌써 오십만 보장이야. 팬클럽 회원만 십오만인데 세 번씩 볼 거래. 팬클럽이라고 다 같은 팬클럽이 아니라니까. 승우 팬클럽 충성도가 엑소, 빅뱅 다음으로 세다고 하더라고. 근데 걔들은 여럿인데 승우는 혼자잖아. 일당백이라는 의미지. 형, 뜰 거 어떻게 알고 캐스팅한 거야?"

"작품의 성격상 신인으로 가려고 한 거지. 기존의 이미지가 느껴지면 안 되는 배역이었거든. 그런데 애가 갑자기 뜰 줄 알았냐?"

사실은 이병헌, 하정우부터 시작해서 김수현, 송중기, 이민호 그러다가 김무열, 이민기에게 캐스팅 제의를 해봤지만 전부 거절해서, 어쩔 수 없이 신인으로 간 거였다. 물색 모르는 신인배우 때문에 영화 말아먹고 쪽박 차는 거 아닌가 싶어 하루에도 몇 번씩 잠을 설쳤다. 그러다 남승우가 월화 미니시리즈로 대박을 내고 스타가 되었을 때, 어찌나 가슴이 벅찬지 화장실에서 조금 울었다.

"난 사실 실망이다. 관객들이 배우에 대한 선입견 없이 영화를 봤으면 했거든."

성호는 감탄한 것처럼 고개를 끄떡였지만, 재영이 거짓말을 치고 있다는 걸 알고 있을 게 분명했고, 재영 역시 성호가 감탄한 척하고 있다는 걸 잘 알고 있었다.

선수끼리 무슨…….

전 세계 어디에도 신인이 좋아서 캐스팅하는 제작자는 없다. 다들 안 한다고 하니까, 돈이 없으니까, 시간이 없으니까 신인으로 갈 뿐이다. 그리고 신인은 99.999퍼센트의 확률로 연기를 못한다. 우후죽순처럼 나타나는 십 대 아이돌 그룹도 연습생으로 최소 3년은 구르다가 데뷔하는데도 노래 못하고 춤 못 춘다고 욕을 먹는데, 오디션 보러 온 초짜가 연기를 잘하면, 그놈이 연기의 신이다.

그렇기에 연예기획사랑 짜고 치는 고스톱으로 미리 합격자를 정해놓고 허울 좋은 오디션을 보거나 고만고만한 연기지망생 중 그럭저럭 괜찮은 녀석을 한 명 찍은 다음, 오디션장에 들어오는 눈빛이 마음에 들었다거나, 첫눈에 스타가 될 재목임을 알아봤다고 언론플레이를 하는 것이 보통이다.

어떤 경우건 오디션을 여는 이유는 하나다. 어떻게든 초짜배우의 이름을 대중들에게 알려야 한다는 절박함. 신인으로 가면 망할 거라는 두려움.

무슨 수를 쓰건 대체로 실패하지만 가끔 운이 하늘에 닿으면 지금 재영에게 생긴 일이 터진다.

개봉 전에 신인이 붕 뜨는 것.

악운과 불운으로 점철된 재영의 인생에서 몇 안 되는 순수한 기쁨의 순간이었다.

"형은 역시 한국영화계의 선구자야. 다들 형처럼 영화 찍었으면 한국영화계의 위기 같은 것도 없었을 텐데."

이 녀석은 무슨 소릴 하는 거야.

재영은 성호를 노려보며 생각했다. 영화계에 몸담은 지 10년이 넘었지만 백오십만 명 돌파한 영화 한 편 못 만든 그다. 술자리에 가면 딴 일 안 알아보냐고 놀림 당하고 투자배급사에선 기획개발비 천만 원도 아까워한다. 그런 사정을 뻔히 아는 처지에 이빨도 안 들어갈 수작을 부리는 걸 보면 뭔가 꿍꿍이가 있다.

"내 밥그릇 챙기기도 힘든 처진데 무슨 소리냐. 나 이번 달 사무실 임대비도 못 냈어. 진짜 힘들다."

"이번 영화 개봉하면 빌딩 한 채 올릴 텐데 무슨 상관이야. 이번 영화에 조은심까지 나왔잖아. 마당발 한재영이 아니면 누가 조은심을 캐스팅할 수 있겠어?"

성호가 감탄 어린 표정으로 말을 이었다.

"조은심이 작품 안 한 지 몇 년 됐어도 아직 팬 많잖아? 그것도 집에 녹용이나 산삼 보내주는 골수팬들만. 팬클럽에 판검사, 의사, 변호사 사짜 든 사람이 그렇게 많다며. CF 말고는 작품 안 들어가서 거의 은퇴라고 생각했는데, 도대체 어떻게 데려온 거야?"

"뭐 그런 걸 가지고. 은심이 처음 영화할 때 내가 제작부 막내로 있었잖아. 어찌어찌 친해져서 가끔 만나서 밥 먹고 술 먹고 그랬지. 사무실 놀러 왔다가 시나리오 보더니 하고 싶다고 하더라고. 은퇴하기 전에 작품 한 편 하면 좋겠다고."

"역시 책이 좋으면 배우들이 몰리게 되어 있다니까. 배우들 욕심 많다는 거 다 거짓말이야. 그게 연기 욕심이지, 돈 욕심이야? 영화만 좋으면 돈은 문제가 아닌데. 얼마나 줬다고 했지?"

"팔억."

잠시 정적이 흘렀다. 재영은 성호의 똥 씹은 얼굴을 보며 녀석의 머릿속을 떠다니는 생각을 알 수 있었다.

형, 아직 정신 못 차렸어? 작년 한 해 우리영화 예순네 편 개봉해서 극장에서 손익분기 넘긴 게 몇 편이나 되는지 알아? 열한 편이야. 열한 편. 그래서 다들 프리프로덕션 비용 줄이려고 난린데 배우 개런티를 그렇게 줘? 지금 송강호고 설경구고 계약금만 받고 영화 찍는 거 몰라? 조은심이 대단한 배우인 건 사실이지만 작품 안 한 지 몇 년 됐잖아. 근데 그런 식으로 배우 인플레를 만들

친애하는 내 적

면 안 되지.

하지만 성호는 입술을 물어뜯으며 말했다.

"하긴 돈이 문제겠어? 배우들 프라이드를 지켜줘야 좋은 연기가 나오는 거잖아."

"그래. 바로 그거지."

"사실 형이 저번에 프로듀서 했던 영화, 평이 별로였잖아. 평론가들이 한국영화를 암흑기로 몰고 갈 진혼곡 같은 영화라고 평했지. 그거 제목이 뭐였지? '전쟁의 사상자'?"

"무법자."

"그래. '전쟁의 무법자'."

한재영은 입술을 깨물었다. 영화인이라면 누구나 생각만 해도 분통이 터지는 영화가 하나 있기 마련이다. 재영의 경우엔 '전쟁의 무법자'가 바로 그랬다.

범세계적으로 못 찍은 영화. 끔찍하게 망해야 할 영화.

평론가들 평이 그랬다.

영화잡지에 올라온 별점평가를 보고 재영은 혹시 불치병에 걸리면 여기 별점 올린 놈들부터 죽이고 죽어야겠다고 다짐했었다. 다행인지 불행인지 아직 불치병에 안 걸렸다.

"근데 난 그 영화 마음에 들었거든. 6.25 때 한국군 소대가 은행을 털어 일본으로 도망가는 얘기, 얼마나 삑 가는 스토리야. 평론하는 애들은 전쟁을 희화화했다는 둥, 말장난이라는 둥 헛소리들 하는데 난 뭐가 문제인지 모르겠더라. 우리나라 영화는 뭐든 신파나 감동으로 끝내야 한다는 강박관념이 있는 거 문제 아냐?"

"그렇게 좋았는데 투자는 왜 뺐냐?"

"난 하고 싶었는데 위에서, 위에서 자꾸 딴지 걸잖아. 나도 직장에 매인 몸 아냐……. 형 내 맘 알지?"

재영은 김성호가 진지한 얼굴로 "형, 이 영화에 돈 내느니 로또를 사."라고 말했던 걸 기억하고 있었지만 말하지 않았다. 과거를 잊지 못하는 사람에게 미래는 없는 법이니까. 재영은 마음속으로 영화판에 영원한 적도, 친구도 없다는 명언을 되새겼다.

"암튼 형이 절치부심, 아예 회사까지 차리고 다음 작품으로 정인상 감독님이랑 멜로영화 한다고 해서 아, 이 사람 뼛속까지 영화인이구나 했지. 흥행 잘 안 나오면 다음 영화는 돈 벌려고 하는 게 보통이잖아. 그런데 정인상이랑? 그 양반, 영화제서 상은 많이 받아도 돈은 못 벌잖아. 잘해야 삼십만. 여자가 조은심이라고 해도 남자 쪽이 신인이니 완전히 아트영화로 돌아선 줄 알았어."

그가 잠시 말을 끊고, 숨을 가다듬었다.

"근데 이게 뭐야? 흥행과 비평 두 마리 토끼를 잡으려는 거였던 거 아냐. 형, 정말 욕심도 많아."

재영은 속으로 말했다. 다른 감독들이 나랑 안 하려고 하니까 그런 거지. 이 새끼야.

"벌써 일본에 선 판매 들어갔다며? 얼마에 팔기로 했어?"

"이백만 달러 선에서 얘기 중이다. 그 이하면 안 팔려고. 작품의 값어치를 지켜야 하니까."

"그럼 당연히 그 정도는 받아야지. 독도 문제도 있고."

재영은 내심 영화 팔아먹는 일에 독도가 무슨 상관인지 궁금해하면서도 내 말이 그 말이라고 받아쳤다.

두 사람은 서로를 보며 애국자처럼 웃었지만 눈빛만은 암살자처럼 스산했다.

　오늘은 청담CGV에서 관계자를 위한 내부시사가 있는 날이다. CG와 믹싱이 끝나지 않은 러프한 편집본을 보며 감독을 비롯한 제작스태프와 배급사의 대표, 실무진들이 영화의 장단점에 대해 이야기를 나눈 후 개봉시기와 마케팅 비용을 결정한다.
　영화가 재미없으면 재촬영에 들어가게 되는데, 그럴 경우 추가로 돈이 들기 때문에 관계자들 사이에서 책임 소재를 두고 언성이 높아지고 폭언이 오가게 된다. 아주 가끔 몸싸움이 일어날 때도 있는데, 재영은 투자자 세 명과 삼대 일로 싸워본 일도 있다. '전쟁의 무법자'의 내부시사 때의 일이었는데 놈들은 엔딩 크레디트가 올라가기도 전에 재영에게 한꺼번에 덤벼들었다.
　그래도 어찌어찌 개봉은 했으니 재영은 나은 편이다.
　내부시사의 결과로 극장이 아니라 창고로 들어가는 영화가 일 년에 다섯 편에서 열 편 사이다. 개봉에 따른 수익이 마케팅 비용보다 못할 거라는 결론이 내려졌을 때 벌어지는 일로, 대한민국에 그런 영화가 존재했었다는 사실조차 지워지게 된다. 오직 관련자들에게만 죽을 때까지 잊지 못할 기억으로 남아 오밤중에 이불에 하이킥하며 깨게 만든다.
　"아, 재영 씨! 안녕하세요!"
　부분투자를 맡은 KBS미디어 담당자와 배우들의 매니지먼트사 직원이 다가와 영화 기대된다고, 대박 날 것 같다고 덕담을 건넸다. 한재영은 미소 띤 얼굴로 고개만 끄떡였다. 설레발은 자제해야겠지만 그도 이번 영화에 기대가 컸다. 천만은 언감생심 꿈도 안 꾼다.

칠백만, 아니 오백만만 들어도 소원이 없겠다.

"안녕하세요. 잘 오셨습니다. 하하하."

분위기는 나쁘지 않다. 당대의 여배우였던 조은심의 복귀작이라는 점. 개봉 직전 남승우가 깜짝 스타가 된 점. 개봉일로 예정된 9월 초에 경쟁작이 없다는 점도 좋다. 애덤 샌들러가 나오는 양키코미디 한 편에 포켓몬 극장판, 그리고 평생 조폭으로만 나오던 조연전문배우가 첫 주연을 꿰찬 저예산스릴러, 이렇게 세 편이다.

첫 주 1위는 따놓은 당상이고, 입소문만 잘 나면 장기 흥행도 가능하다. 갑자기 돼지독감이 유행하거나, 북한에서 미사일이 날아오지 않는다면 말이지. 하지만 영화판에서는 무슨 일이든 일어날 수 있다.

성호가 옆에 꼭 붙으며 다시 말을 건넸다.

"형. 그래서 말인데 우리도 이번 영화에 투자하고 싶은데……."

"투자? 다 찍었는데 무슨 투자?"

"그건 아는데 위에서 하도 뭐라고 그래서. 대표가 왜 그런 좋은 영화에 돈 안 넣었냐고 노발대발하잖아. 배급도 우리가 하는데 왜 투자는 안 했냐고 계속 쫘. 어떻게 좀 안 될까?"

재영은 한심하다는 듯 성호를 바라보았다. 자꾸 따라붙으면서 수작을 부리는 이유가 뭔가 했더니 고작 이 소리였어?

"지금 와서 그게 되겠냐? 딴 사람 지분 빼고 너희 돈 넣어줄 수도 없고."

"에이. 형이 20퍼센트 직접 투자한 거 다 아는데. 그거 빼고 우리 지분 좀 박아주면 안 돼? 후하게 쳐줄게. 메인투자에 우리 회사 이름도 넣어주고."

친애하는 내 적

"글쎄다……. 생각해볼 테니까 일단 영화부터 보자."

"긍정적으로 생각해봐. 이번 일 도와주면 내가 그 은혜 잊지 않을게. 다음 준비하는 작품 있지? 일단 가져와 봐. 내가 그거 읽어보지도 않고 그냥 투자할게. 참, 이따가 시간 돼? 같이 밥이나 먹으러 가자. 내가 한우, 등심으로 쏠게."

"봐서."

한재영은 녀석의 어깨를 툭 치고 돌아섰다. 그는 하루 이틀 시간을 끌면서 피를 말리다가 지분 절반쯤 넘겨주고 생색을 내야겠다고 생각했다. 김성호가 아무리 파렴치한 철면피라도 개봉 직전에 투자하겠다는 부탁을 해놓곤 나중에 딴소리는 안 하겠지. 투자가 조금이라도 들어가야 배급도 열심히 해줄 것이고.

정인상 감독은 롯데자이언츠 모자를 쓴 채 극장 맨 앞 중앙자리에 앉아 있었다. 재영은 정 감독 옆에 앉으며 목소리를 낮춰 물었다.

"감독님. 영화 어때요?"

"아주 잘 나왔어."

정인상 감독은 특유의 울림 좋은 목소리로 대답했다. 모자 아래로 보이는 머리칼은 새치가 섞여 희끗희끗하다. 올해로 쉰여섯. 비슷한 때에 데뷔한 감독들 대부분이 은퇴한 지금, 열심히 활동하는 몇 안 되는 중견감독이다.

그는 남들에게 들리면 안 된다는 듯 주위를 두리번거린 후 작은 목소리로 말했다.

"나 이번에 걸작 하나 만든 것 같아."

재영의 심장이 쿵덕쿵덕 뛰었다. 머릿속에 조용필의 바운스 바운스, 하는 목소리가 천상의 그것처럼 울려퍼졌다.

됐어! 성공이야! 고생 끝 행복 시작!

생각해보면 영화가 잘못될 일 따윈 어디에도 없었다. 충무로에 입소문이 자자했던 1급 시나리오에 멜로영화 잘 찍기로 소문난 정인상 연출, 포털사이트에서 검색어 1, 2위를 독점하는 남승우에 톱스타 조은심이 주연이다. 영화는 개봉도 하기 전에 입소문은 사방으로 뻗어나가서 따로 홍보에 돈을 쓰지 않아도 될 정도다.

좋아. 걱정은 그만두고 편하게 영화보자. 그런 다음 성호랑 한우 등심을 먹으면서 홍보계획을 짜야지.

스크린 정중앙에 타이틀인 '환상의 여인'이 뜨자 사람들은 박수를 치고 환호성을 질렀다.

'이제 국도 지나서 8차선 고속도로로 쫙쫙 나가는 거야. 이제 슬슬 내 인생도 펼 때가 됐지. 언제까지 삼류인생, 삼류제작자로 살겠어.'

하지만 재영은 중요한 사실을 잊고 있었다. 좋은 시나리오에 훌륭한 감독에 잘나가는 주연을 써도 영화가 망할 경우가 생긴다.

영화가 재미없을 때.

한재영은 떨리는 손으로 시계를 보았다. 영화가 시작한 지 삼십 분밖에 안 됐는데, 여덟 시간은 지난 것 같았다. 이렇게 재미없는 영화는 태어나 처음 본다. 나중에는 너무 재미가 없고 지루해 이 모든 게 어떤 음모가 아닐까, 사실은 꿈을 꾸고 있는 게 아닐까 의심마저 들 정도였다.

주위를 돌아보니 안면이 있는 기자들은 도망가고 없었고 부분투

친애하는 내 적

자를 한 회사의 직원은 휴대전화를 꺼내 어딘가로 전화하고 있었다.

"부장님. 큰일 났어요. 영화 졸라 재미없어요. 죽을 거 같아요."

아찔했다. 당장이라도 심장마비가 올 것처럼 심장이 덜컥거린다. 재영은 부들부들 떨리는 손으로 의자 손잡이를 잡으며 정인상을 돌아보았다.

정 감독은 영화에 몰입하고 있는 유일한 관객이었다. 심지어 작은 목소리로 영화 대사를 따라 하고 있었다. 이런 미친 자식. 한재영은 감독의 목을 조르고 싶은 충동을 누르며 눈을 감았다.

한재영. 흥분하지 마라. 흥분해선 안 돼. 호랑이에 물려가도 정신만 차리면 산다고 했어. 지금 상황에서 어떻게든 살 방법을 찾아야해.

혹시 영화가 후반부부터 재미있어질지도 모를 일이다. 재영은 눈을 부릅뜨고 스크린에 집중했다.

유감스럽게도 반전은 없었다. 마치 뒤에는 재미있을 줄 알았지? 라고 놀리듯 살짝 흥미로워지다가 처음보다 더 지리멸렬해졌다.

재영은 영화가 끝나기도 전에 극장을 빠져나와 시사회장 입구를 지키고 섰다. 호떡집에 불난 것처럼 관객들이 쏟아져 나왔다. 재영은 그중 성호 앞을 막아서며 천연덕스럽게 말했다.

"성호야. 배고프다. 한우 등심 먹으러 가자."

성호는 딱딱하게 얼어붙었지만 곧 표정을 바로 하며 말했다.

"아, 형! 어쩌지? 회사에서 빨리 들어오라고 해서. 인사하고 가려고 했는데 워낙 바빠서 말이야. 나중에, 나중에 전화할게."

김성호는 전화가 온 것처럼 휴대전화를 꺼내 "아, 난데. 지금 영화 끝났어. 금방 들어갈게."라고 말하기까지 했지만 연기가 워낙 엉망이라 삼척동자라도 저 형 거짓말한다고 알아차릴 정도였다.

재영은 옥쇄를 앞둔 장군처럼 비장하게 말했다.

"바쁘면 가면서 얘기하지 뭐. 내 차로 갈까?"

이대로 성호를 보내면 죽을 때까지 연락이 오지 않을 거란 사실을, 재영은 알고 있었다. 김성호는 도움 줄 사람을 찾아 주위를 두리번거렸지만 다들 모른 척 고개를 돌려 외면하고 시사회장을 빠져나갔다.

망한 영화를 찍으면 투명인간이 된다. 미국에서든 중국에서든 천재라 불리는 석학들이 모여 투명해지는 방법을 연구하고 있다면 빨리 그만두라고 말해주고 싶다. 영화를 말아먹으면 누구나 투명인간이 될 수 있으니까.

투자사 사무실을 찾아가 아무리 오래 앉아 있어도 누구 하나 아는 척하지 않고, "심지어 커피 한 잔 드릴까요?" 묻는 사람도 없는, 가져온 대본을 손에 쥐고 흔들어도 읽어볼 테니 놓고 가라는 말 하는 사람 한 명 없어, 나중에는 사실은 내가 존재하지 않는 게 아닐까 의심하는 일까지 벌어지는 충무로 투명의 법칙.

'그럴 수는 없어!'

망했다는 소문이 나면 이미 늦는다. 재영은 당장이라도 성호 앞에 무릎을 꿇고 살려달라고 말할 각오가 서 있었다. 사람들 보는 앞에서 성호 구두에 머리를 비비고 눈물콧물 질질 짜는 것도 창피하지 않았다.

재영의 표정에서 굳은 결의를 읽어냈는지 성호는 풀 죽은 목소리로 말했다.

친애하는 내 적

"내 차로 가."

자동차는 남산터널을 지나 한남대교로 들어갔다. 다리 옆으로 보이는 한강은 빨리 뛰어내리라는 듯 부드럽게 출렁거리고 있었다. 재영은 애꿎은 담배만 태워가며 지금의 위기를 어떻게 극복할지 고민했다.

김성호가 불쑥 말을 꺼냈다.

"형, 한 가지만 묻자. 이거 꼭 개봉해야 돼?"

한재영은 눈앞이 캄캄해짐을 느꼈다. 이렇게 당하고 마는구나. 나이 서른넷에 재산 다 잃고 길거리로 나앉게 생겼어. 극장 개봉은 못하고 한 2년쯤 뭉개두다가 변두리 극장에서 번개처럼 상영하고 비디오 출시하는 꼴을 보고야 마는 건가.

그 순간 영화 말아먹고 편의점 알바, 고시원 총무를 하는 선배 프로듀서들의 모습이 뇌리를 스치고 지났다. 영화하는 사람들은 대체로 몸이 약해 막노동도 하지 못한다.

재영은 입술을 깨물었다. 영화 일을 하면서 별별 일을 다 겪었다. 영화 절반 찍었는데 주연배우가 마카오에서 불법도박 혐의로 체포된 일도 있었고, 중국 로케이션 도중 마적떼를 만나 카메라와 필름을 빼앗긴 일도 있었다. 아니, 21세기에 마적이라니 그게 말이 되나. 하지만 대륙에서는 뭐든 말이 됐다. 결국 공안의 도움을 받아 돈을 주고 필름을 돌려받았다.

이번 사태도 그런 위기 중 하나일 뿐이다. 용기를 잃지 않고 머리만 잘 쓴다면 어떻게든 극복할 수 있다.

재영은 목소리를 높여 말했다.

"당연히 개봉해야지, 무슨 농담을 그렇게 하냐. 스케줄도 다음 달로 잡았잖아. 우리 거 빼고 대신 개봉할 영화나 있어?"

"창고에 영화 많아. 형 영화가 너무 예술적이라 그냥 개봉했다가는 국내관객들에게 외면 받을 것 같아서 그래. 차라리 좀 기다렸다가 국제영화제에 먼저 공개하는 게 낫지 않겠어? 칸이나 베니스나 뭐 그런 데. 상 큰 거 하나 받고난 다음에 개봉하면 관객도 많이 들고 여러 가지로 좋을 것 같은데."

영화가 너무 지루하고 재미없어서 배급 못한다는 말을 이런 식으로 하는 놈이라니. 당장이라도 성호의 내장을 꺼내 목을 졸라 죽여버리고 싶었다.

"특히 시작하고 십 분 만에 남자 주인공 죽는 장면 말이야. 그거 롱테이크로 앵글 돌리는 거 아주 예술이더라. 그런 거 처음 봤어."

당연히 처음 보지. 나도 처음 보는데. 세상에 존재하는 온갖 쓰레기영화를 다 봤다고 자부하는 재영조차 살다 살다 그렇게 어이없는 장면은 처음 봤다.

생각해보면 배신자가 한둘이 아니다. 정인상은 시나리오와 콘티를 완벽하게 무시하고 완전히 새로운 영화를 만들었다. 시나리오에 적힌 건 영화 십 분 만에 대충대충 끝내고, 남은 시간 동안 실존적 삶과 여성의 신비에 대한 다큐멘터리를 찍었다. 그 개자식 말을 철석같이 믿다가 뒤통수를 맞았다.

남승우 그놈은 십 분 만에 죽어놓고 내가 찍은 최고의 영화? 연기의 새로운 벽을 뚫어내? 그 자식은 시나리오도 안 본 걸까. 보고도 모른 걸까. 봤는데 까먹은 걸까. 그놈 같은 바보라면 지가 뭘 찍었는지 전혀 모르고 있었을 수도 있다.

친애하는 나의적

어쨌든 단 십 분만으로도 남승우의 로봇처럼 뻣뻣한 동작과 힘을 주다 못해 부러질 것 같은 발성은 유감없이 느낄 수 있었다. 주인공만 아니면 십 분 내로 죽은 게 감사할 지경이었다.

어쨌든 이 영화가 칸이나 베니스에 갈 가능성은 없었다. 빛내서 놀러 가면 모를까, 초청은 불가능하다.

재영은 사정했다.

"이거 승우랑 은심이 주연이야. 승우 팬클럽이 삼십만이다? 다섯 번씩만 봐도 백오십만 아니냐. 조은심이 누구냐? 여배우 트로이카 삼인방 중 하나 아니냐."

성호는 차갑게 대답했다.

"5년 전 얘기지. 지금은 그냥 CF스타 아냐."

한재영은 담배를 꺼내 입에 물었다. 금연을 시작한 지 오늘로서 보름째지만, 도무지 속이 타서 견딜 수가 없었다.

"오랜만에 영화 찍어서 기대하는 사람 굉장히 많아. 너도 알지? 맥스무비 보고 싶은 영화 1위라고."

"그런데 영화가 너무 예술적이라…… 일단 칸에 가서……."

더 이상 돌려 말하고 싶지 않다. 재영은 성호의 팔을 잡고 솔직하게 털어놓았다.

"성호야. 나 이 영화에 전 재산 쏟았다."

"왜 그랬어……."

"집이랑 차도 담보로 걸었어. 이거 망하면 나 끝장이다. 목매야 돼. 나 좀 도와줘라. 우리 옛날에 제작부 일할 때 기억 안 나니? 내가 너 술도 여러 번 사줬잖아. 너 결혼할 때 축의금도 내가 제일 많이 낸 거, 알지?"

"그래도 영화가 어지간해야지. 내가 장담하는데 이거 개봉하면 승우 팬클럽 오천 명으로 준다. 요즘 신인들 불붙었다 싶으면 사그라지는 거 몰라? 조은심은 배우생명 끝나는 거구. 그 양반이야 어차피 은퇴한다니까 상관없지만. 승우 차기작 우리 회사에서 하는 거 알잖아? 지금 투자가 문제가 아니야. 위에서 배급도 빼라고 할걸?"

"필요하다면 재촬영 들어갈게. 너도 시나리오 봤잖아? 괜찮았지?"

"괜찮았지."

김성호는 혼잣말처럼 중얼거렸다. 재영은 기대를 품었다. 성호는 자신의 시나리오 감식안에 상당한 자부심을 가지고 있었다. 언젠가 술자리에서 "형도 알겠지만 내가 한국에서 시나리오 잘 보기로 다섯 사람 안에 들잖아."라고 말한 적도 있다.

"정인상 이 새끼, 내가 목을 졸라서라도 남은 거 제대로 찍게 할게. 아니, 내가 새감독 찾을게. 박찬욱, 봉준호 그런 형들부터 내가 알아볼게. 이 영화 그냥 날려버리면 너도 손해야. 개봉 전에 이 정도로 이슈 되는 영화, 몇 편 안 되는 거, 너도 알잖아."

"재촬영할 돈은 있어?"

문제는 그거다. 돈이 없다는 거. 후반 작업하는 데 가진 돈 다 쓰고 마이너스 통장까지 끌어 썼다. 지금 재영은 신용카드 현금서비스도 불가능한 개털이었다.

신용불량자 직전의 남자.

개봉 때까지만 버티면 된다고 생각했는데 지금에 와서는 로또 당첨이 더 빠르겠다.

친애하는 내 적

"너 아까 내 투자지분 사고 싶다고 했지? 너네가 다 가져가. 난 그냥 제작에 이름만 걸지 뭐. 그럼 서로 괜찮지? 넌 지분 얻고 난 영화 완성하고. 개봉해서 대박내고."

성호는 의심쩍은 어조로 물었다.

"그게 가능하겠어?"

"걱정 마. 찍긴 다 찍었어. 정인상 그 새끼가 편집 때 잘라서 그렇지. 내가 다 봤다니까. 편집만 다시 하면 문제없어. 물론 개봉일은 조금 미뤄야겠지만…… 한 2주만 미루면 될 거야."

정 감독이 얼마나 찍어놨을지 재영도 알지 못했다. 어쩌면 더 찍어놓은 장면이 없을 수도 있다. 하지만 우선은 돈을 마련하는 일이 급했다. 영화 개봉도 못하고 엎어졌다는 소문이 나 봐라. 투자자들에 의해 한강에 고기밥으로 던져질지도 모른다.

성호는 잠시 침묵을 지켰다. 재영은 쉬지 않고 입을 놀렸다. 성호 넌 크게 될 놈이고 시나리오도 잘 보고 잘생겼고 똑똑하고…….

성호가 재영의 말을 잘랐다.

"승우랑 은심이 잡을 수 있어? 걔들도 바쁠 텐데 촬영 다시 한다면 오겠어?"

됐다. 됐어. 이 자식, 떡밥을 물었구나. 재영은 기쁨을 감추며 가슴을 두들겼다.

"당연하지. 인간 한재영 아직 안 죽었다. 걔들 다 내 손아귀에 있어. 너 은심이가 나하고만 얘기하는 거 모르냐? 내가 부르면 지옥에라도 따라온다. 진짜야."

"그럼 둘 다 데려오고 재촬영 비용이랑 시간 한번 계산해봐. 납득할 만한 정도면 우리가 투자할게."

"고맙다! 성호야!"

재영은 성호를 꼭 끌어안고 볼에다 몇 번이고 뽀뽀를 했다. 성호는 팔꿈치로 재영은 밀치며 말했다.

"숨 막혀. 이거 놔."

"처음 봤을 때부터 너 의리 있는 놈이라고 생각했다. 금방 준비할 테니까 기다리고 있어!"

"형, 꼭 성공해야 된다. 이번 영화 실패하면 우리 둘 다 끝장나는 거야. 같이 서울역 나가야 돼."

"알아. 알아. 이번 일 정리되면 그 한우 등심집 가자. 내가 살게."

재영은 성호의 차에서 내려 택시를 갈아탔다. 그는 회사로 가는 동안 사방에 전화를 하고 문자메시지를 날렸다. 할 일이 주말 옥타곤 클럽 앞 손님들처럼 대기표를 받고 늘어서 있다. 한시라도 빨리 배우들을 찾고 스태프들도 끌어 모아야 했다.

재영은 문득 시사회장에서 정인상이 했던 말을 떠올렸다.

「이번에 나 걸작 하나 만든 것 같아.」

입에 침도 바르지 않고 그런 소릴 하다니. 그따위 영화를 만들었으면 목을 매고 자살을 했어야지, 환한 얼굴로 시사회장에 나타나? 정인상도 쓰레기지만 다른 놈들도 만만치 않은 개놈들이다. 정인상이가 그딴 걸 찍는데 말 한마디 한 놈이 없어?

재영이 저승사자와 같은 몰골로 편집실에 들어섰을 때 정인상 감독은 권오준 편집기사와 마주 앉아 잡담을 나누고 있었다.

정 감독은 반갑게 재영을 맞이했다.

"한 대표, 영화 어땠어?"

환한 얼굴과 흐뭇한 말투로 보아 조금 전 시사회장의 우울한 분위기도 그에겐 아무런 영향을 끼치지 못한 듯 보였다.

"소감 좀 들어보려고 했는데 자기가 급히 나가서 말이야. 배급사 쪽이랑 할 이야기가 있나 했지. 영화 끝내주지?"

재영은 대답할 기운도 없었다. 영화가 끝나고 시체 썩는 냄새가 진동을 했는데도 분위기 파악이 안 됐단 말이야? 시사회 반응이 안 좋은 것 같은데 어쩜 좋겠느냐는 이야기를 할 줄 알았는데, 여전히 기분이 날아다니네?

재영은 분노를 억누르며 음울하게 대답했다.

"감독님 영화가 여러 명 끝내긴 했죠."

"큐브릭이랑 왕가위랑 합쳐놓은 거 같았지? 큐브릭의 냉정한 세계관과 왕가위의 즉흥적 연출. 그 두 가지가 절묘하게 조화를 이루고 있잖아. 내가 이제야 영화에 눈을 뜬 거 같아. 마틴 스콜세지 형이 '성난 황소' 찍을 때 이제야 영화가 뭔지 조금 알겠다고 했다는데 지금 내가 딱 그래."

정 감독은 편집기사를 돌아보며 말했다.

"권 기사. 내 말이 맞지? 한 대표가 좋아할 거라고 했잖아."

오준은 재영을 쳐다보지도 못했다. 고개를 푹 숙이고 있는 꼴에 당황한 기색이 역력했다. 헛기침을 몇 번 하더니 모니터 뒤로 몸을 숨기는데 그 모습이 천적을 만나면 보호색으로 몸을 물들이는 카멜레온을 연상케 했다. 그래도 넌 눈치가 있는 놈이구나. 하긴 그딴 걸 영화라고 이어붙인 주제에 당당하면 곤란하지.

재영은 턱으로 문을 가리켰다. 권오준은 그 뜻을 알아차리고 부리나케 편집실을 빠져나갔다.

정인상은 말했다.

"권 기사 어디 가? 화장실?"

오준은 쾅, 문을 닫았다. 좁은 편집실에 재영과 인상 두 사람만이 남았다. 이제 좀 대화할 분위기가 나는군.

재영은 착 가라앉은 목소리로 말했다.

"감독님, 권 기사 없는 동안 저희끼리 이야기나 하죠. 서로 할 이야기가 많을 것 같은데."

"응. 믹싱 때문에 고민인데 아무래도 음악이 마음에 안 들어. 음악감독 수준이 너무 낮은 거 같아. 내가 그렇게 설명을 했는데 또 발라드야. 이게 그냥 사랑 얘기야? 아니잖아? 인생의 참 의미에 대한 영화잖아. 인간은 왜 사는가. 우리는 어디에서 왔고 어디로 가야 하는가. 여자란 무엇인가. 그동안은 내가 한 대표 얼굴 봐서 참았는데 오늘 시사회서 보니까 알겠더라. 지금 영화에 그 음악 붙이면 감동이 안 살 것 같아. 새로 작업해야겠어."

"참 난감하네요. 국내에서 제일 비싼 음악감독을 싫다고 하시니. 그럼 누구를 쓸까요?"

"하워드 쇼나 히사이시 죠가 좋겠어. 감성적이고 부드러우면서도 클라이맥스에선 웅장하고 화려한 음악으로 관객의 마음을 움직여야 하거든."

"하워드 쇼. 좋죠. '반지의 제왕' 끝내주잖아요? 히사이시 죠도 훌륭하고요. '붉은 돼지' 같은 건 예술이죠. '웰컴 투 동막골'! 우리 죠 형님이 실력발휘 좀 한 작품 아닙니까. 대니 엘프먼은 어떨까요?"

"대니 엘프먼 좋지! 섭외할 수 있겠어?"

"다른 경우라면 힘들겠지만 영화가 워낙 좋으니까요."

친애하는 내적

"자네 생각도 그렇지? 내가 아까 생각해봤는데 이 영화 말이야. 개봉을 조금 미루고 칸느에 보내면 어떨까?"

재영은 헛웃음을 지었다.

"이거 신기한데요. 그렇지 않아도 조금 전에 비슷한 이야기를 들었거든요. 칸느나 베니스에 가면 어떻겠냐고."

"사람 눈이라는 게 다 비슷하다니까. 어때? 한 대표. 한번 가볼까?"

"좋네요. 칸느에 가서 세계의 영화인들을 만나서 영화의 주제의식과 뛰어난 영상미에 대해 토론을 하고 아르마니 정장을 입고서 레드카펫도 밟아보고……."

더는 못 참겠다. 재영의 마음을 지탱하고 있던 이성의 끈이 툭 하고 끊어졌다. 그는 정인상의 멱살을 잡고 흔들며 소리쳤다.

"싫으면 영화를 제대로 만들어야지, 이런 거저 줘도 안 가질 쓰레기를 만드니?! 이 개새끼야! 대니 엘프먼이 머리에 총 맞았니? 영화계를 떠나고 싶지 않고서야 네 영화 음악을 왜 해주니?! 넌 신바람 이박사 발바닥을 닦을 자격도 없어. 너 같은 사기꾼은 재판도 없이 사형시켜야 돼!"

권오준은 복도를 서성이다 재영의 고함 소리를 듣고 몸을 떨었다. 그는 한재영이 어떤 인간인지 잘 알고 있었다. '전쟁의 무법자' 시사회날 재영이 투자자와 삼대 일로 싸울 때 옆에 있었기 때문이다. 재영은 그날, 조양은과 김태촌도 엄지손가락을 치켜들 정도의 싸움실력을 유감없이 과시했다.

"한 대표, 갑자기 왜 이래……?"

정인상의 울음 섞인 목소리가 들렸다. 사실 영화인 대부분이 눈물 많고 소심한 남자들이다. 그러니까 회사를 안 다니고, 영화를 찍지.

따지고 보면 오준도 누구 못지않게 마음이 약했다. 괜히 여기 있다가 재영에게 잡히기라도 하면 큰일이다. 그는 급히 편집실을 빠져나갔다. 단골술집에서 싱글몰트 위스키를 마시며 재영이 집에 갈 때까지 기다렸다가 돌아올 생각이었다.

한재영은 미친 듯이 삿대질을 하며 폭언을 쏟아붓다 간신히 마음을 진정시켰다. 화를 낸다고 해결될 일이 아니다. 어떻게든 영화를 마무리할 방법을 찾아야 했다.

정인상은 어찌나 놀랐는지 소금에 절인 배추처럼 늘어져 있었다. 주름진 볼에 눈물 자국이 보인다. 머리가 훤하게 벗겨진 중년 아저씨가 울먹이는 꼴은 보기에도 안쓰러울 정도였다.

재영은 조금이지만 양심의 가책을 느꼈다. 인상의 잘못으로 쪽박 차게 생긴 건 사실이지만, 그래도 업계 중견감독에게 너무 야박하게 굴었다. 재영은 헛기침을 몇 번 하고 말했다.

"내가 좀 흥분했는데 감독님이 이해하세요. 내가 감독님 싫어해서 이러겠어요, 돈 날렸다고 이러겠어요? 다 작품을 위해서 이러는 겁니다. 최고 시나리오에 A급 배우들 붙여주고 제작비도 수십억을 해줬는데 영화가 엉망이니까 당연히 화가 나잖아요."

"아니 난 그냥……."

재영은 다시 분통이 터졌다. 이 영감, 왜 이리 기운이 없어? 그러니까 영화도 그렇게 맥아리가 없지. 정 감독이 눈을 부릅뜨고 화를 냈다면 주먹을 날렸을 테지만, 그렇다고 웅얼웅얼 변명하는 꼴이

친애하는 내 적

예뻐 보이진 않았다. 재영은 짜증을 참고 말했다.

"크게 말해요! 안 들려요!"

"한 대표. 그러니까 난 한국영화에 새로운 시도가 필요할 것 같아서⋯⋯."

간신히 붙잡았던 이성의 끈이 다시금 끊어졌다. 재영은 인상의 멱살을 잡고 고래고래 소리를 질렀다.

"그런 건 네 돈으로 해! 왜 피 같은 남의 돈으로 정신 나간 짓거리를 하고 지랄이야! 내가 언제 새로운 시도 해달랬어?! 그냥 콘티대로 찍으면 되잖아. 여기 책 보이지? 여기 뭐라고 쓰여 있어? '환상의 여인' 콘티북이라고 쓰여 있지? 근데 왜 이거대로 안 했어? 니가 왕가위라고? 넌 왕가위 발톱의 때야!"

"미안해. 한 대표⋯⋯."

재영은 손을 놓고 한숨을 쉬었다. 이제는 진짜 그만 화내야지. 감독에게 화풀이를 해봐야 죽은 자식 불알 만지기에 불과하다. 지금은 미래를 볼 때다. 재영은 목소리를 부드럽게 꾸며 말했다.

"감독님. 고개 좀 들어봐요. 우리 영화 얘기 좀 더 해요. 90회차 넘게 촬영했잖아요. 설마 그거 다 새로운 시도에 다 쓴 건 아니죠? 시나리오 내용대로 찍긴 찍었죠?"

"미안해. 한 대표. 안 찍었어."

왕눈이 필름.

한재영이 '환상의 여인'를 제작하기 위해 만든 영화사다. 처음에는 프로듀서만 할 생각이었지만 투자사도 제작사도 찾지 못해 직접 회사를 차렸다. 그는 영화 찍을 돈도 부족한 와중에 강남의 금싸라기 건물에 사무실을 얻고 이태리에서 수입한 대리석으로 내부를 치장했다. 입구에는 개구리왕눈이 눈알을 형상화한 영화사 로고를 만들어 붙였는데, 일부러 샤넬 로고와 비슷하게 만들었다.

그건 영화사 사무실이 멋질수록 투자와 캐스팅에 도움이 된다는 재영의 영화철학 때문이었다. 유명한 배우일수록 시나리오의 완성도보다 영화사의 인테리어를 중요하게 생각한다. 당연한 일이다. 슈퍼스타라면 하루에 시나리오가 쉰 개씩 들어올 텐데, 그걸 어떻게 다 읽나? 하지만 인테리어는 눈만 뜨고 있으면 보이는 거니까…….

재영이 잘못 생각한 게 있다면 톱배우들은 제작사 사무실에 잘 오지 않는다는 점이었다.

재영은 회사에 도착하자마자 이케아에서 구입한 원목 책상을 걷어차며 성질을 부렸다.

몇 안 되는 직원들은 재영을 말리지 않고 멀찌감치 서서 구경만 했다. 재영은 의자에 털썩 주저앉아 가쁜 숨을 내뱉었다. 화가 풀리려면 멀었지만 다른 가구들은 너무 비싸 정신이 나간 지금 상태로도 손을 댈 엄두가 나지 않았다.

젊은 시절, 재영에게는 청운의 꿈이 있었다. 씨네21에서 매년 뽑는 한국영화계 파워 1위에 오르고 말겠다는 다짐. 업계 최고 제작자들이 돌아가면서 차지하는 바로 그 자리. 한국영화판 최고의 권력자, 흥행을 좌지우지하는 마이더스의 손. 사나이로 태어났으면 최고를 꿈꾸는 게 당연한 일이니까.

오랫동안 영화판을 떠돌았지만 한국영화계 파워 순위에 오른 건 한 번밖에 없었다. 그것도 99위. '전쟁의 무법자'가 개봉하기 직전

친애하는 내 적

으로, 개봉 후 투표를 했다면 99위는커녕 999위도 못했을 것이다.

재영은 마음을 다 잡았다. 지난 세월이 아쉽고 아까워서 이렇게 는 못 그만둔다. 아직 안 끝났다. 인간 한재영의 바퀴벌레 같은 생 명력을 보여주겠다.

결심을 굳히고 눈을 뜨니, 왕눈이필름의 제작이사인 남원희가 바 로 앞에 서 있었다. 재영은 손바닥으로 원희의 얼굴을 밀어내며 말 했다.

"너 뭐 하냐?"

"가…… 갑자기 움직임이 없으셔서요. 혹시 혀를 깨물기라도 하 셨나…….."

"무슨 개소리야. 잠깐 생각 좀 했다. 근데 왜? 뭐 할 말 있냐?"

"남승우 유럽 갔는데요."

"그건 또 무슨 개소리야! 승우 오늘부터 영화 홍보하러 다니기로 했잖아?"

"저, 그게…….."

남원희는 몸을 움츠리며 말끝을 흐렸다. 그는 이십 대 후반의 작 고 통통한 남자로 재영과는 8년 전 영화현장에서 처음 만나 여태까 지 악운을 이어나가고 있었다. 그때 원희는 다단계에 심취해 있었 는데 세트장에 정수기 팔러 잘못 들어왔다가 제작부 막내를 찾고 있던 재영의 감언이설에 넘어가 영화판에 발을 내딛게 되었다.

"그리스에서 CF 촬영 끝내고 한국에 들어왔어야 하는데…… 재 충전을 하겠다고 코디랑 같이 사라졌답니다. 다음 달부터 SBS에서 드라마도 들어가고 찍을 CF가 다섯 개라는데 없어져서 매니지먼트 사도 난리가 났던데요."

"우리가 제일 난리지. 어디 있는지 전혀 몰라?"

"모르겠는데요. 우리나라면 또 모르겠지만 유럽이라니까요."

재영은 까끌까끌한 턱을 문지르며 생각했다. 남승우, 이 쓰레기 같은 놈. 지가 뭐 한 게 있다고 재충전이야? 이제 드라마 하나, 영화 한 편 찍은 놈이. 놀러 가서 방전이나 안 되면 다행이지. 그런데 유럽이라니. 그 자식, 외국 말은 할 줄 아나? 당연히 모르겠지. 우리 말도 제대로 못하던데. 그럼 여행은 어떻게 하고 있을까? 당연히 외국어가 되는 여자를 데려갔겠지.

"코디가 누군지 알아봤냐?"

"예. 미국에서 살다가 온 아가씬데 얼굴이랑 몸매가 끝내준다고 하던데요. 이름이 제니 킴이라든가……"

남승우 한심한 놈. 인기 좀 끈다고 처신 함부로 했다간 한 방에 훅 가는 걸 몰라. 물론 재영은 승우의 장래를 걱정하지 않았다. 그 놈이 어떻게 되든, 그건 그놈이 알아서 할 일이다.

문제는 녀석이 있어야 영화를 찍는다는 데 있다.

"일단 은심이라도 불러봐."

"조은심 씨는 잠적했는데요."

"얼씨구. 아주 난리가 났구만. 그냥 집에서 쉬고 있는 거 아냐?"

"그건 아닌 거 같던데요. 집 앞에 공중파, 케이블 연예가프로로 취재진들이 진을 치고 있는 거 보니까. 매니저한테도 전화 한 통 없이 사라졌대요. 스폰서랑 발리에 놀러 갔다는 소문도 있고…… 이번에 진짜로 은퇴한다는 얘기도 있던데요."

재영은 속이 부글부글 끓었지만 오랜 친구이자, 정상급 여배우에 대한 예우차원으로 꾹 참았다. 그는 간신히 입을 열었다.

친애하는 내적

"계속 전화하고 문자 보내."

"예."

"스태프들한테는 다 전화 돌렸냐? 나온대?"

"다른 사람들은 다 괜찮은데 촬영감독님은 류승완 감독님 신작 준비하고 있어서 힘들겠다는데요. 대신 이번에 영상원 졸업하는 애 중에 똘똘한 친구가 하나 있다고 소개시켜주겠다고……."

"내가 지금 실업자들 구제해줄 처지로 보인대? 그리고 지가 무슨 작품 준비를 해. 경치 좋은데 찾아다니면서 감독이랑 술 먹고 놀겠지! 헛소리 집어치우고 당장 튀어오라고 그래."

화를 버럭 내는 재영을 달래듯 원희가 조곤조곤 말을 이었다.

"촬영감독님은 저희 작품 전부터 그쪽이랑 계약이 되어 있어서 빼오긴 힘들 것 같은데요. 그분이 추천한 친구, 저도 아는데 꽤 괜찮거든요? 어리긴 해도 감각 있고 성격도 좋습니다. 작년 미장센 영화제 대상 찍은 앤데요. 이번 기회에 한번 신인으로 가보는 것도……."

"전화하라니까 뭐 해."

"예."

재영은 홀로 생각에 잠겼다. 유럽으로 튄 남승우도 문제지만 조은심이 더 문제다. 그녀는 지난 몇 년 동안 두 번 잠적했고 그때마다 6개월 이상 모습을 드러내지 않았다. 만일 이번에도 그런 일이 벌어진다면 확실하게 망한다.

하지만 어디서 찾지?

그는 손끝으로 테이블을 두들기며 생각에 잠겼다. 적당한 사람을 알고 있긴 하다. 사람 찾는 일, 특히 연예인 찾는 일에 있어선 타의 추종을 불허하는 최고 중의 최고.

70년대 잘나가다 사라진 트로트 가수가 우즈베키스탄에서 중고 차를 판다는 사실을 알아내고 인터뷰까지 따내는 데 사흘밖에 걸리지 않은, 업계의 전설이다.

녀석만 나서준다면 조은심을 찾는 건 일도 아니다. 나서주지 않을 거라는 게 문제지. 도와달라고 말하면 비웃음을 살 공산이 크다. 배를 잡고 웃으며 좋아하겠지. 너 망했구나, 하면서.

하지만 지금 그가 기댈 건 '그녀'밖에 없었다.

재영은 시계를 보았다. 금요일 밤 10시라. 이런 황금시간에 집에 있을 리는 없고. 어딘가에서 놀고 있겠지? 성격은 더럽지만 인정이 없는 여자는 아니니 질질 짜면서 말하면 마음이 약해질지도 모를 일이다.

재영은 재킷을 집어 들고 밖으로 튀어나갔다.

친애하는 나의 적

도박장은 담배 연기로 가득 했다. 회색 콘크리트가 드러난 외벽이며 바닥마다 담배를 비벼 끈 자국이 총알구멍처럼 나 있었다. 지저분한 창문 너머로 보름달이 보였고 그 아래 맞은편 건물에는 '북창동식 단란주점'의 간판이 반짝반짝 빛났다. '주점'이란 단어는 네온이 나가 흐릿했지만, 덕분에 그 아래 조그맣게 적힌 '처녀 삼십 명 상시 대기'가 더욱 확실하게 눈에 들어왔다.

열 개 남짓한 테이블은 꾼들로 가득했다. 구석에는 대기자들이 인터넷고스톱을 하며 자리가 나기를 기다렸다. 다들 패를 보는 데 집중하고 있어 딜러의 패 돌리는 소리며 담뱃불에 불붙이는 소리, 위스키 잔을 테이블에 내려놓을 때 얼음이 부딪치며 내는 사각거리는 소리까지 모두 들렸다. 그리고 낮은 욕설들.

경란은 담배를 입에 문 채 패를 들췄다. 테이블에 앉은 사람들의 탐욕스러운 눈빛이 그녀의 패에 와 닿았다. 그녀가 뭘 가지고 있는지 알 수 있다면 영혼을 파는 일도 망설이지 않을 자들이다.

경란은 패를 덮고 담배를 비벼 껐다. 테이블 한가운데 노란색과 파란색 칩이 잔뜩 쌓여 있었다. 다 합치면 삼천 정도? 오늘 들어 가장 큰 판이다. 경란의 가슴이 쿵쿵 뛰었다.

"너 이 새끼들, 한패지? 일부러 나 먹이려고 그런 거지?"

그 순간 옆 테이블에서 벌겋게 달아오른 얼굴의 오십 대 중반 남자가 일어나 소리를 질렀다. 도박장의 병정이 다가가 팔을 꺾고 오금을 걷어찼다. 중년 남자는 비명도 제대로 내뱉지 못한 채 고꾸라졌다. 병장이 남자를 개처럼 끌어내는 사이, 다른 직원이 소란을 감출 요량으로 크게 음악을 틀었다. 경란은 피식 웃었다. 직원이 유키 구라모토의 연주곡을 골랐기 때문이다.

선곡 한번 기가 막히네.

그녀는 강남 대로변의 사설도박장에 와 있었다. 프랜차이즈 커피점까지 들어선 번화가의 10층짜리 빌딩의 꼭대기 층. 칵테일바 간판을 단 채 3년 가까이 영업을 하고 있는, 도박꾼들 사이에서 나름 유명한 곳이다. 경찰과 어떤 식의 거래가 있는지 모르지만 지금껏 단속 한번 당한 일이 없다.

하지만 시설 면에선 낙제점에 가까웠다. 진짜 칵테일바를 개조해서 만들었는데, 테이블을 너무 많이 놓은 데다 천장까지 낮아 오래 있으면 저절로 숨이 막혔다. 콘크리트 바닥은 마지막으로 청소한 게 언제인지 거무튀튀하고 끈적거려 발을 뗄 때마다 스카치테이프를 뜯어내는 소리가 났다. 그런 주제에 생수 한 병에 오천 원, 맥주 한 잔에 만 원을 받고 자릿세에 수수료까지 뗐다.

'괜찮아, 괜찮아.'

오늘 경란의 운과 컨디션은 최고조였다. 자리에 앉은 뒤로 괜찮은 패만 쉬지 않고 손 안에 들어왔고, 안 좋은 패가 들어오더라도 한 끗 차이로 상대를 밟았다. 머릿속은 각성제에 박카스를 섞어 먹은 것처럼 명료해서 다른 놈들이 무슨 생각을 하고 있는지 훤히 보

친애하는 내 적

였다. 일 년에 두어 번 있는, 되는 날이다.

경란은 다시 한 번 카드를 들춰보았다.

쓰리 투 페어.

그녀는 곁눈질로 다른 선수들을 살폈다.

호구1. 호구2. 호구3, 호구4.

그녀가 보기엔 넷 다 호구다. 그녀도 만만치 않은 호구지만 오늘 그녀와 패를 맞추는 작자들은 어느 도박장에 어서 들어오지 않고 뭐 하냐는 소리를 들을, 훌륭한 호구들이었다.

어쩌면 하늘이 주는 마지막 기회인지도 몰라.

경란은 매니큐어를 바른 손가락 끝으로 카드를 문지르며 생각했다. 지난 몇 년간 도박에 빠져 많은 돈과 시간과 체력을 날렸다. 이제 그만둬야지, 생각을 하다가도 저녁이 되면 발길은 도박장으로 향하고 새벽녘에야 빈 지갑과 쓰린 속으로 도박장을 빠져나와 내일부터는 정신 차리겠다는 다짐을 반복해왔다.

돈은 없고, 빚은 많고, 친구도 다 떨어져나갔다. 일은 안 들어오고 가끔 들어오는 일은 하기가 싫다. 그냥저냥 참고 할 수 있는 일은 도박밖에 남지 않았다. 그러다 보니 더욱 일은 안 들어오고 더욱 도박에 열중하는 악순환이 계속되었다.

하지만 저 돈까지 전부 챙긴다면……. 돈 들고 외국에 나가 머리를 식히고 오자. 그런 다음 다시 일을 시작하는 거다.

그래. 이번이 끝이야. 마카오 구경 한번 다녀오고 도박은 취미로만 하는 거다. 그녀는 마음을 정하고, 가지고 있는 칩을 모조리 테이블 가운데 밀어 넣으며 입을 열었다.

"오백, 레이즈."

분위기가 싸늘해졌다. 다들 숨죽인 채 경란의 눈치를 보았다. 경란은 에이스 풀하우스라도 잡은 것처럼 거만한 표정을 지으며 마음속으로 바보들이 죽어주기를 기원했다.

아니나 다를까 호구1과 호구2가 머뭇거리다 패를 던졌다.

경란은 마음속으로 쾌재를 불렀다. 이제 남은 호구는 둘인데…….

"패가 괜찮으신가 봐?"

호구3이 걸걸한 목소리로 물었다. 흑채를 듬뿍 뿌린 대머리에, 가슴까지 풀어헤친 셔츠, 그리고 자전거 체인으로 써도 될 듯 두꺼운 금목걸이가 부담스러운 사십 대 중반의 남자다. 자리에 앉자마자 추리닝 사이로 보이는 경란의 가슴골을 훔쳐보기 시작했는데, 그 눈빛이 어찌나 노골적인지 이러다 가슴이 닳아 없어지지 아닐까 걱정될 지경이었다.

호구3은 자신을 터프가이로 착각하고 있는 모양이지만, 경란이 보기에는 흔하디흔한 얼간이에 불과했다. 젊을 때도 양아치였고 나이 먹고도 양아치인 초지일관 얼간이. 저런 작자는 평소에는 천하에 다시없을 사나이인 것처럼 굴지만 조금이라도 문제가 생기면 당장 소심한 겁쟁이로 돌변한다.

경란은 상냥하게 웃으며 말했다.

"그럭저럭요."

호구3은 칩을 만지작거렸다. 겁은 나지만 이대로 죽기는 창피한 모양이다. 그는 결단을 내렸는지 고개를 끄떡이더니 백만 원짜리 칩 다섯 개를 집어 테이블 위에 올려놓았다.

"그럼 뭔지 확인해봐야죠. 콜."

친애하는 내 적

경란의 마음이 무거워졌다. 믿는 구석이 없다면 저런 소심한 인간이 오백이나 지를 리 없다. 경란은 호구3의 얼굴을 뚫어져라 쳐다봤지만, 녀석이 얼간이임만 알 수 있을 뿐, 어떤 패를 지니고 있는지는 알 수 없었다.

경란은 카드를 꽉 잡으며 녀석에게 저주를 퍼부었다. 그냥 죽을 것이지. 죽일 놈, 짜증나게.

호구3이 말했다.

"그런데 무슨 일 하세요? 금요일 저녁에 이런 데서 혼자 놀고 계신 걸 보면 평범한 회사원은 아닌 것 같은데, 그렇다고 술집에서 일하는 분 같지도 않고."

경란이 그만 패나 까자고 말하려 할 때, 구석에 있던 호구4가 불쑥 끼어들었다.

"기자예요."

경란은 눈을 게슴츠레 떴다. 이놈은 또 뭐야? 누군데 날 알아? 호구4가 경란을 보고 히쭉 웃었다. 다섯 게임쯤에 들어온 녀석인데, 별말 없이 계속 죽기만 해서 별로 신경 쓰지 않았다.

호구4가 말을 이었다.

"따로 소속은 없고 프리랜서로 일하죠. 주로 연예인들 인터뷰를 따서 여성지에 파는 일을 해요. 지난 몇 년간 업계의 어려운 인터뷰는 거의 다 저 양반이 따냈다고 봐도 됩니다. 인터뷰 한번 따려고 러브호텔 쓰레기통 옆에 일주일도 잠복하고 그러는 분이시거든요. 오랜만입니다. 김경란 씨."

말투로 보아 경란과 안면이 있는 모양이지만, 유감스럽게도 경란은 호구4가 누군지 알지 못했다. 현역으로 뛸 때라면 적당히 응대하면서 어디서 본 놈인지 머리를 굴려봤겠지만 오늘은 별로 그럴 기분이 아니었다. 빨리 끝내고 돈 가지고 집에 가고 싶다.

경란은 단도직입적으로 물었다.

"누구세요? 누군지 모르겠는데."

"저 이 실장입니다. 전에 지소연 씨 매니저를 했던. 이제 제가 누군지 기억나세요?"

아, 기억난다. 경란은 미미하게 고개를 끄떡였다. 지소연은 몇 년 전까지 굵직한 CF는 혼자 다 맡아 하던 업계의 스타다. 그녀가 미국유학을 선언했을 때, 기혼인 재벌 2세와 바람이 나 미국에 살림을 차리러 갔다는 사실을 밝혀냈던 것이 경란이었다.

덕분에 특종보도를 한 여성지는 엄청나게 팔렸고 경란은 엄청난 돈을 벌고 최고의 파파라치로 명성을 떨쳤으며 관련된 사람들은 연예계에서 매장되었다.

2년 넘게 지난 일인데, 그 일과 관련된 사람을 이런 곳에서 만나게 될 줄은 몰랐다. 사람은 은혜는 쉽게 잊어도 원한은 잊지 못하는 법이니까. 경란은 요즘에야 그 사실을 알았다. 삶이 힘겨워지니 잘나갈 때 쌓아뒀던 원한이 부메랑이 되어 사방에서 날아온다.

그래도 저 인간은 정말 기억 안 나네. 하지만 그렇게 말했다간 더욱 원한이 깊어질 뿐이다. 말이라도 예쁘게 해주는 편이 좋겠지.

"아, 이 실장님이시군요. 죄송해요. 그때 저 때문에 많이 힘드셨죠? 사실은 유학생활의 어려움에 대해 물어보려고 간 거였는데…… 개인적인 사정이 있다는 사실을 알았을 땐 이미 잡지사에서도 사정을 눈치를 채고 있어서, 제가 어떻게 컨트롤을 할 수가 없었어요. 죄송합니다."

친애하는 내적

"아, 괜찮습니다. 다 지난 일인데요, 뭐. 다 뿌린 만큼 거둔다는 말도 있죠. 경란 씨도 요새 영 별로라던데."

호구4는 야비하게 웃더니 칩을 내밀었다.

"저도 콜입니다."

경란은 이번 한 번만 도와달라고 하느님이며 부처님, 알라까지 기도를 올렸지만 소용없었다. 호구4는 수줍게 세븐 포카드를 내밀었고, 금 목걸이의 호구3은 그걸 보고 커다랗게 욕설을 내뱉었다.

경란은 녀석에게 패를 보여주지 않고 구겨버렸다.

똥파리 같은 새끼.

경란은 터덜터덜 도박장을 나섰다. 늘 그렇듯 오늘도 소득 없는 하루였다. 밤새도록 앉아서 백 가까운 돈을 날렸다. 열 시간 가까이 후덥지근한 도박장에 있었기 때문인지 온몸이 땀으로 축축했다.

난 그냥 똥 만드는 기계인 걸까.

경란은 자괴감에 몸을 떨었다. 엘리베이터를 기다리며 창밖으로 뛰어내리는 게 낫지 않을까, 생각하고 있을 때 호구3이 다가오며 말을 걸었다.

"돈 잃으면 영 기분이 별로예요. 그죠?"

경란은 돈 잃고 도박장 나올 때, 깝죽대는 놈이 있으면 더 기분이 나쁘다고 말해줄까 하다가 그만두었다. 이런 놈들은 대답을 해주는 것만으로도 자신에게 관심이 있는 거라 착각한다.

그녀는 대꾸 대신 콧방귀를 뀌었다. 아주 크게. 진짜 방귀 소리처럼.

하지만 호구3은 귀머거리인지 은근한 목소리로 말을 걸었다.

"역전의 용사끼리 술이라도 한잔 어때요? 근처 바에 위스키 키핑 해놓은 게 있는데. 조니-워커 블-루."

경란은 경멸의 눈빛으로 호구3을 쳐다보았다. 조니워커 블루가 무슨 마법의 열쇠니? 그녀는 술을 좋아하지만 주종을 따지진 않았다. 술은, 술맛 나는 사람과 먹어야 한다고 생각할 뿐이다.

"싫거든요."

엘리베이터 문이 열렸다. 호구3은 경란을 따라 타며 계속 나불댔다.

"그러지 말고. 아가씨, 내가 사실 순탄치 않은 삶을 산 사람이거든. 기자라며. 내가 말하는 것만 받아써도 바로 소설 한 편 나와. 술 사주지, 기삿거리 주지, 이런 기회가 다시는 안 온다."

"다행이네요. 다시는 안 온다니."

호구3가 갑자기 경란의 팔을 잡았다.

"이러지 말지. 우리 나이쯤 되면 밀고 당기기 그런 거 별로 안 좋아. 그러다가 정작 힘써야 할 때 못 쓰면 섭섭하잖아. 처음부터 날 보는 눈빛이 심상치 않더구만 뭘. 이런 시간에 도박하고 그러는 사람들 사실 다 정서적으로다가 외로운 사람 아니야. 그러니까……."

"아니라니까 새끼야! 돈 잃었으면 집에 가서 잠이나 처자! 위스키는 무슨 놈의 위스키. 보니까 결혼도 한 새끼 같은데 네 마누라는 네가 이러는 거 아니?"

호구3의 얼굴이 벌겋게 변했다. 녀석이 뭐라고 말하려고 할 때, 엘리베이터의 문이 열렸다. 로비에 서 있던 사람들의 시선이 모두 두 사람에게로 쏠렸다. 금목걸이가 슬그머니 손을 놓았다.

경란은 호구3에게 마지막 경고를 날렸다.

친애하는 내 적

"또 실실 쪼개면서 말 걸면 아주 죽는다. 나 아는 동생들 많거든. 걔들한테 전화 한 통화면 너 같은 놈은 바로 고기밥 되는 거야."

등 뒤에서 호구3의 욕설이 들렸지만 경란은 상관하지 않고 뚜벅뚜벅 건물을 나섰다.

새벽하늘은 푸른색이 감도는 잿빛이었고, 공기는 시원하다 못해 차가웠다. 거리는 한산한 편으로 길가에 손님을 기다리는 택시 몇 대가 서 있었고, 아스팔트에는 밤새 뿌린 전단지가 깔려 있었다.

버스정류장 옆에 술 취한 남자가 구두와 서류가방을 머리맡에 내려놓은 채 곯아떨어져 있었다. 양복 재킷은 바닥에 쓸려 꾸깃꾸깃했고 바지는 무릎까지 말려 올라가 구멍이 송송 뚫린 양말을 드러내고 있었다. 서류가방은 삑치기들도 손대지 않을 만큼 낡았다.

경란은 한숨을 쉬었다. 길 잃은 인생이라는 측면에서 저 남자나 그녀나 다를 바가 없다. 아니, 저 남자가 낫다. 잠에서 깨면 돌아갈 일상이 있으니까. 그녀에겐 돌아갈 일상조차 없었다. 지금 그녀의 모습이 현실이며 일상이다. 그녀도 한때 잘나가던 때가 있었다. 예쁘고 똑똑하고 눈치 빠르고 능력 있고. 다들 입을 모아 머지않아 업계의 거물이 될 거라고 말했다.

그때 전화벨이 울렸다.

일거리가 들어왔나? 경란은 급히 휴대전화를 꺼내봤지만 액정에는 처음 보는 번호가 찍혀있었다. 경란은 이맛살을 찌푸렸다. 지은 죄가 많아서 요새는 전화 받는 일도 두렵다. 휴대전화는 멈추지 않고 계속 울렸다. 그녀는 망설이다 전화를 받았다.

그 순간 익숙한, 하지만 기분 나쁜 목소리가 귀청을 때렸다.

－ 경란이니? 나야. 오랜만이다. 요새 일은 잘되고?

경란은 어리둥절했다가 곧 분노했다.

이 자식이 감히 나한테 전화질을 해?

지금도 얼굴만 떠올려도 분통이 터져, 자다가도 이불에 하이킥을 날리게 만드는 천하의 쓰레기 같은 놈이다. 그런 놈이 새벽에 전화해서 저번 주에 만났다 헤어진 사람처럼 친근하게 굴어?

경란은 차갑게 말했다.

"누구시죠?"

─ 나야. 한재영. 왜 모른 척하고 그래? 지금 어디야? 너한테 할 말이 있어서 그러는데.

이 새끼 정말 하나도 안 변했구나. 연애 때도 자기 하고 싶은 말만 하고 하더니. 경란은 재영의 한결같음에 감탄했다. 흠. 그럼 여전히 연애는 못하고 있겠네. 세상에 그녀 같은 호구가 두 명 이상 있을 리 없으니까.

"나 바빠. 끊자."

─ 어이. 어이. 왜 이리 급해? 자기한테도 좋은 이야기야. 일 맡길 게 있어서 그러거든? 우리 사이에 조금 오해가 있긴 했어도 너나 나나 비즈니스 문제에 있어서만은 철저하잖아. 계약금 바로 현금으로 쏠 수 있어. 자기 요새 좀 궁하다고 들었는데. 아니야?

뻔뻔스러운 놈인 건 알았지만 이 정도인 줄은 몰랐다. 사실 전성기 때도 남보다 나은 건 그거 하나밖에 없었지.

재영에게 빠져 있을 땐 매력적이라고 생각했다. 사나이다운 당당함. 남자다운 호탕함. 나중에야 남의 생각을 안 할 뿐이라는 알았지만 그때는 너무 늦어 돈 잃고, 건강 잃고, 인간에 대한 믿음마저 잃은 후였다. 한 가지는 분명했다. 이놈에게는 싫다는 말이 소용없다.

친애하는 내 적

자기가 원하는 답 외에는 들으려고 하지 않으니까.

"무슨 부탁인지 모르지만 나 지금 홍콩이거든. 취재차 나왔어. 한 2주쯤 있다 들어갈 건데, 그때 만나도 되나?"

- 그건 곤란한데.

재영의 목소리에 당황이 묻어났다.

"그럼 어쩔 수 없지. 다음에 연락 줘."

- 잠깐만. 너 홍콩인데 어떻게 내 전화를 받았어?

"넌 로밍서비스도 모르니? 하긴 너 좀 무식하지. 요새는 따로 신청 안 해도 그냥 외국에 나가면 자동로밍 시켜줘. 아무튼 나 지금 취재 나가야 하니까 그만 끊자."

경란은 더 듣지 않고 전화를 끊었다. 아, 정말 철면피처럼 뻔뻔한 놈이야. 목소리만 들어도 소름이 돋는다.

그녀는 한재영과 3년간 연인으로 지냈다. 그야말로 전쟁이라고 할 만큼 치열한 순간들로 얼굴만 마주치면 싸웠다. 재영은 인간 자체가 질병이라고 할 만큼 한심한 위인으로 입만 열면 거짓말에 변명이요, 변덕은 죽 끓듯 하고, 목적을 이루기 위해선 수단방법을 가리지 않는 쓰레기였다. 처음에는 속아서 만났고, 그 다음에는 그동안 만난 시간이 아까워 어떻게든 사람을 만들어보려고 만났다.

하지만 재영은 답이 없었다. 이제 좀 달라졌구나, 싶을 때마다 뒤통수를 쳤는데 마지막에는 정말 제대로 뒤통수를 맞았다. 생각해보면 그녀의 인생이 뒤틀린 건 전부 한재영 때문이었다. 문제적 인간과 3년 넘게 사귀다 보니 그녀에게도 문제가 생기게 됐던 것이다.

사달이 난 건 녀석과 헤어지고 얼마 지나지 않아서였다. 대기업에서 주최한 리셉션에 나갔는데, 울적한 마음에 근처에 놓인 고급

위스키를 마시기 시작했고 그러다 엉망으로 취해버렸다.

　때마침 옆을 지나던 대기업회장님께서 경란이 마음에 들었는지 러브샷을 청했다.

　여기까지는 문제 없었다. 회장님의 눈도장을 받는다는 건 장기적으로 커리어를 쌓는 데 도움이 될 테니까.

　문제는 경란이 팔을 너무 급하게 내밀다가 회장님의 턱을 후려쳤다는 데 있다. 회장님은 턱을 맞고 비틀거리다 고꾸라졌고 바닥에 머리를 박았다. 리셉션은 순식간에 아수라장이 되었고 경란은 경호원들에게 제압되어 회장님 옆에 머리를 박았다.

　사안이 사안인 만큼 그날 있었던 일에 대해서 다들 쉬쉬했지만 그것으로 모든 게 끝났다. 거의 성사 단계에 있었던 대형주간지의 취재팀장 자리가 날아갔고 다른 잡지에서도 일거리가 끊겨버렸다. 누구도 회장님의 심기를 건드리고 싶어 하지 않았기 때문이다.

　그 일뿐이라면 잠시 쉬다가 복귀할 수 있었을 것이다. 회장님과 비서실도 바쁠 테니까.

　하지만 경란에게는 적이 있었다. 그것도 아주 많았다. 경란이 잘나갈 때는 바닥에 납작 엎드려 숨을 죽이고 있던 그들은, 그녀에게 문제가 생긴 것을 알자마자 한꺼번에 들고일어나 그녀를 물어뜯기 시작했다.

　그중에는 경란이 믿고 의지했던 친구들도 있었다. 어제까지 생글거리며 언니, 언니 하던 계집애들이 눈 하나 깜짝이지 않고 그녀를 비방하고 다니는 걸 보면서 경란은 큰 충격을 받았다. 그 뒤로 지금까지 제대로 된 일을 못할 만큼.

　그녀는 강남 대로변에서 한 블록 뒤의 오피스텔에 살았다. 혼자

친애하는 내적

사는 직장인을 타깃으로 한 일곱 평 남짓한 작은 원룸. 그녀가 일하는 회사들이 대부분 근처에 있는데다, 경비원들은 모두 젊고 잘생겼다는 점이 마음에 들어 계약했다. 유일한 문제는 입이 딱 벌어지게 비싼 월세인데, 원룸을 얻을 때만 해도 굵직한 일거리가 쏟아져들어올 때라 전혀 걱정하지 않았다.

하지만 지금은 애물단지에 불과했다. 대한민국에서 제일 물가가 비싼 동네에서 백수로 산다는 건 쉬운 일이 아니다. 월세를 낼 때마다 줄어든 통장금액을 보면 한숨만 나온다. 거기다 주변에 사설도박장이며 PC경마방은 얼마나 많은지. 덕분에 얼마 안 되는 돈마저 깨지고 또 깨져서 이제는 푼돈밖에 남지 않았다.

경란이 엘리베이터에서 내려 복도로 나왔을 때 누군가 말을 걸었다.

"왔냐?"

놀라 고개를 드니 재영이 그녀의 집 앞에 서 있었다. 이런 미친 놈.

"너 여기서 뭐 하니?"

"뭐 하긴. 너 만나려고 왔지."

"나 홍콩에 있다고 했잖아."

"혹시 금방 귀국할지도 모른다고 생각했지."

경란은 약간 찔리면서도 기분이 나빠졌다. 일을 할 의사가 없는 걸 알았으면 다신 연락을 안 해야 예의 아닌가? 집까지 찾아와서 그걸 확인해야겠어? 경란은 일단 사실관계부터 바로잡아주기로 했다.

"다른 사람이랑 착각하는 모양인데, 우리 헤어진 지 좀 됐어. 그

후로 지금껏 연락 한번 없었고. 아, 맞다. 두어 번 연락했지. 새벽 2시에 자니? 하고 전화했던 거."

"나도 알지. 미안하다. 나 때문에 많이 힘들었지? 나, 너한테 참 미안한 게 많았다. 그래서 사과하려고 전화했던 거고."

"흠. 그럴 리가."

"긴히 부탁할 게 있는데, 여기선 얘기하고 좀 그렇고, 어디 조용한 데로 가서 얘기하면 안 될까?"

"싫은데. 그냥 말해."

"너무 중요한 일이라서 그래. 제발 한 번만. 얘기만 들어줘. 그럼 다시는 안 올게. 전화도 안 걸게."

경란은 한숨을 쉬고 복도 끝의 흡연실을 턱으로 가리켰다.

"저리 가서 얘기하자."

재영은 스웨덴으로 이민 간 친구가 보내준 거라며 수상쩍게 생긴 담배를 한 개비 내밀더니 자랑스럽게 말했다.

"오메가3 성분이 함유되어 있대."

"대마초가 아니고?"

경란은 담배를 받아 들고 불을 붙였다. 재영도 담배를 한 개비 입에 물며 말했다.

"맛있지? 너랑 나랑 취향이 비슷하니까."

"근데 너 담배 끊지 않았냐?"

"끊었지. 한 오십 번쯤. 너랑 헤어지고 나서."

재영은 씁쓸하게 웃었다. 경란은 정신을 바짝 차렸다. 재영이 저 퇴폐적인 미소로 여자 여럿 낚은 걸 알기 때문이다. 재영 같은 불량

친애하는 내 적

낚시꾼에게 두 번이나 낚인 여자가 되고 싶지 않다.

재영이 말했다.

"근데 돈은 좀 땄냐?"

"무슨 돈?"

재영의 시선이 경란의 라이터로 향했다. 라이터 표면에 '서울방'이라고 적혀있었다. 서울방은 경란이 조금 전까지 있던 도박장의 이름으로 수수료를 오만 원 이상 내는 사람들에게만 라이터를 선물로 줬다.

"몰라. 이거. 내 거 아냐."

경란은 라이터를 쓰레기통에 던지며 말했다.

"옛날 생각난다. 내가 너한테 포커 가르쳐줬잖아. 그때 참 재미있었는데. 그치?"

경란은 입술을 깨물었다. 맞다. 그랬지. 서울방이 어디 있는지도 이 자식이 알려줬지. 생각해보면 안 좋은 건 전부 이놈한테 배웠다. 포커는 도박이 아니라 과학이라고 했던가? 재영은 머리만 잘 굴리면 얼마든지 딸 수 있다고 큰소리쳤지만 매번 잃기만 한 호구였다. 생각해보면 이놈이랑 얽혀서 뭐 하나 잘된 경우가 없다. 경란은 빨리 끝내고 집에 들어가 씻고 자야겠다고 결심하고 턱을 까딱였다.

"그래서 무슨 일인데? 빨리 말해."

"그러니까 말이지……. 그때 내가 너한테 참 잘못했던 것 같아서. 정말 네가 생각했던 그런 거 아니었거든? 하지만 너로선 충분히 의문을 가질 수 있는 일이었는데 제대로 설명도 안 하고 화만 내고……."

"아, 됐고. 용건. 용건."

"그땐 내가 너무 조급해서, 빨리 성공하고 싶어서, 주변 사람들 생각을 안 했던 것 같아. 나중에 다 잘되면 아무 문제도 없을 거라고……. 그러다 가장 소중한 너를 잃고……. 지금 생각하면 참 후회스러워. 난 정말 한심하고……."

"치사하고 야비하고 저열하지."

"그래. 바로 그거야. 나 반성하고 있어."

경란은 팔짱을 꼈다. 재영의 입에서 반성하고 있다는 말이 나오는 날이 올 것이라곤 상상도 못 했다. 사과할 것처럼 시작하다 말끝을 흐리고선 솔직히 너도 좋았잖아, 라고 말하는 놈이었다. 그래도 나이를 먹고 사람이 좀 나아진 걸까?

경란은 경계를 풀지 않고 말했다.

"말만 그렇게 하는 거겠지. 넌 잘못했다는 사실 자체를 인정 못 하는 애잖아. 전부 남의 탓이지……."

"아냐. 아냐. 나 정말 반성한다. 너한테 미안하게 생각하고, 나 돈 많이 벌면 절반은 너한테 보내려고 생각하고 있었어. 정말이야. 네 계좌번호도 저장해놨다니까."

"말도 안 되는 소린 그만하고. 계좌번호는 무슨 개소리냐. 내가 너 사람 만들어보려고 얼마나 노력했는지 알아? 그래서 얻은 게 뭐 있냐? 탈모에 위궤양밖에 더 있어?"

"너 탈모 있니?"

경란은 움찔했다.

"예를 들면 그렇다고."

"내가 아는 병원이 있는데……. 그쪽으론 아주 실력이 뛰어난데……."

친애하는 내 적

경란은 벌떡 일어서며 소리쳤다.

"됐고. 아무튼 너랑 있었을 때가 내 인생의 암흑기였어. 절대로 돌이키고 싶지 않은. 그러니까 이제 그만 가라. 너랑 있으니 그때 생각이 나서 안 되겠다."

재영은 경란의 손을 덥석 잡았다.

"경란아. 내가 남자로선 쓰레기였던 거 인정해. 물론 네가 생각하는 그런 일은 절대 없었지만, 불필요한 오해를 피할 생각으로 거짓말과 변명으로 일관했던 건 사실이야. 거기다 너한테 화까지 냈으니 적반하장도 유분수지. 부끄럽다. 근데 내가 뭘 잘못했는지 지금은 알아. 네가 나 싫어하는 것도 이해해. 근데 내가 '일'에 있어선 나름 괜찮은 편이잖아. 내가 사기 치고 삥 뜯고 뭐 그런 적 있냐? 그랬다는 소문 들은 적 있어? 없지? 인간 한재영이 아니라 영화제작자 한재영이 하는 말이 생각하고, 내 얘기 좀 들어주라. 제발 부탁이다."

재영은 경란 앞에 쪼그려 앉더니, 두 손을 싹싹 빌었다.

경란은 초조한 표정으로 주위를 살폈다. 재영 같은 놈이 무릎 꿇고 있는 장면을 오피스텔 주민들에게 보이고 싶지 않았다. 경란은 발끝으로 재영의 무릎을 톡톡 걷어차며 말했다.

"야. 일어나. 나 창피해."

"용서해주면 일어날게."

"이런 미친 새끼……."

경란은 턱에 난 뾰루지를 문지르며 생각에 잠겼다. 재영은 치사하고 야비한 놈이지만 일에 있어서 깔끔한 건 사실이다. 계약할 때 최대한 싸게 후려치긴 해도 약속한 금액은 반드시 준다는 뜻이다.

그러니까 그 성질로 10년 넘게 업계에서 버티고 있는 거겠지. 어떤 분야든 오래 버티는 사람에게는 나름의 장점이 있는 법이다.

"좋아. 무슨 일인지 들어볼게. 괜찮은 일이면 내가 하지."

재영은 얼른 일어나 경란 옆에 앉았다.

"나 요새 영화 찍는 거 알지?"

"몰랐는데."

"정말 몰랐어? 그래도 가끔 신문에 나고 그랬는데. 가을 기대작 소리도 듣고."

"내가 요새 바빴거든. 정신적으로 힘든 일도 있었고."

"야. 아무리 그래도 그렇지. 한때 사귀던 사이였는데…… 전혀 관심이 없었냐……? 그래도 난 네 트위터 페이스북 인스타그램 다 보는데."

"미친 새끼."

"그게 아니라 그냥 궁금해서. 내가 너한테 미안한 일 많다고 아까 얘기했잖니. 근데 진짜 너 요새 무슨 일 있냐. 아무 데도 업데이트 안 하더라?"

"아, 됐고. 우리가 무슨 견우, 직녀냐. 지난 세월 동안 뭔 일이 있었는지 얘기하게. 용건이나 말해라. 오 분 줄게."

"오 분은 좀 짧은데."

"이제 사 분 오십 초 남았다."

"알았어. 말할게. 내가 준비하는 영화 말이야. '환상의 여인'이라고. 정인상 감독 작품이야. 내가 회사까지 차려서 수십억 꼴아박아서 만든 작품이야. 이거 망하면 나 죽는다. 근데 오늘 믹싱 들어가기 전에 기술시사를 했는데…… 정인상 그 새끼가……."

친애하는 내적

재영은 오 분간 욕설과 저주를 쏟아냈다.

이야기가 끝나고 경란은 간단하게 감상을 말했다.

"끝장났네."

"경란아. 그러지 마라. 나 정말 피가 마른다. 스트레스가 심해서 잠도 못 자. 내가 죽으면 너 좋겠니?"

경란은 솔직하게 말했다.

"뭐, 조금?"

"나 이번 영화 망하면 끝장이야. 마이너스통장 한도까지 넣었다. 네가 안 도와주면 목매야 할지도 몰라."

"근데 내가 뭘 어떻게 돕냐. 나 영화에 대해 거의 몰라. 배우들 따라다니면서 인터뷰 따는 게 내 전문이지, 망한 영화 살려내는 건 내 전문이 아니야."

재영은 바로 그거라는 듯 고개를 끄떡였다.

"배우들 좀 찾아줘. 주연 남녀 둘 다."

하긴 배우가 있어야 영화를 찍겠지. 자랑은 아니지만 웬만한 배우는 이틀 내로 찾아낼 자신이 있다. 간단하게 일 마무리 짓고 돈을 챙기면 될 일이다.

경란은 물었다.

"남자는 남승우고. 여배우는 누구니?"

"그게 그러니까…… 조은심이야."

"아, 조은심."

경란은 아무렇지 않게 대꾸했지만 속은 부글부글 끓었다. 오라, 그년이랑은 계속 연락하고 있었다 이거지? 그럭저럭 안면만 있는 사이라고 그렇게 우겨놓더니, 전부 거짓말이었어. 미안하다는 말

한마디 없이 헤어져놓고는 그년은 주연으로 데려다 써?

　재영이 눈치를 보다가 조심스럽게 물었다.

　"괜찮지?"

　"뭐가?"

　"아니, 그냥, 뭐, 별건 아니고. 너랑 은심 씨랑 옛날에 좀……
안 좋은 일이 있었잖아. 정확히 말하면 나랑 너 사이의 일이지
만……."

　"괜찮아. 다 지난 일인데 뭐."

　"다행이다. 그래서 아직 마음에 두고 있나 걱정했지 뭐야. 그때
그 일은 다 오해였던 거 아는구나. 그렇지? 사진이 잘못 찍혀서 그
렇지, 진짜 아무 일 없었어. 그냥 해프닝이었다고."

　"뭐, 그건 나랑 상관없고. 대신 한 가지만 약속해."

　"뭔데?"

　"조은심 단독인터뷰."

　재영은 눈을 크게 떴다.

　"정말? 그래도 되겠어?"

　"그럼? 왜 안 돼?"

　조은심과 껄끄러운 과거가 있었던 건 사실이다. 머리끄덩이를 잡
고 신나게 싸웠지. 지금도 그녀를 남의 애인을 빼앗는 화냥년이라
생각하는 것도 사실이고.

　하지만 조은심 단독인터뷰는 지금껏 누구도 따내지 못한 진짜 특
종이다. 그 인터뷰 하나면 어느 잡지든 칙사 대접을 받을 수 있다.

　어차피 재영과 다시 엮일 일도 없는데, 그깟 과거사에 목맬 필요
없다. 30년 넘게 세상을 살고 나서 깨달은 게 있다면 자존심이 밥

먹여주지 않는다는 거다.

재영은 난감한 얼굴이었다. 생각해보면 그런 여자가 왜 저런 놈과 눈이 맞았는지 모르겠다. 그냥 재미삼아 그랬던 걸까. 세상 모든 남자가 자길 떠받들어야 한다고 생각하는 여자였으니까. 하지만 거기에 넘어간 재영도 터무니없는 바보인 건 마찬가지다. 그런 재영을 좋아했던 그녀는 더한 바보였고.

"왜? 곤란해?"

"아냐. 아냐. 그 정도야 해줄 수 있지. 그럼. 그럼."

"그리고 조사비 말이야. 이 정도는 받아야 할 것 같아."

경란은 담뱃재를 이용해 테이블에 숫자를 적었다. 원룸의 계약기간이 끝날 때까지 그럭저럭 먹고살 수 있는 액수.

경란은 숫자 밑에 줄을 긋고 말을 이었다.

"반은 계약금이니까 지금 주고. 반은 나중에 줘. 그리고 경비는 따로 줘야 한다."

"너무하다. 너."

"싫으면 말고."

"아니. 싫다는 게 아니라. 나 돈 없는 거 너도 알잖니. 우리가 서로 모르는 사이도 아니고……."

"그래. 우리 사이. 아주 안 좋았잖아. 그래서 프리미엄 붙은 거야. 근데 너, 눈을 왜 그렇게 떠? 조금 전에는 반성하고 있다고 들었는데?"

재영은 눈을 내리깔며 말했다.

"아니. 그게 아니라 그냥 눈에 뭐가 들어가서. 알았어. 돈 줄게. 대신 일단 3분의 1만 받아라. 대신 영화 성공하면 보너스 줄게."

"보너스는 필요 없으니까 먼저 반 줘. 지금. 이따가 너네 사무실 가서 계약서 쓰자."

"야. 빨리 조은심이랑 남승우부터 찾자. 돈은 이따가 내가 네 통장에 이체해줄 테니까. 이 시간에 돈 찾을 데도 없어요."

경란은 아무 말 없이 창밖의 맞은편 건물을 가리켰다. 1층 편의점 입구에 설치된 최신식 ATM기가 반짝반짝 빛나고 있었다.

재영은 돈을 찾으면서 계속 투덜거렸다.

"날 밝으면 입금해준다는데 왜 그러는지 모르겠네. 이런 데 수수료가 얼마나 비싼데. 내가 너니까 이 시간에 돈 찾아주는 거야. 다른 사람이면 어림도 없어."

"그거 참 고맙네."

경란은 건성으로 대구하며 슬쩍 ATM기의 화면을 살폈다. 재영은 출금이 아니라 현금서비스로 돈을 찾고 있었다. 불쌍한 놈. 진짜 한 푼도 없나 보네. 하긴 그렇게 다급하니까 여기까지 왔겠지.

하지만 십 원 한 푼 깎아주고 싶지 않았다. 지금껏 코빼기 한번 비치지 않다가 발등에 불 떨어지자 반성하고 있다느니, 돈 많이 벌면 입금해줄 계획이었다느니 하는 개소리를 하는 것만으로 충분히 한심하다.

재영이 말했듯 이건 비즈니스다. 그녀는 조은심과 남승우를 찾아낼 자신이 있었다. 그 다음은 재영이 알아서 할 일이다.

재영은 봉투에 돈을 담아 경란에게 내밀었다.

"자. 여기 계약금."

경란은 봉투를 열고 안을 살폈다. 봉투 안을 꽉 채운 오만 원짜리

지폐를 하나씩 넘겨보는데 재영이 손을 내밀며 말했다.

"그럼 이제 같이 일하는 거 맞지?"

"그래."

경란은 재영과 악수했다. 재영의 손은 여전히 크고 따뜻했다. 연애 초기에 도둑놈 손이라고 별명을 붙여줬던 일이 떠올랐다. 재영의 몸에서는 땀 냄새와 비 그친 후의 풀 향기가 났다. 경란이 사줬던 향수다. 그러고 보니 재영이 입고 있는 낡은 재킷도 색이 바랜 청바지도, 꼬질꼬질한 운동화까지 모두 경란이 사준 것이었다.

2년이라는 시간이 지났지만 재영에게는 여전히 그녀의 흔적이 남아 있었다.

경란은 집에 들러 땀이 밴 옷을 벗고 샤워를 했다. 밤을 새 피로했지만 잠잘 시간은 없었다. 밖에서 재영이 두 눈 시퍼렇게 뜨고 그녀를 기다리고 있었다. 목욕가운을 걸치고 밖에 나와 거울을 보니 피부가 엄청 망가져 있었다.

"맙소사!"

이런 몰골을 보였단 말이야? 생각만 해도 기분이 좋지 않았다.

경란은 바로 공사에 들어갔다. 에센스와 수분크림, 아이크림으로 기초공사를 한 다음 화이트닝 메이크업 베이스 위에 파운데이션을 덧발라 물광 나는 피부를 만들었다. 컨실러로 잡티를 잡고, 다크서클을 감추기 위해 눈 주위에 스모키 화장을 하고 입술에는 자연스런 핑크톤의 립글로스를 발라 건강미를 강조했다.

이제는 옷을 고를 차례다. 경란은 옷장을 뒤져 프라다 하얀색 와이셔츠에 디젤 청바지를 입고 그 위에 재작년에 큰맘 먹고 산 버버리 프로섬 코트를 걸치고 허리띠를 질끈 묶었다.

　신발은 멀티숍에서 구입했던 페라가모 기본하이힐을 택했다. 그녀가 가진 의류 중에 제일 비싼 놈들이다.

　그런 다음 프라다 사피아노 백을 들고 옥션에서 구입한 전신거울에 몸을 비춰보니, 그럭저럭 괜찮았다. 최소한 밤새 도박하고 온 날 백수 느낌은 안 난다.

　잠시 후 주차장에서 기다리고 있던 재영이 경란을 보고 투덜댔다.

　"너 진짜 너무한다. 씻고 바로 나온다며. 근데 지금 몇 시냐? 벌써 7시야. 7시. 난 욕실에 빠져 죽었나 했다."

　저놈의 레퍼토리는 변함이 없네. 한참 연애 중일 때도 재영은 경란이 외출 준비를 하면 지겨워 죽으려고 했다. 어떤 옷이 어울리는지 물으면 죽상을 하고서 아무거나 입지? 라고 말하는데 그때마다 싸대기를 갈기고 싶은 걸 참았다.

　"뭐야? 너 화장하고 왔니? 네가 뭘 하든 사람들 신경 안 쓴다고 내가 몇 번을 말했냐? 그냥 로션이나 좀 바르라니까."

　"그만해라. 우리 아직 계약서 안 썼다."

　재영의 표정이 열여섯 새색시처럼 다소곳하게 변했다. 그는 경란을 위해 차 문을 열어주며 어색한 목소리로 "뭐, 화장하니까 예쁘긴 하네."라고 말했다.

　"어디로 갈까? 조은심이네 집에 가볼까?"

　"거기 가서 뭐하게. 기자들이랑 친목 좀 다질까?"

　"분위기 좀 파악해보자는 거지. 다른 기자들은 어디까지 알아냈

친애하는 내 적

는지도 들어보고…….”

“시간낭비야. 아는 게 있는 애들이 집 앞에 죽치고 있겠냐? 정보
는 없고 시간은 남아도니까 그러는 거지. 머리가 나쁘면 몸이 고생
이라는 말 알지? 내가 똑똑한 사람들한테 전화해서 분위기 알아볼
테니까 넌 사무실로 차 몰아라.”

“사무실은 왜?”

“계약서 써야지.”

차에 오른 경란은 연예가 소식에 정통한 선배에게 전화를 걸었
다. 그녀가 스포츠지에서 처음 일하기 시작했을 때, 일을 가르쳐준
사수다. 첫눈에 경란의 재능을 알아보고 사람 찾는 일을 시킨 위인
인데, 지금은 독립해서 사설 파파라치 팀을 운영하며 증권사 찌라
시를 팔았다.

일중독자라 아침 일찍 전화해도 상관없을 거라 생각했는데 아니
나 다를까 벨이 세 번 울리기 전에 선배의 활기찬 목소리가 들렸
다.

– 김경란. 오랜만이다. 잘 지내냐?

“죽지 못해 살아요. 선배는 잘 지내죠?”

– 아니. 힘들어. 월급 받고 사는 게 마음 편하지, 매달 월급 주는
거 마음 아파 죽겠어. 충고하는데, 넌 절대 회사 차리지 마라. 근데
무슨 일이냐? 일자리 필요해?

“그게 아니라요. 조은심 잠적한 거요, 선배 뭐 아는 거 있어요?”

– 왜? 너도 그 사건 관심 있냐?

“조금요. 너무 일을 오래 쉬어서 그런지 어디서부터 시작해야 할
지 모르겠어요. 힌트 좀 주세요.”

– 무슨 소리야. 인마. 어렵게 구한 정보를 왜 너한테 줘.

"왜냐면 제가 조은심 찾아내서 무슨 일이 있었는지 제일 먼저 선배한테 알려드릴 테니까요. 바로 기사화하시면 돼요."

— 그럼 돈은 몇 대 몇으로 나누냐?

"형 다 가져요. 전 인터뷰만 따면 되니까."

— 인터뷰라니? 조은심이 인터뷰를 해준대? 걔 그런 거 안 하기로 유명한 애잖아. 무슨 약속이라도 받았어?

"열심히 조르면 되겠죠."

경란은 웃음 띤 목소리로 말했다. 선배는 흠, 하고 콧소리를 냈다.

"싫어요? 싫으면 딴 데 알아보고요."

— 너무 급하게 굴지 마라. 생각 좀 해보게.

"뭘 생각할 게 있어요. 말 몇 마디 해주고 보험 걸어놓는 건데. 선배, 아니면 저. 둘 중 한 명만 성공해도 특종 따내는 거라고요. 선배, 제 실력 알잖아요? 조금 쉬긴 했어도 감 잡는 거 금방이에요."

— 좋아. 알려주지. 대신 은심 인터뷰 따내면 나랑 먼저 상의하는 거다. 내가 최고가 쳐준다고 분명히 약속할 테니까…….

"대신 형도 새로 들어오는 정보 있으면 저한테 알려주셔야 해요."

경란이 쿨하게 대답했다.

— 오케이. 조은심이 사라진 건 이틀 전이야. 현대백화점 화장품 매장에서 사인회가 예정되어 있었는데, 사전 연락도 없이 펑크를 냈어. 광고주며 협찬사며 전부 발칵 뒤집혔지. 소속사에 아무 얘기도 없이 사라졌대. 매니저에게는 잠깐 누굴 만나고 오겠다고, 백화점에서 만나자고 했다더군. 그러고서 안 나타난 거지.

친애하는 내 적

"그 뒤로 전혀 연락이 없고요?"

─ 소속사에는. 그런데 원래 소속사에 별 얘기 안 한대. 작품 계약
도 혼자서 결정하고 통보하는 식이라고 하더라. 소속사 계약도 9.5
대 0.5로 했거든. 소속사는 조은심 이름 걸고 엔터사업 키우고 싶었
던 모양인데 이번 일로 좀 꼬였지.

"가족들은요?"

─ 입 다물고 있어. 무슨 변명을 하든 광고나 떨어지지, 좋은 일이
생길 리가 없잖아. 그 집 가족, 친척들 전부 다 조은심 벌이에만 목
매고 있는 모양이던데. 당분간 숨죽이고 살아야지. 그렇잖아도 조
은심 요 몇 년 가끔 광고나 하면서 신비주의로 먹고살았잖아? 이러
다 광고 떨어지면 한 방에 훅 가는 거야.

"조은심 이번에 영화 찍었다고 들었는데요."

─ 아, '환상의 여인'이라고 남승우랑 나오는 멜로영화라는데, 소
문 들으니까 장난 아니게 후지다던데. 그 영화 개봉하는 순간 조은
심 커리어도 끝날 거란 말까지 있더라. 그래서 잠적했나?

경란은 재영을 곁눈질했다.

불쌍한 놈. 벌써 동네방네 소문 다 났구나.

"남자관계는요?"

조은심은 언제나 남자들을 몰고 다녔다. 돈과 권력을 지닌 남자
들. 키 크고 잘생긴 남자들. 똑똑하고 예민한 남자들.

─ 담가명.

"홍콩영화배우 이름 같네요."

─ 온라인게임으로 억만장자가 된 중국인이야. 작년에 홍콩에서
있었던 샤넬 부티크 오픈행사에서 조은심 보고 홀딱 반했었다는데,

지금 신작 라이선스 문제로 국내에 들어와 있는 모양이야. 조은심 이번 신작 쪽박이라고 이야기했지? 야심차게 복귀선언을 했는데, 시작부터 망해봐. 얼굴에 완전히 똥칠하는 거 아냐? 그래서 영화 잠잠해질 때까지 남자친구랑 쉬고 있을 거라고 생각하는 사람들도 있어.

"선배 생각은 어때요?"

— 난 사실 잘 모르겠다. 조은심 걔가 보통 여우냐? 10년 넘게 톱스타로 군림하면서 별별 남자들을 다 만나고 다녔어도 스캔들 낸 적은 한 번도 없잖아. 언제나 냄새만 풍기다 말았지. 그런데 스케줄 다 빵구내고 담가명이랑 잠적한 게 들켜봐라. 업계에서 완전히 매장이지. 난 뭔가 다른 이유가 있을 거라 생각하는데. 모르지 뭐. 담가명이 백지수표를 내밀었는지.

"한 가지만 더요. 조은심 지금 국내에 있나요?"

— 내가 그걸 어떻게 아냐.

"왜 이래요. 선배, 출입국사무소에 아는 사람 있잖아요. 감추지 말고 정보는 백 프로 정보 공개합시다. 이러다 나 인터뷰 안 주는 수가 있어요."

— 김경란. 아직 감 안 죽었네. 조은심 아직 국내에 있어. 밀항선 타고 나간 거 아니면.

경란은 고맙다고 인사하고 전화를 끊었다.

재영이 다급하게 물었다.

"뭐래? 조은심 한국에 있대?"

"응. 꽁꽁 숨은 모양이야. 찾으려면 시간 좀 걸리겠는데. 좀 기다리면 먼저 나타날 수도 있어. 일단 잡기 쉬운 놈부터 처리하자. 남

친애하는 내 적

승우, 유럽으로 튀었다고 했지?"

"근데 유럽보다는 한국에 있는 사람 찾는 게 더 쉽지 않냐? 유럽은 지구 반대편이잖아. 땅은 열라 넓은데, 남승우가 누군지 알아보는 사람이 있을 리도 없고 말도 안 통하고."

"걔가 유럽여행 가서 뭐 하겠냐? 호메로스의 작품을 따라 그리스 외곽을 탐방하겠냐, 스페인 순례자의 길을 걷겠냐?"

"관광지에서 쇼핑하겠지."

"그러니까. 그럼 자랑하려고 SNS에 글 남기겠지. 최소한 친구들한테 카톡이라도 보낼 거 아냐. 친한 친구 한 명을 타깃으로 잡고 신상 캐면 어디 있는지 대충은 알게 돼."

경란은 자신 있었다. 스타는 어디서나 스타다. 좋은 의미로든 나쁜 의미로든 그렇다. 머리모양이며 옷차림, 행동거지 모두 보통 사람과 다르고, 묘하게 타인의 시선을 의식하기 때문에 어딜 가나 알아보는 사람이 나온다.

"남승우 말이야, 유럽에는 혼자 갔어?"

"아니. 코디랑 갔다던데. 여자. 예쁘다더라."

"더 잘됐네. 남승우, 여자 많이 좋아해?"

"거의 환장했다고 봐야지. 여잘 하루가 멀다 하고 갈아치우는 걸로 유명하니까."

"그럼 코디한테도 슬슬 질릴 때가 됐겠네. 코디 이름이 뭐냐?"

"제니라던가."

"전화번호 줘봐."

경란은 제니의 휴대전화로 전화했다. 지금 유럽여행 중이니까 용건이 있으면 메시지를 남겨달라는 제니의 발랄한 목소리가 들렸다.

경란은 빠른 어조로 용건을 말했다.

"전 남승우 씨와 함께 일하는 사람이에요. 승우 씨가 스케줄을 무시하고 여행을 떠나는 바람에 한국에서 난리가 났어요. 법적인 문제가 생길 가능성이 높죠. 그럼 제니 씨도 골치 아파질 거예요. 간단히 얘기할게요. 남승우 어디 있는지 알려주면 문제에서 빼줄게요. 거기다 현금으로 오백 드리죠. 우린 승우 씨를 데리고 한국으로 가고, 제니 씨는 유럽에서 더 쉬다가 귀국하는 거죠. 잘 생각해보고 연락주세요."

경란은 휴대전화 번호를 남기고 전화를 끊었다. 재영이 인상을 썼다.

"너 무슨 소리야? 내가 걔한테 오백을 왜 줘?"

"남승우 찾고 싶다며."

"너한테 돈 줬잖아. 근데 왜 딴 애한테까지 돈을 줘야 하냐 이거지."

"말했잖아. 경비는 따로라고."

"경비가 너무 많이 들잖아. 시작부터 오백이라니 세상에. 조은심 찾기 전까지 이천, 삼천씩 드는 거 아냐?"

경란은 한심하다는 듯 재영을 바라보다 비꼬듯 말했다.

"그래. 그럼 그만두자. 오백 얼마나 아깝냐. 그 돈 내느니 사십억짜리 영화 포기하고 집에서 낮잠이나 자는 게 낫지. 안 그래?"

"오백 내야지. 낼게. 근데 코디가 연락하겠냐?"

"메시지 들으면 최소한 전화해서 찔러보기는 할 거야. 남승우가 장기적으로 만나기에 별로란 사실은 알 때가 됐으니까."

"그건 그래. 지금쯤 그건 뼈저리게 느끼고 있겠지."

친애하는 내 적

"남승우 잡아올 때쯤이면 조은심도 대충 어디 있는지 소문났을 거야. 그 유명한 애가 한국에서 계속 숨어 있을 수가 있나. 바로 찾아서 영화 찍게 해줄 테니까 내가 시키는 대로 해. 돈 좀 아까워하지 말고!"

●

수집이란 흔히 생각하는 것보다 훨씬 복잡한 일이다. 아무리 아름답고 귀한 물건이 눈앞에 있다고 하더라도 수집가의 욕구를 건드리는 건 어떤 사소한 디테일 하나다.

시선이 마주쳤을 때 보이는 고혹적인 눈빛, 웃을 때 드러나는 치아의 색깔, 제비처럼 사뿐사뿐 걷는 걸음걸이까지. 그런 사소하지만 중요한 사항들이 맞아떨어질 때 정말로 가지고 싶다는 마음이 생긴다.

그녀는 너무나 아름다웠다. 미모야 진작부터 알고 있었지만 실제 가까이서 본 그녀는, 모든 면에서 완벽에 가까웠고 인간적인 매력이 넘쳐흘렀다. 무엇보다 그녀는 수집가의 마음을 흔드는 디테일이 무엇인지 알고 있었다.

그리고 마침내 기다림의 보상을 받을 때가 왔다.

밤새 그녀를 기다렸다. 새벽해가 떠오를 즈음, 성벽처럼 담벼락을 높이 쌓은 고급빌라의 문이 열리고 그녀가 밖으로 나왔다. 지금 만나는 남자가 온라인게임으로 떼돈을 번 억만장자 중국인이라고 했던가. 그녀를 몰래 만나기 위해 저 빌라를 사들였다고 들었다.

자동차 유리창 너머로 보이는 그녀의 화장기 없는 얼굴은 세상

물정 모르는 여고생만큼이나 청순하다. 쉴 새 없이 남자를 갈아치우는 여자인데 저토록 순결해 보일 수 있다니.

더럽고 불결한 세상에 떨어진 불행한 여신.

그녀는 이제 진짜 여신이 될 것이다. 당장은 괴롭더라도 나중에는 날 이해하겠지. 고통 없이 변화도 없는 법이니까.

차창 밖으로 얼굴을 내밀고 그녀를 향해 손을 흔든다. 빌라 주위에 CCTV가 깔려 있어 그녀 가까이 갈 수 없다. 그녀는 순간 멈칫하지만 곧 특유의 생기 넘치는 미소와 함께 날 향해 다가온다.

"이런 우연이 다 있네요. 여기서 뭐 하세요?"

"기다렸어요."

"예?"

그녀가 얼굴을 찌푸린다. 샤워를 마치고 바로 나왔는지 덜 마른 그녀의 머리에서 향긋한 냄새가 난다. 전기충격기를 꺼내 그녀의 목에 대고 스위치를 누른다. 새파란 전기충격기의 불꽃이 그녀의 하얀 목덜미 안을 파고든다.

순간적으로 그녀는 경련을 일으키며 풀썩 튕겨 오른다.

급히 차문을 열고 그녀를 부축해 안에 태운다. 그녀는 숨을 쉴 수 없는지 꾸룩꾸룩 소리를 내가며 침을 흘린다. 병든 강아지를 볼 때만큼이나 마음이 아프다. 얼굴에 달라붙은 머리칼을 머리 뒤로 넘겨주고 귓가에 속삭인다.

"천천히 숨 쉬어요. 천천히. 놀라지 말고. 조금만 있으면 괜찮아질 거예요."

다정하게 말을 걸지만 그녀는 알아듣지 못한다.

그녀의 머리 위에 담요를 덮고 운전석으로 돌아간다. 가급적 상

친애하는 내적

처를 입히지 않고 데려가고 싶지만 사람들이 많이 오가는 주택가라 어쩔 수 없었다. 속전속결. 빨리 끝내고 빨리 데려가는 것이 그녀 자신을 위해서도 낫다.

등 뒤로 그녀의 쌕쌕대는 숨소리가 들린다. 마치 구멍 난 폐를 통해 호흡하는 듯한 가뿐 숨소리다. 전기 충격으로 쪼그라든 기도는 이삼십 분 정도가 지나야 정상으로 돌아갈 것이다. 그전에 그녀를 안전한 곳으로 옮기고 다음 일로 넘어가야 한다.

두 달에서 석 달. 제대로 가꿀 수만 있다면 그녀는 수집품 중 최고가 될 것이다. 입가에 저절로 미소가 맺힌다. 수집품을 집에 데려올 때는 늘 이렇게 흥분된다.

경란은 조수석에 앉아 꾸벅꾸벅 졸고 있었다. 그녀와 함께 있으니 기분이 묘했다.

한참 연애할 땐 항상 이렇게 다녔는데.

그때 경란은 한참 경력을 쌓고 있을 때라 정신없이 바빴고, 재영은 반 백수 상태라 경란의 조수 겸 운전기사 노릇을 했었다.

'그때 참 많이도 싸웠는데…….'

길 찾는 문제로 싸우고 점심 뭐 먹을지로 싸우고 서로 무식하다고 싸웠다. 많이 싸우긴 했어도 지금 생각하면 소중한 추억들이다.

남자라면 누구나 가슴 한구석에 품고 있는 여자가 있다. 가끔씩 생각이 나고, 그때마다 마음이 저릿해지는 여 자.

재영에겐 경란이 바로 그랬다. 헤어진 후에도 페이스북과 트위터, 인스타그램 등을 뒤져 잘 지내는지 확인해보곤 했다.

경란이 최근에 힘든 시절을 겪었던 것도 잘 알고 있다. 말 꺼내기 불편해서 모른 척했을 뿐이다. 그래도 씩씩하게 잘 지내고 있는 것 같아 다행이다.

영화가 대박나면 이익금을 떼서 경란의 통장에 넣어주려 했다는 말은 사실이다. 사귈 때나 헤어질 때나 경란에게는 미안한 일이 많

친애하는 내 적

았으니까. 그때를 대비해 계좌번호도 휴대전화에 저장해놓았다. 얼마를 넣을지는 아직 결정 못 했지만.

하지만 과연 돈을 벌 수 있을지 모르겠다. 아니, 돈을 벌기에 앞서 지금처럼 민폐에 가까운 부탁을 하는 일부터 없어야 하는데.

"사무실 좋네."

경란은 대리석으로 치장한 사무실 입구를 보고 감탄하듯 말했다. 재영은 별거 아니라는 듯 어깨를 으쓱거렸다.

그녀는 입구에 붙어 있는 왕눈이필름의 회사 로고를 가리키며 말을 이었다.

"근데 샤넬 마크는 뭐야? 거기서 협찬해?"

"회사 로고야. 개구리 눈을 형상화한 거야."

"뭔 소리야. 딱 봐도 샤넬이구만. 샤넬에서 뭐라고 안 해?"

"해주면 고맙지. 관객이 더 들 거 아냐."

"하긴 네가 그런 놈이지."

재영은 사무실 문을 밀고 들어가다 멈칫했다. 이른 시간임에도 사무실은 '환상의 여인'의 제작스태프들로 북적이고 있었다. 그들은 재영을 발견하고 벌떼처럼 달려들어 재촬영 스케줄이며 비용에 대해 묻기 시작했다. 일부는 걱정스러운 얼굴이었고, 일부는 분통을 터뜨렸으며, 일부는 멀찍이 팔짱을 끼고 서서 노골적으로 성난 눈빛을 보냈다.

"한 대표! 대체 이게 어떻게 된 일이야!"

그들이 아침부터 회사에 찾아온 데는 이유가 있었다. 제작비가 모자라 개봉 후에 잔금을 받기로 약속했는데, 돈을 주기는커녕 추가 촬영을 한다는 연락이 왔으니 꾹 참고 있으면 그게 부처님이다.

게다가 계약서에 추가촬영에 들어갈 경우, 5회차까지 무료로 진행한다는 조항이 들어 있었다. 스태프 중에는 이미 다른 영화팀과 작업을 시작한 사람도 있는데다, 설사 일이 없다고 해도 공짜로 일하고 싶은 사람이 있다면 관음보살이다.

유감스럽지만 스태프 중에 관음보살이 없기에 그들은 일단 잔금을 지불하고, 추가촬영에 대해선 재계약을 하고 돈이 나온 다음에 진행하길 바랐다. 재영의 입장에서는 받아들일 수 없는 조건이었다. 투자사에 지분을 넘기고 얼마간 돈을 받아낼 순 있겠지만, 그 돈은 백 퍼센트 영화 찍는 데 써야 했다.

재영은 불쌍하다는 듯 쳐다보는 경란의 눈빛을 애써 외면하며 영화에 조금 문제가 있긴 하지만 그리 오래 걸릴 일은 아니고, 가급적 스케줄 조절을 해서 누구에게도 피해가 가지 않도록 하겠다고 큰소리치고, 영화가 대박나면 추가로 보너스를 지불하겠다고 사탕발림을 늘어놓았다.

물론 아무도 믿지 않았다. 연출부 세컨드는 세상이 못 믿을 놈이 일 먼저 하면 돈 나중에 주겠다는 사람이라며 말했고, 제작실장은 체면 구기지 마시고 순리대로 일을 하셔야 하지 않겠냐며 따지고 들었다.

재영은 벌컥 화를 냈다.

"싫으면 그만두세요! 안 말릴 테니까. 대신 이 영화에서 이름 빼고 앞으로도 서로 안 보는 겁니다!"

사무실이 거짓말처럼 조용해졌다. 재영은 일부러 표정을 굳힌 채 영화인의 책무와 소명의식에 대해 말하기 시작했다. 1년 가까이 힘

친애하는 내 적

을 합쳐 만든 영화가 잘못됐으면 힘을 합쳐 고칠 생각을 해야 진짜 영화인이 아니냐고 말했고, 좋은 작품 하겠다고 영화 일 시작한 거지, 돈 많이 벌려고 영화 일 시작한 거냐고 말했다.

"제가 돈 있는데 안 주는 거 아니잖습니까. 영화는 완성해야 할 거 아니에요? 1년 가까이 고생하면서 찍은 영화, 이대로 엎어지면 좋겠어요? 지금 투자사와 추가제작비 문제로 협상 중이에요. 잘만 풀리면 잔금에 재계약 전부 일사천리로 진행될 겁니다. 우리만 열심히 하면 돼요. 저도 최선을 다할 테니 여러분도 작품에 집중해주세요."

다들 불만스러운 얼굴이었지만 더 이상 따지는 사람은 없었다. 당장 돈 나올 구멍이 없음을 그들도 알기 때문이다.

영화판에서 중요한 건 돈보다 커리어다. 연출부나 제작부원으로 1년 가까이 영화를 찍어봐야 수중에 들어오는 건 오륙백 정도다. 법적 최저임금도 안 되는 형편없는 액수.

그럼에도 영화를 하는 건 언젠가 감독이 되고, 피디가 될 수 있다는 희망 때문이다. 거기까지 올라가기 위해선 커리어가 필수다. 장편영화의 엔딩 크레딧에 이름이 두어 번은 올라가야 연출이든 프로듀서든 데뷔할 기회가 생기기 때문이다.

그래서 젊은 영화인들이 박봉과 열악한 대우를 참아가며 밑바닥을 구르는 것이다. 경험을 쌓고, 커리어를 쌓기 위해. 언젠가 한국영화사를 다시 쓸 걸작을 만들 것이라는 꿈을 꾸며.

스태프들은 재영의 제안을 받아들이고 사무실을 나섰다.

재영은 그들의 축 처진 어깨를 보며 미안함을 느꼈다. 저들 중 대부분은 영화 크레디트의 말미에 이름 한번 올리고서 사라진다. 대한민국 영화계의 이직률은 지구상에 존재하는 직업군 중에 가장 높은 축이다. 한국영화의 힘은 구성원의 착취를 통해 이루어진다.

경란이 말했다.

"다들 착하네. 저 사람들, 네가 하는 말 믿는 거냐?"

"모르겠다."

"너도 옛날에는 저랬을 거 아냐?"

재영은 잠시 침묵하다가 어렵게 말했다.

"믿는다기보다는 기대하는 거지. 잘되기를."

경란은 이해가 잘 안 간다는 듯 머리를 벅벅 긁다가 한쪽에 서 있는 남원희를 발견하고 손을 흔들었다.

"원희 씨, 오랜만이야."

"아, 예……. 안녕하세요."

원희는 어색하게 웃으며 꾸벅 인사했다. 그러면서 경란을 왜 데려왔냐는 표정으로 재영을 쳐다보았다.

경란이 말했다.

"원희 씨 결혼은 했어? 우리 마지막으로 봤을 때, 사귀는 아가씨한테 프러포즈할 거라고 그랬잖아."

"헤어졌어요."

"어머. 미안. 난 그런 줄도 모르고……"

"그런데 누나는 여기 무슨 일이세요? 혹시 대표님이랑 다시 만나기로 하신 거……."

경란은 차갑게 말했다.

"절대 아니지."

재영이 헛기침을 하고 말을 보탰다.

친애하는 내 적

"얘랑 이번에 같이 일하기로 했다."

"무슨 일이요?"

"잘난 배우 찾는 일이지, 뭐긴 뭐야."

"아! 그거요. 하긴 누나가 그쪽에 일가견이 있죠."

"파일은 가져왔냐?"

"예."

원희는 가방에서 하드디스크를 꺼냈다. '환상의 여인'의 촬영본이 들어 있는 하드디스크다. 재촬영 예산 짜고 로케이션 장소를 파악하려면 뭘 찍었는지 파악해야 할 테니까.

원희는 말했다.

"정 감독님 엄청 찍었더라고요. 전체 촬영본 다 가져왔다간 일주일 동안 그것만 보셔야 될 거 같아서 일단 일차 편집본만 가져왔습니다. 이것도 전부 다 해서 네 시간 반이라니까 뭔가 건질 게 있겠죠."

"알았으니까 틀어봐."

원희는 하드디스크를 텔레비전에 연결했다. 50인치의 넓고 깨끗한 화면 위에 '환상의 여인'이라는 제목이 떴다. 세 사람은 소파에 앉아 화면에 시선을 집중했다.

영화가 시작되고 십 분이 지났을 때 경란은 길게 한숨을 내쉬었고 삼십 분이 흘렀을 때는 조그맣게 입을 열었다.

"굳이 배우 모을 필요 있겠냐?"

재영은 화면을 일시정지 시키고 경란을 째려보며 말했다.

"너 갑자기 뭔 소리를 하는 거야."

"여기서 그만두는 게 돈 버는 길 같아서 그러지. 이 영화 너무 재미없잖아. 수습할 방법이 안 보인다."

"야. 나 여기서 끝나면 재기 못 한다. 어딘가 좋은 장면이 있을 거야. 배우들 찾아서 조금만 고치면 될 거야."

아닌 것 같은데. 경란은 마음속으로 생각했다. 지금까지 본 것만으로도 흥행은 불가능해 보였다. 최소한 남승우는 안 찾고 다른 배우를 쓰는 편이 낫겠다.

그때 경란의 전화가 울렸다. 경란은 상대가 하는 말에 귀 기울이며 가끔씩 예, 좋아요, 그렇게 해요, 등의 대구를 하다가 "바로 출발할게요."라는 말을 마지막으로 전화를 끊었다.

재영이 말했다.

"누군데 바로 출발해?"

"남승우 코디, 제니. 지금 암스테르담이래."

"당장 가자! 야! 원희야! 나 없는 동안 너 영화 마저 보고 찍어놓은 필름까지 다 본 다음에 시나리오에 맞춰 찍을 촬영 스케줄이랑 제작비 계산해놔라. 알았지?"

"예."

암스테르담까지 비행기로 열두 시간 사십 분이 걸린다. 자는 시간을 빼더라도 앞으로의 계획을 점검해보기엔 충분한 시간이다.

한재영은 쭉 뻗은 활주로와 바쁘게 내달리는 공항버스를 쳐다보며 앞으로의 일이 궁리했다.

남승우의 연기력은 그야말로 쓰레기였다. 하지만 녀석이 없으면 영화는 끝장이다. 어쨌든 요즘 잘나가는 놈이니까. 그 멍청한 놈을 데려다 놓고 제대로 된 연기를 시켜야 하는데, 어떻게? 두들겨 패

친애하는 내 적

서? 과연 때린다고 제대로 된 연기를 할까?

그나저나 조은심은 어디 있을까? 스폰서와 함께 물 좋고 경치 좋은 무인도에라도 갔나? 아니면 어딘가의 특급호텔에 있는 걸까.

조은심은 배포 좋고 의리 있는 여자라 나 목매달게 생겼다고 하면 두말없이 촬영에 협조해줄 것이다. 문제는 조은심을 어떻게 찾아내느냐다. 시간 내에 찾을 수 있을까.

재영은 하소연이라도 해볼 생각에 경란을 쳐다봤지만 어느새 경란은 안대를 쓰고 이어폰까지 낀 채 쿨쿨 자고 있었다. 그와 말을 섞지 않겠다는 의지의 표현인 걸까? 아니면 원래 비행기를 타면 이랬던가?

오래전 함께 홍콩에 갔을 때를 생각해보려 했지만, 빌어먹을, 기억나는 건 용돈벌이라도 하려고 짝퉁명품을 바리바리 사들고 들어오다 세관에 걸린 것밖에 없다. 그날 경란과 엄청 싸웠다.

비행기가 움직이기 시작했다. 점멸등이 켜지고 이륙 시 주의사항에 대한 안내방송이 들렸다. 재영은 스튜어디스에게 들키지 않도록 조심한 채 원희에게 전화했다.

"야. 난데. 어떻게 됐냐? 재촬영 예산 얼마 나왔어?"

ㅡ아휴. 대표님, 그게 어떻게 벌써 나와요. 근데요, 최소한 십억은 나올 것 같은데요.

재영은 괴성을 질렀다. 스튜어디어스가 심장마비를 일으킨 줄 알고 놀라서 달려왔다.

한재영은 주스 한 잔 더 달라고 불렀다고 돌려보낸 후 목소리를 죽여 물었다.

"왜 그렇게 많이 나와?"

― 조감독한테 물어봤더니 시나리오 내용 중에 절반은 안 찍고 넘겼대요. 저희랑 다 협의 끝난 줄 알았다던데…… 안 찍은 신만 찍어도 십억이에요……. 이것도 다음 주부터 촬영 재개해야 맞출 수 있습니다. 근데 그게 가능할까요? 지금 당장 승우가 데려가도 시차 적응하고 드라마랑 CF 먼저 찍어야 할 텐데…….

"우리 돌아갈 때까지 예산 줄일 방법 찾아봐. 남이 찍다 버린 필름이라도 뒤져서 찾아내!"

재영은 전화를 끊고 경란의 팔을 잡고 흔들었다. 경란이 안대를 들추고 무슨 일인지 물었다.

"야. 한 가지만 대답해주고 자라. 잘되겠지? 승우가 찾아서 금방 돌아가서 영화 찍을 수 있겠지? 제발 잘될 거라고 말해줘."

"내가 잘된다고 하면 잘되니?"

●

붉은빛이 감도는 투명한 불꽃이 심지를 태운다. 방 안의 조명은 깜빡이는 향초 하나뿐이다. 일렁거리는 촛대 너머로 보이는 그녀의 얼굴은 초췌하지만 여전히 아름답다. 몸에 딱 붙는 검은색 원피스는 내가 준비한 것이다.

테이블 위에는 그녀가 먹고 싶다고 했던 이태원 부자피자의 버섯피자와 로제 와인이 놓여 있다.

그녀는 피자 한 조각을 집어 입에 넣는다. 맛을 음미하듯 천천히 씹으며 창살 너머에 앉아 있는 날 노려본다. 나는 검은색 슈트 차림으로 창살 맞은편 의자에 앉아 그녀를 관찰하고 있다. 완벽한 상태의 수집품을 지켜보는 건 수집가에게 다른 무엇보다 즐거운 일이다.

오늘로 사흘째.

다른 수집품은 이때쯤 기가 죽고 겁을 먹었다. 살려달라고 빌거나 잘못했으니 용서해달라고 사정했다. 식욕을 잃고 아무것도 먹지 않는 자도 있었고 넋을 잃고 멍해진 자도 있었다.

하지만 지금 앞에 있는 여자는 달랐다. 조금도 기력을 잃지 않은 채 최대한 담담함을 유지하면서 내가 왜 이러는지 알아내려 애쓸 뿐이다. 먹고 싶은 음식을 말한 여자도 그녀가 처음이다. 한 분야에서 최고가 되어본 사람이라 그런 것일까. 아니면 천성인 걸까. 그녀는 컬렉션의 최상단에 위치할 자격이 있다. 후일의 기쁨을 떠올리며 나는 참지 못하고 웃고 만다.

그녀는 기름이 묻은 손가락을 쪽쪽 빨며 묻는다.

"손으로만 먹어야 되나요?"

포크나 나이프를 건네주기에 그녀는 너무 위험하다. 대답 대신 고개를 끄떡인다. 아무것도 줄 수 없다고. 지금이 좋다고. 그녀는 살며시 웃으며 두 번째 피자 조각을 집어 든다.

"들어와서 같이 안 먹을래요?"

자신이 매력적이라는 사실을 잘 알고 있는 여자의 미소다. 그녀는 마치 도발하듯 다리를 살짝 벌린다. 테이블 아래 하늘하늘한 치마 사이로 그녀의 탄탄한 다리가 보인다.

"내가 무서워요?"

고개를 끄떡인다. 그녀가 뭐라고 하든 안에 들어갈 생각은 없다. 아직은. 지금은 그저 지켜볼 때다. 그녀는 실망한 듯 표정을 바로 한다. 이럴 때 그녀는 겨울바람만큼이나 싸늘하고 매력적이다.

"안 속네. 들어오면 제대로 한번 붙어보고 싶었는데. 한 가지만 말해봐. 여기 어디야?"

"지하."

정확히 말하면 지하실을 개조해 만든 방이다. 쾌적한 환경을 만들기 위해 노력했다. 혹시라도 수집품들이 자해라도 할까 봐 벽마다 스티로폼을 붙여 푹신푹신하게 만들었고 답답한 마음을 줄여주기 위해 창문이 있어야 할 자리마다 유명한 화가의 그림을 붙였다. 천장에는 에어컨과 공기청정기를 설치해 항상 온도와 습도를 일정하게 유지한다.

"날 왜 여기 데려왔는데?"

벌써 수십 번 들은 질문이다. 나는 이번에도 대답하지 않는다.

"몸값 때문이야? 돈이라면 얼마든지 줄 수 있어. 나 돈 많아. 알거 아냐. 괜히 주위 소란하게 하지 말고 나랑 얘기해. 내가 전화 한 통화만 하면 바로 당신 통장에 입금이 될 테니까."

"돈 때문이 아니에요."

그녀와 말을 나누지 않을 생각이었지만 날 그저 돈독 오른 납치범으로 생각하는데 가만있을 수가 없었다.

"돈은 내게 중요하지 않아요."

그녀는 빠르게 다시 물었다.

"그럼 뭐가 중요한데요?"

"수집."

"뭐?"

그녀에게 너무 많은 걸 알려주었다.

친애하는 내 적

"식사 끝나면 문 앞에 두고 벨을 눌러요. 욕실에 데려다 줄 테니까. 깨끗하게 씻어야 잠이 잘 오죠. 당신 건강이 내게는 무엇보다도 중요해요."

그녀는 갑자기 피자를 집어서 내게 던진다. 급히 몸을 틀어보지만 버섯 몇 개가 창살을 뚫고 나와 하얀 와이셔츠에 묻고 만다. 그녀는 럭비선수처럼 돌진해 창살을 붙잡고 소리를 지른다.

"도대체 왜 이러냐고! 왜! 이 미친 새끼야!"

옷에 묻은 버섯을 털어보지만 노란 기름얼룩이 남는다. 수집품을 만날 때만 입는, 아끼는 옷인데 아쉽다.

나는 벌떡 일어나 뒷주머니에 넣어둔 전기충격기를 꺼낸다.

"창살 놓고 물러서요. 와인 잔 숨긴 거 내려놓고요. 아니면 다시 아프게 될 거예요. 내 말 무슨 뜻인지 알죠?"

나는 경고 차원에서 전기충격기의 스위치를 누른다. 새파란 불꽃이 눈을 어지럽힌다. 그녀는 순간 멈칫하지만 곧 순순히 시키는 대로 뒤로 물러서 등 뒤로 감췄던 와인 잔을 내려놓는다. 어느새 깨진 와인잔은 날카로운 날을 드러내고 있다. 만일 흥분해 그녀를 제압하겠다고 안으로 들어갔다면 저 유리날이 몸에 박히고 말았을 것이다.

그녀는 날 노려보며 손바닥을 치마에 대고 문지른다. 와인 잔을 깨다 베였는지 손가락에서 피가 흘러내려 원피스를 적신다.

강인하고 냉철한 여자다. 아름답고 당당하다. 그런 그녀도 죽어야 한다는 사실에 슬픔의 눈물을 삼킨다. 하지만 꼭 해야 할 일이다.

누구든 사랑하는 것을 죽여야 할 때가 온다.

나는 그녀를 구석으로 몰고 안으로 들어가 음식과 깨진 잔을 치운다.

　그녀가 묻는다.

　"내 영화는 어떻게 됐어?"

　내 영화라. 이 상황에서도 작품 생각이라니. 배우는 배우라 이건가. 대답해줄지 말지 고민하다가 결국 말해주기로 한다. 내게 수집이 중요한 것처럼 그녀에게는 영화가 중요할 수도 있으니까.

　"잘 안 됐어요. 재촬영해서 개봉하겠다는데 어떻게 될지 모르죠."

　"그럼 다들 날 찾고 있겠네? 재촬영 하려면 내가 필요할 테니까."

　"한재영이 찾고 있죠."

　"잘 들어. 지금이라도 나 풀어주면 절대 그쪽이 나한테 한 짓 얘기 안 할게. 그냥 내가 잠적했다가 돌아온 걸로 할게. 내 말 안 들으면 당신 완전히 끝장이야. 벽에 똥칠할 때까지 감옥에서 살아야 할걸?"

　나는 대답하지 않는다. 그녀에게 잠시 쉬고 있으라고 말하고 촛대의 불을 끄고 가지고 나간다. 짧은 복도를 지나 지상으로 나가는 계단이 있는 문을 열 때 그녀가 소리친다.

　"하나만 더 알려줘!"

　그녀를 돌아본다. 그녀는 철장 앞에 서서 방 한쪽의 작은 문을 가리키며 묻는다.

　"저 안에는 뭐가 있지? 문을 잠가뒀던데."

　다들 나중에는 그게 궁금해지는 모양이다. 옆방 문이 잠겨 있기 때문인 걸까. 아니면 그 안에서 어떤 불길한 기운이 흘러나와 수집품들에게 불안함을 안겨주는 것일까. 항상 깨끗이 뒷일을 마무리하니 냄새가 날 리도 없는데.

말해줄 수는 없다. 아무리 그녀라도 패닉에 빠지고 말 테니까.

그곳에는 끝이 있고 시작이 있다. 불쾌하긴 하지만 수집을 끝내기 위해선 꼭 필요한 작업이다.

"나중에 알게 될 거예요."

불안한 표정의 그녀를 남겨두고 지상으로 올라간다.

●

재영과 경란은 공항에 내리자마자 택시를 잡아타고 승우가 머무는 호텔로 직행했다. 역 근처에 흔히 볼 수 있는 허름한 호텔로 뜨내기 관광객을 등쳐 먹고 사는 곳이었다.

호텔 로비에 남승우의 코디가 기다리고 있었다. 사람들의 시선을 끌 만큼 예쁘장하게 생긴 이십 대 중반의 아가씨로 떡대 좋은 양놈들의 집적거림을 모른 척 넘기고 있었다.

그녀는 경란을 보고 선글라스를 벗으며 말했다.

"저랑 통화하신 분 맞죠? 저 제니라고 해요."

"남승우 어디 있어요?"

재영이 인상을 쓰며 말했다. 여차하면 야산에 파묻어버리겠다는 듯 냉혹한 태도였지만, 제니는 호락호락한 여자가 아니었다.

그녀는 한재영을 위아래로 훑어보다가 손을 내밀었다.

"돈부터 주셔야죠. 오백."

재영은 경란을 돌아보며 말했다.

"야. 돈 줘라."

경란은 눈을 부릅떴다. 이놈이 갑자기 뭔 소리를 하는 거야?

"내가 돈이 어디……."

그녀가 입을 열려 할 때, 재영이 재빨리 말을 가로챘다.

"안 가져왔어? 그걸 안 챙겨오면 어떡해! 제니 씨. 워낙 급히 오느라고 못 가져왔다. 외국에 현금 들고 다니다 걸리면 외환관리법 위반이야. 너도 알잖아. 한국에 가서 줄 테니까 승우부터 보자. 어디 있어?"

"장난치지 말고 돈 줘요."

"승우부터 보자니까."

"돈 안 주면 승우 씨도 못 봐요."

"왜 이래. 선수답지 않게. 승우를 보여줘야 돈을 주지."

두 사람은 한참 동안 같은 말을 반복하며 언성을 높였다. 로비에 있던 사람들이 호기심 어린 표정으로 두 사람을 힐끔거렸다. 카운터의 직원들도 심각한 눈빛으로 두 사람을 주시하기 시작했는데, 여차하면 경찰을 부를 요량으로 보였다.

경란은 은근히 걱정이 되어 재영의 옆구리를 쿡쿡 찔렀다.

"야. 사람들이 봐."

"괜찮아. 어차피 못 알아들어."

그게 문제가 아니지, 자식아.

"아무튼 돈 줄 때까진 승우 씨 못 보니까 그렇게 아세요. 돈 주든지 다시 한국에 가든지 마음대로 하세요."

"너 진짜 대단하구나. 독한 거 보니 나중에 출세하겠다."

"고맙네요."

친애하는 내 적

재영은 주머니에서 신용카드를 꺼내 들며 말했다.

"내가 지금 현금은 없고 이거 플래티넘카드야. 한도가 이천이니까 오백만 꺼내 써라. 명심해라. 십 원이라도 더 꺼내면 너 감방 간다."

제니는 손을 내밀었지만 재영은 카드를 쥔 손을 놓지 않았다. 두 사람은 카드를 잡은 채 서로를 노려보았다.

"어디 있어?"

"404호요. 혼자 있으니까 가서 볼일 보시면 돼요."

제니는 카드를 소중하게 주머니에 넣고서는 선글라스를 챙겨들고 일어섰다.

"참. 승우 씨한테 내가 알려줬다는 말은 하지 말아요."

재영은 멀어지는 제니를 보며 중얼거렸다.

"저년 미친 거 아냐. 그럼 산타클로스가 알려줬다고 하나."

경란은 비난하는 눈초리로 재영을 노려보았다. 그녀는 한재영의 카드가 현금서비스로 최후의 백 원까지 짜낸 무용지물임을 잘 알고 있었다. 그런 카드를 주면서 한도가 이천인데 오백만 쓰라고 연막을 치다니, 보통 나쁜 놈이 아니다.

경란은 말했다.

"가끔은 말이야. 너 같은 악당과 어떻게 사귀었나 싶다니까."

"야. 나 정도면 양반이야. 세상에 얼마나 나쁜 놈이 많은데. 쟤도 경험해봐야 세상 살지."

재영이 벨을 누르는 사이 경란은 모퉁이에 서서 오는 사람 없나 감시했다. 벨을 다섯 번이나 눌렀을까 귀에 익은 목소리가 들렸다.

"누구세요?"

재영은 목소리를 낮게 깔아 말했다.

"룸서비습니다."

말을 하고 나니 아차 싶었다. 여기 네덜란드지. 우리나라 말을 쓰면 안 되는데. 남승우가 바보가 아닌 이상 의심할 것이 틀림없다. 재영이 입술을 깨물 때, 목소리가 들렸다.

"시킨 거 없는데요?"

문이 열리고 승우의 허여멀건 얼굴이 드러났다. 이놈 역시 바보구나. 한재영은 승우의 얼굴에 박치기를 하며 안으로 들어갔다.

"야! 빨리 들어와! 문 잠가! 문!"

경란은 하얗게 질린 얼굴로 문을 잠갔다. 재영이 성질 더러운 건 알고 있었지만, 말 한마디 없이 박치기부터 날릴 거라곤 생각하지 못했다. 이런 미친놈하고 장장 3년을 사귀었다니.

재영은 승우의 멱살을 잡아 일으켰다.

"이 멍청한 자식. 네가 숨으면 내가 못 잡을 줄 알았어?"

"어? 형?"

남승우는 고주망태가 되도록 취해 있었다. 거실에는 맥주며 위스키 여러 병이 바닥을 나뒹굴고 있었고 그 외에도 오만가지 쓰레기가 널려 있어 돼지우리가 따로 없을 정도였다.

승우는 벌겋게 된 얼굴로 재영을 끌어안았다. 방금 전에 머리를 얻어맞은 걸 까먹은 모양이었다.

"형, 잘 왔어. 같이 마시자. 제니! 인사해! 우리 영화사 대표님. 야! 제니? 얘가 어디 갔나?"

"그 계집애 쇼핑하러 갔다."

승우는 당황한 얼굴로 두리번대다 경란을 발견하고 히쭉 웃었다.

"누구야? 형 여자친구?"

"아냐. 인마. 헛소리 말고 짐 챙겨라. 한국에 가자."

"한국에? 왜?"

"왜긴 왜야! 영화 찍어야지! 빨리 일어나! 짜증나!"

"형, 좀 작게 말해. 머리가 울려."

재영은 승우의 귀에 대고 소리쳤다.

"한국에 가자고!"

승우는 괴로운 듯 귀를 막고 비틀거리다 위스키 병을 밟고 넘어져 바닥에 뒤통수를 박았다. 어찌나 세게 부딪쳤는지 호텔 천장이 쿵! 하고 울렸다. 잠시 침묵이 흘렀다.

경란이 나직하게 말했다.

"죽은 거 아냐?"

"그게 말이 되냐. 멀쩡한 놈이 갑자기 왜 죽어."

재영은 성질을 부렸지만 내심 걱정이 되는지 승우의 코밑에 손가락을 대 숨을 쉬는지 확인했다. 싸늘하다. 숨을 쉬지 않는다. 재영이 겁에 질려 눈을 커다랗게 뜰 때, 승우가 부르르 몸을 떨더니 코를 골기 시작했다.

재영은 안도의 한숨을 내쉬었다.

"이 새낀 기절도 제대로 못하네."

"근데 너는 갑자기 사람을 때리면 어떡하냐. 얘 데려가서 영화 찍어야 한다면서."

"얼굴만 봐도 화가 나는 걸 어떡하냐. 너도 얘 연기하는 거 봤잖아. 아휴, 열통이 터져서 정말. 야. 일어나! 뭐 해! 서울 가야 된다니까."

재영은 승우의 어깨를 잡고 흔들었지만 승우는 말 그대로 완전히 뻗어버려 미동도 하지 않았다. 얼굴에 물을 뿌리고 귀에 대고 소리를 질러도 소용없었다. 녀석은 완전히 기절해 있었다.

문제는 그렇다고 업고 나갈 수도 없다는 데 있다. 승우는 연예계 소문난 몸짱으로 키 187에 몸무게도 90킬로그램이 넘는 거구였다. 재영과 경란 두 사람이 힘을 합쳐도 들 수 없다.

"로비에 전화해서 도와달라고 할까?"

"뭐라고 설명한 건데? 영화배운데 본국에 데려가서 영화 찍으려고요? 아서라. 납치하려는 줄 알걸."

재영은 승우의 다리를 걷어차며 소리쳤다.

"전부 너 때문이야. 자식아! 네가 네덜란드에만 안 왔어도……."

승우는 욕설을 내뱉으며 승우를 계속 걷어찼다. 경란은 한심한 기분에 젖어 침대에 걸터앉았다. 유럽까지 와서 이게 뭐 하는 짓인지 모르겠다. 무단침입에 폭행에 납치. 이러다 경찰에 체포되어도 할 말이 없다.

저놈 제안을 받아들인 게 실수지. 이러다가 감옥 구경을 하게 생겼다. 그것도 네덜란드, 풍차의 나라에서.

그런데 재영은 묘한 표정으로 냉장고 문짝에 붙은 여자 사진을 들여다보고 있었다. 벌거벗은 백인, 동양인, 흑인 아가씨들. 사진 아래 빨간색으로 전화번호가 적혀 있는 것으로 보아 콜걸 선전지인 모양이다.

경란은 얼굴을 찌푸렸다. 그녀는 여자를 돈 주고 사는 남자를 경멸했다. 재영에겐 수많은 단점이 있었지만 그 부분에 있어선 업계

친애하는 내 적

남자 중 최고라 할 만큼 담백했다. 심지어 투자사의 투자담당자나 여자 잘 후리기로 소문난 남자배우를 접대할 때도 룸살롱이나 단란주점을 찾지 않고 조용한 호텔 바에서 업무를 마무리할 정도였으니까. 대신 골프채 세트나 호텔 사우나 3개월 이용권 등을 선물로 줬는데, 나름 남들이 하지 않는 일이기 때문인지 인기가 좋았다.

그래서 믿음직한 놈이라고 생각했다가 뒤통수 제대로 맞았지. 경란은 이를 갈며 생각했다.

그런데 그런 녀석이 갑자기 눈을 커다랗게 뜨고 콜걸 선전지를 쳐다보는 이유가 뭘까? 백인에 대한 은밀한 욕망?

재영이 입을 열었다.

"경란아. 승우 말이야, 한국에 데려가면 드라마 찍고 CF하다가 시간 남으면 내 영화 찍겠지?"

"아마 그렇겠지."

"그래선 안 되지."

재영의 목소리는 음산했다.

"그럼 어떻게 하려고?"

"약점을 잡아야겠어."

"어떤 약점?"

한재영은 콜걸 선전지를 뜯어내며 말했다.

"섹스비디오."

"너 미쳤구나! 그거 범죄행위야."

"그래. 범죄행위지. 남승우 이 자식이 성매매금지법을 어기는 거니까. 들어봐라. 내 휴대전화 이게 다른 기능은 다 개판인데 동영상 기능 하나만은 끝내주거든. 경란이 너 영어 좀 되잖아. 이리로 전화해서 두 명만 보내달라고 해. 얼굴은 못생겨도 되니까 싼 애로 둘. 맞다. 대마초. 네덜란드는 대마초가 합법이지? 대마초도 좀 가져오라고 하고. 나머지는 내가 다 알아서 할게."

"나 갈게."

경란은 급히 일어나 객실을 빠져나가려 했다.

그러자 재영이 문 앞을 가로막고 서서 간절하게 말했다.

"경란아. 생각해봐라. 이대로 돌아가면 나 영화 다 못 찍는다. 지구를 반 바퀴나 돌아서 여기까지 왔는데 돈 한 푼 못 번 채 끝난다는 게 말이 되냐."

"그래도 사람으로서의 최소한의 도리는 지켜야지."

"그래. 도리. 지켜야지. 그런데 뭐가 도리냐? 이게 다 남승우를 위해서야. 남승우 앞으로 어떻게 될 거 같아? 슈퍼스타? 어림도 없지. 길어야 2년, 짧으면 6개월 내로 연기생명 끝난다. 얘가 연기를 잘하냐, 머리가 좋냐, 열심히 노력을 하냐. 얜 지금 죽을힘을 다해서 연기해야 돼. 그래야 이 바닥에서 살아남는다. 내가 그 계기를 마련해주겠다는 거야. 그게 바로 인간의 도리 아니냐?"

경란은 너무나 어이가 없어 아무 말도 하지 못했다.

"거기다 나는? 나한테 영화 빼면 뭐가 있나? 이번 영화까지 엎어져 봐. 나 절대 재기 못 한다. 내가 집에 자빠져서 무위도식하면서 처량하게 사는 꼴을 보고 싶어? 완전히 망해서 서울역에서 노숙했으면 좋겠니?"

"그랬으면 좋겠다는 생각을 했을 때도 있었지. 네가 내 뒤통수를 쳤을 때. 클럽에서. 조은심이랑. 기억나지?"

"너 그거 아직도 안 잊었니? 내가 말했잖아. 오해라고. 클럽 안에 풀장이 있을 줄 내가 어떻게 알았겠냐? 어떤 미친놈이 지은 건지 대체. 거기다 풀장 안에 조명을 얼마나 많이 넣었는지 푸르스름한 오오라 같은 게 뿜어져 나오는데, 너무 신기해서 가까이 가서 쳐다보는데 누가 뒤에서 민 거야. 그래서 물에 빠졌던 거지."

경란은 음산하게 대꾸했다.

"한겨울에 웃통을 까고서 말이지."

"거기 열기가 장난 아니더라. 다들 옷 벗고 춤추길래 나도 겉옷만 살짝 벗었던 거야."

"조은심은 왜 풀장에 있었는데?"

"수영하고 있었겠지. 난 진짜 몰랐다. 화장실 간 줄 알았어. 내가 헤엄 못 쳐서 허우적대는 걸 보고 구해주려고 다가오더라. 막 잡아 일으켜 줄 때 사진이 찍힌 거야. 진짜야."

경란은 친한 사진작가가 보낸 카톡 메시지를 통해 그 사진을 처음 보았다. 머리끝까지 화가 치밀어 재영에게 전화해 지금 어디냐고 물어봤더니, 놈은 지금 촬영장에서 밤새고 있다고 거짓말을 했다.

그때 한재영이 조은심과 풀장에서 부둥켜안고 있던 사진은 인터넷을 통해 세상에 알려지게 되었는데, 조은심이 언론매체를 잘 구슬려 비슷하게 생긴 사람들로 공식보도하게 함으로써 마무리되었다.

하지만 재영과 경란은 그것으로 끝났다.

"내가 그때도 말했지만 조은심 캐스팅하려고 만났던 거였어. 걔가 클럽에서 보자는데 어떡하냐? 안 가? 다음 날 보자고 해? 톱배우들 만나기 힘든 거 너도 알잖냐."

"겸사겸사 수영도 하고."

"아니라니까 그러네. 우리 그 문제로 헤어졌잖아. 근데 내가 지금도 그걸로 거짓말을 치겠냐. 다 끝났는데. 진짜 아무 사이도 아니었어."

"뭐 그렇다고 해두지."

"해두는 건 또 뭐냐…… 아무튼 나 도와줄 거지?"

"너 너무하는 거 아니야?"

"뭐가?"

"너도 양심이 있으면 생각을 해라. 나 여자야. 여기 전화해서 여자들 불러달라는 소릴 나한테 어떻게 할 수가 있냐?"

재영은 말문이 막혔다. 영화를 완성해야 한다는 생각에 눈이 멀어 경란에게 못할 짓을 시키려고 했다. 힘들 때일수록 도리를 지키고 살아야 하는데.

재영은 침울한 얼굴로 고개를 끄떡였다.

"미안하다. 전화는 내가 할 테니까 넌 잠깐 나가서 기다려."

경란은 고개를 설레설레 흔들었다. 그만두겠다는 소리는 끝까지 안 하는 거 봐라. 역시 위험한 놈이다. 그녀는 퉁명스러운 어조로 핵심을 짚었다.

"너 영어 못하잖아."

"아, 맞다."

전화로 콜걸을 부르는 일이다. 재영의 서투른 영어로 통할 일이 아니지. 재영은 승우와 경란과 콜걸 전단지를 번갈아 쳐다보다가 조심스러운 어조로 말했다.

"남자는 불러도 덜 기분 나쁠 거 아냐. 그치?"

친애하는 내 적

재영은 눈을 빛내며 콜걸전단지의 빌리처럼 생긴 게이를 가리켰다.

"너 정말…….."

"생각해보면 말이야, 요새 브로맨스가 인기잖아. 아무래도 남자가 더 먹히겠다. 어때? 괜찮지?"

경란은 땅이 꺼져라 한숨을 쉬었다.

"넌 정말 불쾌한 놈이야."

"그래서? 안 해줄 거야?"

"이번이 마지막이야. 남은 일은 네가 알아서 해라. 비디오도 협박도."

그녀는 전화기를 잡았다.

경란이 업소 측과 상담하는 사이, 재영은 침대 끝에 걸터앉아 테이블 위에 놓여 있던 맥주를 마셨다. 김이 빠진데다 미지근해 맛이영 별로다.

이래도 되는 걸까. 아무리 영화가 중요하다고 해도 너무 막 나가는 게 아닐까. 재영은 고개를 흔들었다. 아직 약해질 때가 아니다. 조금이라도 살아날 방법이 있다면 시도해야 한다.

영화가 흥행하면 선이고, 실패하면 악이다. 그 과정에서 불쾌한 일들이 있었던 사실은 중요하지 않다. 습관적으로 스태프들을 구타했던 감독이라도 흥행에만 성공하면, 다음 작품에서 자기가 때린 스태프와 다시 일하게 되는 곳이 대한민국 영화판인 것이다.

영화만 성공시키면 돼. 영화만.

아무도 손해 보지 않는다. 남승우는 작품 열심히 해서 좋은 배우가 될 거고, 승우의 노력으로 영화가 흥행에 성공하면 그를 비롯한 투자자, 스태프들도 행복해질 거고, 한국영화계는 오랜만에 좋은 작품을 얻게 될 것이고, 경란은 두둑한 보너스를 받게 될 것이다. 좋아. 무슨 일이든 잘하면 되는 거야.

재영은 코를 고는 승우를 바라보며 다짐했다.

남승우, 내가 널 진짜 배우로 만들어주마.

●

그녀에게 스테이크를 구워줄 생각에 안심을 사왔다. 중국 로케 때 사가지고 온 부엌칼로 두툼한 고깃살을 반으로 잘라낼 때 연예 뉴스에서 남승우가 한국에 돌아왔다는 내용의 보도를 하고 있다.

급히 앞치마를 풀고 컴퓨터로 가 기사를 검색했다. 인터넷에 뜬 공항 사진에는 넋 나간 표정의 남승우 옆에 한재영이 늙은 시궁쥐 같은 스산한 표정으로 서 있다. 아무래도 한재영 저 미친놈이 유럽까지 가서 남승우를 잡아온 모양이다. 무슨 수를 썼는지 모르지만 남승우는 순한 양이 되어 '환상의 여인'의 재촬영에 최선을 다하겠다는 말을 하고 있다.

정말로 재촬영이 시작될지도 모르겠군.

혹시나 하는 마음에 휴대전화를 확인해보니 벌써 한재영에게 문자가 와 있다. 내일 당장 남양주 세트장으로 오라는 내용이다. 남녀 주인공이 모두 사라져서 재촬영은 없을 거라 안심했는데 역시 방심할 수 없는 놈이다.

당분간 집에서 그녀와 시간을 보낼 생각이었는데, 계획을 수정할 수밖에 없겠다. 촬영장에 나가지 않으면 한재영이 길길이 날뛰며

친애하는 내 적

전화에 문자에 집까지 찾아올 테니까. 최대한 아무 일 없는 것처럼, 이 영화 때문에 답답한 사람 중 한 명처럼 행동해야 한다.

밉살맞은 놈. 화면에 뜬 재영의 얼굴을 보고 있으려니 저절로 짜증이 솟구친다. 처음부터 맘에 들지 않는 놈이었다. 스태프들을 모아놓은 첫날, 작품 얘기는 뒷전으로 하고 일단 개런티를 깎겠다는 말부터 하던 놈이니까.

더 참을 수가 없어 고기를 썰던 칼을 들어 재영의 얼굴을 그어버렸다. 유리액정에 금이 가며 모니터가 뒤로 넘어간다.

진짜 한재영의 얼굴에 칼질을 할 수 있다면 얼마나 좋을까. 칼을 내려놓고 식전주로 준비한 샴페인을 한 모금 마신다.

얼굴을 그어버린다…….

다시 생각해보니 나쁘지 않은 아이디어다. 아니, 어쩌면 반드시 필요한 일일지도 모른다.

유럽 어딘가에 처박혀 있던 남승우까지 데리고 돌아온 놈이다. 무슨 수작을 부렸는지 목에 깁스한 것처럼 오만한 남승우를 순한 양으로 만들기까지 했다. 그런 놈이 조은심을 찾지 않을 리 없다. 조은심이 없으면 재촬영 자체가 불가능하니 목숨 걸고 그녀를 추적할 것이다.

지금도 연예부 기자며 가족, 매니지먼트 관계자들이 안달하며 조은심을 찾고 있긴 하지만 놈들이 이곳을 찾아낼 가능성은 없다고 봐도 무방하다.

최대한 조심스럽게 작업을 진행했다. CCTV, 지문, 목격자. 아무런 단서도 남기지 않았다. 게다가 늘 잠적과 복귀를 반복했던 조은심이다. 경찰은 절대 납치를 의심하지 않을 것이다.

한재영이 들쑤시고 다니지만 않는다면.

하지만 한재영은 절대 가만있을 놈이 아니다. 조은심을 찾기 위해선 무슨 짓이든 할 놈이고, 필요하다면 경찰에 조폭까지 끌어들이고도 남을 놈이다. 일생일대의 수집품을 눈앞에 두고 있는 지금, 조금의 빌미도 남겨두고 싶지 않다.

살짝 겁을 줘볼까.

전에도 비슷한 일이 있었다. 세상 누구도 신경 쓰지 않는 일에 멍청한 형사 한 놈이 홀로 냄새를 맡고 폐기처분된 수집품을 찾아다녔다. 놈은 지치지도 않는지 몇 달 동안이나 가족을 만나고 수집품의 자취를 쫓았다. 그냥 뒀다간 골치 아파질 것 같아 집 앞에서 기다리고 있다가 가볍게 얼굴에 칼을 그어주었다.

형사는 병원에 입원했고 휴직했다. 나중에 듣기로는 정신과 진료를 받고 있다고 들었다.

한재영은 어떨까. 겁을 집어먹고 멈출까. 아니면 오히려 더욱 악착을 부려가며 뒤를 쫓을까.

사실 그보다 간단한 해결책이 있다. 이미 수집을 위해 필요한 모든 과정을 마쳤다. 지금이라도 서둘러 작업을 마무리하고 조은심을 보내주면 된다.

그녀를 옆방으로 데려가 여신으로 탈바꿈시켜준다…….

생각만 해도 머리가 아찔해질 만큼 행복하다. 당장 재영을 혼내주는 건 미뤄도 된다. 놈이 냄새를 맡고 좀 더 가까이 다가오면 그때 어느 쪽이든 하나를 정해 처리하면 될 일이니까. 지금은 즐길 때다.

다시 고기를 다듬기 시작한다. 그녀가 스테이크를 베어 물 때의

친애하는 내 적

표정을 상상하니 기분이 좋아진다.

나는 휘파람을 분다. 그리고 여신을 상상한다.

"조은심 못 본 지 나도 좀 됐어."

김 실장은 경란이 사온 딸기 쇼트케이크를 우적우적 씹으며 말했다. 경란은 함께 사온 아메리카노를 홀짝이며 물었다.

"마지막으로 온 게 언제죠?"

"그러니까 입생로랑 하이힐 가지러 왔을 땐데. 그게 언제더라? 아, 이번 달 초다. 셀린느, 이번 신상 가방 있잖아. 그거 백만 원 이하로 나오면 꼭 잡아달라고 그랬거든. 그러더니 그 뒤로 통 연락이 없어. 가방도 들어왔다고 전화 걸어도 안 받고."

김 실장은 압구정동의 유명한 중고명품점인 '럭셔리데이'의 사장 겸 지배인이다. 사십이 훌쩍 넘은 나이임에도 겉보기에는 삼십 대 초반으로 보일 만큼 앳되고 예쁘다. 원래 강남의 유명한 룸살롱의 마담으로 있었다는데, 은퇴 후 집에 쌓아놨던 각종 명품 가방과 신발을 정리하다가 어찌어찌 가게까지 차리게 되었다고 들었다.

조은심은 '럭셔리데이'의 단골이었다. 세련된 패션 리더라는 세간의 평판과 달리 그녀는 절대 제값 주고 물건 사는 일이 없는 깍쟁이였는데, 특히 신발과 가방은 중고 명품숍에서 거의 전부를 구입했다. 그것도 당장 쓰레기통에 버려도 이상하지 않을 낡은 물건만을 똥값에 사서 가지고 다녔는데, 워낙 얼굴과 몸매가 빼어나다 보니 빈티 나 보이지 않고, 빈티지하게 보였다.

"흐음, 그랬군요."

경란이 일류 파파라치로 이름을 떨쳤던 건, 목표물을 찾기 위해 어딜 가야 할지 본능적으로 알고 있기 때문이다. 다른 기자들은 조은심의 집이며 매니지먼트사, 단골미용실, 가까운 친구 집 등을 뒤지고 있지만, 그녀는 그런 곳에 가봐야 소용없을 것임을 알고 있었다. 특히 조은심의 담당미용사는 입이 무거워 멕시코 갱에게 고문을 당해도 조은심이 어디 있는지 불지 않을 여자였고, 매니저는 조은심이 평소 어디에 있는지도 모를 만큼 멍청했다.

사람을 찾기 위해 필요한 건 목표물과 자주 만나면서도, 그렇게까지 친하지 않은 인물이다.

바로 '럭셔리데이'의 김 실장 같은 사람.

경란이 질문했다.

"마지막으로 왔을 때 혼자 왔었나요?"

"아냐. 같이 온 사람이 있었어. 가게에는 안 들어오고 바깥에서 기다리고 있었는데, 차에 타고 있어서 누군지는 모르겠고. 은심 씨가 가방 가지고 튀어나가니까 바로 출발하더라고. 세상에, 그 와중에 현금 디씨 이만 원도 받았어. 짠순이도 그런 짠순이가 없다니까."

"은심 씨 차가 아니었나 보죠?"

"응. 은심 씨 차도 아니고. 회사 스타크래프트도 아니고. 그냥 보통 차였는데. 은심 씨야 워낙 인기 많으니까 차 태워주고 싶은 남자들이 줄서는 건 나도 아는데, 그날은 조금 이상했던 게."

"이상했던 게?"

"차가 모닝이더라고. 그것도 얼마나 오래됐는지 완전 낡았던데. 은심 씨가 국산차 탄 건 처음 봤지 뭐야. 그것도 소형차를."

경란은 케이크를 한 조각 떼어 입 안에 넣었다.

모닝이라. 허영덩어리 조은심과 안 어울리긴 하네. 한재영에게 한번 물어봐야겠다.

"흐음……."

그나저나 한재영 이 불쌍한 놈은 아는 형한테 제작비를 빌리겠다고 갔는데 원하는 대로 됐으려나.

체육관을 빌려 만든 오디션장은 군사법원처럼 딱딱한 생김새요, 차가운 분위기였다. 농구코트 바로 아래에 '액션스릴러, 사형집행인 조연배우 공개오디션'이라고 현수막이 붙어 있었고, 그 아래 심사위원들이 앉아 있었다. 심사위원석 맞은편, 정확히 자유투 자리에 의자가 놓여 있었는데, 거기가 바로 오디션 배우가 설 곳이었다.

"하아."

한재영은 심사위원석에 엎드린 채 한숨을 쉬었다. '사형집행인'은 우연히 살인을 목격한 여자가 살인범과 사랑에 빠진다는 내용인데, 재영이 보기에는 망하기 딱 좋은 영화였다.

하지만 그럼에도 심사위원 직을 맡고 제작을 돕기로 한 건 돈 때문이다.

이 영화의 제작자인 유희성은, 가진 게 돈밖에 없다고 말해도 될 만큼 엄청난 갑부였다.

농구장 밖의 대기실에서 참가자들의 대본 읽는 소리며 잡담 소

친애하는 내 적

리가 들렸다. 조금 전 되지도 않는 연기를 보이다가 끌려 나간 아줌마가 "아직 제 끼를 다 못 보여드렸거든요? 한 번만 더 기회를 주세요."라고 고함을 질러대고 있었다. 누군가 울음을 터뜨렸고, 다른 누군가 까르르 웃음을 터뜨렸으며 마지막으로 그 모든 소란을 제압하는 기합소리가 있었다.

금요일 밤 12시의 나이트클럽만큼이나 혼란스러운 이곳, 소돔과 고모라 같은 이곳은 바로 영화 오디션장이다.

주변을 둘러보던 재영은 희성에게 말했다.

"형, 진짜 돈 못 빌려줘?"

"재영아. 심사 보기 싫으면 제발 나가라. 자꾸 뭐 하는 짓이야?"

"무슨 소리야. 형, 내가 얼마나 열심히 심사 보고 있는데."

"심사 볼 거면 심사만 봐라. 딴소리 말고. 네가 아무리 그래도 그 영화엔 투자 못 해. 여주인공이 도망가고 없는데 어떻게 돈을 대나?"

"남자주인공은 있잖아."

재영이 아무 문제가 없다는 듯 당당하게 말했지만 희성은 요지부동이었다.

"좋아. 나도 자존심이 있어. 싫다는 거 두 번 말하지 않을 거니까 알아서 해. 나중에 대박나면 그때 후회하지나 말라고."

"제발 그래줘라. 다음 참가자 들여보내."

재영은 머리를 벅벅 긁었다. 그러자 희성이 혀를 차더니 페라리 모자를 벗어주었다.

"야. 이거 써라. 머리모양이 그게 뭐냐. 무슨 망나니도 아니고."

"내 인생이 망나니야. 근데 형, 조은심 지금 백방으로 찾고 있다니까? 금방 데려올 거야. 승우가 지금 열심히 촬영하고 있다는 말 들었지? 드라마도 중지하고 CF도 최대로 줄이면서 영화에 집중하고 있어. 그런 애가 진짜 배우로 거듭나겠다고 지금 몸 바치는데 돈이 없어서 영화 못 찍는다는 게 말이 돼?"

희성은 다음 참가자를 힐끔 쳐다보고는 목소리를 낮춰 말했다.

"그 영화 제작비 사십억 넘어갔지? 조은심 못 찾으면 여주인공 다시 정해서 찍어야 될 거고. 그럼 최소 육칠십억이라는 얘긴데, 어떻게 손액분기를 맞춰? 마케팅, 홍보까지 하면 백억이야. 백억. 멜로영화에 백억이 말이 돼? 밑 빠진 독에 물 붓기야. 안 돼."

"형, 한 번만 더 생각해봐."

"어제 성호 만났는데 성호도 지금 골치라고 하더라. 성호네 회사가 지분 가져갔다며? 그 돈 다 써도 영화 완성 못할 것 같다고 걱정이 태산이던데. 자기 잘리면 여기 자리 있냐고 하더라."

"그 개새끼 말 믿지 마. 완전 엄살쟁인 거 알잖아? 형이 십억만 해주면 내가 공동제작으로 크레디트 올려줄게. 응? 이게 제대로만 되면 일본, 중국 다 팔 수 있어."

"생각해볼 테니까 오디션 방해하지 말고 심사 집중하자. 응?"

"알았어. 알았어. 나 이제 진짜로 심사위원만 할게. 더는 말 안 할게. 근데 형……."

"그만해라. 직원 시켜서 끌어낸다."

"알았어. 끝. 끝. 오디션 보자."

자유투 라인 앞에 이십 대 중반의 아가씨가 서 있었다. 아주 예쁘다고는 말할 수 없지만 그럭저럭 신선한 마스크에, 키는 크지 않지만 몸매 비율은 괜찮은 편이다. 평소 운동을 많이 하는지 어깨가 널

찍하고 승모근이 발달해 있다. 다리는 짧은 치마 아래 보이는 다리는 제법 길지만 역시 근육질이다.

여자는 꾸벅 인사하고 말했다.

"125번 차은진입니다."

희성이 서류를 넘겨보며 말했다.

"나이가 23세에 168센티미터, 45킬로그램……. 이거 진짜예요? 170에 한 63쯤 되어 보이는데?"

"진짠데요. 이게 살이 아니라 다 근육이라서 그렇게 보이시나 봐요."

재영은 마음속으로 생각했다. 근육이 부피 당 무게가 더 나가지 않나?

"그럴 필요는 없고요. 중학교 때부터 계속 유도를 하셨네요. 오, 전국체전에서 4위에 오른 적도 있고. 그런데 왜 운동은 그만두셨죠?"

"무릎을 다쳐서요. 전방십대인대 파열이요. 6개월 정도 치료랑 재활 했는데 일상생활은 가능해도 선수복귀는 힘들다고 하더라고요. 그래서 그만두고 새로운 일을 시작했습니다."

"새로운 일로 왜 연기를 택했죠?"

"평소에 영화 보는 거 좋아하고요. 몸 쓰는 일에 자신 있어서요. 특히 이 영화는 액션이 많다고 해서 도전했습니다."

"연기 연습은 따로 하신 게 있나요?"

"집에서 혼자 거울 보면서 많이 했습니다. 친구들은 제가 천연덕스럽게 거짓말 잘한다고 잘할 거라고 그랬고요."

거짓말을 잘하면 나쁜 년 아닌가.

재영은 턱을 문지르며 은진의 얼굴을 가만히 쳐다보았다. 짧은 머리에 동글동글한 얼굴 라인, 눈이 동그랗고 볼이 홀쭉하게 들어간 것이, 광각렌즈로 줌인해서 찍은 것처럼 재미있는 얼굴이다. 화면으로 보면 꽤 색달라 보일 것 같다.

"취미가 뜨개질에 특기는 눈물 연기?"

"예. 지금 보여드릴까요?"

"한번 해보세요."

그때 재영이 말했다.

"그건 됐고. 웃겨봐요."

"예?"

"눈물 연긴 잘한다니까 따로 볼 필요는 없을 것 같고. 대신 코미디 연길 해보라고요. 뭐 준비해 온 거 없어요?"

"준비한 건 없지만 한번 해볼게요."

재영은 고개를 끄떡였다. 차은진은 호흡을 가다듬더니 한껏 콧구멍을 벌름거리며 외쳤다.

"너 황소? 나 최영의야! 좆나게 내리치는 거야!"

'넘버3'에 나오는 송강호의 유명한 대사인데 하나도 안 비슷했으며 굉장히 추했다.

은진이 독살 맞은 눈으로 재영을 노려보고는 얼른 말했다.

"다른 연기 보여드릴게요."

희성이 끼어들었다.

"별로 그럴 필요는 없을 거 같네요. 수고했습니다. 나가보세요."

"잠깐만요. 아직 제 끼를 다 못 보여드렸거든요?"

고릴라를 닮은 진행요원이 차은진에게 그만 나가달라고 손을 흔

친애하는 내적

들었다. 재개발현장에서 철거민을 제압하는 일을 하는 분처럼 생긴 남자였다. 재영도 눈 마주치는 게 두려운 외모의 소유자였는데, 은진은 아무렇지 않게 고릴라를 밀치며 말했다.

"잠깐만요. 아직 보여드릴 게 많거든요. 저 마술도 할 줄 알아요. 카드마술 보여드릴게요. 공중소실마법도 있어요!"

희성은 말했다.

"뭐 해. 끌어내."

고릴라가 은진을 끌어내려다 오히려 팔이 꺾였다.

잠시 후 진행요원이 셋 더 투입되고 나서야 은진을 제압할 수 있었다.

저 아가씨, 나쁘지 않은데.

재영은 문짝을 잡고 버티는 은진을 보며 생각했다. 개성적인 마스크에 몸매 비율도 괜찮고, 표정도 다채롭다. 연기야 대단치 않았지만 세상 누구도 오디션을 보러 온 신인에게 좋은 연기를 기대하지 않는다.

오디션에서 중점적으로 보는 건 영화에 어울리는 외모와 분위기를 가지고 있느냐는 거다. 연기야 작품을 계속하면 늘기 마련이지만 외모는 그렇지 않다. 정우성, 이정재를 보면 알 수 있듯이 얼굴만 봐도 주연이구나, 하는 느낌이 드는 자들이 있다.

그런 면에 있어서 은진은 주인공 얼굴까지는 아니지만 남들에게 없는 장점이 있었다. 다만 얼굴 윤곽이 흐릿한 편이고, 선수 시절 만든 근육이 남아 몸이 우람해 보인다는 게 문제다. 하지만 그건 촬영 각도와 조명만 주의해도 해결가능한 문제다.

재영은 돈을 꾸러 왔다는 자신의 처지도 잊은 채, 희성에게 말했다.

"방금 나간 애 말이야. 다시 불러보면⋯⋯."

"너도 가라."

"뭐?"

"이제 그만 가보라고."

"형, 아직 오디션도 안 끝났는데."

"안 끝났으니까 가라고 하지. 네가 심사위원 보니까 애들이 당황해하잖니. 방금 걔도 그게 뭐냐. 갑자기. 사람 놀라게. 김 실장, 뭐해. 한 대표 나가신다. 배웅해드려."

재영은 배신감을 느꼈다. 이래서 은진에게 코믹연기를 해보라고 할 때 모른 척했구나. 그걸 핑계 삼아 쫓아낼 생각이었던 것이다.

고릴라가 다가와 어깨에 손을 얹으며 말했다.

"가시죠."

한재영은 망설이지 않고 자리에서 일어났다. 그는 될 일과 안 될 일을 구분할 줄 알았다. 예전에는 삼대 일로 싸워 이긴 적도 있지만 그건 뚱뚱하고 배 나온 투자자들을 상대로 거둔 실적이다. 인간이 고릴라와 싸워 이길 수 있을 리 없다.

재영은 동물연구에 평생을 바친 제인 구달처럼 고릴라의 손을 잡고 오디션장을 나섰다.

희성이 소리쳤다.

"그럼 영화 잘되길 빌게."

재영은 울컥했지만 꾹 참았다. 영화 일을 하다 보면 이 정도 치욕이야 밥 먹듯 겪는다. 폭탄주 한 잔 당 백만 원씩 투자할 테니까, 여기서 이백 잔 먹고 영화 찍으라는 투자자도 만난 적이 있다. 재영은

친애하는 나의 적

그날 스무 잔을 먹고 이천만 원을 타낸 다음 일주일간 앓아누웠다.

재영은 미소 띤 얼굴로 희성을 돌아보며 말했다.

"형, 생각 바뀌면 전화해."

"응. 절대 그럴 일 없을 거야."

죽일 놈. 서울에 빌딩에 열 개도 넘으면서 십억이 아까워? 희성
은 그의 대학 2년 선배로 삼십 대 중반까지 나이트, 룸살롱, 클럽 등
을 전전하며 유흥에만 전념한 부잣집 한량이었다. 그러던 어느 날,
명함에 뭐든 새길 게 필요하다며 영화사를 차렸다.

그런데 별생각 없이 부분 투자한 영화가 대박이 터져 업계의 잘
나가는 제작자가 되었다. 때마침 아버지가 돌아가시는 바람에 오천
억에 가까운 재산을 물려받았고. 지금은 매니지먼트사에 드라마프
로덕션까지 운영하면서 한 달에 한 번씩 연예인 애인을 갈아치우며
행복하게 살고 있다.

재영은 땅이 꺼져라 한숨을 쉬었다. 지난 10년간 영화판의 누구
보다 치열하게 살았다고 자부하는 그다. 그럼에도 변변한 히트작
한 편 만들지 못했는데, 희성은 오백만 든 영화 한 편에 이백만짜리
두 개를 만들고 이제는 영화제에서 상을 받겠다고 명성이 하늘을
찌르는 유명한 감독들과 작업하고 있었다.

재영도 인생이 공평하지 않다는 걸 안다.

재능 있는 사람과 돈 있는 사람. 이 둘을 제외한 나머지는 들러리
에 불과하다. 재영은 재능을 키우기 위해 지금껏 노력해왔다. 물불
가리지 않는 배짱과 불법과 합법을 넘나드는 추진력. 하지만 언제
나 한 끗이 부족했다.

문제는 그 약간의 차이를 극복할 수 있느냐다. 대부분은 그 한 곳을 넘어서지 못하고 인생을 마감하기 마련이다.

　문제는 재영에게 필요한 건 한 곳이 아니라 열 곳, 스무 곳이라는 사실이다. 재촬영이 끝나려면 멀었는데, 김성호의 회사에서 받은 돈은 거의 다 써버렸고, 투자자들은 목줄을 죄어왔다.

　그나마 다행인 건 남승우가 다른 스케줄을 모두 포기하고 영화를 찍고 있다는 점이다. 그는 귀국 즉시 드라마와 CF를 포기하고 당분간 '환상의 여인'에 전념하겠다고 선언했다. 매니지먼트사는 결사적으로 반대했지만 남승우는 고집을 꺾지 않았다.

　물론 그건 책임감이 아니라 네덜란드에서 찍은 섹스비디오 때문이었다.

　「자, 봐봐.」

　재영은 서울로 오는 비행기 안에서 승우에게 섹스비디오를 공개했다. 승우는 대마초를 입에 물고 있는 백인과 부둥켜안고 있는 자신을 보고 넋이 나가버렸다.

　재영은 속삭였다.

　「이거 인터넷에 쫙 퍼지면 어떻게 될까?」

　「형……, 형 고소할 거야. 가만 안 둘 거야.」

　「맘대로 해라. 나 어차피 부도, 투자 사기로 감방 가게 되어 있어. 거기 1, 2년 붙어봐야 무슨 상관이냐? 괜찮아. 해. 근데 넌 배우생명 끝나는 거지. 신문, 방송에서 덩실덩실 춤을 추면서 기사 쓸걸.」

　남승우는 체체파리 보듯 재영을 노려보았지만 결국 뭐든 재영의 지시대로 하겠다고 약속했다.

　한국에 돌아온 승우는 원희가 준비한 각서에 사인을 하고 지장을

친애하는 내 적

찍었다. 대충 이런 내용이었다.

[저 남승우는 환상의 여인의 촬영 스케줄이 끝날 때까지 다른 스케줄을 모두 취소하고 영화 촬영에만 전념하겠습니다. 만일 상기 약속을 어길 시 영화제작비 전액을 포함, 형사상, 민사상의 손해배상까지 전부 배상하겠습니다.]

영화가 개봉하는 날 동영상파일을 폐기하기로 약속했다. 물론 거짓말이다. 개봉 날짜가 정해지면 다시 승우를 불러 조용히 협박을 할 계획이었다. 텔레비전, 신문, 인터넷 다 돌면서 홍보하라고. 필요하다면 아침마당에도 나가라고.

하지만 그건 영화를 다 찍고 난 다음의 일이다. 지금 상황으로는 거기까지 갈 수 없다는 게 문제다.

이게 다 조은심 때문이다. 그녀가 잠적해버리는 바람에 일이 꼬였다. 조은심이 사라진 지 한 달이 지났지만 조은심이 어디에 있는지 아무도 알지 못했다. 한국 최고 여배우의 잠적에 언론과 대중은 뜨거운 반응을 보였지만, 그것도 오래지 않아 시들해졌고 지금은 영화제 가슴노출 드레스로 관심이 넘어갔다.

조은심의 측근의 말에 따르면 ― 도대체 누가 측근인지 모르겠지만 ― 외국에 유학을 떠났다고 하는데, 한재영이 보기엔 말도 안 되는 소리였다. 갑자기 무슨 유학? 슈퍼스타는 아무 학교나 가서 나 입학하겠소, 하면 받아주나?

어쨌든 조은심은 사라졌고 촬영은 난항이었다. 조은심을 빼고 다른 배우로 영화를 다시 찍는 방법도 있다. 조은심의 영향력과, 정인상이 기존에 찍어놓은 엄청난 분량의 촬영분을 포기할 수 있다면 말이다.

정인상은 자신이 조은심의 다큐멘터리를 찍는다고 착각한 건지, 조은심의 일거수일투족을 자세하게 잡았다. 웃는 모습, 우는 모습, 화내는 모습, 심지어 멍하니 바닥을 내려다보는 모습까지. 팬클럽 회원들을 모아놓고 오만 원씩 받은 다음 상영하면 딱 좋겠다는 생각마저 들 정도였다.

그래. 포기할 수 있다. 돈이 십억쯤 더 들긴 하겠지만 대범하게 조은심을 포기할 수 있다.

그런데 대안이 없다.

어떤 여배우가 망해가는 영화에 들어오겠나. 거기다 계약금으로 줄 돈도 없는데. 재영은 미친 척하고 전도연과 손예진, 그리고 김혜수에게 시나리오를 넣고, 러닝개런티로 계약하자고 운을 띄워봤지만 당연히 반응은 신통치 않았다. 아니, 신통치 않은 정도가 아니라 아예 연락도 없었다.

신인으로 갈 생각도 해보았다. 지구에 존재하는 모든 영화인들의 오랜 꿈. 소망. 예쁘고 연기 잘하고 착한 스타를 발굴해서 흥행에도 성공하는 일. 하지만 세상의 모든 꿈이 그렇듯, 꿈은 꿈일 뿐이다. 그렇잖아도 투자가 거의 막혔는데 여배우까지 신인으로 가봐라. 관 뚜껑에 못을 박는 일일 뿐이다.

지하주차장은 어찌나 크고 화사한지 재영의 집보다 나았다. 주차장 한쪽에 희성의 차량 세 대가 주차되어 있었다.

재규어. 페라리. 그리고 그랜드 체로키.

셋 다 무슨 변신 로봇처럼 생겼다. 특히 페라리는 국내에 열두 대

친애하는 내 적

밖에 없는 귀한 놈으로 사우디아라비아 왕자에게 웃돈 주고 사왔다고 희성이 입만 열면 자랑했다.

재영은 우울하게 자신의 SM5를 향해 걸어갔다. 오래전 프로듀서 계약금을 받았을 때 오백 주고 산 중고차다. 그 뒤로 나름대로 아껴 썼지만, 영화인이란 택시기사 다음으로 차를 빨리 망가뜨리는 직업군이다. 요즘은 시동만 걸어도 죽어가는 소리를 내며 힘겨워한다. 폐차할 돈이 없어서 끌고 다니고 있는데, 그것도 얼마 안 남았다.

재영은 차에 올라 어딜 찾아가야 할지 생각해야 했다. 정상적인 영화투자자는 모두 찾아다녔고, 전부 거절당했다. 일부는 점잖게 거절했지만 일부는 대놓고 비웃었고 희성처럼 아예 인연을 끊자는 놈도 나왔다.

남은 건 정상적이지 않은 영화투자자들뿐이다. 아주 정상적이지 않은 놈들. 영화인보다 경찰하고 자주 만나는 자들. 진짜 위험한 놈들. 그런 작자들을 찾아가도 될까? 머리에 떠올리는 것만으로도 심장이 떨린다. 죽어라 투자가 되지 않았던 '전쟁의 무법자'를 찍을 때조차 그런 놈들과는 거리를 뒀다. 계약서를 쓸 때, 큰 의미는 없이 서로 믿자는 의미로 신체포기각서에 사인해줬으면 좋겠다고 내미는 놈들이기 때문이다.

커다란 빌딩에서 몸에 딱 맞는 수제양복을 입고 한국영화의 미래를 걱정하는 척하지만 사실은 조직폭력배고 사실은 다 피 묻은 돈이며 결국 돈세탁이 목적인 작자들이다. 평소에는 배운 사람인 척하며 스탠리 큐브릭이니 빔 밴더스 영화 얘기를 꺼내지만 영화가 망하면 폐공장으로 끌려가 프레스기에 한쪽 불알을 끼운 채 돈 가져오라는 협박을 하는 놈들이다.

"에잇, 안 돼."

오금이 저려서 거기는 못 가겠다. 딴 사람이 없나 생각해보자. 세상에 눈 먼 돈이 얼마나 많냐. 잘 생각해보면 그중 하나는 찾을 수 있을지도 몰라. 아무리 허접한 영화를 하더라도 하나쯤은 성공을 기대할 요소가 있기 마련이다.

그런데 이번에는 아무것도 없었다.

재영은 피식 웃었다. 좋은 점이 아예 없진 않네.

더 이상 나빠질 게 없다는 점. 그는 배가 아플 때까지 키득대며 웃었다. 더 이상 나빠질 게 없다는 일이 가장 좋은 일이 되는 날이 올 줄 몰랐다. 아, 정말 웃기다. 진짜 웃기는구나.

사무실로 돌아갈까, 아니면 바다로 가서 뛰어내릴까 생각할 때 어디선가 소름 끼치는 소리가 났다. 소싯적, 심심풀이 삼아 바둑알 두 개를 비빌 때 났던 소리.

창밖을 보니 희성의 페라리 앞에 여자가 서 있었다. 그녀가 팔을 움직일 때마다 연신 찢어지는 소리가 났다.

저 여자, 지금 뭐 하는 거래?

재영은 차에서 내려 여자에게 다가갔다. 거리가 가까워지자 여자가 누군지, 또 무얼 하는지 점점 뚜렷해졌다. 차은진이 뾰족한 열쇠 끝으로 페라리를 긁고 있었다.

저런 미친년. 저게 얼마짜린데. 지금 긁은 것만 최소한 천만 원어치는 될 것 같았다.

어떡하지? 말려야 하나?

재영은 곧 고개를 흔들었다. 내 차도 아닌데 뭘. 희성에게도 슬픈 일이 조금은 있어야지. 재영은 모른 척 차로 돌아가다가 동작을 멈

친애하는 내 적

췄다. 은진의 뒷모습이 왠지 낯익었다.

그녀를 다시 쳐다볼 때 은진이 환하게 웃으며 돌아섰다. 두 사람의 시선이 마주쳤다.

십여 초 정적이 흘렀는데 은진의 표정 변화는 그야말로 볼 만했다. 환하게 웃던 얼굴이 차츰 딱딱하고 굳고 그러다가 어디 아픈 사람처럼 색깔마저 변하는데, 카메라가 있다면 '유주얼 서스펙트' 식의 연기라고 심사위원들에게 보여주고 싶을 정도였다.

은진은 페라리를 긁던 열쇠를 등 뒤로 감추며 말했다.

"저기…… 제가 한 거 아니거든요."

재영은 어이가 없어 멀뚱히 그녀를 쳐다보았다. 조금 전까지 신나게 차를 긁어놓고선 지금 뭐 하는 소리래?

은진은 조금씩 뒷걸음치며 변명했다.

"제가 올 때부터 이랬거든요? 누가 그랬나 싶어서 쳐다본 거거든요? 오해하지 마세요. 전 모르는 일이에요."

재영은 무슨 말을 할지 고민했다. 다 봤다고 해야 하려나? 아니면 그냥 모르는 척해줄까. 안간힘을 쓰며 변명하는 은진을 보고 있으려니 왠지 안쓰러워 그는 손을 내저으며 말했다.

"괜찮습니다."

잠시 침묵이 흘렀다. 은진은 지금 상황이 이해가지 않는지 살짝 얼굴을 찡그리더니 엉망이 된 페라리에 시선을 줬다가 다시 재영을 쳐다보았다. 그러더니 의심스럽다는 목소리로 물었다.

"차가 저렇게 됐는데 정말 괜찮아요?"

"그럼요. 내 차도 아닌데요. 뭐."

은진의 표정이 또 한 번 달라졌다.

"아저씨 차가 아니라고요? 그럼 누구 찬데요?"

"아가씨가 오늘 오디션 본 회사 대표 차죠. 기억 안 나요? 아까 안경 끼고 머리 짧은 남자."

"세상에."

"그럼 아가씨는 누구 찬 줄 알고……."

재영은 말을 멈췄다. 은진의 표정에 대답이 있었기 때문이다. 그는 페라리 모자를 벗어 쥐었다.

"이 모자 땜에 내 찬 줄 아셨나 봐요?"

"그쪽이 생각하는 그런 거 아니거든요? 오해거든요?"

뭐가 오해라는 거야. 도대체. 재영은 혀를 찼다. 배우 중에 사이코가 많긴 하다. 사이코의 비율이 높기로 유명한 영화계에서도 연기자 중 사이코의 비율은 예외적일 만큼 높으니까. 일반인 중 사이코가 열 명 중 한 명이라면 영화계는 열 명 중 여섯 명, 그리고 연기자는 열 명 중 구 점 육 명이 사이코랄까.

"아가씨, 아무리 오디션에서 떨어졌다고 해도 그렇지, 이런 식으로 유치하게 복수를 하면 어떡해요? 더 실력을 키워서 잘할 생각을 안 하고. 홍상수 감독님 영화 봤죠? '우리 사람은 못 돼도 괴물은 되지 말자.'라는 대사 기억나요? 안 나요?"

"무슨 말씀이세요? 전 전혀 모르는 일이라니까요."

은진은 잡아떼다가 갑자기 목청을 높였다.

"그쪽이 그런 거 아니에요? 아까 보니까 돈 못 빌려서 화 많이 났던데. 그러고선 저한테 뒤집어씌우려고 그러는 거 아니에요?"

재영은 혀를 내둘렀다. 보통 계집이 아니다. 만에 하나 스타가 되면 제작자부터 시작해서 피디, 감독까지 여럿 잡아먹을 년이다.

친애하는 내 적

저런 년을 유망주로 생각했다니…….

"손에 들고 있는 그 열쇠나 치우고 말하자. 우리."

은진은 도색이 묻은 열쇠를 살짝 내려다보더니 급히 주머니에 넣었다. 그러고선 더욱 목청 높여 자신의 무죄를 주장하기 시작했다.

재영은 그녀를 무시하고 그녀의 어깨 너머에 설치된 폐쇄카메라에 시선을 주었다. 카메라의 위치와 각도로 보아 두 사람을 정확히 투 샷으로 정확하게 잡고 있는 것이 분명했다.

그럼 저 여자가 차 긁는 것부터 우리 둘이 이야기하는 것까지 전부 다 찍혔군. 이대로 모른 척 넘어가면 나중에 희성으로부터 공범이냐는 소리나 들을 게 분명하다. 이왕 이렇게 된 거, 희성을 불러서 사정을 알리는 편이 낫겠다. 그리고 돈 달라고 한 번 더 말해 봐야지.

그는 마음을 정하고 휴대전화를 꺼냈다.

"잠깐만 기다려요. 차 주인을 부를 테니까."

"저 바쁜데요. 제가 왜 기다려야 되죠?"

은진은 도망치듯 주차장을 빠져나가려 했지만 재영이 급히 몸을 날려 은진을 가로막았다. 은진은 전성기 호나우도 같은 발놀림으로 재영을 피해 자동차 사이로 도망쳤다. 두 사람은 자동차를 사이에 두고 마주섰다. 차은진 뒤에 비상계단이 있었다. 은진은 재영을 쳐다보며 천천히 비상계단으로 물러섰다.

"저 갈 테니 남은 일은 알아서 하세요."

"가긴 어딜 가!"

재영은 벌컥 소리쳤다.

"너 차 긁는 거 저기 카메라에 다 찍혔어. 네 주민등록번호랑 주소랑 다 위층에 있을 거 아냐. 너 126번. 차은진. 맞지?"

"125번이거든요!"

"어쨌거나. 너 인마, 지금 도망간다고 그냥 넘어갈 수 있는 일이 아니야. 내가 선배한테 말해서 손해배상비 깎아볼 테니까, 좋은 경험 했다고 생각해라. 아까 보니까 너 장래성 있던데. 열심히 노력하면 언젠가 좋은 일이 있을 거다."

물론 좋은 일은 하나도 없을 거고, 희성도 배상비를 깎아주진 않겠지만 바보 같은 년이 그냥 갈까 봐 하는 말이다.

그런데 희성이 전화를 받지 않았다. 어쩌면 이미 수신거부목록에 등록했을지도 모를 일이다.

재영은 전화를 끊고 은진에게 말했다.

"전화를 안 받네. 같이 올라가자. 가서 사과하고, 찻값 치러. 너 이런 식으로 굴다간 앞으로 절대 데뷔 못 한다. 너한테 맞는 오디션이 있고, 안 맞는 오디션이 있는 거지. 떨어질 때마다 화풀이하면 누가 널 좋아하겠냐?"

"아저씨가 지금 그런 말을 할 처지예요? 아저씨가 장난치는 바람에 내가 떨어졌는데. 내가 이번 오디션을 얼마나 준비했는지 알아요?"

"뭔 소리야. 너 나 아니었어도 떨어졌어. 너 들어오자마자 분위기 싸해진 거 보면 몰라?"

은진은 부르르 몸을 떨었다.

"근데 왜 반말해요?"

"내가 너보다 나이 많고 내가 너보다 업계 선배고. 내가 너보다 더 유식하니까. 유명 매니지먼트사에서 체계적인 훈련 받고도 잘

친애하는 내 적

안 되는 게 이 바닥이야. 오디션 한번 까였다고 차 긁고 튀는 년이 통할 거 같아? 세상이 만만하니?"

은진은 이를 갈았다.

"너 영화도 못 찍는 게······. 돈도 없어가지고······."

이번에는 재영의 눈이 뒤집혔다. 영화도 못 찍는다니, 돈도 없다니, 틀림없는 사실이지만 그래서 더 열 받는다.

재영은 은진에게 삿대질을 하며 성질을 부렸다.

"너나 몸무게 좀 속이지 마. 보면 다 아는데 왜 속이니. 살 좀 독하게 빼고, 눈도 좀 트고. 연기 공부도 좀 해라. 스타니슬라프스키가 누군지는 아니?"

"알아요. 나도 연기 공부했다고요. 메쏘드 연기를 만든 사람 아니에요. 스타니−슬르−. 암튼 그 사람."

"뭐라고? 스타크래프트?"

은진의 눈이 뒤집혔다.

그녀는 괴성을 지르며 재영을 향해 달려들었다.

경비원 최 씨는 하품을 하다 CCTV에 시선을 주었다. 지하주차장에서 정장을 차려입은 남녀가 서로를 향해 삿대질을 하고 있었다. 그러다 갑자기 여자가 몸을 날려 남자를 덮쳤는데 마치 UFC 실제경기의 태클을 연상시킬 만큼 움직임이 빨랐다. 두 사람은 한 덩어리가 되어 바닥을 굴렀다.

저 사람들은 뭐 하는 거래? 영화 찍나?

건물 주인이 영화사 대표니만큼 주차장에서 영화를 찍을 수도 있겠다, 싶었지만 아무리 다른 CCTV를 살펴도 촬영기자재나 스태프는 보이지 않았다.

뭔 일이래?

그러다 최 씨의 눈이 함지박만큼 커졌다. 건물주가 애지중지하는 페라리가 쫙쫙 긁힌 것을 발견한 것이다. 그는 '로또는 과학, 매일매일 번호를 바꿔라'라는 책을 펼치고 번호 구상의 여념이 없던 동료 이 씨의 옆구리를 툭툭 찔렀다.

"이 씨! 이 씨!"

"왜 그래?"

"저거, 저거 좀 봐."

이 씨는 눈을 깜빡이며 화면에 시선을 주었다. 이 씨는 키가 크고 굼뜬 오십 대 초반으로 누가 뭘 묻든 삼십 초 정도 머뭇거린 후에 대답하는 특이한 남자였다. 최 씨는 처음에 이 씨가 뭔가 생각하나보다, 싶었지만 얼마간의 시간이 지나고 나서야 뇌세포가 움직이는데 그만한 시간이 걸리는 거란 사실을 알았다.

이번에도 이 씨는 삼십 초를 꼬박 채운 후 입을 열었다.

"영화 찍나?"

"뭘 보는 겨! 이걸 보란 말여!"

최 씨는 화면 상단을 탁탁 두들겼다. 이 씨는 페라리 긁힌 자국을 발견하고 눈을 크게 뜨며 이상한 소리를 냈다.

"어?"

이 씨가 다시 삼십 초를 채워가며 생각을 정리하는 동안, 최 씨는 서로 부둥켜안고 싸우는 남녀를 새로운 시각으로 바라보기 시작했다.

혹시 저것들이……?

친애하는 내 적

그렇다면 저들이 도주하기 전에 잡아야 했다. 최 씨는 경찰곤봉을 챙겨 밖으로 달려 나갔다. 이 씨는 어, 어, 소리를 내며 머뭇거리다가 십오 초 후 그 뒤를 따랐다. 이 씨가 경비를 시작한 이래로 가장 빨리 결단을 내린 날이었다.

이종격투기에는 마운트 포지션이라는 것이 있다. 상대의 몸 위에 올라타고 가슴 또는 복부를 누르며 중심을 제압하는 자세로 위에 올라탄 사람은 어떤 공격이나 방어도 손쉽게 할 수 있지만 아래 깔린 사람은 소극적인 방어밖에 할 수 없어 궁극의 자세라고 불리기도 한다.

은진은 마운트자세로 재영을 올라탄 후 사정없이 주먹을 날렸다. 작지만 단단한 주먹이 눈과 코, 턱을 때렸다. 재영은 정신없이 얻어맞다가 간신히 은진의 팔을 잡았다. 그는 있는 힘을 다해 은진을 밀어냈다.

두 사람의 몸이 반 바퀴를 굴렀고, 위치가 정반대로 바뀠다. 이번에는 재영이 마운트포지션에 있었다. 은진은 으르렁대며 주먹을 날리고 할퀴고 물어뜯고 깨물려 들었다.

재영은 팔을 휘저어 공격을 막으며 물었다.

"야! 너 미쳤어? 도대체 왜 이래?"

"내가 대배우가 되면 너부터 죽일 거야. 이 나쁜 놈아."

뭔가 뜨거운 것이 떨어져 만져보니 코피가 나고 있었다. 그가 가장 좋아하는 아르마니 셔츠마저도 피에 젖어 엉망이 되었다.

"야. 이거 보이지? 피 나는 거 보이지? 내가 고소만 하면 넌 당장 감방이야. 알아? 정신 차려. 왜 갑자기 주먹질이야."

차은진은 눈을 꼭 감더니 큰 소리로 울음을 터뜨렸다.

한재영은 당황했다.

"야, 너 우냐? 정말 우는 거야?"

은진은 더욱 서럽게 울었다.

"그럼 내가 울지, 웃겠냐. 나쁜 놈아."

"야. 네가 때렸잖아. 난 한 대도 안 건드렸어. 근데 왜 네가 우니."

"억울하고 분해서 운다. 너 같은 놈한테 무시당하고, 엉엉."

재영은 한숨을 쉬었다. 그래도 한 때 충무로의 유망주로 손꼽히던 그가 아닌가. 무비 위크에 차세대 프로듀서 5인방 중 하나로 기사가 뜨기도 했다. 물론 심심하면 한 번씩 뜨는 기획기사라, 10년 이상 굴러먹은 피디 중 한 번도 안 실린 사람이 없긴 하지만 아무튼 그랬다.

그런 그가 배우지망생과 얼굴 붉히며 싸우다 바닥을 뒹굴고, 너 같은 놈 소리를 들은 날이 올 줄은 몰랐다. 상황이 안 좋을수록 더 우아하게 굴어야 하는데.

오래전 영화판의 아는 형이 그랬었다. 사람이 말이야, 망할수록 착해져야 돼. 그 형은 망하기 직전 친구들에게 돈을 빌려 도망쳤지만 말 자체는 맞는 말이다.

그는 은진을 일으켜주고 손수건을 건넸다.

"야, 일어나. 그만 울고. 이걸로 눈물 닦아."

차은진은 손수건을 받아 눈물을 닦았다. 그리고 킁! 하고 코까지 풀었다. 한재영은 꾸깃꾸깃해진 손수건을 보고, 구겨진 자신의 인생이 떠올라 다시 한 번 한숨을 내쉬었다.

은진의 눈은 붉게 충혈되어 있었고 뚝뚝 턱을 타고 눈물이 떨어졌다. 화장을 안 해서 그나마 다행이다. 저기에 화장까지 했다면 번져서 백 배는 더 불쌍하게 보였을 것이다. 이런 게 다 영환데.

재영은 은진을 쳐다보다 불쑥 말했다.

"선배한테는 내가 말해볼 테니까 집에 가라."

"뭐?"

"내가 알아서 할 테니까 가보라고."

그러곤 페라리가 있는 쪽으로 터덜터덜 걸어갔다. 은진은 재영의 갑작스러운 변화에 대꾸할 말을 찾지 못했다.

그때 재영이 은진을 돌아보며 말했다.

"참, 근데 너도 그 성질머리는 고쳐라. 싫은 소리 좀 들었다고 주먹부터 날리면 되냐. 여기가 무슨 북두신권 세상인 줄 알아. 그리고 너 다른 건 몰라도 살은 꼭 빼야 한다. 안 그러면 캐스팅 안 돼. 눈은 조금 찢고. 코는 살짝 올려. 양악수술은 꿈도 꾸지 말고. 그거 해서 나아진 애 아무도 없어. 그냥 팔자다 생각하고 살아."

재영의 말은 계속되었다.

"그리고 너 아까 만져보니까 팔이랑 허벅지에 근육 엄청나던데. 그거 다 없애라. 화면에서 보면 근육 엄청 표 난다. CG로 다 못 없애. 그리고 이빨은 교정하고. 이미 좀 늦긴 했는데 그래도 한번 해봐야지. 일단 병원 가서 견적은 내봐. 병원 한 군데만 가지 말고 여러 군데 가봐라. 혹시 사기당할 수 있으니까."

은진의 얼굴이 점점 일그러졌다.

재영은 자신이 지금 은진의 역린을 건드리고 있음을 알지 못하고 계속 떠들었다. 마지막으로 은진의 발뒤꿈치 각질까지 이야기한 후에야 숨을 길게 내쉬고 마무리했다.

"아무튼 열심히 해라. 열심히 하면 뭐라도 되겠지."

재영은 돌아서서 다시 걸었다. 차은진은 가만히 재영을 노려보다가 핸드백을 뒤지기 시작했다. 그때 비상계단의 문이 열리고 경비원들이 달려 나왔다.

최 씨가 소리쳤다.

"저놈이야! 잡아!"

"야. 놔. 놔. 내발로 너희 사장한테 갈 테니까."

한재영은 엉겨 붙는 경비원들을 밀치며 당당하게 외쳤다. 권력에 약한 최 씨는 주춤 물러섰고 굼뜬 이 씨는 방금 재영이 한 말이 무슨 뜻인지 곱씹었다.

그때 등 뒤에서 찢어지는 목소리가 들렸다.

"야! 너 이 새끼야! 나 좀 보자!"

한재영이 고개를 돌리자, 차은진은 가스총을 발사했다. 하얀 연기가 한재영의 얼굴을 직통으로 때렸다. 경비원들이 옆으로 물러서며 독가스라도 맞은 듯 비명을 질렀다.

재영이 얼굴을 부여잡고 소리쳤다.

"내 눈! 으아! 내 눈이 타들어간다!"

"선생님! 저 죽어요!"

한재영은 다 죽어가는 사람처럼 비명을 질렀다. 듣는 사람마저 고통스럽게 만드는 비명 소리의 리얼함은 오마하 해변에 상륙하다가 다리가 잘려나간 군인을 방불케 했다. 병원 복도를 지나던 사람들이 전쟁 났나 싶어 진료실을 들여다볼 정도였다.

의사는 한숨을 내쉬며 원희에게 손짓했다.

친애하는 내 적

"거기 문 좀 닫아주세요. 아니, 아예 잠가요. 잠가. 아무도 못 들어오게."

원희는 급히 진료실 문을 닫았다. 그는 두 눈을 꼭 감고 주먹을 꼭 쥔 채 부들부들 떨고 있는 한재영을 곁눈질하며 혀를 찼다.

엄마가 죽었을 때도 안 울었다더니.

이 절체절명의 시기에 처음 보는 계집애랑 시비가 붙어서 가스총을 맞은 것도 한심하지만 병원에 와서 엄살 부리는 건 더 한심하다.

의사가 말했다.

"자, 이제 괜찮습니다. 최루가스를 다 닦아냈거든요? 제 팔 좀 놔주시고요. 눈 떠도 됩니다."

재영이 구슬픈 어조로 대답했다.

"실명되는 거 아니죠? 그렇죠?"

"실명 절대 안 됩니다. 진짜요. 눈 떠보세요."

"뜨면 아픈 거 아니에요?"

"안 아파요. 떠보세요. 걱정 말고. 자, 한 번에. 거봐요. 안 아프죠? 따끔거리는 건 자연스러운 거니까 한번 깜빡거려보세요."

한재영은 눈을 몇 번 깜빡거려 보더니 안도의 한숨을 내쉬었다.

"박사님. 보여요."

"다음부터는 의사 말을 믿어봐요."

의사는 재영의 눈동자를 이리저리 살펴보다가 고개를 끄떡였다.

"다행이네요. 실명 가능성은 거의 없겠습니다."

"예? 실명이라뇨? 방금 실명 절대 안 된다고 했잖아요."

"아, 그건 눈 뜨게 하려고 한 말이죠. 눈을 안 뜨는데 어떻게 확인을 합니까. 실명은 안 될 건데 시력은 약간 떨어질 겁니다. 0.2이나

0.3 정도? 너무 가까워서 맞았거든요."

"뭐라고요?"

"운이 좋으면 6개월쯤 후에 정상으로 돌아올 수도 있고요, 그냥 유지될 수도 있습니다."

한재영은 의사를 밀치고 벌떡 일어나 거울로 가 자신의 눈을 살폈다.

이십 대 후반부터 나름대로 피부 관리, 시력 관리에 신경을 써온 재영이다.

그래서 삼십 대 중반의 나이에도 뽀송뽀송한 피부에 0.5 내외의 시력을 유지하고 있었는데, 지금은 눈이 완전히 썩어 동태눈이 되었고 얼굴은 최루가스를 닦아내느라 검붉게 퉁퉁 부어 있었다.

한재영은 이를 뿌드득 갈았다. 거울에 비친 재영의 얼굴이 마치 사람 물어 죽인 좀비처럼 보였다.

"죽일 년. 은혜를 원수로 갚아?"

그는 옆에 선 남원희를 발견하고 말했다.

"원희야! 너 왔구나. 잘 왔다. 이 나쁜 년 지금 어디 있니?"

"사장님. 진정하세요. 창피하게 여자랑 싸우고 뭐 하는 짓이에요. 지금 우리가 그럴 때예요!"

"너 요새 영 태도가 건방지다?"

"장 사장님한테 전화 왔어요. 페라리가 박살났다고 숨넘어가는 소리를 내던데 설마 사장님이 부순 건 아니죠?"

재영은 돈 이야기를 듣고 정신을 차렸다.

"나 아니야! 그년이 부셨어. 그년 지금 어디 있어? 빨리 잡아 꿀려서 희성이 형한테 데려가야지."

친애하는 내 적

"같이 온 여자라면 저 밖에 있는데요."

재영은 문을 박차고 복도로 뛰어나갔다.

한재영의 눈에 창가에 선 은진의 뒷모습이 걸렸다. 은진은 오렌지주스를 쪽쪽 빨며 누군가와 통화하고 있었다. 그 꼴을 보니 다시 분통이 터졌다. 저년 저거는 양심도 없나? 사람이 죽나 사나 하는데 밖에서 처놀고 있어?

그는 복도에 놓인 침대에서 베개를 집어 들었다.

이년, 거기 가만히 있어라.

한재영은 베개를 움켜쥐고 은진을 향해 나는 듯 달려갔다. 뒤에서 머리를 꾹 눌러서 숨통을 끊어버릴 생각이었다. 최소한 숨통을 끊는 기분이라도 맛볼 생각이다. 저도 한 일이 있으니 책잡지 못하겠지. 그는 두어 걸음 달려가다 멈췄다. 역광을 받은 은진의 뒷모습은 어디선가 많이 본 듯해서였다.

아까 전에도 비슷한 감정을 느꼈었는데?

재영은 은진의 뒷모습을 한참 동안 노려보다 혼잣말처럼 중얼거렸다.

"조은심?"

일단 머리 길이가 다르고 툭 튀어나온 승모근도 다르며 무엇보다 얼굴이 다르지만 뒤에서 본 전체 라인은 영락없는 조은심이다. 잘록한 허리에 굴곡 있는 골반. 심지어 다리가 근육덩어리인 것까지 같다. 조은심은 몇 번이나 근육축소수술을 고려했지만 통증이 상당하다는 말에 포기하고 긴 부츠를 즐겨 신었다.

그날도 그녀는 지금처럼 그를 등진 채 서 있었다. 은은한 재즈 음악과 값비싼 위스키, 소곤거리는 대화 그리고 절망. 투자사가 클럽을 빌려 마련한 파티였다. 그녀는 야외용의 등허리가 깊게 파인 드레스를 입은 채 사람들과 이야기를 나눴고 초대받지 못한 손님이었던 재영은 노스페이스 패딩을 입은 채 구석에서 공짜 위스키를 마셨다.

그는 멍하니 여자를 바라보다 여자의 어깨를 잡아 흔들었다.

"은심아."

여자가 고개를 돌렸다. 은진의 얼굴을 보고 재영은 정신을 차렸다.

아, 맞다. 얘가 아니지.

은진도 재영의 얼굴을 보고 놀랐는지 흠칫 고개를 젖히다 창문에 머리를 부딪쳤다. 그리곤 뒤통수를 부여잡으며 앞으로 고개를 숙이다 반쯤 열려 있던 비상계단 문에 또 머리를 부딪쳤다. 그리고 다시 고개를 젖히다 다시 창문에 뒤통수를 박은 후 머리를 얼싸안고 그자리에 주저앉았다.

재영은 피식 웃었다. 조은심도 성격이 강하긴 했지만 이렇게 슬립스틱 코미디에 재능이 넘치진 않았다. 대체로 진지하고 가끔씩 우울했었지. 여배우적 감수성이랄까. 그녀가 우울해질 때마다 주변 사람들이 죽어났었다는 게 문제일 뿐.

근데 진짜 비슷하네.

그는 은진의 뒤통수를 만져보고 싶은 욕망을 억눌렀다. 얼굴은 많이 다른데 뒷모습이나 분위기는 완전 판박이다. 뭐랄까. 그래. 분위기가 비슷해. 재영은 오디션장에서 은진을 처음 봤을 때를 떠올렸다. 그때 가능성을 느꼈던 것도 그녀의 분위기 때문이었을지도 모르겠다. 어쨌든 슈퍼스타와 비슷한 분위기가 있으니까.

친애하는 나의 적

그때 기가 막힌 아이디어 하나가 머릿속을 맴돌기 시작했다. 위험부담이 높긴 해도 지금의 위기를 단번에 돌파할 수 있는 묘안이다. 조은심. 차은진. 이름도 비슷하잖아. 아주 비슷하진 않지만 은근히 어감이 비슷한 게 하늘의 계시인지도 몰라.

그래. 좋아. 어차피 더 망할 데도 없잖아? 재영은 주군을 만난 간신배처럼 야비한 눈웃음을 지으며 말했다.

"아가씨, 나랑 잠깐 얘기 좀 하죠."

은진은 두 주먹을 불끈 쥐고 벌떡 일어났다.

"또 붙어보자 이거니? 한번 해볼까? 응?"

"아니. 우리가 왜 싸웁니까."

재영은 헤벌쭉 웃으며 손바닥으로 은진의 주먹을 받는 시늉까지 해 보였다. 그는 필요하다면 부모님 원수에게도 인사할 수 있는 사람이었다. 은진은 어리둥절한 표정이었다. 그녀가 쥐고 있는 휴대전화 너머로 나이 든 여자의 새된 목소리가 들렸다.

— 또 뭐니? 너 또 싸우니?

"혹시 통화 중이셨어요?"

"아……. 예. 엄마랑요. 병원비 때문에."

수화기 너머로 은진 엄마의 화통 삶은 목소리가 들렸다.

— 너 되지도 않는 오디션이니 배우니 하는 헛꿈 그만 꾸고……. 정 할 거 없으면 입대해. 요즘 여군 하사 처우도 괜찮대. 월급도 많이 주고 복지도 나쁘지 않다더라. 거기 가면 너 좋아하는 싸움도 원 없이 할 수 있잖니. 언제까지 자식 봉양하면서 살아야 돼?

은진이 부끄러운 표정으로 얼른 전화를 끊으려 할 때 재영은 척하고 손을 내밀었다.

"잠깐 휴대전화 좀 줘보시죠."

"왜요?"

"제가 어머니께 대신 말씀드리겠습니다."

은진은 멀뚱히 재영을 쳐다보다 휴대전화를 건넸다. 재영은 목소리를 죽여 은진의 엄마와 몇 마디 대화를 나눴다. 그러고는 은진에게 휴대전화를 돌려주었다.

"제가 잘 얘기했습니다."

"뭐라고 했는데요?"

"오해가 조금 있었는데 잘 풀었으니 아무 염려하지 말라고 말씀드렸습니다. 그보다 중요한 게 있는데. 그러니까, 참 아가씨 이름이 뭐라고 했죠? 아, 맞다. 차은진 씨, 소속사는 있어요?"

"소속사요?"

"예. 소속사요. 연예소속사. 유망한 연예인이라면 대체로 소속사가 있는 법이니까요. 아직 은진 씨 같은 원석을 알아볼 만큼 눈 밝은 회사가 없었나요?"

"없었던 것 같은데…… 요."

한재영은 환하게 웃으며 말했다.

"그거 잘됐네요! 아, 다른 게 아니라 소속사가 있으면 아무래도 계약하는 거나 일하는 게 복잡해져서 그래요. 차은진 씨, 나랑 일해볼 생각 없어요? 지금 '환상의 여인'이라는 영화 찍고 있는데."

"무슨 영화라고요?"

"'환상의 여인'이요. 못 들어보셨어요? 조은심. 남승우 나오는 영화인데. 하, 이렇게 홍보가 안 됐나?"

"들어본 것도 같네요. 근데요?"

친애하는 나의 적

"은진 씨가 우리 영화에 출연해줬으면 좋겠는데. 어때요? 생각 있어요?"

"정말요?"

은진은 눈을 동그랗게 뜨며 반문했다. 크리스마스도 아닌데 산타 클로스가 나타나서 놀란 모양이었다. 재영은 정말이라는 듯 근엄하게 고개를 끄떡였다.

"물론 정말이죠."

은진은 감격한 표정이었다가 갑자기 둘 사이에 있었던 일이 생각나는지 인상을 쓰며 말했다.

"갑자기 왜 그런 생각을 했는데요? 조금 전까지 저 별로 안 좋아하셨잖아요?"

"한번 결의를 본 거죠."

"결의를 봐요?"

"예. 합격입니다."

재영은 짝짝 박수까지 쳤다. 은진은 재영의 말을 믿어도 될지 헷갈리는 표정이었다. 재영은 '카사블랑카'의 험프리 보가트처럼 느끼하지만 자신감 넘치는 표정으로 벽을 짚고 서며 말했다.

"은진 씨에게 딱 어울리는 역이 있어서 시험해본 겁니다. 차은진 씨한테도 좋은 기회예요. 이런 영화 하나 찍어두면 앞으로 연기생활 하는 데도 크게 도움이 될 거예요."

"정말 영화 찍고 있어요? 조은심, 남승우 나오는 영화라고요?"

"그럼요. 내가 왜 거짓말을 하겠어요? 이래 봬도 나 이름 있는 프로듀서에 제작잡니다. 여기 명함 봐요. 나 '전쟁의 무법자'도 프로듀싱한 사람이야."

"'전쟁의 무법자요'?!"

은진의 목소리는 갑자기 커졌다. 그렇잖아도 두 사람을 곁눈질하던 병원 복도의 사람들이 모두 시선을 주었고 조마조마한 표정의 간호사는 전화기를 꺼내 들었다.

재영은 말을 더듬었다.

"아, 뭐 그 영화에 안 좋은 일이라도 있으셨나 봐요? 하긴 대체로 좋아하는 영화는 아니니까. 저도 썩 좋아하진 않는데, 나름의 사정이 있어서……. 예정대로만 됐으면 굉장히 재미있었을 영화라서요."

차은진은 더 듣지 않고 재영의 손을 꼭 잡았다. 그녀는 아이돌 스타를 만난 팬처럼 눈이 반짝반짝 빛나고 있었다.

"나 그 영화 너무 좋아해요! 제 인생의 영화라니까요. 집에 포스터랑 비디오, DVD까지 샀어요. 특히 항구에서 포위된 주인공이 담배에 불붙이려는데 라이터가 없어서 뻘쭘하게 서 있다가 엔딩 타이틀 뜨는 장면은 너무 멋있어서 기분이 울적할 때마다 다시 본다니까요."

음. 그 영화 돈 내고 본 십만 명 중 하나로군.

"저도 그 영화를 가장 자랑스러워합니다."

"그 영화 프로듀서를 하신 거예요?"

"제작도 했지요. 사무실에 가서 자세한 얘기 하시죠. 그 영화 뒷얘기 아주 재밌는 게 많아요. 항구 장면 어디서 찍었는지 알아요? 모르죠? 그게 사실은 남산에서 찍은 거거든요."

"세상에. 정말이요?"

"예. 감쪽같았죠? 제가 그렇게 영화를 잘 찍습니다. 하하하."

친애하는 내 적

"그럼 액션영화는 이제 안 하세요?"

"다음 작품으로 무자비한 여주인공이 나오는 하드 폭력물을 염두에 두고 있는데요. 주먹 한 방에 머리통이 날아가고 다리가 부러지는 그런 영화죠. 은진 씨가 이번 작품만 잘해주면……."

"하드폭력물! 저 그쪽 장르 영화 정말 좋아해요! 정말 잘할게요. 믿어주세요. 잘할 자신 있어요."

한재영은 은진에게 맞아 부은 얼굴을 문지르며 말했다.

"아, 그 부분은 의심 안 합니다."

그때 두 사람 앞에 오줌 마려운 표정의 남원희가 섰다. 재영은 두 사람을 차례로 가리키며 말했다.

"아, 남 이사, 왔어? 자, 서로 인사들 하세요. 여긴 우리 영화사 제작 이사인 남원희 군이고…… 이쪽은 우리 영화에 새로 참가할 차은진 씨."

"안녕하세요. 차은진입니다. 앞으로 잘 부탁드릴게요."

남원희는 어리둥절한 얼굴로 인사를 받았다. 지금 있는 스태프들 월급도 못 주는 마당에 새로 참가라니, 이 인간이 무슨 소릴 하는 거래? 그는 싱글벙글하고 있는 한재영과 차은진을 번갈아보다 두 번째 의문으로 넘어갔다.

근데 이 두 사람 싸우던 사이 아니었나? 그런데 오 분만에 어쩜 이렇게 사이가 좋아졌을까? 그가 모르는 사이에 외계인이라도 왔다 간 걸까. 알다가도 모를 것이 남녀관계고 비즈니스라지만 이건 도무지 이해할 수가 없었다. 하지만 그는 한재영이 하는 일에 참견해봐야 돌아오는 건 참혹한 경멸과 가혹한 구타밖에 없다는 사실을 알고 있었다.

남원희는 헛기침을 했다.

"암튼, 대표님. 드릴 말씀이 있는데 잠시만요."

그는 재영을 한쪽으로 불러내 조심스럽게 말했다.

"근데요, 차 부순 건 어떻게 하시려고요? 지금 장 사장이 난리 났는데. 계속 전화하고 문자 보내요."

"전화 받지 말고 시간 끌어. 지금 병원에 입원했다고 해."

"그게 무슨 소리예요."

"입원했다고 하라고! 남 이사. 걱정 마. 이제 우리 영화 어려움 다 풀렸어. 이제부터 달리기만 하면 돼."

한재영은 뭐가 그리 좋은지 한쪽 눈을 씽긋 감아 보였다. 그걸 보면서 남원희는 가슴이 철렁 내려앉았다.

달리긴 어딜 달린다는 걸까. 경찰을 피해 외국으로?

남원희는 마음속으로 부르짖었다.

'하느님. 제발…… 이 사람 좀 말려주세요.'

"예? 대역으로 쓴다고요? 쟤를요?"

영화사 사무실. 남원희는 차은진을 돌아보며 물었다. 은진은 사무실 밖 로비에 앉아 스마트폰으로 카톡 중이었다. 실실거리는 얼굴로 보아 카톡으로 친구들에게 캐스팅 사실을 자랑하는 모양이었다.

재영은 흡족하게 웃으며 말했다.

"그래. 조은심이랑 아주 똑같이 생겼어. 써먹을 수 있겠어."

원희는 다시 한 번 차은진을 뚫어져라 쳐다보았다. 은진의 얼굴에서 조은심의 희미한 파편이라도 발견하려 애써봤지만 쉽지 않았다.

"누구요?"

"저기 쟤! 휴대전화 들여다보는 애!"

"안과에 가보시는 게 어떨까요. 최루가스가 사장님 눈에 어떤 후유증 같은 걸 남긴 게 아닐까 걱정스러운데요."

재영은 원희의 귀를 잡아당겼다.

"아! 아! 아파요!"

"임마, 똑바로 봐. 뒷모습이랑 전체 라인이 닮았어. 지금이야 저렇지만 가발 씌우고 옷 제대로 입히면, 꽤 비슷할 거야."

"진짜 그렇게 생각하세요?"

"그래. 백 퍼센트 확신한다."

조용히 듣고 있던 경란이 끼어들었다.

"재영아."

"왜?"

"넌 미친놈이야."

경란의 단언에 재영은 답답하다는 듯 가슴을 쳤다.

"그게 아니라! 네가 보기에도 안 비슷하냐? 넌 여자에 기자니까 알 거 아니야. 쟤 뒷모습을 보라고. 똑같잖아."

"비슷하긴 하네. 근데 쟨 덩치가 있잖아."

"살 빼면 돼. 요즘 병원 가면 근육도 다 없애줘."

남원희가 의심쩍은 목소리로 물었다.

"뭐 민주주의 사회에서 생각은 자유니까 대표님 말씀에 토 달 생각은 없는데요. 근데 그래서요?"

"그래서는 뭐가 그래서야. 대역으로 쓰겠다고 몇 번을 말해야 돼!"

"사장님. 영화가 어려워서 고민이 많은 건 이해합니다만 생각을 해보세요. 뒷모습 좀 닮았다고 어떻게 대역을 써요. 영화 끝날 때까지 뒷모습만 보여줄 거예요?"

경란은 팔짱을 끼며 끼어들었다.

"혹시 이소룡 생각하는 거냐? '사망유희' 같은 거?"

"그건 좀 과하지. 그래도 비슷한 콘셉트이긴 하네."

"'사망유희'가 뭡니까?"

원희가 두 사람을 번갈아 쳐다보며 물었다. 경란이 놀라 반문했다.

"너 이소룡 몰라? 브루스 리."

"당연히 알죠. 옛날 쿵푸스타. 노란색 추리닝 입은 몸 좋은 배우. 옛날에 죽었죠?"

"너 영화인 맞니? 이소룡 영화 하나도 안 봤어?"

"제가 옛날 영화는 안 봐서요."

재영이 투덜댔다.

"저 새끼는 최신 할리우드 영화 말고는 아는 게 없는 새끼야. 영화한다는 새끼가 한국영화도 안 봐. '설국열차'도 안 봤대."

경란은 원희를 위해 짧게 설명했다.

"이소룡이 '사망유희'란 영화를 찍다 죽었어. 그냥 접을 수는 없으니까 어쩔 수 없이 무술 좀 되고 얼굴 비슷한 사람으로 대역을 뽑았는데……."

"뽑았는데요?"

"막상 찍으려니 하나도 안 비슷하잖아. 결국 대역한테 오토바이

친애하는 나의 적

헬멧 씌우고 액션하고 대사 치게 했지."

"그래서 영화는 성공했어요?"

"뭐, 그럭저럭. 아무래도 톱스타의 유작이니까. 원래 톱배우가
죽으면 영화 흥행해."

"그럼 우리도 조은심이 죽으면 성공할 수도 있겠네요."

재영은 쯧쯧 혀를 찼다.

"정신 차려라. 조은심이 갑자기 왜 죽니? 네가 죽일 거야?"

"아뇨."

"그럼 죽일 사람 알아?"

"아뇨."

"그럼 그만 소린 하지도 마."

경란은 두 사람의 대화를 들으며 이놈들은 감옥만 안 간다는 확
신이 있다면 조은심을 죽이고도 남을 거라고 생각했다.

재영은 짝짝 박수를 치며 말했다.

"암튼 그런 선례가 있으니까 우리도 할 수 있어."

경란은 더 참지 못하고 끼어들었다.

"그게 무슨 선례야! 그 영화야 액션영화니까 헬멧 써도 액션만 하
면 됐지, 이건 멜로영화야. 멜로영화 내내 뒷모습만 보일래?"

"넌 그럼 영화 그냥 말아먹었으면 좋겠냐? 잔금 받기 싫어? 회사
부도내고 나 아르헨티나로 도망칠까? 응?"

재영의 애타는 말에도 경란은 요지부동이었다.

"차라리 신인을 데려다 새로 찍어라. 쟬 대역으로 쓰면 영화 말아
먹어. 하나도 안 비슷해. 그리고 만의 하나 어찌어찌 찍는다고 쳐도
진짜 조은심이 나타나면 어떡할 거냐?"

그러자 재영이 회심의 미소를 지었다.

"나타나라고 이러는 거야."

"뭐?"

"잘 들어둬. 쟨 조은심 대역이 아니야. 조은심 본인이지. 조은심이 은퇴하려고 남미에 갔다가 마음을 바꾼 거지. 우리 작품을 마무리하고 은퇴하기로 마음을 바꾼 거지. 왜냐? '환상의 여인'이 워낙 훌륭한 영화라서. 그리고 이 영화 끝내고 은퇴하면 뭐랄까 더 환상적인 여배우라는 느낌이 들잖아."

"정말 그런 겁니까?"

원희가 눈을 반짝이며 물었다. 재영은 성질을 부렸다.

"그렇게 소문을 내고 재를 데리고 영화를 찍는 척하자 이거지! 이 멍청한 놈아! 넌 말을 해도 말귀를 못 알아들어? 대배우 조은심의 마지막 영화라고 하면 투자하겠다고 다들 벌떼처럼 나설 거 아냐. 그럼 투자도 받고 우리 숨통도 트이는 거야. 그러다 보면 조은심도 어디 짱 박혔는지 모르지만 아무튼 안 나타나곤 못 배기겠지? 어디선가 가짜가 나타나 설치고 있는데 인간이라면 당연히 궁금할 거 아냐. 그럼 잡아다가 영화 완성하면 되는 거지."

경란은 열린 입을 다물지 못했다.

진짜 창의적으로 돌았구나…….

한재영이 정신적으로 문제가 있다는 건 옛날부터 알고 있었지만 이 정도로 중증일 줄은 몰랐다.

경란은 짧게 문제점을 지적했다.

"너 고소 당한다."

"하고 싶으면 하라고 그래. 영화만 완성할 수 있다면 뭐든 참아줄

친애하는 나의 적

테니까. 악마한테 영혼도 팔 수 있어."

"너한테 영혼이 있다면 그렇겠지."

경란은 어떻게든 한재영을 설득하려 애썼다. 말도 안 되는 사기라서가 아니라 통할 가능성이 없기 때문이다.

"끝까지 안 나타나면 어쩔 건데?"

"나타나. 왜 안 나타나? 넌 네 이름으로 누가 활동하면 가만히 있을 거냐?"

"활동을 안 할 거니까 문제 아냐."

경란은 은진을 가리키며 말을 이었다.

"누가 쟤를 조은심으로 보겠냐? 기자들이 병신이야? 대충 견적 내보고 이상하다 싶으면 기사 안 내."

기자들 대체로 병신 맞지 뭐. 재영은 마음속으로 생각했다. 그놈들은 기사거리만 있으면 그게 말이 되든 안 되든 사실이든 아니든 일단 내고 볼 놈들이었다.

"내가 언제 쟤 기자회견에 내보낸다고 했냐? 연예가 프로 취재진 데려다가 공개 인터뷰를 한다고 했냐? 조용히 소문만 내는 거지. 뒷모습 찍은 현장 사진 같은 걸 만들어서 인터넷에 뿌리고 여자들 많이 가입한 카페에 애들 풀어서 영화 찍는 거 봤다고 글 쓰게 하는 거지. 소드님들, 저 오늘 우리 동네에서 영화 찍는데 조은심 봤다고. 뭐 이런 거."

"그런 미친 짓을 누가 해?"

"네가 해야지. 그러라고 너 돈 받았잖아."

재영은 중세 이단 심판관처럼 준엄하게 말했다. 경란은 눈을 감았다. 이래서 재영과 얽히지 않으려고 한 건데. 자칫 잘못하면 소송에 얽힐지도 모르겠다. 그녀는 화낼 기운도 없어 가냘프게 말했다.

"나 조은심 찾으라고 돈 받았어. 사기 치는 게 아니라."

"그러니까! 이걸 하면 조은심이 나타난다니까!"

"안 나타나고 너랑 나랑 잡혀가."

남원희가 두 사람의 눈치를 보다 조심스럽게 말을 꺼냈다.

"제가 보기에도 안 좋은 계획 같습니다."

"누가 네 의견 물었냐? 넌 잔말 말고 시키는 대로 해. 내 지시대로만 하면 자다가도 떡이 생기니까 군말 하지 마. 응?"

하지만 이번에는 원희도 그냥 물러나지 않았다.

"사장님. 이런 말까지 하고 싶진 않았는데요. 남들 다 안 된다는 정인상 감독도 사장님이 밀어붙인 거 아닙니까. 이번이 일곱 번째 작품이니까 딱 될 타이밍이라고. 어떻게 사람이 일곱 번이나 망하냐고. 여주인공도 원래 딴 사람 캐스팅 된 거 조은심이 출연하겠다니까 출연료 무리하게 선불 땡겨줬던 거잖아요. 그래서 어떻게 됐어요? 조은심이 고맙다고 인사라도 해요? 도망갔잖아요! 그런데 떡이 생기긴 어디가……."

"떡이 되도록 맞고 싶니?"

재영은 굳은 떡처럼 딱딱한 목소리로 말했다. 그의 살기 띤 눈을 보고 남원희는 고개를 푹 숙이고 조그만 목소리로 말했다.

"뭐부터 할까요?"

"내가 아까 재랑 계약서 초안 작성했거든. 그거 마무리하고 촬영장에서 있던 일 어디서 얘기하면 다섯 배로 물어내야 한다는 내용으로 비밀엄수 서약서 한 장 써라. 그런 다음에 미술팀 데리고 가서 조은심 의상이랑 가발 입혀봐. 제일 그럴싸한 걸로 입힌 다음에 사

친애하는 내 적

진 찍어서 보내. 괜찮으면 바로 미팅 진행하게."

"무슨 미팅이요?"

"무슨 미팅이겠냐. 투자자 미팅이지."

"누가 투자한대요?"

"조은심 팬 중에 돈 엄청 많은 놈이 있어."

"설마…… 사기 치시려고요?"

"잔소리 말고 시키는 대로 좀 해!"

오늘은 촬영장 지각이다. 그녀와 함께 있으면 너무 즐거워 시간 가는 것도 잊는다. 함께 있으면 있을수록 그녀는 왜 자신이 톱스타인지 유감없이 증명한다. 화를 내거나 짜증을 내고 욕을 하고 심지어 다리를 벌려가며 천박하게 날 유혹하려 들 때조차 너무나 아름답다.

진작 저런 매력을 발휘해 영화를 찍었다면 불후의 스타로 이름을 떨쳤을 것이란 생각에 아쉽다.

당장이라도 그녀의 아름다운 모습을 영상으로 남기고 싶지만 아직은 때가 아니라는 걸 알기에 인내하고 또 인내한다. 그녀가 더욱 아름다워질 순간, 내가 그녀를 더 사랑할 순간까지 기다려야 한다.

아직 시간은 충분하지만 문득문득 두려워지곤 한다. 그날이 오면 그녀를 보내줄 수 있을까. 지금 이토록 즐거운데. 그녀를 보내고 난 후 계속 수집을 할 수 있을까.

나가지 말고 집에 있을까 싶기도 하다. 어차피 촬영장에 가봐야 할 일이 많은 것도 아니다. 여주인공 없이 남승우 혼자 찍는 것도 한계가 있는 법이니까.

촬영 때마다 스태프들과 배우들은 몇 사람씩 모여 이 영화가 완

친애하는 내 적

성될 수 있겠냐고 속닥거렸다.

"영화 완성이 가능할까?"

"모르지⋯⋯. 이거 우리 돈 받을 수 있을까?"

그들 사이를 오가며 그들 마음의 불만과 걱정을 증폭시키는 것이 현장에서의 내 소일거리다.

오직 남승우만이 볼멘소리 한번 없이 소처럼 열심히 일했는데 휴식시간에 이유가 뭐냐고 은근히 말을 붙여봐도 끝까지 작품을 위해서라고 앵무새처럼 대답할 뿐이었다. 한재영이 남승우가 사람 죽인 비디오라도 가지고 있는 모양이다.

집 앞은 도로 확장 공사로 여전히 시끄럽다. 아침부터 바쁘게 포클레인으로 땅을 파고 대형트럭으로 흙을 실어나간다. 조용하다는 이유로 이곳에 집을 샀는데 도로가 넓어지면 외지인들이 많아지지 않을지 걱정스럽다.

안면을 튼 인부들에게 가볍게 인사를 건넨다. 그녀가 있는 이곳에 사람들이 오가는 것이 싫지만 나 혼자 힘으로 지자체에서 하는 공사를 막을 수는 없는 일이다. 가급적 일을 마칠 때까지 좋은 인상을 심어주는 것이 최선이다.

주차는 집에서 100미터쯤 떨어진 비닐하우스에 해두었다. 전에 살던 집주인이 이곳에서 개를 길렀는지, 잡아먹었는지 오래전에 문 닫은 곳임에도 언제나 비 맞은 개 냄새가 진동한다.

차를 몰고 촬영장으로 가고 있는데 한재영의 문자가 온다.

'극비'라는 제목의 단체문자.

제목은 뭔가 있어 보이지만 고작해야 이제 곧 투자 받으니 잔금 줄 수 있다는 내용이겠지. 한 달 사이에 벌써 비슷한 문자만 세 번 받아서 잘 안다. 심드렁하게 문자를 확인하다가 놀라서 가로수에 차를 박을 뻔했다. 차를 세운 후 마음을 진정시키고 다시 휴대전화를 확인한다.

[극비! 조은심 복귀 예정! 촬영 준비 잘해주세요! 핵심 촬영 인력에게만 알려주는 것이니 비밀 지켜주세요!]

그럴 리가 없다. 십 분 전까지 그녀와 함께 있었고 늘 그렇듯 문을 두 번 세 번 잠그고 나왔다. 그렇지만 한재영이 미치지 않고서야 이런 거짓말을 칠 수가 있나?

아니다. 그놈은 미친놈이 맞다. 하지만 지금 같은 때 되지도 않는 거짓말을 중요한 스태프들에게 문자로 알릴 정도로 미치진 않았을 것이다.

혹시 모른다는 생각에 차를 돌려 집으로 향한다.

한재영이 기자 출신의 수상한 여자를 고용해 그녀를 찾고 있다는 얘기는 들었다. 그 여자가 뭔가 찾아낸 것일까. 그가 없을 때 집에 들이닥쳐 그녀를 데려간 건 아닐까. 생각할수록 마음이 급해진다.

비닐하우스 앞에 차를 세우고 집으로 헐레벌떡 뛴다. 누군가 안뜰을 가로질러 집 밖으로 나오는 걸 발견한다. 카메라를 한쪽 어깨에 메고 있는 승복 차림의 남자. 딱 봐도 진짜 스님이 아니라 지저분한 짓으로 먹고사는 놈임을 알 수 있다.

울타리 문을 열고 나오려는 남자의 팔을 꽉 잡는다. 남자는 당황한 표정을 짓지만 곧 어색한 미소를 지으며 입을 연다.

"이 집 주인장 되십니까? 시주를 부탁드리려고 하는데요."

품속에 손을 넣은 채 놈을 노려본다. 주머니 안에는 칼이 들어 있다. 할리우드에 놀러 갔다가 사온 잭나이프. 주위 사람들에게는 영

친애하는 내 적

화 '세븐'에서 모건 프리먼이 쓰던 것과 같은 종류라서 사온 거라 자랑했지만 그들 중 누구도 내가 이걸로 두 명을 죽였음을 알지 못한다.

"스님이세요? 카메라는 왜 들고 계신데요?"

"주변 경치가 너무 좋아서 한번 찍어봤습니다."

등 뒤로 들리는 포클레인 소리에 나는 욕망을 누르고 놈을 잡은 손을 놓는다. 놈은 합장을 하는 듯 마는 듯하다가 가버린다. 놈을 쫓아가 정체를 캘까 하다가 그만둔다. 지금 중요한 건 그녀의 안위요, 행방이다. 저딴 놈이야 마음만 먹으면 언제든 잡을 수 있다.

미친놈처럼 지하실로 뛰어든다. 거기에 그녀가 있다. 그녀는 보자마자 욕설을 내뱉고 물건을 던진다. 나는 안도하며 문을 닫는다.

그렇다면 한재영은 대체 무슨 헛소릴 한 걸까. 영화를 완성하지 못할 거란 공포에 완전히 돌아버린 걸까. 아니면 이번에도 뭔가 엉뚱한 수작을 부리려는 걸까.

방에 들어가 컴퓨터를 켠다. 만일을 대비해 집 곳곳에 CCTV를 설치해두었다. 현관에 설치한 카메라에 승복 차림의 남자가 잡힌다. 놈은 주위를 두리번거리다 전문가적 솜씨로 드라이버와 핀셋으로 문을 따고 안에 들어온다.

놈은 등산화 차림으로 거실에 들어선다. 아침저녁으로 물걸레질을 하는 바닥에 흙발로 올라서는 걸 보니 살심이 치솟는다. 놈이 무얼 하는 작자든 죽이겠다고 마음먹는다.

놈은 빠른 걸음으로 방을 차례로 뒤져나간다. 좀도둑은 절대로 아니다. 거실 테이블에 놓은 노트북은 쳐다보지도 않고 서랍 한번 열어보지 않는다. 다만 옷장이나 침대 등 사람이 숨어 있을 법한 큼직한 공간만을 살핀다. 집을 샅샅이 뒤진 후 남자는 거실 한가운데 서서 생각에 잠긴다. 천장에 설치한 카메라에 남자의 굳은 얼굴이 확실하게 잡힌다.

점점 남자의 행동에 흥미가 동한다.

놈은 분명 그녀를 찾고 있다. 하지만 여길 어떻게 알았을까.

화면을 느리게 재생해 놈의 행동을 자세히 관찰한다. 놈은 벽을 두드리며 걷다가 화장실 타일 벽 앞에서 걸음을 멈춘다. 벽에 내가 좋아하는 사진을 붙여두었다. 놈은 사진을 뚫어져라 쳐다본다. 나는 입술을 물어뜯는다. 눈치가 보통 아닌 놈이다. 놈이 쳐다보는 사진 속에 지하로 내려가는 비밀이 있다.

놈이 사진을 뜯어내고 그 아래 숨겨진 디지털도어록을 드러낸다. 다행히 놈은 비밀번호를 모른다. 몇 번이고 번호를 눌러보지만 결국 답을 알아내지 못한다. 진리는 간단한 곳에 있다는 사실을 모른다.

그러다 문득 창밖을 보고 급히 짐을 챙긴다. 내가 차를 몰고 돌아오는 걸 발견한 모양이다. 그는 나가려다 말고 카메라로 벽을 찍는다. 사진을 찍고 사진을 뜯어낸 후의 디지털도어록을 찍는다.

사진을 찍어서 어쩌려고? 집에 가서 찬찬히 살펴볼 생각인 걸까. 그래서 답을 알아내겠다고? 하지만 틀린 생각이다. 네게는 그럴 시간이 절대 없을 것이다.

컴퓨터의 조은심 폴더를 연다. 지금까지 조은심에 대해 조사한 자료가 거기 전부 있다. 그녀의 가족, 연인, 친구, 매니저. 함께 일한 적이 있는 배우들까지. 모든 이의 사진이 들어 있다. 자료 속의 사진들과 남자의 얼굴을 차례로 비교한다. 오랫동안 영상 일을 했기에 사람 얼굴 알아보는 건 자신 있다.

친애하는 내 적

곧 남자가 누군지 알아낸다. 조은심의 스토커다. 조은심 데뷔 후 계속 집착하고 따라다녀 법원에서 접근금지명령을 받은 자다. 청계산 땡초. 모자를 눌러쓰고 마스크까지 쓴 채 법원 밖으로 나오는 사진 한 장을 가지고 있을 뿐이지만 한눈에 놈임을 알 수 있다.

놈의 이름과 나이, 판결을 받은 날짜를 아는 흥신소 직원에게 문자로 보낸다. 가격은 조금 비싸지만 보통 하루면 주소를 알 수 있다.

놈을 죽이기 전에 집을 어떻게 알아냈는지, 누구에게 이야기했는지 물어봐야 한다. 혹시 한재영과 어떤 교감이 있었는지도. 찬장에서 필요한 물품을 꺼내 가방에 넣는다.

빨랫줄과 청테이프, 뼈까지 잘라낼 수 있는 작은 톱, 피를 닦을 때 쓸 표백제, 조각낸 시신을 쌀 비닐.

그때 띠링, 하고 문자가 온다. 이번에는 뭘까 덜컥 겁이 나지만 확인해보니 촬영장에서 보낸 문자다.

[오고 계시죠?ㅎㅎ 곧 촬영 시작합니다.]

당장 놈을 찾아 나서고 싶지만 꾹 참는다. 어차피 놈의 주소를 알아내려면 시간이 걸릴 테니. 괜히 촬영을 펑크 내서 주위 시선을 끌 필요는 없다. 촬영이 끝난 후 놈을 찾아 없애면 된다.

출발하기 전 접촉사고가 나서 늦는다는 문자를 잊지 않는다. 매사 철저해야만 수집을 계속할 수가 있다.

●

경란은 재영과 함께 사무실을 나섰다. 재영은 걸음을 옮기면서도 투자자에게 계속 전화질이었다.

"대표님 오랜만에 연락드립니다. 그동안 어떻게 지내셨어요? 다른 일이 아니고 제가 어쩌다 조은심 배우한테 대표님 얘기를 하게 됐거든요. 그랬더니 상당한 관심을 보이네요. 언제 한번 같이 보면 어떨까 싶어서요."

재영이 하하하 웃더니 매끄럽게 말을 이어나갔다.

"당장은 스케줄 때문에 곤란하지만 다음 주 중으로 제가 날을 잡아보겠습니다. 비장의 빈티지 와인 따신다고요? 다섯 병이나요? 아니 뭐 그런 거까지야, 물론 배우님은 좋아하시죠. 예. 예. 그렇게 하겠습니다."

경란은 혀를 찼다. 뒷감당을 어쩌려고 저러는지. 재영이 전화를 끊자 그녀는 말했다.

"이러다 너랑 같이 구속되는 거 아닌지 모르겠다."

"아무 일 없어. 내가 다 알아서 할 테니까 넌 조은심만 찾아. 그럼 모두 행복해지는 거야. 어디까지 알아냈냐?"

"여기저기 쑤셔봤는데. 이상해."

"뭐가?"

"잠적이 맞는 건지. 도대체 어디 갔는지 아는 사람이 하나도 없어. 다들 갑자기 사라져서 놀랐다는 말만 하고."

"원래 성격이 좀 그렇잖아. 욕심 많은 보헤미안. 말없이 사라졌다가 슬그머니 나타나고 그랬다가 다시 없어지고 나타나고."

"이번에는 달라."

"뭐가 다른데?"

"암튼 달라."

친애하는 내 적

뭐라고 딱 집어 말할 수 없지만 어딘가 이상했다. 일반적인 잠적 배우의 패턴의 느낌이 들지 않는다고 할까. 사람이 숨을 때는 어떤 식으로는 낌새를 보이고 준비를 하기 마련이다. 하지만 이번 조은심의 잠적에는 그런 것이 전혀 없었다. 미용실이며 치과, 마사지 예약까지 다 해놓은 상태에서 사라져버렸다. 그것도 아무런 흔적 없이.

"하루아침에 갑자기 사라져버렸어. 아무 말도 없이. 근데 주위에선 걱정하는 사람들도 없고. 오히려 내가 다 걱정이 되더라."

"워낙 자주 그러니까 다들 그러려니 하는 거야. 새로 사귄 애인이랑 어디 좋은 데서 놀고 있을 거다."

"근데 외국 나간 기록이 없거든. 국내 어디에 숨어 있다는 얘긴데. 우리나라에 조은심이 숨을 데가 있나? 이번 일, 좀 이상해."

"이상한 건 접어두고 그냥 찾아. 찾기만 하면 돼. 그래서 이제 어떻게 할 건데? 계획은 있어?"

"사생팬 하나 만날 생각인데……."

"사생팬?"

"사생활 쫓아다니는 팬. 조은심 사생팬 중에 아주 유명한 놈이 있어. 청계산 땡초라고 거의 스토커 수준이래. 사십 대 초중반쯤 된 아저씬데 온종일 조은심 따라다니는 게 일이야. 조은심이 등산 취미 붙었을 때 청계산 곳곳에 카메라 설치한 채 승복 차림으로 잠복해서 별명이 청계산 땡초야. 화장실에 몰카도 여러 대 설치했다는데 증거가 없어서 풀려났었다네."

"직업이 뭔데?"

"없어. 그냥 조은심만 따라다니는 게 일이야. 데뷔 때부터 따라다녔다니 한 15년 됐네."

"집에 돈 많으니까 그러는 거야. 내가 나이 먹어보니까 잘생긴 것
도 키 큰 것도 안 부러운데 집 잘사는 건 부럽다."

재영은 부러운 듯 입맛을 다시다가 정신을 차렸다.

"근데 왜? 그 새끼가 조은심 어디 있는지 안대?"

"그렇지 않을까? 조은심 없어지자마자 청계산 땡초도 조은심 집
이며 단골식당 어슬렁대는 거 그만뒀다던데. 뭐든 보고 들은 게 있
으니까 그런 게 아니겠어?"

재영도 슬슬 흥미가 동했다.

"약속 잡았어?"

"아니. 원래 사람 잘 안 만난대. 기자 싫어하고. 디스패치에서도
객원기자로 쓰려고 했다가 실패했다고 하더라. '환상의 여인' 관계
잔데 조은심 일로 만나고 싶다고 문자 남기고 메일 보냈거든."

경란은 혹시나 하는 마음에 휴대전화를 꺼내 메일을 확인했다.
안 본 메일 다섯 개. 그중 네 개는 스팸메일이지만 나머지 하나는
청계산 땡초에게서 온 것이었다.

짧은 제목. '그럼 봅시다.'

경란은 재빨리 내용을 확인했다.

"연락 왔다. 오늘 밤 10시에 자기 집에서 보자는데? 내가 흥미 있
어 할 물건이 있대."

"10시? 자기 집? 왜 그 시간에 만나? 흥미 있어 할 물건이 대체
뭔데? 이 새끼 돈 뜯어내려고 수작부리는 거 아냐? 네 말만 들어도
제정신은 아닌 놈 같은데."

"돈 버는 일은 셋 중 하나야. 위험한 일. 힘든 일. 더러운 일. 셋

친애하는 내 적

중 하나기만 하면 다행이지. 보통은 두 가지 이상이 겹치거든. 이번 일은 얼마나 겹치는지 가서 봐야겠지."

"그럼 내가 가서 만나볼게."

"넌 이런 애들이랑 얘기 못 해. 말하다가 싸운다. 내가 가서 얘기하고 얼마 줘야 하는지 알려줄 테니까 들어가서 잠이나 자라."

경란은 재영의 어깨를 톡톡 두들기고는 가버렸다. 재영은 경란의 뒷모습을 쳐다보며 얼굴을 찡그렸다. 저걸 혼자 보내도 되려나?

그때 문자가 왔다. 조금 전 통화한 투자자가 보낸 것이었다.

[한 대표! 끌지 말고 오늘 저녁에 봅시다! 7시! 우리끼리! 조은심 배우가 뭘 얼마만큼 좋아하는지 정보나 듣게.]

재영은 머리를 긁적였다. 당장 돈이 급하니 투자할 놈을 빨리 만나는 게 좋긴 하다. 하지만 이래선 일을 꾸밀 시간이 모자란데 어쩐다?

그는 문득 경란에 시선을 주었다.

"그래!"

쟤랑 같이 하면 되겠다.

한때 그와 환상의 콤비였던 경란이다. 그때는 그의 배짱과 경란의 임기응변이 합쳐지면 세상에 무서울 게 없었다. 다시 한 번 힘을 합쳐 과거의 영광을 재현하는 거다.

"잠깐만, 경란아."

재영은 경란을 쫓아가 팔을 잡고 자신 쪽으로 돌려 세웠다.

놀란 경란의 얼굴을 보며 최대한 진심을 담아 말했다.

"같이 가자."

이 새끼가 갑자기 왜 이래? 경란은 부담스러울 정도로 가깝게 다가온 재영의 가슴을 팔꿈치로 밀치며 말했다.

"왜 그래? 갑자기. 너 미쳤냐?"

"사람 찾는 것도 힘든데 연예인 뒤나 따라다니는 사이코 스토커한테 너 혼자 어떻게 보내니? 앞으로도 이런 일 있으면 다 얘기해. 내가 가든 같이 가든 할 테니까. 암튼 너 혼자는 못 보낸다."

"흠."

경란은 재영을 다시 보았다. 예전의 재영은 뭐든 알아내면 연락하라고 말하곤 가버렸을 놈이다. 똥 싸고 물도 안 내리는 그런 놈이었으니까. 그런데 이렇게 정색하며 바른말을 하다니. 시간 지나고 사람 좀 된 건가? 아니면 돈 많이 쓸까 봐 이러나?

재영은 경란의 속마음을 눈치 챈 것처럼 말을 이었다.

"협상은 너한테 맡기고 난 한마디도 안 할게. 난 그냥 너 안 다치나 걱정돼서 그러는 거니까."

"진짜?"

"그럼. 진짜지. 근데 밤 10시면 시간이 좀 남네? 같이 저녁이나 먹자. 여의도에 새로 생긴 호텔 있지? 거기 스카이라운지에 프렌치 레스토랑이 들어왔는데 전망이 끝내준다더라. 거기서 같이 한강 보자."

경란은 의심쩍은 눈으로 재영을 쳐다보며 어깨를 으쓱거렸다.

"뭐 그래도 되긴 하겠네."

"그래도 되는 게 아니라 엄청 좋은 거지. 그동안 우리 바쁘다고 서로 소원하고 그랬잖아. 가서 서로 속 깊은 얘기도 좀 하고 그 스토커 놈한테 무슨 말할지도 의논하고."

입 속의 꿀처럼 구는 재영을 보며 경란의 의심은 더욱 짙어졌다.

친애하는 내 적

이 새끼, 진짜 내가 걱정돼서 이러나? 아니면 나랑 다시 잘해보려고 이러나? 뭔가 다른 속셈이 있나?

그때 어떤 깨달음 같은 것이 경란의 뇌리를 스쳤다.

"잠깐만. 너 투자미팅 해야 된다고 했지. 언제로 약속 잡았냐?"

순간적으로 재영은 딱딱하게 굳어버렸다. 하지만 곧 표정을 풀며 청산유수로 말을 쏟아냈지만 이미 경란의 마음속에는 불신이 자리 잡은 후였다.

"어. 그거? 호텔에서 보기로 했어. 그래서 겸사겸사 너 데려가려고. 공짜로 밥 먹으면 좋잖아. 그래! 미팅할 때 네가 옆에서 말도 좀 거들고 그럼 되겠다. 대역하는 여자애도 좀 다독이고. 딱이다. 그치?"

"잘 모르겠는데."

"같이 가주라. 나 혼자서는 심장 떨려서 그래. 이번에도 투자 못 받으면 나 끝장인 거 알잖아. 웬만하면 나 혼자 할 텐데 당장 오늘 저녁에 보자니 준비할 시간이 없잖아. 이럴 때 네가 옆에만 있어줘도 내 마음이 얼마나 안정이 되겠냐."

단지 그것뿐일 리 없다. 10년 만에 동창회에 나가 옛날 친구들에게도 투자금을 받아내는 놈이 한재영이다. 투자자에게 돈 받는 일로 심장 떨릴 이유가 없다. 그 투자자가 특별한 사람이 아니라면.

"그 투자자라는 사람, 뭐 하는 사람이야?"

"IT벤처. 돈 엄청 많은 사람이야."

"이름이 뭔데? 뭐 하는 사람인지 조사 좀 해봐도 돼?"

"그게……."

재영은 우물쭈물했다. 경란은 눈을 감았다.

"혹시 조폭이니? 제발 아니라고 말해줘. 응?"

"예전에 잠깐. 지금은 은퇴해서 사업해."

"이 미친 새끼야! 정신 좀 차려!"

매끈한 창문 너머로 서울의 야경이 한눈에 내려다보였다. 노을이 지는 검붉은 구름 아래로 남산타워가 홀로 우뚝 서서 보석처럼 반짝거렸다. 스카이라운지 한쪽의 멋진 바에는 웨이터가 잔을 닦고 있었고 그 앞으로 수십 개의 글라스가 일렬로 세워져 있었다. 재영이 레스토랑으로 들어서자 말쑥한 복장의 급사가 문을 열어주며 공손히 인사했다.

재영은 뚱섭은 표정의 경란을 억지로 끌고 들어오며 말했다.

"내가 다 설명할게. 전혀 걱정할 거 없다니까. 대표가 얼마나 젠틀한데. 옛날에나 조폭이었지 지금은 완전 새사람 됐다니까. 돈도 많고. 돈 세다가 늙어 죽을 정도야. 조은심 완전 팬이고. 처음부터 이 영화 투자하겠다고 안달 났었는데 그때는 내가 안 받았지."

"왜 안 받았는데?"

"그때는…… 일단 자리부터 앉자."

급사가 두 사람을 예약석으로 안내했다. 서울 시내가 한눈에 내려다보이는 전망 좋은 창가 자리다. 급사는 경란의 의자를 빼주고 식탁 위에 레몬 스퀴시와 깔끔하게 접힌 냅킨을 내려놓았다.

"대표님께서 조금 늦는다고 연락하셨습니다. 기다리시면서 식전주 한 잔 드시겠습니까?"

"뭐가 있는데요?"

"돔 페리뇽 빈티지와 크뤼그 그랑 퀴베, 테텡저 콩테 드 샹파뉴가

친애하는 내 적

준비되어 있습니다. 대표님 같은 경우는 돔 페리뇽 92년산 빈티지를 주로 드시는데요."

"대표님 먹는 걸로 주세요."

웨이터는 공손히 인사한 후 메뉴판을 들고 사라졌다. 창가의 널따란 자리에는 두 사람만 남았다.

재영은 손바닥을 비비며 말했다.

"분위기 끝내주지 않냐. 돔 페리뇽 한잔 하면서 기분 풀어."

재영의 말대로 분위기는 나쁘지 않았다. 통유리로 된 창으로 한강 스카이라인이 내려다보였고 머리 위에 작은 전등은 황금빛으로 반짝거렸다. 은은한 클래식 음악이 귓가에 맴돌고 옆자리의 남녀는 포도주가 따라진 글라스를 부딪치며 무언가를 축하하고 있었다. 다만 앞자리에 앉은 놈이 문제일 뿐이다.

"대표가 무슨 일로 돈 벌었는데? 합법적인 일로 돈 번 건 확실해?"

재영은 말할까 말까 하는 표정을 짓다가 경란이 의자를 박차고 일어나려는 자세를 취하자 급히 입을 열었다.

"정민수라고 원래 강남 유흥가서 힘쓰는 일 하고 살던 사람이야. 본인 말로는 2000년대 초반 교도소에서 마음 고쳐먹었대. 본인 말로는 교회 행사 갔다가 조은심 영화를 본 게 계기였다는데……."

"정말 충격적이다."

재영은 경란의 추임새를 무시하고 말을 이었다.

"출소하고 나와서 이 나라를 위해 필요한 일이 뭘까 생각해보니 창업이라는 생각이 들어서 기술 있고 머리 좋은 젊은이들 뒤 봐주면서 벤처기업 쪽에 투자 시작했다네? 다른 사람 입장에서 생각하며 회사 상장 시키고 지분 팔고, 쓸 만한 회사 M&A니 하다 보니까 어느 사이엔가 그쪽에서 상당히 이름 날리는 투자자가 됐다는 거지. 요즘은 탈모제 만드는 바이오회사에 투자하고 있나 봐."

"딱 보니 그림 보이네. 요즘 투자미끼로 건실한 벤처 인수하고 주가조작해서 팔아먹는 기업형 조폭들 있다더니 딱 그거 아냐."

재영은 겁먹은 표정으로 주위를 살폈다.

"야. 누가 들으면 어쩌려고."

"사실 아냐? 그러니까 네가 지금껏 그 돈 안 받았겠지. 그 돈이 깨끗했으면 만 원 한 장까지 받아왔을 거 아니냐."

"좀 의심쩍은 점이 있긴 했지. 솔직히 나도 돈 주겠다는 사람 마다하고 싶진 않았는데 투자미팅 자리에 경찰들이 들이닥쳐 잡아가는 거 보고 연락 끊었었지."

경란은 묻기 싫었지만 물어볼 수밖에 없었다.

"왜 잡아갔는데?"

"금융투자업에 관한 법률 위반으로 조사 중이었는데 검찰 측에서 증인으로 잡고 있던 회계사가 실종됐다나?"

"어머. 세상에. 나 일어날래."

재영은 급히 경란의 팔을 잡았다.

"야! 별일 아니야. 회계사 찾았어! 그러니까 정 대표가 풀려났지. 일본 밀항하려고 섬에 숨어 있다가 경찰에 잡혔대."

때마침 급사가 돔 페리뇽을 가지고 나타났다. 경란은 놀란 속을 달래기 위해 샴페인을 원샷으로 들이켜고 다시 잔을 내밀었다.

"한 잔 더요. 가득 따라주세요."

한 잔을 더 마시고 나서야 경란은 심호흡하고 재영에게 말했다.

친애하는 내 적

"마저 얘기해봐. 그래서?"

"회계사는 잡았는데……."

재영은 입에 지퍼를 채우는 시늉을 하며 말을 이었다.

"그놈이 끝까지 한마디도 안 해서 정민수 대표가 연관되었다는 증거는 확보를 못한 거지. 집행유예 2년에 벌금 내고 지금 조용히 살고 있어."

"회계사는 왜 입을 다물었대냐? 돈이라도 쥐어줬냐?"

"그럴 수도 있는데, 아마 그랬겠지만……."

재영은 다시 경란의 눈치를 보았다.

경란은 차갑게 말했다.

"뭔데? 그냥 말해."

"잡혔을 때 새끼손가락이 하나 잘리고 없었대. 회계사 말로는 닭 자르다가 잘못 베었다는데 그게 말이 되냐."

"그런 놈한테 돈 빌리겠다고? 너도 손가락 잘리고 싶냐?"

"정민수 지금 집행유예 중이야. 지금 사고 치면 가중처벌인데 설마 뭔 일이야 있겠냐? 그리고 영화만 성공하면 다 게임 셋이야. 무슨 문제가 있든 간에 다 넘어갈 수 있어."

경란은 '성공 못 하면?'이란 말이 목구멍까지 나왔지만 참았다. 대신 다른 중요한 걸 물었다.

"정민수가 조은심 팬이라며. 조은심 팔아서 돈 받으려는 거잖아."

"그렇지. 내가 돈 좀 가지고 있는 전직조폭, 기업조폭, 벤처조폭들 좀 만나봤는데 정민수가 제일 나아. 그래도 얘는 조은심에 대한 애정이 있거든. 다른 놈들은 냉혈한 킬러 같은 놈들이라 이 영화에 돈 절대 안 낸다. 우리 신체포기각서 하나당 천씩 쳐주면 쳐줄까."

"그러니까! 사기라는 거 들통 나면 걔가 얼마나 열 받겠냐? 손가락 잘리는 정도로 끝나지 않을 걸? 널 아예 갈아 없애려고 들겠지."

"그러니까 네 도움이 필요한 거야."

"어떤 도움? 같이 갈리자고?"

재영은 경란의 손을 꽉 잡고 간절한 어조로 말했다.

"절대 너한테 피해 안 가게 할게. 죽어도 나 혼자 죽을 테니까 한 번만 도와줘라. 저쪽 입구 쪽에 빈자리 있지? 넌 이따 조은심 대역 하기로 한 애 오면 저기 앉아서 얘기나 좀 하고 있으면 돼. 나머지 는 내가 다 처리한다. 이쪽에서 걔 정면 모습 보이지 않게 조심하 고. 옆모습이랑 뒷모습 위주로. 오케이? 밥만 먹고 집에 보내. 넌 소속사 매니저 뭐 그런 거라고 내가 소개할 테니까 이리 와서 내가 정민수한테 하는 말에 고개만 끄떡이면 돼."

"벌써부터 새끼손가락이 따끔따끔하다."

"진짜 별거 아냐. 정 걱정되면 대역이랑 같이 가도 되고. 그래도 우리 지금까지 알고 지낸 정리가 있잖아. 사나이 한재영이 영화도 못 끝내고 망해야겠냐? 눈 딱 감고 한 번만 도와줘. 나 정말 잘할 자 신 있다. 너 말고는 내가 믿을 사람이 없어서 그래."

경란은 망설였다. 그동안 재영의 미친 짓에 잘못 끼어 금전적으 로 정신적으로 입은 손해가 얼마인지 모르겠다. 문제는 이번 일의 경우, 육체적 손상까지 염두에 둬야 할지 모른다는 점이다. 하지만 재영의 불쌍한 표정을 보고 있자니 마음이 약해지는 건 어쩔 수 없 었다.

"경란아……."

경란은 길게 한숨을 쉬었다. 한재영, 멍청하고 한심한 인간. 이런 인간하고 만났던 그녀 자신도 멍청하긴 매한가지다. 처음 만나는 순간 따귀를 올려다 붙이고 도망쳤어야 하는 건데. 그놈의 정이 뭔지.

경란은 자기연민에 젖어 돔 페리뇽을 홀짝홀짝 마셨다.

"그래. 자기 팔자 자기가 꼬는 거지⋯⋯."

"뭐라고?"

"됐고. 이번 한 번만 도와줄 거니까 다시는 나한테 부탁하지 마."

"고마워. 내 정말 안 잊을게. 내 성공하면 내 지분 반 너한테 줄게. 진짜야. 너 없을 때 내가 어떻게 살았는지 모르겠다."

"됐고. 맘 바뀌기 전에 빨리 끝내자."

때마침 원희에게서 전화가 왔다. 재영은 급히 전화를 받았다.

"왔냐? 잘 꾸몄지? 지금 라운지니까 빨리 올라와."

재영은 전화를 끊고 경란에게 마지막 당부를 했다.

"너만 믿을게. 대역 애 절대 이쪽 못 보게 시선 관리 잘 시키고. 뭐든 얘기하면서 친한 분위기 물씬 풍겨줘."

"분위기 이상하면 난 바로 튈 거니까 그렇게 알아."

"절대 그럴 일 없으니까 나만 믿어."

재영은 가슴을 두들기며 말했다. 정말 믿어도 될까? 경란은 마지막 순간까지 의심이 들었지만 내친걸음이었다. 그녀는 돔 페리뇽을 끝까지 따라 마시고 호흡을 가다듬었다.

"아예 병으로 시키자."

은진은 긴 생머리 가발에 패리스 힐튼이 써서 유명해진 크리스찬 디올의 선글라스를 끼고 있었다. 거기에 프라다에서 나온 차이나 풍의 검은 원피스를 입고 구찌 스틸레토를 신었다. 그녀의 변신은 재영과 경란조차도 놀랄 정도였다. 걸음을 옮길 때마다 긴 생머리가 찰랑거렸고 얇은 원피스 아래로 단단한 몸매가 드러났다.

원희가 재영의 귓가에 속삭였다.

"쟤 말이에요, 막상 입혀보니까 괜찮은데요."

"내가 말했지? 똑같다고."

"솔직히 똑같긴 않죠. 근데 여긴 왜 온 거예요? 진짜 투자자 만나려고 그러는 거예요? 누군데요? 어라? 이거 진짜 돔 페리뇽이에요? 나 이거 이름만 들어봤는데."

원희는 휴대전화를 꺼내 사진을 찍었다. 블로근지 페이스북인지에 올리려는 모양이었다.

"돈 아주 많지. 벤처사업간데 조은심 팬이래."

재영은 자세한 이야기는 하지 않기로 했다. 겁 많기로 소문난 녀석이다. 투자자가 누군지 알면 바로 도망칠 것이다. 다행히 원희는 처음 보는 고급레스토랑의 풍경에 빠져 더 캐묻지 않았다.

"끝내주네요. 소개팅은 이런 데서 해야 하는데. 순댓국집 같은 데 데려가니 차이지……."

"이번 영화 성공하면 여기서 소개팅 시켜줄게."

재영은 건성으로 말하며 경란과 은진을 주시했다. 두 사람은 문가 자리에 마주 앉아 서로를 바라보고 있었다.

이제 판은 꾸려졌다. 대표가 왔을 때 저 둘 분위기가 매니저와 배우 같아 보여야 할 텐데.

경란은 은진을 멀뚱히 쳐다보고 있었다. 은진은 메뉴판을 신중

한 표정으로 넘겨보는 중이었다. 경란은 뭐든 할 말을 생각해봤지만 적당한 화젯거리가 떠오르지 않았다. 이대로 밥이나 시키고 앉아 있을까, 하다 경란은 생각을 고쳐먹었다. 정민수가 왔을 때 최대한 친한 것처럼 보이려면 미리 말을 섞어봐야 했다.

경란은 머리를 굴리다 간신히 입을 열었다.

"그래서 은진 씨 부모님은 무슨 일을 해요?"

"퇴직하고 노시는데요."

다시 침묵이 흘렀다.

"은진 씨는 언제부터 배우가 되고 싶었어요?"

"다치고 나서부터요. 근데 저희 여기서 뭐 해요? 대표님은 왜 저쪽에 앉아 계시는데요?"

은진은 창가 쪽 재영을 돌아보며 말했다.

"투자자 미팅이 있어서 그래요. 밥 먹은 다음에 따로 인사해요."

"저 비싼 거 시켜도 되나요?"

"뭐든 먹고 싶은 거 먹어요."

그때 레스토랑 안으로 검은색 정장의 중년 남자가 들어왔다. 은퇴 후 체중 조절에 실패한 레슬러처럼 거대한 남자로 머리도 몸통도 팔다리도 굵직굵직했다.

그는 성큼성큼 걸어가 악수를 청하는 재영을 덥석 안으며 소리쳤다.

"한 대표! 오랜만이에요!"

저 인간이 정민수구나. 경란은 바짝 긴장해 은진에게 속삭였다.

"선글라스 써요. 선글라스."

"왜요?"

대답할 말이 마땅치 않다. 저쪽에 온 남자에게 얼굴 보이면 안 되니까, 라고 말할 순 없으니까.

경란은 고심 끝에 입을 열었다.

"은진 씨, 배우잖아요. 배우는 선글라스 쓰는 거예요."

그 말에 은진의 입이 헤벌쭉 벌어졌다. 은진은 얼른 디올 선글라스를 끼고 '티파니에서 아침을'에서의 오드리 헵번 같은 우수에 젖은 포즈를 취했다.

"저 괜찮아 보여요?"

"예. 아주 좋네요. 근데 절대 옆에 돌아보지 말고 이쪽만 봐요. 절대 돌아보면 안 돼요."

"한 대표, 그동안 어떻게 지냈어요?"

정민수는 앞머리가 벗겨지기 시작한 사십 대 중반으로, 압도적인 덩치나 조폭 전적과 어울리지 않게 온화한 미소를 지을 줄 아는 남자였다. 그는 이탈리아에 직접 가서 재단했다는 남색 실크 양복에, 롤렉스 서브마리너를 손목에 차고 있었고 H로 시작하는 프랑스제 명품 구두를 신고 있었다.

그는 재영의 두 손을 잡고 우악스럽게 위아래로 흔들다가 간신히 진정하고 자리에 앉았다. 저번 미팅 때도 이렇게 호들갑을 떨더니 오 분 만에 경찰에 잡혀갔었다. 설마 오늘은 그렇게 안 되겠지, 재영은 마음속으로 생각하며 대꾸했다.

"저야 뭐 영화 찍느라 바쁘게 지냈죠."

"근데 얼굴이 왜 이래요? 눈은 또 왜 그렇게 빨갛고. 무슨 눈병 같은 거 걸린 거 아니에요?"

친애하는 내 적

정민수는 슬그머니 재영의 손을 놓았다.

"촬영장에서 실수로 최루가스를 맞아서요. 그냥 작은 사고였습니다. 사고. 전혀 걱정하실 필요 없고요, 대표님은 어떻게 지내셨어요?"

"나요? 난 한 대표 빨리 만나서 그때 일을 어떻게 해명하나 그 생각만 하고 살았지 뭡니까. 그날 공권력이 얼마나 무자비한 건지 다시 한 번 깨달았지요. 제가 마음 바꿔먹고 새 삶을 산 게 몇 년인데 아직도 절 색안경을 끼고 봅니다. 설마 한 대표님도 그러신 건 아니겠죠?"

재영은 손사래를 치며 대꾸했다.

"설마 그럴 리가요. 다만 대표님이 당분간 다른 일에 신경 쓰기 힘드시겠구나 싶어서 투자 연락을 다시 못 드리긴 했지요."

"제가 여러 번 연락드렸었는데요."

"아, 그러셨어요? 영화를 찍다 보니 바빠서요, 주변 분들에게 연락을 잘 못 드렸네요. 늦었지만 다시 뵙게 됐으니 다행입니다."

"제가 무죄 판결 받은 건 알고 계시죠?"

정확히 말하면 유죄고 집행유예지. 재영은 속으로 생각하며 "그럼요. 아직 이 나라에 정의가 살아 있다는 증거죠."라고 대답했다.

"그런데 한 대표 영화는 어떻게 됐습니까? 잘 찍고 있습니까?"

전직이 어쨌든 지금은 투자자로 이름을 떨치는 정민수다. 사방팔방에 친구들이 있을 텐데 재영이 어떤 처지인지 모르고 있을 리 없다.

재영은 솔직하게 털어놓았다.

"촬영은 무사히 다 마쳤는데 문제가 좀 있어서 지금 일부 장면을 다시 찍고 있습니다."

"저런? 무슨 문제가?"

"뭐 어떤 문제라고 딱 부러지게 말하긴 힘들고요. 여러 가지 사항이 복합적으로 얽혀 있었습니다. 대본 좋고 연출 뛰어나고 조은심 배우 연기도 다 좋았는데요."

"그럼 남승우 연기가 엉망이었던 거군요!"

민수는 단언하듯 말했다. 재영은 일순 어리둥절해졌다. 물론 남승우 연기가 개판이었던 건 사실이다. 하지만 그게 대세에 엄청난 지장을 줬을지는 잘 모르겠다. 하지만 돈을 낼 정민수가 그렇다면 그런 걸로 해두는 게 좋겠다는 판단에 그는 고개를 끄떡였다.

"그런 문제도 있었지요."

"난 처음부터 그럴 줄 알았어요. 그래서 그날도 남자배우를 바꿔야 한다고 충고하려고 했는데 경찰들이 들이닥치는 바람에……."

민수는 안타까운 듯 고개를 설레설레 내저었다. 재영은 민수가 대안으로 제시하려던 배우가 누굴지 궁금했다. 설마 본인은 아니겠지.

"조은심 씨 연기야 허리우드에서 통할 정도 아닙니까. 그런 대배우가 나오는데 남승우 같은 애송이를 쓰다니 말이에요. 남승우가 드라마에서 조폭 연기하는 것 봤는데 연기가 형편없었어요. 전혀 리얼리티가 안 살더라고. 사시미를 넣었다가 바로 안 빼면 살에 찝혀서 안 빠지거든. 그런데 칼집에서 칼 뽑듯 그냥 잡아 빼는 거예요. 그럼 곤란하지. 디테일이 부족한 거 아닙니까? 배우로서 노력이 부족한 거지요."

민수는 칼을 찔렀다가 90도 손목을 틀어 뽑아내는 디테일을 시범 보였다. 무시무시했다.

그 장면을 본 재영은 목이 타서 샴페인을 한 잔 마셨다.

민수는 말했다.

"그런데 지금 다시 찍고 있긴 한 거예요? 내 듣기로는 촬영이 중지 상태라던데?"

"아뇨. 전혀 그렇지 않고요. 지금 열심히 찍고 있습니다. 예상외의 지출이라 지금 좀 힘들긴 합니다만 그래도 조은심 배우 마지막 작품을 안 좋게 끝낼 수는 없지 않습니까."

"마지막 작품? 조 배우 마지막 작품이에요, 이게?"

민수는 놀랐는지 몸까지 일으켜가며 말했다. 재영 옆에 앉은 원희가 움찔 몸을 떨었다. 그는 민수가 레스토랑에 들어올 때부터 지금까지 고개를 숙인 채 한마디도 안 하고 있었다.

재영은 배에 힘을 주며 말했다.

"예. 이번 작품을 마지막으로 은퇴하고 싶다고……."

남원희는 어떻게 그런 거짓말을 칠 수 있느냐는 표정으로 그를 힐끔거렸다. 지금이라도 멀리 도망치는 것이 살아남을 마지막 기회가 아닌지 고민하는 모양이었다.

"한 대표 지금 하는 말 정말이에요? 난 조은심 배우가 촬영 끝내자마자 스위스에 가서 요양하고 있다고 들었는데요. 그래서 아까 한 대표 얘기 듣고 다음 주에 귀국하나 했지요."

정말 스위스에 있나? 재영은 민수에게 그 얘기 어디서 들었냐고 묻고 싶은 걸 참았다.

"에이, 어디서 헛소문 들으셨나 보네요. 조은심 배우 지금 한국에 있고요. 대표님께만 말씀드리는 거지만 지금 바뀐 대본에 맞춰 메쏘드 연기에 집중하고 있는 중입니다. 투자가 완료되는 대로 추가 촬영 들어갈 예정이고요."

"그런 얘긴 처음 듣는데. 내가 방송국 드라마국장하고 어제 저녁을 먹었는데 그 사람도 그런 얘긴 안 했어요."

"은심 씨가 워낙 시끄러운 걸 싫어해서 조용히, 조용히 작품만 찍고 떠나기로 했거든요. 방송국이라는 데가 뭘 알겠습니까. 방송대로라면 대표님도 협박과 폭력으로 벤처기업들 인수한 건데, 사실은 그런 게 아니지 않습니까?"

남원희는 사색이 되었다. 한재영, 이런 미친놈…….

정민수의 얼굴이 딱딱하게 굳었다.

재영도 너무 심하게 말했다는 생각에 급히 덧붙였다.

"그런 건 헛소문일 뿐이죠. 대표님은 오직 실력과 감으로 그러시지 않았습니까."

"거기에 약간의 운이 필요한 법이죠. 그러니까 한 대표 말은 조은심 배우가 지금 한국에 있고 영화를 마저 찍을 거다. 그리고 그게 마지막 작품이 될 거다. 그런데 지금 돈이 모자라 스케줄이 늦어지고 있다……. 지금 그런 이야기죠?"

"그렇습니다."

재영은 고개를 끄떡이며 내심 감탄했다. 협박과 폭력이든 실력과 감이든 수백억짜리 회사를 사고파는 사람답게 계산이 빠르다.

"그럼 내가 투자를 한다면 받으시겠습니까?"

중요한 순간이다. 재영은 최대한 신중하게 대답했다.

"조건이 맞으면 당연히 받지요."

"조건은 제가 맞춰드리면 되죠. 그런데 이런 의심이 듭니다. 조은

친애하는 내 적

심 이야기는 전부 거짓말이고 사실은 내 돈을 뜯어가려고……. 한 대표가 수작을 부리는 게 아닌가 하는 의심 말이요. 내가 돈 잃는 건 참아도 남한테 속는 건 못 참는 사람이거든요. 날 속이려고 하는 말이면 지금 솔직히 털어놓으세요."

평생 스릴러, 액션영화만 찍어온 재영이다. 지금 민수의 눈빛을 클로즈업해 들어가면 '악마를 보았다'의 최민식이나 '추격자'의 하정우와 비슷한 느낌이 들 것이다. 바로 위험한 맹수의 냄새!

원희는 사시나무 떨 듯 몸을 떨었다. 개다리춤을 추는 것처럼 다리를 덜덜대는데 재영 마음까지 다 심란해질 정도였다. 재영은 테이블 밑으로 원희의 다리를 걷어찼다. 그 역시 겁이 나는 건 마찬가지였지만 내색하지 않고 호탕하게 웃었다.

"하하하!"

민수의 눈빛에 의아함이 어렸다. 이 정도에 겁먹는다면 영화 일을 시작하지도 않았다. 세상 온갖 미친놈과 만나고 협상하고 싸워야 하는 것이 영화다.

재영은 말했다.

"하하. 제가 속인다고 속으실 분입니까, 대표님이."

"하긴 그건 그렇네요."

민수는 옳은 말이라는 듯 고개를 끄떡였다. 생각하면 생각할수록 재영이 한 말이 마음에 드는 모양인지 조금씩 입가의 미소가 짙어졌다.

"나야 조은심 배우를 늘 흠모해왔고 한 대표 영화에 계속 투자할 생각이 있었으니 돈을 내는 건 어려운 일이 아닙니다. 하지만 아직 조금 불안하다고 할까, 마음에 걸리는 게 있네요. 조은심 씨를 여기 데려온다면 몰라도······."

재영은 기다렸다는 듯 말했다.

"그렇지 않아도 데려왔습니다."

"어디? 어디?"

"지금 이 레스토랑 안에 있습니다."

민수는 눈을 동그랗게 뜨고 주위를 둘러보았다.

"어디? 어디 있는데? 잠깐. 잠깐. 내가 찾아볼게."

한재영은 회심의 미소를 지었다. 민수가 앉은 자리에서 정확히 45도 얼짱 각도에 차은진을 앉게 했다. 이 정도 거리에서 조은심이 쓰던 가발에 선글라스로 치장한 차은진의 옆모습은 그도 조은심과 구별하기 힘들었다. 게다가 경란이 몸을 절반 이상 가리고 있어 울퉁불퉁한 팔뚝은 잘 안 보인다.

근데 쟤는 뭘 저렇게 먹는 거야?

은진은 테이블 가득 음식을 시켜놓고 이것저것 열심히 집어 먹고 있었다. 보통 레스토랑에 오면 코스요리를 시키지 않나? 쟤는 단품을 몇 개나 시킨 거야? 그것도 메인으로만.

원희는 걸신들린 듯 밥을 먹는 은진을 보며 눈을 질끈 감았다. 만일에 정민수가 "여기 조은심이 어딨어?"라고 하면 어떻게 될까. 그는 여차하면 튈 생각에 의자를 뒤로 절반쯤 뺐다.

그때 정민수가 외쳤다.

"아, 저기 있군. 저기 있어."

그는 은진을 보며 연신 아름답다는 말을 중얼거렸다.

"역시 활력이 넘쳐요. 매사에 열정적인 대배우라고나 할까. 이렇게 아니라 가서 인사라도 해야겠네."

친애하는 내 적

한재영은 당장 은진에게 달려가려는 정민수를 간신히 말렸다.

"워낙 사람 만나는 걸 싫어해서요. 지금 식사 중이잖습니까. 방해하면 별로 안 좋아할 겁니다. 여기도 어렵게 데려왔는데요. 대표님 만날 거란 귀띔도 안 했고요. 촬영을 시작하고 난 다음에 천천히……."

재영은 말끝을 흐리며 눈웃음쳤다. 민수는 그 눈웃음의 의미를 알아차렸다는 듯 호탕하게 웃었다.

"한 대표 의외로 치밀한 사람이네요. 미리 이렇게 준비를 해놓고 딱 적당한 선에서 멈춰 세우고. 일단 돈을 내라. 이 말 아닙니까."

"그런 게 아니라 배우가 워낙 섬세한 존재니까요."

"섬세하고 위대하지. 내가 그냥 탁 보고 알아차렸다니까. 처음 들어올 때부터 저쪽에 무슨 대형 조명 켜놓은 것처럼 환한 게 뭔가 다르더라고. 역시 대배우의 존재감이란 뭔가 틀리다니까."

네가 아기예수 찾은 동방박사냐? 한재영은 말도 안 되는 소리라고 생각하면서도 엄지손가락을 치켜 올렸다.

"한 번에 알아보시다니 대단한 눈썰민데요. 여기 남원희 이사는 사장님이 못 찾을 거라고 확신했거든요."

그 말을 들은 원희는 사레들린 사람처럼 기침했다.

민수는 미소 띤 얼굴로 말했다.

"남 이사님 실망이네요. 제가 조은심 팬이라고 한 걸 허투루 들으셨습니까?"

"죄, 죄송합니다."

남원희는 테이블에 머리까지 대가면서 사과했다. 민수는 원희에게 가볍게 눈을 흘기고는 재영에게 말했다.

"저 오늘 조은심 나오는 영화에 투자자가 되는 겁니까?"

"그렇게 되는 건가요?"

두 사람은 호탕하게 웃었다. 정민수는 이제 거미줄에 걸린 먹잇감이나 마찬가지였다. 다만 한 가지 문제가 남아 있는데……. 투자 협상이 끝난 후 정민수가 주책맞게 은진에게 인사라도 하겠다고 고집피울 수 있다는 점이다.

재영은 테이블 아래로 경란에게 문자를 보냈다.

[다 됐다. 은진이 데리고 나가라. 문 앞에서 살짝 우리 쳐다보면서 인사하고. 오케이?]

금방 답장이 왔다.

[계산은 누가 해? 차은진 얘 엄청나게 먹었어.]

[일단 계산해. 나중에 줄 테니까.]

[꼭 줘야 돼.]

경란은 은진을 끌고 레스토랑을 나섰다. 재영의 지시대로 은진은 문 앞에서 살짝 고개를 돌려 인사를 했고, 그 모습에 정민수는 거의 오르가슴에 도달한 듯한 소리를 냈다.

재영은 준비했던 서류를 꺼내 들고 본격적인 투자협상에 들어갔다. 나머지는 일사천리였다.

친애하는 내 적

"계좌에 들어온 돈으로 급한 불부터 꺼라. 꼭 줘야 할 돈부터 집행하고 스태프 인건비는 최대한 뒤로 미뤄. 진짜 안 되겠다 싶은 애들만 돈 줘라."

"근데 이 돈 써도 되는 거예요?"

"그럼. 받았는데 안 쓰냐?"

"아니 이 돈 쓰는 거나 청산가리 먹는 거나 뭐가 달라요. 지금 현장에 조은심 없는 거 알면 저 사람이 가만있겠어요? 이러다 조은심 안 나타나기라도 하면……."

"더 크게 말해라. 동네방네 소문나게."

원희는 불만스러운 표정으로 입을 다물었다. 엘리베이터에 함께 있던 중국인 관광객들이 두 사람을 힐끔거리며 저희들끼리 열심히 뭐라 떠들었다. 설마 우리 하는 이야길 알아들은 건 아니겠지.

재영은 마음속 불안을 떨치기 위해 노력했다. 솔직히 그도 겁이 나기는 마찬가지였다. 전직 조폭 돈을 먹고 무사할까.

투자 협상은 성공리에 끝났다. 정민수는 총액 십오억을 투자하기로 하고 일단 급한 불을 끄라고 삼억을 통장에 입금해주었다. 전화 한 통으로 삼억이 한게임 고스톱머니처럼 간단하게 계좌에 들어오는 걸 보며 재영은 인생무상을 느꼈다.

지난 한 달간 개돼지처럼 떼굴떼굴 굴러다녔어도 투자받은 돈은 오천이 안 되었다. 평소 형님동생 하던 자들도 돈 달라고 하자 안면 몰수했고 그러다가 정말 내키지 않는 표정으로 사채보다 조금 싼 이자로 약간의 돈을 빌려줬다.

물론 끝까지 한 푼도 안 준 놈도 있다.

그에 비해 정민수는 영화판에서 거의 있을 수 없는 수준의 파격적인 조건을 제시했다. 물론 문제가 아예 없는 건 아니다. 특히 계약서를 제대로 쓰지 못한 것이 마음에 걸렸다.

계약서를 내밀었을 때 정민수는 손을 내저으며 이렇게 말했다.

「나중에 조은심 배우 있을 때 제대로 계약하죠. 우리 사이에 이런 종이쪼가리가 왜 필요하겠어요? 어차피 문제가 생겨도 법으로 해결할 사이가 아닌데. 돈 더 필요하면 언제든 얘기해요. 바로 넣어줄 테니까. 다음에 만나면 형님동생 사이가 됩시다.」

그러더니 근처 텐프로에서 아는 지검장 형님과 약속이 있다고 가버렸다. 법으로 해결할 사이가 아니라는 게 무슨 뜻이었을지 자꾸 마음에 걸린다. 문제가 생기면 장기를 들어낸 다음에 어디 야산에 묻어버리겠다는 뜻일까. 정식 계약은 왜 조은심을 만나서 하자는 걸까. 그날 조은심을 어떻게 해볼 생각인 걸까. 미래를 생각하면 걱정뿐이지만 이제 와서 돌이킬 순 없었다.

영화만 성공하면 돼. 영화만.

그러려면 주위를 돌아보지 않는 과감한 결단력과 이기기 위해선 무엇이든 하겠다는 독기가 필요하다. 그는 배에 힘을 주고 로비를 향해 성큼성큼 걸어갔다.

친애하는 내적

호텔 앞에서 경란과 은진이 기다리고 있었다. 은진은 재영을 보자마자 눈을 초롱초롱 빛내며 꾸벅 인사했다.

"대표님 덕분에 밥 잘 먹었습니다."

그녀는 근처 커피숍에서 작품 이야기를 하면 어떻겠냐고 의욕을 불살랐지만 재영은 그럴 시간도 이유도 없었다. 이럴 때가 바로 남원희가 필요한 때다. 그는 원희더러 은진과 시나리오 이야기를 하라고 지시한 후 경란과 함께 청계산 땡초를 만나러 출발했다.

투자를 받았으니 차은진 대역으로 어떻게든 버티면서 조은심을 찾으면 된다. 최대한 빨리. 정민수가 의심하기 전에.

●

마음이 다른 곳에 가 있어서일까, 오늘따라 일이 잘 되지 않는다. 고작 인서트 몇 번 따는 일임에도 자꾸 실수가 나온다. 간신히 스케줄을 마치고 스태프와 배우들에게 일이 있다고 먼저 일어선다. 차에 와 휴대전화를 확인하니 문자가 와 있다.

아무런 부연설명 없이 주소 한 줄.

바로 놈의 집으로 출발한다. 도착했을 때는 9시가 조금 넘었다. 엘리베이터도 CCTV도 없는 낡고 오래된 원룸 5층. 놈을 해체할 장비를 챙겨 건물로 들어간다. 입주민들도 많지 않은 건지, 운이 좋은 건지 5층까지 올라가는 동안 아무도 마주치지 않는다.

청계산 땡초의 집은 503호. 벨을 눌러보지만 대답이 없다. 문 앞에는 우유와 스포츠신문이 어지럽게 놓여 있다. 신문이 쌓이기 시작한 날짜를 확인해보니 집에 들어오지 않은 지 벌써 열흘이 넘었다. 김이 새는 기분이다. 짜증이 치솟아 우유 한 병을 집어 단번에 마셔버린다.

오늘은 이만 돌아가야 할까.

하지만 그냥 가기는 왠지 아쉽다. 놈이 지금까지 밖을 싸돌아다니며 그녀를 찾아다녔다고 친다면, 원하는 단서를 얻은 지금, 집에 한 번은 들르지 않을까.

어차피 오늘은 밤을 샐 생각이었다. 놈이 어디까지 아는지 알아낸 후 시신을 처리하려면 꼬박 하루가 필요하니까. 5층에서 옥상으로 올라가는 계단 가운데 쪼그려 앉아 놈을 기다린다. 언제든 칼을 꺼낼 수 있도록 가방은 지퍼를 열어둔 채 옆에 내려놓는다. 문을 따는 기술이 있다면 좋겠지만 아쉽게도 그건 배우지 못했다.

발소리가 들릴 때마다 계단 아래를 훔쳐보지만 지친 얼굴의 회사원이나 오토바이 헬멧을 쓴 중국집 배달부가 고작이다. 무료함을 참지 못하고 담배를 꺼내 입에 문다. 이럴 때는 스마트폰을 보며 시간을 때우는 게 최고지만, 만의 하나 경찰조사가 시작된다면 살인 시점의 휴대전화 위치추적부터 할 것을 알기에 꾹 참는다.

바닥에 이미 꽁초 여러 대가 버려져 있다. 현장에 증거를 남기긴 싫지만 이런 경우라면 위험하지 않을 것 같다. 다른 꽁초 사이에 담배를 버리고 발끝으로 남아 있는 불기를 비벼 끈다.

새 담배를 꺼내 불을 붙이다 벽에 그려진 낙서를 발견한다. 밑도 끝도 없는 욕설. 돈 많이 벌게 해달라는 기원. 충동적으로 상의주머니에서 볼펜을 꺼내 벽에 숫자 '7'을 적는다. 수집할 때의 내 습관이다. 이번 일은 수집 그 자체는 아니지만 어쨌든 과정의 일부니까.

그때 계단 아래서 발소리가 들린다. 아래를 내려다본다. 승복 차

친애하는 내 적

림의 남자가 올라오고 있다. 가슴에 안고 있는 카메라의 메탈바디가 어둠 속에서 번쩍 빛난다.

가방에서 잭나이프를 꺼내 들고 놈이 복도에 들어서길 기다린다.

●

청계산 땡초는 양재역 뒤편 주택가 원룸에 살았다. 낡은 5층짜리 건물로 1층과 2층은 기사식당과 이발소가 입점해 있고 나머지 층은 작은 평수의 원룸이 **빽빽**하게 붙어 있는 곳이었다. 겉보기에는 그저 그런 벽돌 건물이었지만 막상 들어가 보니 입구서부터 화장실 냄새가 지독했다. 벽이며 바닥은 묵은 때가 낀 것처럼 여기저기 거무튀튀한 얼룩이 져 있었고 녹이 잔뜩 슨 계단 난간에는 카드엽서처럼 전립선마사지며 여대생 키스방 전단지가 잔뜩 놓여 있었다.

재영은 계단을 올라가며 물었다.

"청계산 땡초가 몇 층 산다고 했지?"

"5층."

"새끼 돈 많은 줄 알았더니 엘리베이터도 없는데 사냐. 이런 데는 택배도 안 와. 힘들다고. 참, 아까 차은진 밥값 얼마 나왔어?"

경란은 대답 대신 카드 영수증을 내밀었다. 재영은 금액을 확인하고 '공공의 적'의 이성재처럼 광분했다.

"혼자서 이걸 다 시켰다고? 이거 완전 미친년 아냐?"

"걔한테 뭐라고 할 거 없어. 걔 진짜 배우 된다고 혼자 엄청 좋아하던데. 나중에 네가 한 짓 알면 뭐라고 하겠냐?"

"그래도 출연은 하는 거잖아. 다음 영화에 제대로 된 액션배우로

써줄 거니까."

"그건 네 생각이고. 넌 항상 다음에 보답하겠다는 핑계로 지금 당장 사람 상처 주잖아. 자기가 조은심 대역이라는 거 알고 걔가 얼마나 상처 입을지 생각해봤어? 나한테도 옛날에 늘 그랬잖아. 나중에 성공해서 보답하겠다고. 그러더니 보답했니?"

"내가 성공했는데 너 쌩깠니? 아직 성공 못했으니까 보답 못한 거 아냐."

"그러니까. 나중이란 없다는 얘기지. 우린 나중에 다 늙어 죽고 없어. 네가 다음 영화에서 은진이 쓰겠다고 했는데 그날이 올지도 모를 일일뿐더러, 혹시 오더라도 그때는 투자니 다른 배우들 사정 때문에 또 다음 영화에 쓰겠다고 하고서 걔 또 깔 수도 있다는 얘기야."

"그럼 어쩌라고? 차은진한테 전화해서 미안하다, 내가 투자받으려고 너 속였다. 그러라고?"

"그건 네 맘이지."

재영은 잠시 씩씩댔지만 뭐라 더 따지지 못했다.

5층에 도착했을 때 경란은 재영을 돌아보며 말했다.

"결제일 되기 전에 꼭 입금해라."

5층 복도 양쪽으로 개미집처럼 원룸이 늘어서 있었다. 창문 낼 공간마저 아껴 집을 쪼개놓았는지 아직 낮임에도 어두컴컴했다. 천장의 작은 형광등이 아니면 낮밤을 구별하기 힘들 듯 싶었다.

재영은 코를 킁킁댔다.

"아, 표백제 냄새. 이 새끼들 유한락스를 바닥에 들이부었나?"

"누가 복도에 음식물쓰레기라도 흘리고 표백제 뿌렸나 보지."

친애하는 내 적

경란의 말대로 표백제 냄새 사이로 기름 냄새 같기도 하고. 쇠 냄새 같기도 한 썩은 내가 났다.

청계산 땡초의 집은 복도 가운데 503호였다. 문 앞에는 문 열어드립니다, 스티커가 붙어 있었고 바닥에는 우유며 스포츠신문이 잔뜩 쌓여 있었다. 우유는 누군가 훔쳐 먹었는지 빈 병도 여러 개 보였다. 녹슨 철문에는 누가 장난이라도 치고 갔는지 벌건 페인트 자국이 나 있었다.

"여기 맞아? 여기 사람 안 드나든 지 좀 된 거 같은데."

"여기 맞아."

경란은 초인종을 눌렀다. 잠시 기다려봤지만 대답이 없었다. 경란은 다시 초인종을 누르고 문을 두들겼다.

"안에 아무도 안 계세요!"

"이 새끼, 지가 약속 정하고 지가 안 와?"

재영은 시간을 확인했다. 10시 12분.

경란은 휴대전화를 꺼냈다.

"전화 한번 해볼게."

집 꼬라지가 이 모양인데 그 새끼가 집에 있겠니. 재영은 속으로 투덜댔지만 뭐라고 말하진 않았다. 대신 그는 바닥을 굴러다니는 신문을 집어 들었다. 의미심장하게도 조은심 잠적설이 1면 기사로 나 있는 얼마 전 신문이었다.

경란은 끈질기게 휴대전화를 잡고 있었다. 한참 동안 신호가 갔지만 받는 사람은 없었다.

재영은 신문을 넘겨보며 계속 투덜댔다.

"괜히 시간낭비만 한 거야. 청계산 땡초라는 놈, 이상한 집주소

하나 알려주고 우리 엿 먹인 거야. 원래 성격 이상한 놈이라며. 아까 정민수 말로는 조은심 스위스에 있다던데. 그 새끼 거기까지 쫓아간 거 아냐?"

"조은심 한국에 있어."

"알 수 없지. 사우디 재벌 전용기 타고 스위스 갔으면 출입국관리소에서 알 게 뭐냐."

재영은 삐딱한 소리를 늘어놓으며 신문을 넘기다 딱딱하게 굳어버렸다. 그는 퉁방울처럼 커진 눈으로 신문 하단을 바라보았다.

이게 뭐야.

경란이 휴대전화를 주머니에 넣고 돌아서다 재영의 태도가 이상함을 알고 고개를 갸웃했다.

"왜 그래?"

재영은 아무 말 없이 경란에게 신문을 보여주었다. 신문 하단이 핏물로 흠뻑 젖어 있었다. 두 사람은 문 앞에 쌓인 신문을 치웠다. 바닥 틈을 타고 핏물이 흘러나와 문 앞의 신문이 바닥부터 흠뻑 젖어 있었다. 누군가 손가락을 베어 흘린 피라고 보기에는 양이 너무 많다.

재영은 피가 살짝 닿은 손가락을 경란에게 내밀었다.

"이거 피 맞지? 포도주나 뭐 그런 거 아니겠지?"

"손 치워!"

두 사람은 굳게 닫힌 503호 문에 시선을 주었다. 이제 문짝에 난 페인트 자국도 다시 보인다. 자세히 보니 페인트가 아닌 것 같다. 저 안쪽에서 무슨 일이 생긴 게 틀림없었다.

경란이 낮은 목소리로 물었다.

친애하는 내 적

"경찰 부를까?"

"잠깐."

재영은 문을 째려보며 대답했다. 이 일에 경찰을 끌어들이는 건 내키지 않았다.

이럴 때 초능력이 있어 안을 볼 수 있으면 얼마나 좋을까.

재영은 신발에 피가 묻지 않도록 조심하며 문 가까이 다가가 귀를 대보았다. 아무 소리도 들리지 않았지만 왠지 느낌이 좋지 않았다. 갑자기 삐 하는 초음파 소리가 들렸지만 이건 귀에서 나는 소리일 것이다. 스트레스가 심하면 가끔 머리가 띵하고 귀에서 소리가 난다.

재영은 집중하려 애써봤지만 문 안쪽에 널브러져 있을 누군가의 시체가 자꾸 머릿속에 떠올라 쉽지 않았다. 귀신이 있다면 옆에 서서 우릴 지켜보고 있지 않을까, 재영이 생각할 때 경란이 귓가에 속삭였다.

"뭐 들려?"

재영은 너무 놀라 그 자리에서 넘어질 뻔했다.

"야! 놀랐잖아!"

"미안. 많이 놀랐어?"

재영은 호흡을 가다듬었다. 귀신이 말 거는 줄 알고 순간 숨이 멎는 줄 알았다. 그는 쉰 목소리로 말했다.

"그냥 갑자기 말 걸어서 놀란 거야. 잠깐 있어봐."

재영은 마음을 진정시키고 깨끗한 신문을 바닥에 깐 다음 엎드렸다. 문 아래 틈을 들여다보는데 처음에는 어두컴컴할 뿐이었지만 눈에 힘을 주고 집중하자 뭔가 하얀 것이 보였다.

저게 뭐지?

재영은 더욱 문틈에 머리를 들이밀었다. 코끝을 찌르는 피 냄새. 부릅뜬 눈! 누군가의 부릅뜬 눈이 그를 노려보고 있었다.

"뭐야! 시발!"

재영은 흠칫 놀라 일어서며 욕설을 내뱉었다. 어찌나 놀랐는지 뒤로 물러서다 자빠질 뻔했다. 벽에 등을 대고 서는데 머리가 주뼛 서고 온몸에 소름이 돋았다.

"뭐가 노려보는데 씨이……. 아이 시발……."

재영은 소름 돋는 팔뚝을 벅벅 긁었다.

"진짜? 누군데?"

"내가 그걸 어떻게 아니. 그냥 시발 어떤 새끼가 자빠져 있는데. 피 엄청 흘리면서! 네가 볼래?"

경란은 고개를 설레설레 흔들고는 휴대전화를 꺼냈다.

"경찰 부른다."

재영은 멍하니 문을 쳐다보다 눈을 감았다. 캄캄한 문틈. 부릅뜬 눈. 눈꺼풀 위에 고인 피. 재수가 없으려니 별걸 다 보내. 어떤 새낀지 모르지만 왜 저기 죽어 있는 거야. 저 새끼가 청계산 땡초란 놈인가. 죽은 거 맞겠지? 그냥 쓰러진 건 아니겠지? 하긴 이렇게 피를 흘렸는데 살아 있으면 그게 이상하지.

재영은 거기까지 생각하다 정신을 차렸다. 경란은 112 직원에게 막 말을 거는 참이었다. 재영은 경란의 휴대전화를 빼앗으며 말했다.

"야. 안 돼. 경찰 부르지 마."

"왜? 사람 죽었다며. 휴대전화 이리 내!"

친애하는 내 적

"잠깐 생각 좀 해보고. 안에 쓰러진 사람이 있긴 한데 죽었는지는 모르는 거고 그러니까……."

재영은 말끝을 흐렸다. 그가 범죄자나 뭐 그런 것은 아니지만 경찰을 부르는 건 영 꺼림칙했다. 만의 하나라도 저 안에 죽은 놈이 조은심과 관련이 있다면……. 설마 그럴 리는 없겠지만……. 없다고 해도 기자들이 이상한 소문이라도 내면…….

전직 조폭에게 이미 삼억을 빌린 상황에서 스캔들로 번질 수 있는 일은 가급적 피해야 한다.

그렇다면 어떻게 해야 할까?

재영의 머리가 광속으로 회전했다.

재영은 마음을 정하고 경란에게 휴대전화를 쥐여주며 말했다.

"신고는 내가 할 테니까 넌 먼저 가라. 사람 죽은 거 보고 경찰서 오가고 해서 좋을 거 뭐 있냐. 너 기잔 거 알면 경찰들도 귀찮게 굴 거고. 너도 경찰서 가봤을 테니 거기 분위기 알 거 아냐. 그런 거 내가 할 테니까 넌 들어가서 일단 좀 쉬어."

"그래도……."

재영은 경란의 어깨를 잡았다.

"미안해서 그래. 이런 일 끌어들인 거. 남은 건 내가 알아서 할 테니까 집에 가 있어. 우리 둘 다 여기 있어서 좋을 게 뭐냐."

재영은 억지로 경란을 비상계단 쪽으로 끌고 갔다.

재영의 말에도 불구하고 경란은 여전히 내키지 않는 표정이었다.

"그래도 같이 있는 편이 낫지 않겠어?"

"너 움직이는 데 방해만 된다니까. 너 여기 있다가 아는 기자니 경찰이니 만나면 어떡하니. 아까 너 말했잖아. 나중에 보답하지 말고 당장 보답하라고. 이건 보답도 아니지만 아무튼 작은 거부터 너 힘들지 않게 하려 싶어서 그래."

경란은 떨떠름한 표정으로 잠시 생각하다 말했다.

"무슨 일 있었는지 다 보고해라. 도움 필요해도 전화하고."

"응. 조심해서 들어가. 내가 금방 연락할게."

재영은 경란이 아래층으로 내려간 걸 확인한 후에 다시 복도로 돌아왔다.

그는 경찰에 신고하고 싶지 않았다. 괜히 경찰 불러들여봐야 좋을 일 하나도 없다. 쓸데없이 스캔들만 커지지. 조은심 잠적과 관련 있다고 기사 한 번만 떠도 투자는 완전히 끝장날 것이다.

하지만 경란에게 이런 소릴 했다간 욕을 바가지로 먹을 게 뻔했다.

그래서 돌려보내긴 했는데…… 이제 어쩐다?

신고를 안 할 순 없었다. 좋든 싫든 머지않아 시신을 발견될 것이고 그와 경란이 여기 들어오는 모습이 인근 거리에 CCTV에 잔뜩 찍혀 있을 것이고, 수사가 시작되면 목격자도 나올 것이다. 재수 없게 범인으로 몰리기라도 하면 큰일이다.

그렇다면 신고를 하되, 그 전에 할 일을 하는 편이 낫다.

청계산 땡초가 말했던 '흥미 있어 할 물건'.

만일 그게 저 집 안에 있다면 그걸 찾는 사람은 경찰이 아니라 그가 되어야 했다.

그가 막 작업에 들어가려 할 때 발소리가 들렸다. 재영은 급히 휴대전화를 꺼내 들고 문 옆에 서서 누군가와 통화하는 척했다.

"집에 없는 거 같은데. 벨을 눌러도 대답이 없네."

친애하는 내 적

빨간색 운동복 차림의 젊은 남자였다. 그는 근처 편의점이라도 다녀왔는지 라면이며 냉동만두가 든 커다란 비닐주머니를 든 채 삼선 슬리퍼를 질질 끌며 재영 옆을 지나갔다.

그가 쾅, 문을 닫고 집 안으로 들어가는 것을 보고 재영은 안도의 한숨을 내쉬었다. 자칫 잘못했으면 범인으로 몰려도 할 말 없을 만큼 의심적은 상황을 만들 뻔했다.

그는 복도에 사람이 없음을 두 번 세 번 확인한 후 품속에서 영화인의 필수품, 맥가이버 칼을 꺼냈다. 그중 나이프를 뽑아 다시 엎드렸다. 얼음장처럼 차가운 시신의 눈빛이 다시 그를 반겼다.

재영은 눈을 마주치지 않으려 애쓰며 나이프를 조심스럽게 문틈으로 집어넣었다. 조금 전 시체의 차가운 눈 아래, 열쇠가 반짝 빛나는 걸 보았기 때문이다.

그는 나이프 끝을 열쇠고리 사이에 넣고 살살 잡아당겼다. 사람들이 없을 때 빨리 처리해야 한다는 긴장 때문인지 손이 덜덜 떨려 계속 나이프가 미끄러졌다. 몇 분 동안이나 끙끙댄 끝에 열쇠를 챙겨 일어났을 땐 온몸이 땀투성이었다.

재영은 다시 한 번 복도를 살핀 후 열쇠를 문구멍에 넣었다. 철컥. 기대했던 대로 문 열쇠가 맞았다. 덜컥. 문이 열렸다.

"후아."

재영은 침을 꿀꺽 삼켰다. 그저 문만 열렸을 뿐인데 주변 온도가 2, 3도는 내려간 것처럼 서늘하다. 그는 용기를 내 문틈으로 살짝 안을 들여다보았다.

현관에 중년 남자가 바닥에 머리를 처박은 채 쓰러져 있었다. 몸통 주위를 반쯤 굳어버린 피가 웅덩이처럼 고여 있었고 옆구리에 손잡이까지 칼이 박혀 있었다.

"어휴."

재영은 혹시나 하는 마음에 남자 목에 손을 대보았다. 손가락 끝에서부터 소름이 돋았다. 사람 피부 같지 않은 이 생경한 느낌. 차갑고 기분 나쁘다. 재영은 급히 손을 뗐다. 다리가 후들후들 떨리고 입 안이 바짝바짝 마른다.

재영은 도망치고 싶은 마음을 참았다. 독기와 결단력으로 위기를 극복하겠다고 다짐한 지 두 시간밖에 안 됐다. 무엇보다 이대로 도망쳤다간 영화 망하고 인생 꼬인다.

재영은 시신을 밟지 않도록 조심하며 안으로 들어가 문을 닫았다.

덜컥.

문이 닫히는 소리에 재영의 심장도 덜컹 내려앉았다. 마치 지옥으로 한 걸음 내딛은 기분이랄까.

재영은 현관에 엉거주춤 서서 집 안을 살폈다. 원룸은 냄새나고 음침했다. 싱크대에는 그릇이며 냄비가 산처럼 쌓여 있었고 바닥에는 뱀허물처럼 벗어놓은 옷가지며 책이며 비디오, 공CD 등 온갖 잡다한 물건이 널브러져 있었다.

홀아비 냄새가 물씬 풍기는 집인데 벽면마다 조은심 브로마이드며 사진들로 가득해 더욱 이상하게 느껴진다. 지금 당장 스릴러 영화에 스토커 집으로 써도 위화감이 없을 듯싶다.

비키니 차림의 조은심 사진 아래 맥북 에어가 놓여 있었다. 마치 숨을 쉬듯이 하얀색 애플 마크에 불이 들어왔다가 꺼지길 반복했다.

친애하는 내 적

재영은 노트북을 뚫어져라 쳐다보았다. 저 안에 뭐가 들었는지 찾아봐야 하는데……. 도무지 다리가 움직여지지 않았다.

애초 계획은 집을 샅샅이 뒤져 조은심이 어디 있는지 단서를 얻겠다는 거였다. 하지만 막상 안에 들어와 보니 불가능한 계획이라는 걸 인정할 수밖에 없었다. 평범한 사람이 시체 앞에서 냉철해져 증거물을 찾는 건 할리우드 영화에서나 가능한 일이다.

나름 사나이답다고 자부해온 재영이다. 몇 시간 전에는 전직 조폭에게 뻥을 쳐서 투자를 받아내기도 했다. 하지만 시체와 한방에 있는 지금, 몸 안의 용기가 모조리 모래처럼 바스러지는 기분이다.

숨이 쉬어지지 않고 자꾸 식은땀이 나며 시선은 자꾸 현관의 시체에 향한다. 갑자기 오줌이 마려워 바지에 지릴 것 같다.

안 되겠다. 그냥 나가자.

재영은 처음 계획을 겸허히 포기했다. 빨리 나가서 신고나 하자. 막 방을 나가려는데 시신 발밑에 카메라가 놓여 있는 것이 보였다. 어린애 몸통 크기의 렌즈가 달린 카메라. 언뜻 봐도 청계산 땡초가 조은심 사진 찍을 때 쓰는 카메라임을 알 수 있었다.

재영은 품속에 남은 마지막 용기를 끌어올려 그리로 다가가 카메라에서 메모리카드를 꺼냈다. 여기 뭔가 있기를 기원하며 그는 급히 방을 빠져나왔다.

밖으로 나와 문을 닫자 갑자기 숨쉬기가 편해졌다. 이제 오줌만 싸면 되겠다. 재영이 크게 심호흡하며 문을 잠갔다. 그런 다음 돌아섰을 때 거기 경란이 서 있었다. 재영은 소스라치게 놀랐다.

"야! 너 여기서 뭐 해!"

경란은 팔짱을 낀 채 턱을 까딱였다.

"넌 정말 구제불능, 사이코, 또라이야."

"너 집에 가라고 했잖아."

"네가 이상한 짓 할 것 같아서 다시 와봤지. 경찰이 바보니? 네가 문 따고 들어갔다 나온 걸 모를 거 같아? 신발 신고 들어가서 아무 거나 막 만졌지? 조은심 어디 있는지 찾는답시고."

경란의 말은 옆에서 본 것처럼 정확했다. 그때 멀리서 사이렌 소리가 들렸다.

"이게 뭔 소리야."

"내가 경찰이랑 119에 신고했어."

"야! 너 도대체 왜…….'

"너 하는 대로 뒀다간 또 사고 칠 거 같아서 그랬다. 남은 일은 내가 알아서 할 테니까 넌 가만히 있어. 열쇠나 내놔. 뭐든 물어보면 그냥 고개 끄떡이고."

"약속이 있어 찾아왔는데 문틈으로 피가 흘러나온 게 보이잖아요. 누가 안에 쓰러졌나 해서 보니까 신문 사이에 열쇠도 있어서 문을 열고 들어갔죠. 그랬더니 세상에, 피를 엄청 흘리고 쓰러져 있어서 119랑 경찰에 신고했어요."

경란은 숨넘어가는 소리를 내며 말했다. 피를 엄청 흘리고 있다는 말을 하는 순간에는 눈썹을 파르르 떠는데 연기력이 상당했다. 사정을 다 아는 재영조차 정말 그랬나 싶을 정도였다.

형사는 무표정한 얼굴로 경란의 이야기를 PDA에 적고는 재영을 돌아보며 말했다.

"더 보탤 말씀 없으십니까?"

친애하는 내 적

재영은 경란의 표정연기에 빠져 있다가 정신을 차리고 입을 열었다.

"없는데요."

형사는 피로한 눈으로 살인 현장을 돌아보았다. 활짝 열린 문 너머로 감식팀 여러 명이 현장에 폴리스라인을 두르고 죽은 남자의 사진을 찍고 있었다. 좁은 복도는 경찰들이며 무슨 일인가 구경 온 원룸 주민들로 붐볐고 잠 좀 자자는 사람들 고함 소리며 경찰 무전기 소음으로 도떼기시장처럼 시끄러웠다.

경란이 말했다.

"참, 집 안에 저희 지문 같은 게 있을지도 모르겠는데요. 지혈할 걸 찾아서 안을 조금 뒤졌거든요."

"알겠습니다. 감식팀에 얘기해두지요. 두 분 많이 놀라셨을 텐데 그만 돌아가셔도 좋습니다."

형사는 PDA를 끄고 가죽점퍼 주머니에 넣었다. 그는 배우가 아닌가 싶을 만큼 잘생긴 삼십 대 중반의 남자였는데 몹시 피로해 보였고 눈썹 옆에 찢어진 흉터 때문에 은근히 험상궂어 보였다. 키는 그리 크지 않지만 딱 벌어진 어깨며 셔츠를 뚫고 나올 듯 튀어나온 가슴으로 보아 사람 때려잡는 일에는 일가견이 있을 듯 보였다.

형사는 경찰들을 밀치고 두 사람을 밖으로 이끌었다.

어느새 새벽 1시가 넘어 있었다. 거리에 인적은 끊겨 있었고 듬성듬성 켜진 가로등 불빛만이 어두운 도시를 빛냈다.

형사는 밖에 나오자마자 담배를 꺼내 물었다.

"요즘은 어디서나 담배 피우면 눈치가 보여서요. 두 분 배웅 나온 척하면서 한 대 피우는 거죠. 조심해 들어가세요."

재영은 얼른 인사하고 건물 앞에 세워둔 차로 가려 했다. 하루 동안 너무 많은 것을 보고 들었다. 빨리 집에 가서 쉬고 싶었다.

하지만 경란의 생각은 달랐다. 그녀는 재영의 팔을 잡아 못 가게 막고 형사에게 물었다.

"그런데 저분, 살해당한 건가요?"

"예. 옆구리랑 아랫배에 칼을 맞았어요. 제 생각에는 복도에 살인범이 숨어 있던 거 같습니다. 피해자가 집에 와서 문을 열 때 접근해서 옆구리에 푹, 푹, 칼을 찔러 넣은 거죠. 피해자는 칼에 찔린 상태에서 간신히 안에 들어가서 문을 잠그고 쓰러진 거고요."

"세상에. 별일이 다 있네요."

"경찰 된 지 10년인데 아직도 적응이 안 됩니다. 가끔은 사람 죽이고 목격자인 것처럼 신고하는 경우도 있을 정도니까요. 참, 깜빡 잊고 안 물어봤는데 두 분은 여긴 무슨 일로 오신 겁니까? 피해자와 만나기로 약속을 하신 거예요?"

형사는 지나가는 말처럼 입을 열었지만 눈빛만은 차가웠다. 재영의 마음은 철렁 내려앉았다. 이놈 표정으로 보아 절대 깜빡 잊고 안 물어본 게 아니다. 일부러 긴장이 풀렸을 때를 노려 물어본 것이다.

하지만 경란도 보통내기가 아니었다.

그녀는 일 초의 망설임도 없이 말을 쏟아냈다.

"아, 그러니까 그게 저희가 영화하는 사람들이거든요. 영화제작과 관련해서 도움 청할 일이 있어서요."

"어떤 식의 도움을 받기로 하신 건지 여쭤봐도 될까요?"

"극비사항인데 꼭 말씀드려야 되나요?"

"살인사건입니다. 영화보다는 사람 목숨이 중요하지 않겠어요?"

친애하는 내편

형사의 말투는 부드러웠지만 힘이 있었다.

"그럼 꼭 비밀 지켜주세요."

"그럼요. 약속 하나는 제가 확실하게 지킵니다."

형사는 다 피운 꽁초를 주머니에 넣으며 말을 이었다.

"꽁초도 항상 집에 챙겨가죠."

재영은 초조한 표정으로 경란을 곁눈질했다. 설마 형사 말을 믿고 조은심 실종에 대해서 떠들진 않겠지. 언론에 말을 흘러나가기라도 하면 엄청난 스캔들이다. 여배우 실종, 스토커 사망. 이보다 드라마틱한 스토리가 어디 있나. 영화 투자건 뭐건 다 박살난다. 당장 아침에 정민수가 전화해서 조은심 얼굴 봐야겠다고 할 거다.

차라리 돈을 해결해볼까? 재영은 뒷주머니의 지갑을 만지며 생각했지만 지갑에 돈이 없었다. 지금은 죽으나 사나 경란에게 맡기는 수밖에 없었다.

경란이 말했다.

"조은심 배우 아시죠? 그분이 워낙 스타잖아요. 그분과 관련된 일이라서 조심스러울 수밖에 없었거든요."

"짐작은 했습니다. 아까 보니 집 안 가득 조은심 사진이던데요. 그런데 조은심, 재벌 3세랑 외국에 놀러 갔다고 들었는데 아닙니까? 결혼하고 정착할 거라고 찌라시에서 봤는데요."

"아니에요. 지금 영화 찍고 있어요. '환상의 여인'이라는 제목의 영화데요. 여기 이분은 영화사 대표님이시고요."

경란의 눈짓을 보고 재영은 지갑에서 명함을 꺼냈다.

형사는 위조지폐 감정하듯 명함을 이리저리 살폈다.

"왕눈이 필름이라……. 그런데 눈에 뭘 잘못 맞으셨어요? 피부도 좀 부어 계신 거 같은데."

"아, 이거요. 촬영장에서 최루가스를 잘못 맞아서요. 보기에만 이렇지, 옮는 거 아닙니다."

"'환상의 여인'이란 영화를 찍으신다고요. 그 영화 다 찍은 거 아닙니까? 전에 기사에서 그렇게 본 거 같은데."

재영 대신 경란이 대답했다.

"예. 원래 진즉에 촬영 끝났어야 할 영환데 지금 여러 가지 문제로 재촬영 중이거든요. 조은심 배우는 극비로 저희 촬영 진행하고 계신데……. 오늘 죽은 분이 조은심 뒤를 따라다니면서 몰래 사진을 찍고 있어서요. 조 배우님 신경이 날카로워지시고 있어서 그러지 말라고 설득하려고 찾아왔던 거예요."

형사는 미미하게 고개를 끄떡였다.

"알겠습니다. 그렇다면 납득이 되네요. 확인해보고 연락드리죠."

경란은 최대한 불쌍한 표정을 지으며 말했다.

"그런데 부탁 하나만 드려도 될까요? 이런 일이 소문나면 어떻게 될지 짐작이 가시죠? 자칫 잘못하면 괜한 스캔들로 이번 영화에 관련된 수백 명의 노력이 물거품이 될 수도 있답니다. 그러니 이번 사건 피해자가 조은심 배우 스토커라는 거, 비밀로 해주시면 안 될까요?"

"제가 입을 다문다고 비밀이 지켜질 일은 아닐 텐데요."

"그래도 며칠은 벌 수 있죠. 형사님 부탁해요."

형사는 내키지 않는 표정으로 두 사람을 쳐다보다 고개를 끄떡였다.

"알겠습니다. 조은심 씨가 사건과 관련되어 있다는 증거가 나오

친애하는 나의 적

지 않는 한 신중하게 행동하도록 하지요. 대신 두 분도 사건에 대해 새로운 사실을 알게 되면 꼭 제가 말씀해주셔야 합니다."

"그럼요. 약속할게요."

형사는 두 사람에게 자신의 명함을 건넸다. 재영은 명함의 이름 도 살피지 않고 주머니에 넣었다. 그는 마음속으로 재수없는 놈에 게 걸렸다고 투덜댔다.

재영은 경란이 차 문을 닫자마자 말했다.

"너 연기력 끝내주더라. 어쩜 그렇게 거짓말을 천연덕스럽게 치 냐."

"다 네가 흘린 콧물 닦아주려다 이런 거 아냐. 내가 얼마나 떨렸 는지 알아?"

"근데 쟤 말이야, 진짜 비밀 지킬까?"

재영은 룸미러에 비치는 형사를 턱으로 가리키며 말했다. 형사는 담배를 꼬나문 채 두 사람을 지켜보다 재영과 시선이 마주치자 가 볍게 고개를 숙여 보였다. 속을 모르겠어서 신경 쓰이는 놈이다. 잘 생긴 얼굴도, 눈썹의 흉터도 마음에 안 들고.

"나야 모르지. 그냥 당분간 조용해주길 기대해야지."

"저기 저놈 우리 노려보는 거 봐. 대가리 엄청 굴리고 있는 거야. 우리가 얘기한 거 사방에 떠벌릴 거다."

"어차피 조사하면 다 나올 얘기야. 집 안이 온통 조은심 사진으로 도배에, 컴퓨터도 조은심 사진뿐일 거고. 조은심 따라다니다 입건 도 여러 번 당한 사람인데 그걸 모르겠어? 우리가 누군지도 조사하 면 알 거고. 그럼 바보가 아닌 다음에야 우리가 왜 왔는지 감 잡지.

그리고 내가 보기에 저 형사, 다 알면서 한번 떠본 거야. 말실수 한 번만 하면 경찰서 심문실로 데려갔을걸?"

경란이 그렇다면 그런 거다. 그녀는 신기 들렸다는 말이 있을 정도로 사람 속마음 알아채는 데 능했다. 분노, 절망, 우울, 짜증, 그런 감정들을 귀신처럼 알아내서 사람이 어디 있는지 찾고 인터뷰를 따냈는데 재영이 보기에는 무당인 척하고 점을 봤으면 벌써 서울에 빌딩 여러 채 올렸다.

다만 문제가 있다면 본인 일에 있어서는 백 퍼센트 허당이라는 점이다. 덕분에 주위에 사기도 많이 당했고 보증도 여러 번 섰으며 도박을 하면 무조건 졌다. 재영과의 연애 때도 헛다리를 엄청 짚었다.

재영은 경란이라면 알지 모른다는 생각에 물었다.

"근데 누가 죽인 걸까?"

"글쎄? 조은심?"

"야!"

"농담이야. 농담. 조은심이 스토커 따위 신경이나 쓰겠냐. 발에 채이는 게 스토커들일 텐데. 집 앞에서 기다리다가 칼로 찔렸다니 개인적인 원한 때문이겠지."

"얼마나 죄를 지었으면 집까지 와서 칼로 찌르나. 그 새끼는 뭐 우리한테 줄 거 있다더니 그것도 안 주고 죽어. 일생에 도움이 안 되는 놈 아니냐."

"야. 죽은 사람한테 무슨 말을 그렇게 하냐."

"야! 사람 다 죽어. 너도 죽고 나도 죽어. 죽었다고 암말도 안 하면 세상에 욕할 사람 하나도 없어. 생전에 한 일로 판단해야지."

친애하는 내 적

"넌 그 아저씨 행실 가지고 이러는 게 아니라 조은심 어디 있는지 안 알려주고 죽었다고 이러는 거잖아."

"그놈이 죽는 바람에 경찰이 일에 끼었잖아. 조은심에 대해 안 좋은 기사라도 나면 어쩌냐고."

"차라리 공식적으로 수사하는 게 나을 수도 있어. 경찰이 개입하면 조은심 금방 찾을 거 아냐. 무슨 일이든 좋은 점과 나쁜 점이 있는 거지."

재영은 짧게 탄식하며 중얼거렸다.

"어쨌든 영화는 끝까지 찍었으면 좋겠다."

경란은 재영을 감탄의 눈으로 보았다. 작품에 대한 이 끝없는 집착. 그것 하나만은 예전부터 대단하다고 생각했다. 꼭 돈을 위한 것도 아니다. 망할 것이 분명한 영화를 끝까지 찍기 위해 빚을 지는 것도 몇 번이나 봤으니까. 그래서인지 재영의 인간성이 개 같다고 욕하는 사람들도 그가 작품을 만들어내기 위해 노력한다는 점은 인정했다.

어느새 경란의 집 앞에 도착했다. 재영은 차를 세우며 말했다.

"고생 많았다. 잘 자라."

"가긴 어딜 가. 너도 내려."

"나? 왜?"

재영은 눈을 크게 떴다. 경란은 당연한 것 아니냐는 듯 당돌한 눈빛으로 그를 쳐다보고 있었다.

설마 라면 먹고 가라는 뜻일까? 다시 사귀어보자고? 삼십 초 전까지 피곤해 죽을 것 같았는데 갑자기 심장이 콩닥콩닥 뛰었다.

"너 그 집에서 가져온 거 봐야지."

재영은 다시 피로해졌다.

"너 무슨 소리 하는 거야. 내가 뭘 가지고 나와."

"그럼 네가 안에 들어가서 그냥 나왔겠니. 뭐라도 들고 나왔겠지. 그걸 봐야 내가 조은심을 찾을 거 아냐."

경란의 집에 들어가는 건 헤어지고 나서 처음이다. 경란은 이별을 통보한 다음 날 재영과 관련된 물건을 모조리 택배로 보냈다.

집 안은 늘 그랬듯 우중충했다. 방 한쪽에는 잡동사니가 가득 들은 상자가 층층이 쌓여 있고 재영과 사귈 때부터 있던 이인용 소파에는 벗어둔 옷들이 뱀껍질처럼 쌓여 있었다. 경란은 예전부터 집 안 관리에 능숙한 편은 아니었다. 텔레비전 앞에는 숀리가 선전하는 러닝머신이 세워져 있었는데 손잡이마다 속옷이 걸려 있었다. 경란은 급히 안으로 뛰어 들어가 속옷부터 감췄다.

재영은 바닥에 세워져 있는 사진액자를 집었다. 언제부터 거기 놓여 있었는지 먼지가 수북했다. 경란이 가장 좋아하는 영화인 '티파니에서 아침을'의 포스터다. 오래전 재영이 사준 것이다.

재영은 손바닥으로 먼지를 닦아내곤 말했다.

"액자는 벽에 걸어야지. 이게 뭐냐."

"못 박을 시간이 없어서 그래."

"내가 박아줄게. 망치 어디 있냐?"

"오밤중에 사람들 다 깨게 무슨. 그리고 망치 없어. 메모리카드나 가지고 와. 빨리 확인하자!"

경란은 컴퓨터 앞에 앉으며 손을 까딱였다. 재영은 냉장고 문을 열었다. 예상대로 반찬 대신 맥주가 가득 들어 있었다. 그는 맥주

두 캔을 가지고 경란 옆으로 갔다.

"그걸 왜 가져와."

"나 힘들어서 그래. 오늘 별별 일이 다 있었잖냐. 전직조폭에 살인에. 나 긴장돼서 아까 샴페인도 거의 안 먹었다. 한 캔만 먹자. 니것도 가져왔으니까……. 먹으면서 보자."

경란은 빼앗듯이 맥주를 집더니 뚜껑을 따고 꿀꺽꿀꺽 마셨다. 재영은 책상 옆 스탠드를 켰다. 하지만 불이 들어오지 않았다. 재영은 스위치를 몇 번이고 눌러보며 말했다.

"왜 이래 이거? 왜 안 켜져?"

"안 켜져? 몰랐네. 그래서 어두웠구나."

경란은 이제야 알았다는 듯 고개를 끄떡였다. 스탠드 안을 살피니 전등이 시커멓게 죽어 있었다. 재영은 전등을 뽑아내 책상 아래 내려놓았다.

"나간 지 벌써 반년은 됐겠구만. 내일 편의점이든 슈퍼든 전등 사다가 갈아 끼워라. 이건 내가 가다 버릴 테니까."

경란은 인상을 썼다. 이 새끼는 헤어졌는데도 남의 살림에 여전히 집착하네. 예전부터 그랬다. 그는 경란의 집에만 오면 늘 잔소리를 늘어놓고 청소를 했다.

재영은 보기와 다르게 나름 집 안에서는 깔끔 떠는 타입이었다. 매일 바닥을 쓸고 닦으며 쓰레기도 열심히 버리고 무엇보다 세탁을 좋아해서 침대보와 베개커버를 일주일에 한 번씩 바꿨다. 밤에 인터넷 쇼핑으로 가정용품을 사는 놈이다. 남성호르몬의 화신, 얍삽한 터프가이, 또라이 영화 제작자라고 불리는 재영에게 그런 여성적 면이 있다는 건 경란밖에 몰랐다.

재영은 메모리카드를 컴퓨터에 끼웠다. 5기가가 넘는 사진이 들어 있었는데 모조리 조은심을 찍은 것이었다. 당장 인터넷 신문에 실어도 손색이 없을 뛰어난 사진들이다. 밥 먹는 사진, 걷는 사진, 차에서 내리는 사진, 화장실에서 나오는 사진까지. 화장실 몰카도 있을까 봐 걱정했는데 그건 없었다.

　경란은 사진을 찍은 날짜를 확인했다. 그녀가 사라지기 전에 찍은 것들이었다.

　재영은 투덜댔다.

　"이 새끼도 조은심 어디 있는지 모르는 거 아냐?"

　경란은 빠르게 사진을 넘겼다. 최근 사진으로 넘어가자 조은심의 집과 기획사, 미용실 등의 풍경 사진이 쏟아졌다. 회사를 나서는 기획사 대표 사진도 있었고 집 앞에서 기다리는 기자들 사진도 있었다. 조은심을 찾기 위해 안 간 곳이 없었고 안 간 시간이 없었다. 그녀를 빨리 찾고 싶은 청계산 땡초의 결의와 초조함이 느껴졌다.

　재영은 이마를 문지르며 중얼거렸다.

　"이딴 걸 가져오겠다고 거길 들어간 내가 미친놈이지……."

　나중에는 청계산 땡초도 정신이 나갔는지 사진의 맥락이 없어졌다. 도시의 야경사진도 있었고 오래된 비닐하우스 사진도 있었다.

　재영은 초조해져 빠르게 사진을 넘겼다. 끝내주게 예쁜 2층짜리 전원주택 사진, 그리고 금고처럼 보이는 디지털 도어록 사진이 마지막이었다.

　"뭐야? 이게 전부야?"

　사진을 보며 재영은 중얼거렸다. 사진 속의 집은 요즘 유행하는 프로방스 스타일로 확 트인 언덕 위에 홀로 세워져 있어 마치 스위

친애하는 내 적

스나 프랑스의 휴양지에서 찍어 온 사진 느낌을 주었다.

재영은 화면을 탁탁 두들기며 말했다.

"이건 뭘까? 조은심 찾는 거 그만두고 시골 내려갈 생각인가?"

"아니면 그 집에 조은심이 살고 있는지도 모르지."

"그럼 이 디지털 도어록 같은 건 뭐야?"

"그 집으로 들어가는 문인가 보지."

경란의 말에 재영의 눈빛이 달라졌다. 그는 사진을 확대해서 자세하게 들여다보았다. 급하게 찍었는지 다른 사진에 비해 화질은 그리 좋지 못했다.

그는 사진을 열심히 살피며 물었다.

"그럼 왜 우릴 보자고 해? 어디 있는지 아는데."

"우릴 거기로 안내해서 조은심 복귀시킬 생각이었을 수도 있고 돈을 뜯어낼 생각이었을 수도 있고. 아니면 우리한테서 정보를 캘 생각이었을 수도 있고. 내가 한 번도 안 만난 사람 마음을 어떻게 알겠냐."

경란은 심드렁하게 말하며 맥주 캔을 비웠다. 그녀도 청계산 땡초의 메모리카드에 은근히 기대하고 있었기에 실망이 컸다. 이제는 조은심을 찾을 단서가 없다.

그녀는 한숨을 쉬며 일어나 냉장고로 갔다.

"너도 하나 더 먹을래?"

"응."

경란은 안주거리로 먹다 남은 과자를 들고 왔다. 두 사람은 마주 앉아 조용히 과자와 맥주를 먹었다.

재영은 맥주를 홀짝이며 경란을 곁눈질했다.

그러고 보면 얘가 참 괜찮은 앤데.

재영은 과거 경란에게 잘못했던 일을 떠올리며 후회했다. 그때 조금만 참았어도 지금도 잘 지낼 텐데. 돌이켜보면 아쉬운 마음뿐이다. 지금이라도 잘해보면 어떨까, 재영이 생각할 때 경란이 말했다.

"참, 혹시 아는 사람 중에 모닝 타는 사람 있어?"

"많지. 가난한 영화인의 머스트 해브 카 아냐. 싸고 작고 유지비 조금 들고 주차하기 쉽고. 우리 영화 스태프 중에도 한 다섯 명 탈걸? 대박내서 외제차 타는 거 아니면 폐차 직전 경차 타는 게 바로 영화인 아니냐. 왜? 너 필요해? 중고로 한 대 구해줘? 나 진짜 괜찮은 중고차업자 아는데."

"그게 아니라. 조은심 친한 중고 명품숍 실장이랑 얘기해봤거든. 조은심이 가게에 모닝 타고 왔다 갔다고 해서."

"그게 뭐? 은심이 걔가 세련되고 도회적인 이미지긴 한데 사실은 엄청 소탈해. 청국장 좋아하고 차 탈 때 급 안 따지고."

경란의 표정이 갑자기 차가워졌다.

"하긴 걔가 급 안 따지지. 너도 만났는데."

"아니라니까. 나 안 만났어. 내가 솔직히……. 아니다. 말을 말자."

"말해봐. 솔직히 뭐? 너 걔 만났잖아. 만나서 내 뒤통수 쳤잖아."

재영은 창밖을 쳐다보며 맥주를 마셨다. 맞다. 이래서 헤어졌지. 그때 지독하게 싸웠던 일들이 떠오르니 분통이 터졌다. 그는 경란을 돌아보며 방언처럼 말을 쏟아냈다.

"솔직히, 내가 조은심 만났으면 동네방네 잘난 척하고 다니지. 대한민국 최고배우를 만났는데 왜 조용히 사냐? 내 자존감도 훨씬 높아졌을 것이고."

"아 그래? 그럼 나 만났을 때 자존감은 바닥을 쳤겠다?"

"왜 갑자기 이상한 소리야. 너 좋지. 최고지. 너 만났을 때 내가 얼마나 자신감 넘쳤냐. 너한테 차이고 나 정신 차리는 데 반년 넘게 걸렸다. 맨날 집에서 자다 울다 깨다 했어. 너야말로 갑자기 이상한 소리 하면서 나 괴롭히고 그랬잖아."

"조은심 찾아달라고 나한테 왔을 때 너 뭐라고 했냐? 다 네가 잘못한 일이었다며. 나한테 치사하고 야비하고 저열하게 굴었었다며? 다 반성한다더니 거짓말이었냐?"

"몰라. 기억 안 나고 암튼 나 조은심 안 만났어. 이제 와서 내가 왜 거짓말을 치냐? 너한테 거짓말 칠 이유가 전혀 없잖아."

"비참하게 차여서? 번개처럼, 삽시간에 차여서? 관운장 고사처럼 커피가 식기 전에 차인 거지. 아냐?"

재영은 한심하다는 듯 고개를 설레설레 흔들며 남은 맥주를 들이켜려다 갑자기 동작을 멈췄다. 그러더니 놀란 표정으로 컴퓨터에 시선을 주었다.

"차가 모닝이었다고?"

"왜 갑자기 딴소리니? 일루 와서 앉아봐. 옛날 이야기 자세히 좀 해보자. 조은심이랑 어떻게 된 건데."

재영은 아무 말 없이 메모리카드에서 비닐하우스를 찍은 사진을 찾았다. 인적이 끊긴 지 오래됐는지 반쯤 내려앉은 낡은 비닐하우스. 그 옆에 모닝 한 대가 세워져 있었다.

재영은 흥분한 목소리로 말했다.

"이거야. 이거. 여기가 어딘지 찾으면 돼. 이 차 타고 아까 그 마지막 사진, 거기 있는 집으로 들어간 거야. 차든 집이든 찾기만 하면 조은심 어디 있는지 알 수 있어."

그는 기쁨의 노래를 흥얼거리며 냉장고로 가 맥주를 여러 캔 꺼냈다.

경란은 컴퓨터로 가서 사진을 다시 확인했다. 재영의 말대로다. 막판에 찍은 풍경 사진은 모두 어딘가로 이동하며 찍은 것이었다. 도시 야경으로 시작해서 새벽 국도, 들판, 그리고 도착한 곳에 모닝이 있고 이국적인 전원주택이 있다.

아쉬운 건 모닝 차번호가 찍혀 있지 않다는 건데 지역 사진이 이정도 있으면 대충 어딘지 알아낼 수 있다.

경란은 감탄과 짜증이 뒤섞인 표정으로 맥주를 따는 재영을 째려보았다. 본인 불리할 때 귀신처럼 빠져나가는 재주 하나는 정말 감탄할 만한데 그때마다 사람 빡치게 만드는 재주도 있다는 건 놀랍다.

경란은 말했다.

"야. 너 이제 집에 들어가야지. 밤새 여기서 술 마실 거냐? 내일은 현장 가봐야 할 거 아냐. 차은진 영화 어떻게 찍나 확인해야지. 나도 얼른 자고 내일은 조은심 찾아야겠다."

"이 시간에 집을 어떻게 가냐. 도착하면 날 새겠다. 술 조금 먹고 여기서 자고 가면 안 되냐. 내가 소파에서 잘게."

"안 돼."

재영은 갑자기 신음을 내며 이마를 문질렀다.

"내가 두통이 있어서 그래. 시체 보고 나서부터 계속 머리가 지근

친애하는 내 적

거린다. 내가 돈은 없어도 강단은 있는 사람인데 오늘따라 왜 이런지 모르겠다. 조금만 쉬고 가면 안 되냐? 그러면 내가 내일부터 기운 내고 살 수 있을 것 같은데."

재영은 말을 하면서 경란의 눈치를 보았다.

애원하는 재영에게 경란은 딱 잘라 말했다.

"안 돼. 집에 가. 집에."

"내가 내일 아침에 청소도 하고 쓰레기도 가져다 버릴게. 벽에 액자도 박고 스탠드도 갈아 낄게. 내가 웬만하면 그냥 갈 텐데 다리에 힘이 없어서 그래."

경란은 약간 움찔했다. 재영의 제안이 솔깃하게 들리는 건 사실이다. 눈 딱 감고 하루 재우면 내일 집 안이 깨끗해지는데.

하지만 그녀는 온몸의 힘을 모아 말했다.

"안 돼."

"너 혹시 나 의심하니? 야. 나 지금 엄청 힘들어. 술 먹는 것도 귀신 생각 시체 생각 잊으려고 그러는 거야. 소파에 누워서 죽은 듯이 잘 거니까 전혀 걱정하지 마."

"넌 음심이 강한 놈이라 어쩔지 모르지."

"야! 넌 내가 불쌍하지도 않냐! 혼자 차 몰고 가다가 귀신이라도 보면 어떡하냐? 아니면 졸다가 사고라도 당하면. 너 기분 좋겠냐?"

"그때는 미안해할게. 그만 가자. 더 늦기 전에."

경란이 재영을 억지로 몰아냈다. 재영은 성질을 부리고 사정을 하고 심지어 바보 흉내도 냈지만 결국 밖으로 끌려 나갔다.

문을 잠그고 경란은 긴 한숨을 내쉬었다. 재영을 그냥 재워줄까 싶기도 했다. 하지만 재영과 다시 얽히는 게 두려워 그럴 수 없었다.

　지금이 좋아. 지금이.

　　　　　　　　　　　　　　　친애하는 내게

차창 밖 원룸 건물을 바라보며 물티슈로 손을 닦는다. 손에 묻은 피는 진작 닦여나갔지만 마음의 치욕은 쉬이 사라지지 않는다. 말도 안 되는 실수를 저지르고야 말았다. 수집을 시작한 후로 처음 있는 일이다.

놈을 너무 쉽게 생각했다. 옆구리에 칼을 박아넣으면 그대로 그 자리에 고꾸라질 줄 알았다. 집 안으로 질질 끌고 들어가 천천히 남은 일을 처리할 생각이었다. 놈이 칼을 맞은 상태에서 내 팔을 뿌리치고 안에 들어가 문을 잠글 거라곤 상상도 못 했다. 문에 얼굴을 붙이고 귀를 기울이니 놈의 헐떡대는 숨소리가 들렸다. 다행히 119나 경찰에 전화할 기력은 남아 있지 않은 듯했다. 칼을 제대로 찔러넣었으니 그냥 두면 출혈과다로 죽을 것이다.

문제는 놈의 카메라에 들어 있을 사진들이다. 놈의 시신이 발견되기 전에 사진을 회수해야 했다. 손잡이를 힘껏 돌려봤지만 문은 확실하게 잠겨 있었다.

지금 생각하면 전기충격기를 가져왔어야 했다. 그쪽이 훨씬 깔끔하고 조용하게 일을 처리할 수 있는 길이었다. 칼을 쓰는 일이야 놈의 자백을 듣고 난 다음 조용한 욕실에서 해도 되는 것이었는데, 놈이 내 집 안을 흙발로 걸어 다니는 꼴에 흥분해 칼만 챙겨온 것이 실수였다.

마지막 순간, 놈이 몸을 뒤트는 바람에 손과 옷에 피만 잔뜩 튀었다. 해체작업을 위해 방수처리가 된 바람막이를 입고 와서 다행이었다. 가방에서 표백제를 꺼내와 핏방울 위에 뿌리고 바람막이를 둘둘 말아 대충 닦아냈다. 피비린내가 표백제향으로 지워졌다. 그것으로 당장 미봉책은 될 테니 천천히 문을 따고 들어갈 방법을 궁리할 계획이었다.

그때 발소리가 들렸다. 혹시나 해서 계단을 내려다보니 한재영과 그놈이 고용한 기자 년이 올라오고 있었다. 간발의 차이로 놈들을 피해 옥상으로 올라가는 계단에 숨었다. 대화 몇 마디를 엿들었는데 청계산 땡초가 놈들에게 만나자고 연락한 모양이었다.

오늘 놈을 죽인 건 잘한 선택이었다. 다만 뒤처리를 제대로 못한 것이 문제일 뿐. 놈들이 아무것도 눈치 채지 못하고 돌아갈 바랐지만 일은 그렇게 풀리지 않았다.

한재영이 문을 따고 들어가고 기자 년이 경찰에 신고하는 걸 보고서 건물을 나섰다. 카메라 속 사진은 재영이 챙겼을 가능성이 높다. 경찰조사가 끝난 후 두 연놈이 나오면 쫓아가서 사진을 회수할 생각이었다.

하지만 나쁜 일은 겹쳐 일어나기 마련이다.

한재영과 함께 건물 밖으로 나온 형사의 얼굴이 낯익었다. 어디서 본 놈일까 궁리하다가 깨달았다. 예전에 귀찮게 뒤를 따라붙던 형사 놈이다.

소나기가 내리던 날, 집 앞에서 얼굴을 그어버렸던 그놈. 술에 잔

친애하는 내 적

뚝 취해 있어서 그리 어려운 일이 아니었다. 얼굴에서 피를 뿜어내며 푸들푸들 떠는 놈에게 속삭였다. 다음에는 네 가족에게 가겠다고.

정신과 치료를 받고 있다고 들었는데 다시 현직으로 돌아왔을 줄은 몰랐다. 저놈 이름이 뭐더라. 변변치 않은 놈이라 이름마저 잊어버렸다. 그때 칼로 그은 자국은 마치 인장처럼 눈썹 위에 지네가 기어간 듯한 흉터로 남아 있었다.

어쨌든 놈을 다시 만난 것이 신경 쓰였다. 둘 중 더 위험한 놈이 누굴까. 궁리하다가 일단 형사를 지켜보는 걸 택했다. 한재영은 내 일이라도 처리할 수 있지만 형사는 그렇지 않기 때문이다.

형사가 퇴근할 때까지 기다리다가 놈이 어디 사는지만 체크할 생각이었는데 놈은 집에 가지 않았다. 원룸 건물 맞은편의 편의점에서 노닥거리며 야식을 먹는다.

놈의 얼굴을 가만히 쳐다보며 생각한다. 저놈은 대체 어떤 꿍꿍인 걸까.

●

해 뜨기 직전의 새벽은 하루 중 가장 조용하다. 하늘은 어느 때보다 캄캄하고 거리에는 인적이 끊긴다. 밤새 술을 마시던 사람들도 사라지고 간혹 질주하듯 지나가는 차량 한두 대 말고는, 차도 역시 텅 빈다.

형사는 편의점 창가에 서서 삼각 김밥과 커피를 먹었다. 살인 현장을 지키던 마지막 순찰차가 철수하는 걸 지켜본 다음 비닐을 쓰레기통에 버리고 편의점을 나섰다.

건물 안은 조용했다. 형사는 계단을 오르며 얇은 라텍스 장갑을 꼈다. 그는 아무도 없는 늦은 밤, 홀로 현장을 살피는 걸 좋아했다. 강력팀의 경우 이인일조로 수사하는 것이 기본이지만 그는 팀장에게 강력히 요청해 혼자서 사건을 맡았다. 범인 검거율이 워낙 높은 데다 동료 형사들과의 사이도 좋지 않은 편이라 위에서도 순순히 그의 요청을 받아주었다.

그는 사생활 없는 형사로 유명했다. 새벽에도 현장을 뒤졌고 조금이라도 의심쩍은 자가 생기면 상부의 지시 없이도 혼자 잠복과 미행을 했다. 근무 외 시간에는 범인 검거에 실패한 미제사건을 강박적으로 다시 수사했다. 취미도 없었고 잠도 거의 자지 않았다. 그러다 보니 가까운 친구나 애인도 없었고 동료들도 그를 피했다. 가끔 소개팅을 하고 여자를 만나기도 했지만 관계가 오래 지속되진 않았다.

503호 문은 굳게 닫혀 있었고 문 앞에 폴리스라인이 몇 겹으로 쳐져 있었다. 형사는 잭나이프를 꺼내 폴리스라인을 잘라내고 안으로 들어갔다. 시체는 치웠지만 피 냄새는 여전했다. 너저분하게 쌓여 있는 옷가지 일부와 컴퓨터, 카메라 등의 물품은 감식팀에서 증거물로 가져가 집 안은 한결 깨끗했다.

형사는 손전등으로 벽마다 붙은 조은심의 사진을 비춰보았다. 조은심의 환하게 웃는 얼굴이 불빛에 반사되어 하얗게 번들거렸다. 형사는 책상에 쌓인 먼지를 손가락으로 쓸어보았다. 집 앞에 쌓여 있던 신문과 우유로 보아 피해자는 열흘 이상 집에 들르지 않았다.

감식팀이 추정한 피해자의 사망시간은 대략 저녁 8시에서 9시 사이. 한재영, 김경란과 10시에 만나기로 약속했었다니 조금 일찍 집에 돌아왔다가 칼을 맞은 것이다.

그렇다면 범인은 피해자가 집에 올 걸 어떻게 알았을까? 열흘 동안 매일 밖에서 잠복하고 있었을 리는 없다. 그렇다면 누가 알려줬을까?

형사는 한재영이란 자가 수상했다. 그가 경란과 대화를 하는 동안에도 계속 식은땀을 흘리며 눈치를 봤지. 범인과 한패가 아니라면 달리 숨기는 게 있다는 뜻이다.

형사는 손잡이에 묻은 핏자국을 확인했다. 피해자는 칼을 맞고도 바로 죽지 않고 집에 들어와 문을 잠갔다. 그런 다음 바닥에 머리를 박고 쓰러졌고 출혈과다로 천천히 죽었다. 감식팀 말로는 주머니에서 휴대전화를 꺼내려고 시도한 흔적이 있다고 했다. 경찰이든 119든 부르려고 했지만 결국 힘이 닿지 않은 거겠지. 이상한 점은 피해자의 카메라에 메모리카드가 들어 있지 않다는 점이다.

스토커로 소문난 놈이 메모리도 없이 카메라를 들고 다니진 않았을 것이고. 문을 잠근 채 죽었으니 범인이 챙겨갈 수도 없다.

그럼 누굴까?

형사는 재영이 의심스러웠지만 증거가 없었다. 날이 밝으면 재영에 대해서 자세히 알아봐야겠다.

옥상으로 올라가는 계단에 범인이 남긴 흔적이 있었다. 피해자를 기다리며 담배를 피운 것이다. 감식팀에서는 DNA 분석을 통해 범인을 알아낼 수 있으리라 기대했지만……. 글쎄, 그것도 DNA를 비교해볼 용의자가 있을 때나 가능한 일이다.

형사는 꽁초가 발견된 계단 중간쯤 서서 아래를 가늠해보았다.

계단을 지나 5층 복도로 나가는 사람의 뒷모습이 정확히 보일 위치다. 피해자를 발견하는 순간 칼을 뽑아들고 따라간 거겠지. 그리고 문을 여는 피해자의 옆구리에 칼을 박아넣은 것이다.

형사는 계단을 내려가려다 걸음을 멈췄다. 계단 옆벽을 손전등으로 비춰보니 거기 어린애가 한 듯한 작은 낙서가 있었다.

붉은 글씨로 쓰여 있는 '7'자.

그 순간 형사의 표정이 달라졌다. 그는 손전등을 입에 문 채 휴대전화를 꺼내 '7'자의 사진을 찍었다. 몇 장이고 계속. 그런 다음 흥분 때문에 덜덜 떨리는 손으로 담배를 꺼내 입에 물었다.

놈이다.

놈이 다시 나타났어.

이번에는 절대 놓치지 않는다.

형사는 히쭉 웃었다. 놈을 잡으면 다시 잠을 잘 수 있을 것이다.

●

"아! 한 대표, 여기야! 여기. 어서 와!"

정인상은 기운 찬 목소리로 외쳤다. 그는 90년대 초반 경력을 시작한 영화감독답게 큼지막한 빵모자에 파란색 스카프를 두르고 있었다. 피우지도 않는 파이프 담배까지 입에 물고 있었는데, 그런 유행 끝났다고 몇 번을 말해도 소용없었다.

그는 재영에게 죽도록 혼이 난 이후로 한동안 풀이 죽어 있었는데 촬영이 다시 시작된 이후로 귀신처럼 기운을 차렸다.

재영은 퉁명스럽게 물었다.

친애하는 나의 적

"촬영 준비는 다 됐습니까?"

"응. 거의 다 됐지. 조은심 복귀 예정이라고 문자도 보냈잖아. 그 말에 내 기운을 냈지! 조은심 언제 오는 거야? 금방 오는 거야? 근데 자기……. 머리는 왜 그래? 어디 다쳤어?"

"신경 끄세요. 조은심은 금방 올 거구요. 어제 나 없다고 띵가띵가 놀고 그러지 않았죠? 몇 커트나 찍었어요?"

"한 대표, 나 열심히 하고 있어. 새 사람 됐다고. 커트가 뭐야, 나두 신 찍었어."

"이따 확인할 겁니다."

재영은 세트장을 둘러보았다. 스태프들이 판사 책상과 의자를 전면에 설치하고 있었다. 클라이맥스에 들어갈 법정 세트다. 앞으로 2주 동안 치열한 법정공방부터 여주인공인 인권변호사가 최종 변론을 하는 마지막 장면까지 모두 찍어야 했다.

처음 지었던 세트는 영화 촬영 끝내고 바로 철거해버려 이번이 두 번째로 짓는 거였다. 임대료 몇 푼 아끼려고 그런 거였는데, 지금 생각하면 땅을 치고 통곡할 일이었다.

"그때 제대로 했으면 세트 다시 짓고 안 그래도 되잖아요? 이 세트가 얼만지 알아요? 다 감독님 개런티에서 까야 되는데 참고 있는 겁니다. 아시겠어요?"

"걱정 마. 이번엔 제대로 할게. 그때는 내가 대중성에 대해 너무 몰랐어. 대중은 반 발자국 정도 앞선 작품을 원하지, 한 발자국 앞선 작품을 원하지 않아."

재영은 영화를 못 찍어서 문제였다고 말할까 하다 그만두었다. 벌써부터 사람 기죽일 필요는 없으니까. 다만 아직도 정신 못 차리고 이런 말을 하는 감독이 영화를 잘 찍고 있을지 걱정이 되긴 했다. 그것도 아주 심하게.

재영은 복잡한 속내를 담아 말했다.

"잘 좀 하세요. 제발."

"그럼 잘해야지. 그런데 같이 온 숙녀 분은 누구신가?"

"아, 서로 인사해요. 여기 정인상 감독님. 이쪽은 오늘부터 영화에 참여할 차은진 씨."

은진은 앞으로 나서며 꾸벅 인사했다.

"안녕하세요. 차은진이라고 합니다."

"예. 만나서 반가워요. 제작부로 들어오셨나 보죠? 액션 잘하게 생기신 게 배우 해도 되겠어요."

"감독님. 배우가 맞아요."

"배우? 무슨 역인데? 한 대표, 아무리 단역이라도 그런 건 나한테 미리 말을 해줘야지. 죽은 마누라 역할인가?"

"그건 이따 얘기해요. 오늘은 어디 찍어요?"

"응. 승우가 법정으로 들어오는 장면이랑 검사 반대심문에 증언하는 장면. 그런데 조은심 금방 오는 거 확실해? 은심 씨 없이 한쪽만 찍으려니까 배우도 힘들고 촬영도 어려움이 많아."

"빨리 온다면 빨리 오고 늦게 온다면 늦게 오고. 다 마음먹기에 달린 거죠."

한재영은 은진을 곁눈질했다. 차은진은 볼이 발갛게 상기되어 촬영장을 계속 두리번거리고 있었다. 발은 계속 동동 굴렀고 비 맞은 중처럼 뭐라고 쉬지 않고 중얼거렸는데, 아마 오면서 준 시나리오를 외우는 모양이었다. 한재영은 정신 산란하게 하지 말고 가만히

친애하는 내 적

있으라고 할까 하다 그만두었다.

정인상이 말했다.

"무슨 소린지 모르겠어. 오늘 온다는 얘기야?"

"위대한 소설가인 윌리엄 깁슨이 그랬다죠. 미래는 이미 우리 곁에 와 있다고. 조은심 배우도 거의 다 왔습니다."

"진짜? 그럼 오늘 제대로 찍을 수 있겠네. 그런데 한 대표 얼굴이 왜 다쳤다고 했지? 싸웠다고 했나?"

"말 안 했잖아요!"

한재영은 벌컥 화를 냈다. 정인상은 거의 치매 상태였다. 방금 한 말도 까먹고 어제 했던 말을 오늘 또 했다. 영화를 제대로 찍을 수 있을지 정말 의심스러웠다. 바꿀 감독이 없어 데리고 있을 뿐이다.

"응. 그랬나?"

"오늘 촬영에 대해서 할 말이 있는데. 사람들 없는 데서 잠깐 이야기 좀 하죠."

문득 돌아보니 남승우가 죄수복을 입고 어슬렁거리며 세트장으로 들어오고 있었다.

"야! 남승우 이리 와봐."

"재영이 형 왔어요? 나 요즘 되게 열심히 찍고 있는 거 알죠?"

"모르니까 더 열심히 해. 이쪽은 오늘부터 함께 촬영할 차은진 씨. 승우가 네가 돌면서 스태프 소개시켜주고 촬영 설명 좀 해줘. 영화촬영 처음이니까 잘 대해."

"그럼요. 전 누구한테나 잘하는데요. 은진 씨, 이쪽으로 오세요."

두 사람의 뒷모습을 보며 정인상은 신기한 표정으로 말했다.

"저 망나니 같은 놈한테 도대체 어떻게 한 거야? 요즘 말을 너무 잘 들어. 옛날 같으면 내가 그런 걸 왜 해요? 하면서 침 퉤 뱉고 가 버렸을 텐데."

"그래서 십 분 만에 죽여버린 겁니까?"

한재영은 의심쩍은 목소리로 물었다. 국선변호사로 출연한 조은 심과 슬픈 사랑을 나눠야 할 승우가 시작 후 십 분 만에 사형당해 영 화가 엉망진창이 되었다.

"응? 아니야. 무슨 소리야. 나 감독이야. 책임감이라는 게 있다 고."

"가끔 그게 의심스러워요. 아무튼 나가서 얘기하죠."

경란이 느지막이 일어나 외출 준비를 할 때 벨이 울렸다.

혹시 한재영이 아닐까?

경란은 은근히 기대를 품고 얼굴 상태와 머리 모양을 확인한 후 문을 열었다.

하지만 앞에 서 있는 건 밤에 만났던 형사였다. 형사는 벽에 기대 선 채 가볍게 목례를 해 보였다.

"잠깐 이야기를 하고 싶은데요."

"전화를 하시지 왜 집까지 오셨어요. 놀랐네요. 저 지금 나가봐야 하는데 무슨 일이세요? 범인 잡았나요?"

"아직 아닙니다. 사건이 좀 복잡해져서요. 김경란 씨 도움이 필요 합니다. 이야기가 긴데 어딜 가시는지 모르지만 저랑 같이 가시면 어떨까요? 가면서 이야기 나누면 될 것 같은데요."

경란의 머리가 빠르게 회전했다. 사건이 복잡해졌다는 게 무슨 뜻일까?

친애하는 내 적

그녀는 이태원 경리단길에서 스튜디오를 하는 친구에게 가볼 생각이었다. 풍경을 주로 찍는 사진작가로 전국 방방곡곡 안 가본 곳이 없을 정도로 발이 넓고 사진 데이터 분석에도 능하니, 청계산 땡초가 찍은 마지막 사진이 어디인지 알아봐줄 적임자였다.

"흐음……."

문제는 형사와 함께 거길 가도 되느냐다. 그녀가 보기에 형사는 썩 좋은 관상이 아니었다. 잘생긴 얼굴에 호감 가는 인상이긴 해도 눈빛이 음침한 게 마음에 걸린다. 황소힘줄처럼 고집 세면서 집착 강한 타입이다. 잘 풀려서 형사하고 있는 거지, 조금만 엇나갔어도 청계산 땡초보다 더한 스토커가 되었을 것이다.

"오늘은 혼자 가는 게 좋을 것 같은데요. 따로 날을 잡죠. 일단은 가주시고 다시 연락 주세요."

경란이 정색하며 문을 닫을 때 형사는 구둣발을 문틈에 넣어 이를 제지했다.

"지금 뭐 하시는 거예요!"

형사는 경란을 쳐다보며 말했다.

"조은심 씨 지금 실종 상태죠? 그래서 두 분이 찾아다니는 거고요. 제 생각에는 우리가 서로 도울 수 있을 것 같습니다."

"그건 안 돼! 절대 안 돼! 대역이라니 그게 무슨 소리야!"

정인상은 얼굴이 새빨개져서 외쳤다. 조금 전까지의 약한 모습은 온데간데없이 사라지고 없었다. 차은진을 조은심 대역으로 쓰라는 말이 떨어지기기 무섭게 버럭 화를 냈는데 작품을 위해선 어떤 논쟁도 불사하겠다는 예술가의 혼이 느껴졌다.

그러나 한재영은 눈곱만큼도 감동하지 않았다.

"오랜만에 감독님다운 모습을 보이시니 다행이긴 한데 좀 더 일찍 그러셨어야죠."

"이봐. 한 대표. 그동안 내가 잘못한 거 나도 알아. 그런데……."

"그럼 입 다물어요."

정인상은 겁이 나는 듯 망설이다가 조그맣게 말했다.

"그래도 이건 좀 심하잖아. 조은심 씨가 없어져서 배우를 바꾸겠다 뭐 이런 것까지는 나도 이해해. 없어졌는데 어쩌겠어. 그럼 나나 다른 스태프들이랑 상의를 해서 결정해야지, 처음 보는 애를 데려다가 갑자기 쓰라고 하면 어떡해? 어떤 앤지도 모르고 뭘 잘하는지도 모르잖아. 연출의 포인트를 잡을 수 없다고."

"감독님 지금 착각을 하고 있는데, 주연여배우를 바꾸겠다는 게 아닙니다. 순수하게 사전적 의미로 받아들여요. 대역이라는 게 뭡니까? 주인공 없을 때 자리를 지키는 사람 아닙니까."

정인상은 의심쩍은 목소리로 말했다.

"무슨 소린지 모르겠는데? 조은심 씨 올 때까지 다른 배우들 대사 연습시키려고 데려왔다는 건가? 이게 무슨 연극 리허설도 아니고 지금 당장 영화 찍어야 되는 거 알잖아?"

"간단하게 설명드릴게요. 이소룡의 '사망유희' 봤죠? 그렇게 가는 거야. 감독님. 쟤를 데리고 어떻게든 영화를 찍어요. 얼굴 안 보이게 뒷모습, 옆모습 고개 숙인 모습 뭐 그런 걸로 골라서 다 찍으란 말입니다. 뒷모습은 완전 판박이고 오른쪽 왼쪽 45도도 꽤 비슷하니까 클로즈업 안 잡고 상반신만 따면 아무도 모를 겁니다. 그거랑 전에 찍은 조은심 장면 NG난 거, 카메라 테스트 한 거 아무튼 비슷한 거 다 붙여서 영화를 만들란 말입니다. 알았어요?"

"말도 안 돼. 지금 그게 가능하다고 생각하나?"

정은상이 경악했지만 재영은 흔들리지 않았다.

"가능하죠. 감독님, 지금이 불만 늘어놓을 땝니까? 이 영화 망하면 나도 끝장이지만 감독님도 끝나는 거예요. 성인비디오 만드는 데서도 안 불러줘요. 감독님이 영화 찍는 동안 저는 은심이 극비에 돌아와서 영화 찍은 걸로 홍보할 테니까 개봉하고 돈 버는 겁니다. 제 말 무슨 얘긴지 아시겠어요?"

"하나만 물어볼게. 조은심 언제 오는 거야? 오긴 오는 거야?"

"오기야 오죠."

"아니 그러니까 언제 올 거다 뭐 그런 얘기 말이야. 전화통화라든가 한 거냐고. 하다못해 문자라도 받았나 해서."

"아직은 연락 받은 거 없는데 금방 찾을 거예요. 거의 찾았어요."

"못 찾았다는 얘기군."

"그래. 못 찾았어요. 그러니까 딴 애 데리고라도 일단 찍고 있으라고 하는 거 아닙니까."

그러자 정인상 감독은 고문을 앞둔 독립투사처럼 비장하게 말했다.

"나 그렇게는 영화 못 찍어. 한 대표."

차은진은 승우를 따라 세트장을 한 바퀴 돌았다. 세트장에서 작업 중인 미술팀을 지나쳐 조명을 설치 중인 조명감독과 인사를 나눴다. 하나같이 눈코 뜰 새 없이 바빠 길게 이야기를 나누지 못했다.

마지막으로 마주친 사람이 촬영감독이었는데 다른 영화를 준비하다가 계약서상의 교묘한 함정 때문에 어쩔 수 없이 끌려왔다며 재영을 계속 저주했다.

　남원희가 어떻게든 촬영감독을 달래려고 애쓰고 있었다.

　"내가 범죄영화, 깡패영화 별별 영화를 다 하면서 전국 방방곡곡의 온갖 양아치들을 다 만나봤는데 한재영 대표 같은 막무가내는 처음이야. 어쩜 사람이 이럴 수가 있어?"

　"무슨 말씀인지 알겠는데요, 대표님도 다 생각하시는 바가 있으니까 조금만 참아주세요. 나중에 잘 되면 분명히 보답이 있을 겁니다. 감독님 근데 어제 엄청 지각하셨다면서요."

　"지각은 무슨! 어차피 찍을 것도 없으면서."

　은진은 세트장을 한 바퀴 돌고 말했다.

　"다른 사람은 없어요?"

　"오늘은 비공개 법정 신만 찍을 거라 나오는 사람 별로 없어요. 검사역 맡은 임지호 씨랑 판사역의 이지수 씨만 나오면 되는데 두 사람 다 드라마 촬영 있어서 좀 있다가 올 거예요. 다들 스케줄이 있으니까 촬영시간 맞추기가 쉽지 않죠."

　남승우는 곧이어 "원래는 내 스케줄에 딴 사람이 맞춰야 되는데."라고 중얼거렸다.

　그는 한참 투덜거리다 은진을 돌아보며 물었다.

　"그런데 무슨 역이에요? 대사 치는 거 도와줄까요?"

　"그래줄래요?"

　차은진은 반색하며 시나리오 책을 꺼냈다. 그렇지 않아도 슬슬 걱정이 되던 참이다. 책을 받은 지 두 시간도 채 되지 않았다. 재영

친애하는 내 적

은 촬영장으로 오는 도중에야 시나리오를 던져주며 씬58부터 법정 장면의 대사를 외우라고 했다. 머리가 빠개져라 외우기는 했는데 어떤 느낌인지 감이 잘 오지 않았다.

"역할 이름이 뭔데요?"

"한지원이요."

"예? 누구요?"

"한지원 변호사요. 살인범을 변호하는 국선변호사 있잖아요. 한 대표님이 최후변론 장면을 외우라고 하셨거든요."

남승우가 고개를 갸웃거렸다.

"이상하다? 그거 조은심 씨 역인데? 살인범은 내가 하고 변호사는 은심 씨였거든요? 시나리오 좀 줘봐요."

시나리오 첫 장을 넘기자 캐스트 목록이 있었다.

"여기 봐요. 다 나와 있잖아요. 살인범 임용한 역은 남승우, 변호사 한지원 역은……."

승우는 말을 멈췄다. 검은 사인펜으로 글씨가 지워져 있고 그 옆에 빨간 볼펜으로 차은진이라고 적혀 있었다. 승우는 믿어지지 않는다는 목소리로 말했다.

"차은진 씨가 맞네요."

차은진 역시 벌린 입을 다물지 못했다. 시나리오를 볼 때 뭔가 이상하다 싶긴 했다. 조연치고 등장하는 분량이 너무 많았다. 거의 매 신마다 등장했고 승우보다도 대사가 많았다. 두 쪽이나 계속되는 최후변론을 외우느라 바빠 깊이 생각해보지 못했을 뿐이다.

"그럼 내가 주연인 거죠?"

"그…… 그렇죠."

은진은 기뻤다. 과연 주연을 해낼 수 있을지 겁도 나긴 했지만 어쨌든 기쁜 건 사실이었다. 연예계 초짜가 데뷔작으로 멜로영화의 깜짝 주연을 맡다니! 그동안의 고생이 보답을 받는다고 생각하니 눈물이 앞을 가렸다.

이제 보니 한재영은 훌륭한 사람이 맞았다. 배우 보는 눈도 있고 모험을 걸 줄도 안다. 역시 '전쟁의 무법자' 같은 명작을 만든 사람은 뭔가 다르다. 그런 사람에게 가스총을 쐈다니 그저 미안하고 죄송스러울 따름이다.

차은진은 승우의 손을 꼭 잡으며 말했다.

"승우 씨 우리 열심히 해요."

승우는 떨떠름한 어조로 대꾸했다.

"아. 예."

남승우는 한시라도 빨리 동영상파일을 찾아 이놈의 정신 나간 영화에서 빠져나가야 한다고 마음속 깊이 맹세했다.

형사는 과묵한 사람이었다. 출발한 지 삼십 분이 지나도록 한마디도 없이 앞만 보며 운전했다. 아니, 딱 두 마디 했다. 톨게이트에서 "잔돈 있어요?"라고. 형사가 하는 말에 적당히 맞장구 쳐가며 정보를 캘 계획이던 경란으로선 계획을 수정할 수밖에 없었다.

"그런데 왜 조은심이 사라졌다고 생각하시죠? 가족한테서 실종신고가 들어간 것도 아닐 거고. 원래 자주 없어졌다가 나타나는 사람이니까. 저희랑 영화 찍고 있다고 말씀도 드렸는데. 달리 판단할 이유라도 생겼나요? 아니, 그보다 왜 잠적이 아니라 실종이라는 단어를 쓰신 거예요?"

친애하는 내적

사실은 그게 가장 마음에 걸렸다. 경란 역시 조은심의 잠적에 의구심을 품고 있었다. 지나치게 깔끔하고 갑작스럽달까. 그녀가 어디 있는지 아는 사람이 아무도 없다는 것도 이상하다. 누군가가 조은심을 억지로 가둬두고 있는 건 아닐까. 재영에게도 이런 말까지는 하지 못했다. 왜 재수없는 소릴 하느냐고 욕을 먹을 게 뻔하기 때문이다.

형사가 말했다.

"실종이란 단어도 적합하지 않네요. 납치라고 해두죠."

"예?"

경란의 심장은 덜컥 내려앉았다. 형사는 무시무시한 소릴 해놓고는 여전히 정면만 보며 운전했다.

"알아보니까 그쪽, 기자 출신이라면서요. 사람 찾아 인터뷰 따는 전문가라고. 그동안 영화사 부탁으로 조은심 찾고 있었던 모양인데 그동안 알아낸 거 전부 다 털어놓으세요. 살인현장에서 가져간 메모리카드도 내놓으시고."

"메모리카드라뇨? 그게 뭔데요?"

"모르는 척 하지 마시고. 이거 연예 가십 같은 거 아닙니다. 납치에 살인이죠. 아주 위험한 놈입니다. 자칫 잘못하면 아가씨도 다쳐요. 이쯤에서 나한테 맡기고 빠져요. 메모리카드 가져간 건 내가 없는 일로 처리해줄 테니까."

"아주 위험한 놈이라니, 꼭 아는 사람처럼 얘기하시네요? 무슨 다른 사건이라도 있나요?"

형사가 갑자기 차를 세웠다. 놀라는 경란을 똑바로 바라보며 눈썹에 난 흉터를 가리켰다.

"이 흉터를 만든 놈입니다. 젊고 예쁜 여자를 납치해 한참 동안 데리고 있다가 죽이는 미친놈이죠. 조은심 씨는 아마 여섯 번째 피해자일 겁니다. 빨리 찾지 않으면 그 여자도 죽을 겁니다."

세상에. 세상에.

경란은 입을 딱 벌린 채 말을 잇지 못했다.

형사는 흥분을 가라앉히고 다시 차를 몰았다.

"그러니까 아가씨도 다치기 싫으면 빠져요."

"그럼 지금 경찰들 난리 났겠네요? 연쇄납치살인범한테 톱스타가 잡혀갔으니. 곧 기자회견 같은 거 하는 건가요?"

아니면 비공개수사일까? 어느 쪽이든 언론에 새나가는 건 순식간이다. 여기가 북한도 아니고 조은심 정도 되는 배우가 납치된 걸 감추고 수사한다는 게 가능할 리 없다. 수사에 관련된 누군가 입을 열게 되어 있고 그 다음부터는 언론의 광풍이다. 그럼 한재영도 끝장나는 거지. 당장 정만수가 돈 내놓으라고 칼잡이들을 보낼 것이다.

형사는 잠시 침묵하다가 말했다.

"다른 사람들은 모릅니다."

"예?"

"연쇄납치살인범의 존재를 저만 믿고 있거든요."

이건 또 뭔 소리야. 이거 그냥 사람 찾는 일 아니었어? 경란은 가슴이 철렁 내려앉았다.

이래서 한재영이 하는 일에 끼는 게 아닌데.

친애하는 내 적

세상 일이 다 그렇지만, 영화는 다른 일보다도 더 만드는 사람들 간의 믿음이 중요하다. 그건 역설적으로 영화가 돈이 안 되기 때문에 가능한 일이다. 한국영화가 호황이다 어쩌다 해도 돈 버는 사람은 극소수고 나머지는 입에 풀칠이나 할 뿐이다.

돈 버는 놈은 거의 없기 때문에 역설적으로 더 믿음과 의리가 소중해진 것이다.

재영이 인간성이 더럽다고 아무리 욕을 먹어도 시장에서 버텨나 갈 수 있었던 건 그가 지금까지 약속을 지켰기 때문이었다. 욕하고 화내고 침은 뱉어도 계약서에 쓴 내용은 최대한 지켰다. 정인상에게 계속 감독을 맡긴 것도 그래서다.

하지만 재영도 더는 버틸 수 없었다. 전직 조폭 돈까지 가져다 쓴 지금 영화계의 소소한 미덕 따위를 지킬 계제가 아니다. 그는 정 감독의 얼굴을 똑바로 바라보며 선언했다.

"그럼 그만두세요."

"뭐?"

정 감독은 입을 딱 벌린 채 어, 어, 하는 신음을 흘렸다. 너무 놀라 말이 나오지 않는 모양이었다. 이왕 시작한 말이다. 재영은 빠르게 말을 이어나갔다.

"영화 완성하면 잔금 드릴 테니까 물건 다 챙겨가지고 집에 가서 조용히 쉬세요. 영화 관련해서 저작권 행사할 생각 꿈에도 마시고요, 투자사 김성호 이사도 제 편을 들지 감독님 편 안 들 겁니다. 솔직히 거기서는 진작 감독님 자르라고 했어요. 제가 어떻게든 감독님 끌고 가보려고 했는데 더는 안 되겠네요."

"오늘 촬영은?"

"제가 알아서 하겠습니다. 더는 작품 걱정하지 마세요."

"감독협회에서 가만있을 것 같아? 너 다시는 작품 못해! 어떤 감독이 어떤 스태프가 너랑 일하려고 하겠어?"

정 감독은 얼굴이 벌게져 고래고래 소리를 질렀다.

재영은 눈 하나 깜짝하지 않았다. 정인상의 말이 사실일 수도 있고 아닐 수도 있다. 중요한 건 지금 정인상과 함께 영화를 찍다간 다음 영화가 아예 없을 거란 점이다.

'이번 영화만 잘되면……'

지금까지의 인생을 돌이켜 보건대 영화만 성공하면 남은 일은 어떻게든 풀리게 되어 있다.

잠시 후 스태프들과 잔금 협상 중이던 남원희가 고함 소리를 듣고 뛰어와 정 감독을 달래 주차장 쪽으로 데려갔다.

재영은 원희에게 문자를 보냈다.

[정 감독님 집에 보내고 휴게실로 와라. 다음 감독 후보 정하자.]

재영은 심호흡했다. 1년 반 이상 함께 했던 감독을 잘랐음에도 의외로 기분이 나쁘지 않았다. 오히려 시원했다.

친애하는 내 적

그래. 잘한 거야. 정인상 감독으로 가면 어차피 망하는 거였어.

조은심 찾아 데려와도 감독이 엉망이면 소용없다. 어차피 망할 거라면 감독 교체하고 끝까지 발버둥 쳐보는 게 낫다. 이제부턴 마음 가는 대로 해야겠다. 돈 구하고 조은심 찾는 일에만 정신 팔려 있다 보니 기본적인 사항을 놓치고 있었다.

재영은 새 감독에게 딱 두 가지만 바랐다.

독할 것. 그리고 절박할 것.

재영은 스태프들을 쳐다보며 생각했다. 저기 어딘가에 적당한 인재가 있을 것이다. 있어야 한다. 그렇지 않으면 경란이 조은심을 찾아온다고 해도 뒤가 없다. 그나저나 경란이는 조은심 찾았으려나.

형사는 우울한 어조로 말했다.

"경찰에서는 제 말을 믿지 않습니다. 단순가출에 자살인데 제가 사건을 부풀리고 범인을 상상한다고 생각하죠."

"이유가 뭐죠?"

"의사 말로는 제게 범인을 잡아야 한다는 강박이 있다고 하더군요. 워낙 오랫동안 수사에 집착하며 살다 보니 누군가 죽고 다치고 사라지면 가해자가 있을 거라 의심하게 되었다고요."

"의사요? 그러니까 정신과 치료를 받으셨다는 거죠? 지금 그럼 현직 경찰은 맞는 거예요?"

"그럼요. 어제 현장에서 만나지 않았습니까. 1년간 치료 받으면서 쉬고 두 달 전에 복귀했습니다. 주말마다 범인을 찾아다녔는데 이렇게 다시 마주칠 줄은 몰랐네요. 아무래도 그놈과 전 운명인 모양입니다. 제가 그놈을 잡거나. 그놈이 절 죽이거나."

형사의 눈이 결의로 불탔다. 이런 놈 말을 믿어도 되나? 경란은 은근히 걱정이 됐다. 혹은 이놈이야말로 범인인 게 아닐까. 경란은 가방 속으로 손을 넣어 휴대전화를 꽉 잡았다. 여차하면 긴급전화 버튼을 누를 생각이다.

　　형사는 운전을 계속하며 천천히 말했다.

　　"첫 번째 사건은 2년 전 제 관할지역에서 벌어졌어요. 배우지망생인 여고생이 사라진 사건이었는데 처음에는 다들 단순가출로 생각했죠. 전에도 가출 경력이 여러 번 있는 아이였거든요. 저도 당연히 그럴 거라 생각하고 적당히 수사하다가 말았습니다. 사건이란 게 워낙 많이 일어나거든요. 다른 사건이 쌓이고 살인이나 강도 같은 우선순위 높은 사건들이 생기면 미제편철로 넘기죠. 보통 그런 애들은 두어 달 나갔다가도 집에 돌아오니까. 수사를 안 해도 위에서 뭐랄 사람이 없으니까. 가족들한테도 금방 돌아올 거라고 기다리시라고 말했고요."

　　"그래서요?"

　　"그런데 두 달쯤 있다가 부산에서 시체로 발견된 거죠. 바다에 익사해서. 특별한 외상도 없이 예쁜 옷에 하이힐까지 신은 채였죠. 부산 노래방이나 단란주점 같은 데서 일하다가 자살한 게 아니겠냐고 보고 간단하게 수사 종결했죠."

　　"그런데 아니었나요?"

　　"어딘가 느낌이 이상했어요. 저녁 늦게까지 근무하고 장례식장에 들렀죠. 영정사진을 가만히 보고 있는데 내가 실수한 게 아닐까 하는 생각이 자꾸 드는 겁니다. 그래서 집에 돌아가지 못하고 아이네 집 근처로 가봤습니다."

친애하는 내 적

"뭐가 나왔나요?"

"아뇨. 아무것도 안 나왔죠. 벌써 두 달이 지난 일인데 뭐가 있겠습니까. 밤은 늦었지, 비는 내리지, 피곤해 죽겠지, 잠시 달아올랐던 열의도 사라지더군요. 이게 다 쓸데없는 연민이다, 집에 가서 잠이나 자자 하다가 문득 아이네 집 앞 벽에 낙서가 있는 걸 봤습니다."

"낙서요?"

"숫자였죠. 빨간 글씨로 조그맣게 '4'라고 쓰여 있었습니다. 생각해보면 별거 아닌 낙서죠. 그래서 그때 그냥 지나치고 말았습니다."

형사는 목이 타는지 입을 가리고 기침을 몇 번 했다.

"그런데 반년 정도 지나서 다음 사건이 있었어요. 이번에는 자취방에 혼자 사는 여대생이었는데 벌써 보름째 연락이 안 된다고 가족들이 신고해서 수사를 하게 됐죠. 집에 가보니 깨끗하더군요. 지갑도 신발 옷가지까지 전부 제자리에 있었습니다. 아무 흔적도 없이 사라진 거죠. 같은 과 동기들 말로는 전날까지 학교 잘 다니다 갑자기 결석했다고 하더군요. 애인이 있는 것도 아니고 돈 문제가 있는 것도 아닌, 평범한 학생이었어요. 다만 외모가 상당했습니다. 전에 죽은 여고생처럼. 어딘가 이상하다 싶어 사건 현장을 살피다 그걸 보고 만 거죠."

"뭘 봤는데요?"

형사가 대답하지 않고 이를 악물었다. 핸들을 잡은 손가락에 어찌나 힘을 줬는지 손끝이 하얗게 질려 있었다.

"숫자요. 빨간 글씨로 5라고 써져 있었습니다."

경란은 침을 꿀꺽 삼켰다.

"여고생이 실종되었던 곳으로 돌아가 봤죠. '4'가 적혀 있던 벽은 어느새 새로 칠한 후더군요. 그걸 본 사람은 저밖에 없었고요. 팀장과 동료들에게 이야기했지만 아무도 믿어주지 않았습니다. 제가 잘못 봤을 거라고 혹시 숫자를 봤더라도 그건 우연의 일치일 거라더군요. 사람들을 설득하려고 애쓰는데 여대생이 발견됐습니다."

"살아 있던가요?"

"아뇨. 죽었습니다. 실종 두 달 만에. 인천의 신축아파트 옥상에서요. 평상시 옷차림 그대로 자는 듯 누워서요. 한 손에는 수면제가 잔뜩 든 약봉지를 든 채로요. 경찰은 자살로 수사를 끝냈죠. 저만 그렇게 생각하지 않을 뿐이죠."

형사는 차를 세웠다. 내비에서 목적지에 도착했다는 음성안내가 흘러나왔다. 경란의 친구가 하는 스튜디오가 바로 길 건너편에 보였다.

하지만 경란은 차에서 내리지 못했다.

"말씀하신 사건들이요, 그거랑 조은심 씨 사라진 거랑 무슨 관계가 있죠?"

형사는 대답 대신 자신의 휴대전화를 경란에게 건넸다.

"사진을 보세요."

청계산 땡초의 집 계단을 찍은 사진이었다. 캄캄한 밤, 벽에 적힌 '7'자를 보고 경란의 안색이 창백해졌다. 형사는 경란의 얼굴을 쳐다보며 힘주어 말했다.

"조은심 씨 사라진 지 얼마나 됐죠? 한 달 조금 넘었죠? 범인은 두 달가량 희생자를 데리고 있다가 자살로 위장해 죽입니다. 시간

친애하는 내 적

이 없어요. 빨리 찾아야 합니다."

승철의 스튜디오는 지하 2층에 있었다. 경란의 첫 특종이었던 오래전 잠적했던 트로트 가수의 인터뷰 사진도 그가 찍어준 것이다. 승철은 상업광고사진부터 다큐멘터리, 영화스틸까지 일을 가리지 않고 닥치는 대로 찍었는데 크게 돈을 벌지는 못했다.

신사동 가로수길에 처음 스튜디오를 냈다가 그곳 땅값이 오르자 홍대로 옮겼고 홍대가 오르자 다시 이태원 경리단길로 옮겼다. 그리고 지금 다시 이사갈 곳을 찾고 있었다. 친구들 사이에서는 땡빚을 내서라도 승철이 스튜디오를 내는 지역의 집을 사야 한다는 말이 떠돌았다.

손님은 아무도 없었고 승철은 명품 브랜드의 짝퉁으로 보이는 리클라이너 체어에 다리를 쭉 펴고 누워 담배를 피우고 있었다. 그는 경란을 보고 약간 몽롱해진 눈으로 손가락을 흔들어 보였다.

"왔어?"

"지하에서 뭐 하는 거야. 연기도 안 빠지게. 손님은 없어?"

"요새 별로 없네."

말은 그렇게 해도 별로 걱정하는 기색은 아니었다. 단지 흡연에 집중하며 나른하게 누워 있을 뿐이었다. 그러다 경란 뒤에 선 형사를 보고 헤벌쭉 웃었다.

"거기 뒤에 잘생긴 남자는 누군데?"

"형사님이셔."

그 말에 승철은 급히 일어나 담배를 바닥에 비벼 끄더니 꽁초를 쥔 채 두 사람 옆으로 튀어나가 문을 활짝 열었다. 어찌나 동작이 빠른지 경란은 승철이 – 이유는 알 수 없지만 – 도망쳐 안 돌아오려는 줄 알았다.

승철은 사포질을 하듯 손바닥을 바지에 문지르며 두 사람에게로 돌아왔다.

"그럼 그렇다고 말을 했어야지. 사진 좀 봐달라고 해서 난 그냥 편하게 있었는데 그게 경찰과 관련된 일이었어? 거참. 안녕하세요. 저 오승철이라고 합니다."

"서초서 강력1팀 김지용입니다."

두 사람은 가볍게 악수했다. 형사는 쿵쿵 손 냄새를 맡았다. 승철은 겁에 질린 표정으로 형사를 힐끔거렸다. 경란은 조그맣게 물었다.

"왜? 무슨 죄 지은 일 있어?"

"아냐. 죄는 무슨 죄. 그냥 친구가 준 담배 피우고 있었는데. 하하. 담배 피우는 게 죄는 아니잖아."

"대마 피우는 건 죄죠."

"대마요? 이게 대마예요? 나 전혀 몰랐어요. 친구가, 아니 클럽에서 모르는 사람이 준 건데요."

승철의 연기는 너무 형편없어 보고 있기 괴로울 정도였다. 지용은 더 설명할 필요 없다는 듯 손을 들어 보이며 말했다.

"더 얘기 안 하셔도 됩니다. 전 여기 사진 확인하고 정보를 얻으러 온 겁니다. 다른 사건은 제 알 바가 아니죠."

"아, 그래요?"

"하지만 사진에서 별다른 증거가 안 나오면 다시 생각해봐야죠."

"경란아. 사진 줘. 정확히 내가 뭘 알아봐주면 되는데."

친애하는 내 적

경란은 메모리카드를 내밀며 말했다.

"모조리 다. 사진에 나오는 장소가 어딘지, 언제쯤 찍은 사진인지, 네가 알아낼 수 있는 전부 다."

재영은 지난 며칠간 정인상 감독이 찍은 영상을 확인하고 오늘 내린 결정이 옳았다는 생각에 안도했다. 여전히 형편없었다. 한때 중견감독으로 이름을 떨치던 사람이 어쩌다 이렇게 된 걸까. 영화가 투박하긴 해도 집요한 데가 있는 사람이었는데.

재영은 왠지 씁쓸했지만 지금은 정인상 걱정할 때가 아니었다. 그 자신을 걱정할 때다.

원희가 방으로 들어오며 말했다.

"정 감독님 소송 걸겠다고 난린데 어쩌죠?"

"걸라고 그래. 그보다 새 감독. 후보 생각해둔 사람들 있지?"

"예. 김주환 감독이 전작 끝내고 지금 쉬고 있는데……."

"외부에서 찾지 말고 안에서 찾자. 계약하고 시나리오 손보고 그러려면 시간이 너무 오래 걸려. 바로 현장 투입 가능한 애가 필요해. 내부승격. 그래야 밖에서도 덜 뭐라고 하지. 연출부 애들 중에 쓸 만한 애 없어?"

"조감독인 우영이는 단편영화로 상 여러 번 받은 애고요, 연출부 경험도 여러 번 있습니다. 연출 깔끔하게 한다고 소문 좋게 난 친군데 정인상 감독님 제자라 이거 받아서 연출 안 하려고 할걸요."

"집에 돈은 많고?"

"예. 잘살아요."

재영은 지금 집에 돈 있는 감독지망생을 원하지 않았다. 감독이 되기 위해서라면 무슨 짓이든 할 준비가 되어 있는 독하고 절박한 자를 필요로 했다.

"연출 퍼스트 준기가 좀 힘듭니다. 학자금대출도 다 못 갚았는데 작년에 빚내서 장편 독립영화를 찍다가 쫄딱 망했거든요."

"걔가 찍은 독립영화는 어땠어?"

"저 한국영화 안 보는 거 아시잖아요. 평판은 꽤 좋았습니다."

재영은 눈을 딱 감았다. 원희가 한두 가지 큰 장점으로 대부분의 단점을 커버하는 놈이란 걸 깜빡했다. 한국영화제작사에서 일하는 놈이 한국영화를 안 본다면 정서적으로 큰 문제가 있다는 뜻이다.

그는 슬슬 솟구치는 짜증을 다잡으며 입을 열었다.

"그 영화 구해 와라. 한번 보고 판단하게. 다른 연출부도 뭐 찍은 거 있으면 다 가져와. 일단 뭘 찍었나 봐야겠어."

"그럼 오늘 촬영은……?"

"끝난 거지. 다 집에 가라고 해."

원희가 어두운 표정으로 밖에 나간 후 재영은 휴대전화를 꺼내 경란에게 전화했다. 조은심을 찾아냈는지 궁금했다.

감독도 없어진 지금, 배우라도 빨리 찾아야 했다.

승철은 비닐하우스 사진을 띄우며 말했다.

"사진 속성을 확인해보니 어제 오전 9시 10분에 찍은 건데요, 앞서 찍은 사진들 봐서는 서울에서 누군가를 미행해서 이리로 간 것 같습니다. 중간중간 사진을 여러 장 찍었으면 모르겠는데 그냥 딱 도착하고 찍어서 여기가 어딘지 처음에는 헷갈렸는데요."

"결론만 얘기해주시면 좋겠습니다."

친애하는 내 적

"아, 예. 그래야죠. 여기 끝에 보이시죠?"

비닐하우스 끝에 건물 한 채가 살짝 걸려 있었다.

"이게 왠지 신경 쓰여서 계속 찾아봤죠. 그래서 찾았습니다. 신축 호텔입니다."

승철은 창을 바꿔 인터넷 검색 결과를 보여주었다.

[충북 온성. 맥시멈 호텔.]

통유리로 외벽을 마감한 호텔이 여름 햇살을 튕겨내는 사진이었다.

"지자체에서 헛짓거리한 건데요, 여기다 크게 테마파크 지어서 사람들 불러들이겠다고 큼직하게 투자계획 세웠는데, 다 어그러지고 먼저 짓기 시작한 호텔만 완성. 손님은 아예 없다시피하고 그냥 파리만 날리나 봐요. 역시 허투루 쓰기엔 나랏돈만 한 게 없어요. 아무튼 여기를 지도로 확인하면……."

승철은 빠르게 마우스를 클릭했다. 화면 가득 호텔을 비롯한 지역 전경이 떴다. 그중 호텔 앞의 들판을 확대하고 로드뷰(road-view)를 누르자 차도에서 본 비닐하우스의 모습이 드러났다. 청계산 땅초가 찍은 사진 속 비닐하우스가 맞았다. 다만 비닐하우스 옆에 주차된 모닝은 보이지 않았다.

"짠. 찾았습니다. 네이버에 물어보니까 로드뷰 사진 업데이트를 두 달 전에 했다네요. 그때는 이 차가 여기 없었다는 거죠. 어제는 있었고. 지금은 있을지 없을지 모르겠는데요."

형사가 혼잣말처럼 중얼거렸다.

"주민들한테 물어보면 되겠지."

경란이 물었다.

"언덕 위 전원주택은?"

"그건 못 찾겠는데. 주변을 샅샅이 살폈는데 없어. 이 근처에 있는 거 확실해?"

형사는 시계를 보았다.

"가보면 알겠죠. 일단 차부터 확인합시다. 바로 출발하죠."

그때 재영에게서 전화가 왔다.

"여보세요?"

— 어떻게 돼가?

"지금 어딘지 알아보고 있어. 그리고……."

경란은 말을 더 하려다 그만두었다. 조은심이 납치된 것 같다는 소식은 나중에 직접 전하는 게 낫겠다 싶어서다. 아마도 재영에겐 땅이 무너지는 충격일 텐데, 전화로 이야기하는 건 가혹하다.

재영이 답답한지 먼저 물었다.

— 그리고 뭐?

"지금 바빠서 나중에 얘기할게. 끝나고 전화할게."

— 지금 어딘데? 내가 그쪽으로 갈까? 할 말이 있어서 그래.

경란은 형사에게 시선을 주었다. 형사는 경란의 대화를 듣고 있다가 고개를 흔들었다.

"그건 힘들겠다. 나 지금 형사님이랑 함께 있어. 지금 바로 조은심 있을지 모를 장소로 출발할 거야. 뭐든 확인되면 바로 연락할게."

— 형사? 어제 그 얍삽한 놈? 그놈하고 왜 같이 있는데…….

재영이 말을 끝내기도 전에 경란은 얼른 전화를 끊었다.

재영의 목소리가 워낙 커서 형사도 자길 지칭하는 표현을 들었을 텐데, 모른 척 승철에게 말했다.

"오늘 여기서 보고 들은 건 가급적 비밀로 해주셔야 합니다."

"아, 그럼요. 뭘 알아야 비밀로 하든 말든 하죠. 그냥 비닐하우스 하나 찾은 건데요. 그럼 저기 아까 말씀하신 대로 저희 사이에 일은 없던 걸로……."

"다시는 대마초 피우지 마세요. 다음에는 안 봐줍니다."

형사는 준엄하게 말하고는 스튜디오를 나섰다. 승철은 경란의 팔을 잡고 조심스럽게 물었다.

"이거 무슨 사건이냐? 왜 경찰이 끼었는데? 경란이 너 요즘 기자 안 하고 뭐 흥신소 같은 거 부업하니?"

"아냐. 어쩌다 보니 그렇게 됐어. 나중에 밥 살게."

흥신소라. 나중에 정 할 거 없으면 그거나 해볼까.

형사님? 둘이서 지금 뭐 하는 거야? 근데 그 형사 이름이 뭐였지? 한재영은 손톱을 물어뜯으며 주머니를 뒤졌다.

다행히 바지 주머니에 형사에게 받은 명함이 들어 있었다.

[서초서 강력1팀 김지용 경위.]

얘들은 지금 어디서 뭐 하는 거야?

재영은 불안했다. 어제 사람이 죽은 것도 불안하고 형사가 끼어든 것도 불안했다. 조은심을 찾더라도 엄청난 스캔들이 함께라면 찾지 않으니만 못할 수도 있었다.

그는 지금 벼랑 끝에 몰려 있었다. 작은 타격 하나에도 천 길 낭떠러지 아래로 추락한다. 이럴 때 왜 형사랑 같이 다녀. 그놈이 은근히 잘생겼다는 사실도 은근히 짜증난다.

안 되겠어. 어디 있는지 찾아봐야지.

재영은 재킷을 손에 쥐고 문을 열고 나가려다 때마침 들어오려던 원희와 부딪칠 뻔했다.

"대표님 어디 가세요? 지금 영화 구해 왔는데."

"벌써?"

"영화, 유튜브에 올렸더라고요. 준기도 밖에서 기다리고요."

재영은 잠시 고민했다. 경란과 형사를 찾아내 무슨 수작인지 알아내고 싶지만 문제는 둘이 어디 있는지 모른다는 데 있다. 괜히 빨빨거리고 나가봐야 정처 없이 헤매기나 할뿐 사태 해결에 아무런 도움이 안 된다. 생각해보면 갑작스러운 소식에 지나치게 흥분했었다. 경란이 어떻게든 조은심을 데려오길 기대하면서 감독을 찾는 게 낫다.

재영은 끙, 신음을 내고는 말했다.

"영화 틀어라. 한번 보자."

●

예정보다 일찍 촬영이 끝났다. 대표와 감독이 대판 싸운 탓이라고 다들 수군댔다. 감독이 잘리면 연출부 중 하나가 대신 찍게 되지 않겠냐는 얘기가 많았다. 연출부들은 저희들끼리 모여 담배를 피웠다. 다들 야심이 느껴지는 눈빛으로 서로의 눈치를 봤다. 가서 뭐라도 귀띔 받은 게 있는지 물어볼까 하다가 그만두었다. 내겐 영화 따위보다 훨씬 중요한 일이 있기 때문이다.

한재영의 태도로 보아 아직 조은심의 행방을 알아내진 못했다.

친애하는 내 적

그랬다면 팔자 좋게 대역배우를 데려다가 세트장 구경을 시키진 않았겠지.

그렇다면 청계산 땡초의 사진은 어디 있을까.

형사 놈이 가져갔을까. 아니면 한재영이 부리는 기자 년이 가지고 가 들여다보고 있을까.

당장 도망치는 게 최선일 수 있다. 하지만 죽어도 그녀를 두고 가진 않을 생각이다. 그녀는 내 일생에 다시없을 작품이다. 절대로 포기할 수 없다. 일단 집에 들러 그녀가 잘 있는지 확인한 후 형사 놈과 기자 년을 차례로 찾아가볼 계획이다. 손가락 한두 개 부러뜨리고 나면 어디까지 알아냈는지 알게 되겠지.

하지만 멀리 갈 필요 없었다. 내가 차를 대는 비닐하우스 앞에 형사와 기자가 서 있었다. 두 사람은 주위를 두리번거리며 뭔가 대화를 나누다 차에 올랐다.

저놈들이 여길 어떻게 왔을까. 금세 답이 나왔다. 청계산 땡초가 찍은 사진을 보고 왔겠지. 하지만 왜 경찰들이 떼 지어 오지 않고 저 둘이 온 걸까. 수사를 위해서건, 촬영재개를 위해서건 이상한 조합이다.

한 가지는 분명하다. 두 연놈이 그녀가 정확히 어디 있는지 알고 있지는 못하다는 점. 아직 조은심 실종에 대한 공식수사가 시작된 건 아니라는 점. 그건 두 사람이 탄 차가 내 집이 아니라 맥시멈 호텔로 향하고 있다는 점만 봐도 알 수 있다.

둘이 왜 함께 다니는지, 어디까지 알고 있는지는 직접 물어보면 될 일이다. 일석이조라……. 잘만 하면 간단하게 일을 정리할 수 있을 것 같아 절로 웃음이 나온다. 나는 뒷좌석으로 손을 뻗어 가방에 필요한 물품이 있는지 확인한다.

　차를 호텔에서 약간 떨어진 공터에 대고 후드티를 꺼내 입는다. 모자에 선글라스를 끼고 호텔로 향한다.

●

　호텔은 황량한 공터에 홀로 서 있었다. 테마파크가 들어서야 할 자리는 바닥에 콘크리트 슬래브만 올린 채 중지된 상태였고 그 주위로 녹슨 컨테이너 박스 여러 대가 우뚝 서 있었다. 호텔 건설 때부터 자금이 부족했는지 여느 호텔처럼 진입로나 메인 게이트 없이 건물 한쪽에 안으로 들어가는 현관 하나가 입구의 전부였다. 테마파크와 함께 쓰도록 만든 널따란 주차장에는 차량 서너 대밖에 없었다.

　형사는 차를 세우며 말했다.

　"안에 들어가서 몇 가지 물어보고 올 테니 기다려요."

　"잠깐만요. 혼자 가게요?"

　"경란 씨는 아무리 봐도 형사 같진 않잖아요. 우리가 함께 들어가면 이상하게 생각할 겁니다."

　경란은 대답할 말을 궁리했다. 형사의 말이 틀린 건 아니지만 순순히 받아들일 순 없었다. 그녀의 목표는 조은심을 찾아 영화를 찍게 하는 것이다. 살인과 납치를 막아야 하는 형사와는 미묘한 온도 차가 있다. 형사 혼자 정보를 얻게 해선 곤란했다. 그녀가 정보를 얻고 필요한 것만 형사에게 알려주는 식이 되어야 한다.

　"지금도 장사가 잘 안 되는데 동네에 연쇄납치살인마가 있다고

친애하는 내 적

하면 좋아하겠어요? 형사만 봐도 긴장할 텐데. 호텔에 지자체 지분이 있으면 바로 구청이든 동사무소든 연락할 거고요. 그럼 이 동네 경찰에서 연락하겠죠? 무슨 일이냐고. 지금 그래도 되는 상황인가요?"

형사는 골똘히 생각에 잠겨 있다가 신중하게 말했다.

"일리가 있네요. 그럼 어떻게 하면 좋겠습니까?"

"차라리 저 혼자 들어가면 어떨까요? 영화 로케이션 장소 찾는다고 말 꺼내면 일단 경계심이 풀릴 거 아니에요. 사진 보여주고 이런 집 본 적 있냐고 물어보면 되죠."

형사가 깊게 생각하기 전, 경란은 금방 다녀오겠다고 호들갑을 떨며 차에서 내렸다. 현관으로 들어서기 전 살짝 뒤를 돌아보니 형사는 보닛에 엉덩이를 붙이고 서서 담배를 피우고 있었다.

호텔 로비는 생각보다 화사했다. 소파는 척 보기에도 푹신해 보였고 비품도 깔끔하게 정리되어 있었다. 접수 데스크에는 짧은 머리의 매니저가 태블릿을 들여다보다 반갑게 인사했다.

"어서 오십시오. 무얼 도와드릴까요?"

"호텔 분위기가 참 마음에 들어서요. 제가 영화 일을 하고 있는데, 촬영장소를 찾고 있는데요. 도와주실 수 있을까 싶네요."

"무슨 영화요? 저도 영화 좋아하는데요."

매니저는 한가한데 잘됐다는 표정이었다. 경란은 마음속으로 회심의 미소를 지었다. 일이 잘 풀릴 징조야.

재영은 원희와 함께 연출부가 찍었다는 독립영화를 보았다. 스토리는 별로인데 샷이 정교하고 집요한 데가 있었다. 특히 영화의 핵심이라고 할 만한 후반부 추적 장면은 원신 원컷으로 갔는데 돈이 없는 게 눈이 보임에도 기술적 완성도가 상당했다.

영화가 끝나고 원희가 재영의 눈치를 보며 물었다.

"어떠세요?"

"나쁘지 않네."

지금 '환상의 여인'에 필요한 건 스토리텔링을 잡아줄 감독이 아니었다. 최대한 돈을 적게 쓰면서도 빨리 찍는, 대역배우를 쓰면서도 관객 눈에 들키지 않을 테크니션이다.

그런 면에서 지금 보는 영화의 감독이 나쁘지 않은 선택일 수 있다.

"걔, 들어오라고 해."

밖에서 기다리던 오준기가 방으로 들어왔다. 올해로 서른이라고 들었는데 짧게 깎은 머리와 여드름 난 얼굴은 고등학생이라고 해도 믿을 정도였다. 팔다리는 어찌나 가는지 당장 재영이 손가락으로도 부러뜨릴 수 있을 것 같았다. 제대로 고른 거 맞나. 순간 고민했지만 내친걸음이었다.

재영은 준기와 악수하며 말했다.

"좋은 소식과 나쁜 소식이 있는데 어떤 소식부터 듣고 싶어요?"

"나쁜 소식이요."

"오늘부터 '환상의 여인' 감독 하세요."

●

형사는 꽁초의 남은 재를 손가락으로 탁탁 털었다. 눈썹의 상처

친애하는 내적

가 욱신욱신 쑤셨다. 한동안 통증을 잊고 살았는데 놈이 남긴 숫자를 보고 나서부터 다시 아파오기 시작했다.

그날 일은 어제 일처럼 생생하다.

비가 엄청나게 내리는 날이었다. 상부에 공식적인 재수사를 요구했다가 거절당하고 혼자 술을 한잔했다. 비틀거리며 집으로 들어가다 골목에서 놈을 만났다. 낌새를 챘을 때는 이미 늦었다. 수갑은 빗물과 함께 하수구로 흘러내려갔고 그는 바닥에 널브러진 채 적을 올려다봐야 했다.

빗물 때문에 눈을 뜨고 있기도 힘들었다. 그가 본 것이라고는 모자를 눌러쓴 남자의, 듬성듬성 수염이 난 턱. 빗물로 하얗게 부서지는 가로등 불빛. 그리고 날이 선 칼날. 그 정도였다.

그 다음에는 극심한 고통이 있었다. 놈은 지혈하라고 수건을 쥐어주고는 그의 귓가에 다음은 네 가족이라고 말하고는 사라졌다. 그 뒤로 오랫동안 치료를 받아야 했다.

이번에는 반드시 잡는다. 그래서 치욕을, 고통을 지워버리겠다.

꽁초를 주머니에 넣으려고 고개를 숙일 때, 등 뒤에 선 누군가의 그림자가 보였다. 형사는 반사적으로 돌아서며 상대의 팔을 꺾었다. 시선이 마주쳤다. 음침한 눈빛의 중년 남자. 남자는 무표정했지만 눈은 웃고 있었다.

형사는 직감적으로 살인범을 만났음을 알았다.

"너구나."

형사는 속삭이듯 말했다. 남자는 히죽 웃었다.

형사는 상대의 소매를 잡아당기며 오금을 걷어찼다. 사내가 낮은 신음을 내며 비틀, 한쪽 무릎을 꿇었다. 등 뒤로 손을 뻗어 수갑을 꺼내 들려는 순간, 눈앞이 하얗게 변했다. 숨을 쉴 수가 없었다.

형사는 사내의 손을 쳐다보았다. 손에 쥐고 있는 전기충격기가 형사의 사타구니를 찌르고 있었다. 사내가 다시 스위치를 누르는 순간 형사는 경련을 일으켰다. 온몸이 미친 말처럼 날뛰어서 마음먹은 대로 움직일 수가 없었다.

손가락 사이로 수갑이 흘러내렸다. 미세혈관이 터졌는지 세상이 온통 붉게 보였고 사타구니에선 울컥울컥 오줌이 흘러나왔다.

사내의 미소가 짙어졌다. 그가 조그맣게 속삭였다.

"또 이렇게 됐네."

형사는 마지막 힘을 다해 사내의 가슴을 걷어찼다. 사내가 뒤로 나가떨어졌다. 형사는 살짝 웃었지만 그게 그가 할 수 있는 전부였다.

그는 그대로 썩은 기둥처럼 쓰러졌다.

●

"걸작이란 안 좋은 환경에서 더 많이 만들어지는 거 알아요? 영화 '대부' 있잖아요, 코폴라 감독은 그날그날 찍은 걸 투자사에 올려서 검사를 맡아야 했답니다. 회사에서 코 감독을 믿지 않아서 조금만 맘에 안 들어도 자르려고 했던 거 아닙니까. 그런 중압감을 뚫고 배짱 좋게 걸작을 탄생시킨 거죠. 스필버그 감독은 또 어떤가요. 스무 살 때 한 달밖에 안 되는 스케줄, 십만 달러의 예산으로 영화 '듀

얼"을 만들어 거장의 탄생을 알렸습니다."

준기는 고개를 끄떡이며 듣다가 조심스럽게 물었다.

"그래서요?"

"그래서는 뭐가 그래서예요. 오 감독도 그런 걸 본받아서 좀 열심히 할 생각을 해야 한다, 목숨을 걸어야 한다, 그 얘기지. 배짱을 가지고 제대로 영화를 찍으란 말입니다. 목숨을 걸고 영화를 찍어야 하니까 나쁜 소식인 거죠. 그럴 각오가 있습니까?"

"아무리 그래도 뒷모습 찍어서 창고에 있는 NG필름 찾아서 연결 맞추라는 건 너무하지 않습니까. 그것도 대역 안 들키게 한다는 게……."

"노력하면 할 수 있어요. 로만 폴란스키 감독은 젊을 때 시나리오도 없이 사흘 동안 대충 영화 찍고 창고에 쌓인 쓰레기 필름이랑 적당히 붙이는 조건으로 감독 데뷔를 했어요. 그래서 대박 내고 지금의 거장이 되었단 말입니다. 지금 감독님 상황은 그것보다 백만 배는 나아요. 배우 있지, 시나리오 있지. 나 같은 대표 있지. 뭐가 문제야."

"차은진인가 하는 대역배우는 연기 잘하나요?"

"감독님이 잘 지도해주세요."

"남승우 배우도 연기 바닥인 거 아시지 않습니까. 초보들만 데리고 어떻게 영화를 찍습니까. 사실 저도 아직 초본데……."

그러자 재영이 손을 휘저었다.

"초보는 무슨 초보야. 방금 오 감독이 찍은 영화 봤는데 아주 좋

---

1 DUEL. 정체모를 대형 트럭에 쫓기는 한 남자의 공포를 다룬 서스펜스 영화.

기만 하던데."

"정말요?"

"그럼요. 내 눈을 보세요. 내가 거짓말 치나. 감독님은 천재예요. 다듬어지지 않은 원석 다이아몬드. 내가 그걸 제일 먼저 발견한 거지."

재영은 눈을 크게 뜨며 말했다. 남원희는 재영의 눈에서 거짓부렁과 야비함이 뿜어져 나온다고 생각했지만 준기의 생각은 달랐다.

그는 감격한 표정으로 고개를 숙였다.

"감사합니다, 대표님."

"그럼 잘해봅시다. 일단 촬영 계획부터 다시 잡고. 감독님 잘 하는 거 있잖아요. 정교하고 정확하게. 어떻게 찍을지는 좀 생각해봤어요?"

준기는 머리를 긁적였다.

"감독 하라는 얘기를 방금 전에 들어서요."

"그래도 뭐든 생각이 있을 거 아니에요. 뭐든 생각나는 대로 말해봐요. 내가 들어줄 테니까."

"일단 배우들이랑 스태프들 만나서 말씀들 듣고 잘 도와달라고 부탁해보려고요."

"좋은 생각이야. 좋은 생각. 그런데 거기에 하나 더. 감독이라면 꼭 필요한 건데 말이죠."

재영이 뭔가 더 말하려고 할 때 경란에게서 전화가 왔다. 재영은 전화와 준기 사이에서 잠시 망설였다. 한참 중요한 말을 하던 중이다. 이럴 때 확실하게 준기 마음을 잡아놔야 하는데.

하지만 재영은 결국 경란을 택했다.

친애하는 내 적

"오 감독, 나 잠깐 전화 한 통화만."

그는 휴대전화를 집어 들고 복도로 나가며 말했다.

"야. 너 지금 어디야?"

경란은 호텔 매니저와 대화를 마치고 밖으로 나왔다. 알아낸 건 그리 많지 않았다. 매니저는 청계산 땡초가 찍은 사진 속 전원주택을 보고 고개를 갸웃거리더니 자신은 본 적이 없다고 말했다.

모닝이 주차되어 있던 비닐하우스 자리는 예전에 개장사가 보신탕집에 넘기기 전 잠시 개를 키우던 곳이었다는데, 테마파크가 한참 진행될 때 보상금을 받고 떠났다고 했다.

「지금 여기 집들은 대부분 비어 있어요.」

인근 주민은 대체로 땅값 상승을 노리고 온 외지인들로 실제 거주자는 많지 않고 대부분 관리인을 두고 있거나 집을 비워두고 있다고 했다. 일단 쭉 둘러보면서 수상한 집이 있나 살펴봐야겠다.

형사는 고개를 푹 숙인 채 운전석에 앉아 있었다.

뭐야. 그 사이에 조는 거야?

경란은 그만 깨라고 운전석 유리를 탁, 하고 치고 조수석으로 걸어가다 걸음을 멈췄다. 보닛 앞에 꽁초가 떨어져 있었다. 조금 전 형사가 피우던 담배다.

왠지 기분이 이상하다. 경란은 형사에게 다시 시선을 주었다. 그는 여전히 고개를 떨군 채 미동도 하지 않았다. 마치 죽은 사람처럼. 혹은 기절한 사람처럼. 문득 형사를 처음 만났을 때를 떠올랐다. 그때 형사가 뭐라고 했었지? 꽁초도 항상 집에 챙겨간다고 했었지.

등허리를 타고 땀이 흘러내렸다. 경란은 슬쩍 좌우를 곁눈질했다. 멀찍이 주차된 승용차 두어 대와 식료품트럭 한 대가 주차되어 있고 그 외에는 아무도 없었다.

경란은 차를 똑바로 쳐다보며 천천히 뒷걸음질 쳤다. 시선을 떼는 순간 차에서 누군가 튀어나올 것 같았기 때문이다. 심장이 쿵쾅쿵쾅 뛰고 관자놀이가 쿡쿡 쑤셨다. 너무 겁이 나면 눈앞이 아찔해진다는 걸 이제야 알았다.

몇 걸음 물러선 후 경란은 가방에 손을 넣어 휴대전화를 꺼냈다. 차를 노려보며 형사에게 전화를 걸었다. 차 안에서 형사의 휴대전화 벨소리가 들렸다. 하지만 형사는 움직이지 않았다.

경란은 전화를 끊었다.

도망쳐야 할까. 아니면 다가가서 무슨 일인지 알아봐야 할까.

어느 쪽이든 택해야 한다는 사실을 알고 있었다. 하지만 다리가 부들부들 떨려 움직일 수가 없었다.

그때 천천히 형사가 고개를 들었다. 시체처럼 창백한 낯빛. 통통부은 입술 사이로 토사물의 흔적이 있었다. 형사가 속삭이듯 입을 벌려 뭐라고 중얼거렸다. 치아가 핏물로 벌겋게 물들어 있었다. 말소리는 들리지 않았지만 입모양으로 무슨 말을 하는지 알 수 있었다.

도망쳐.

다음 순간, 형사의 귀 밑으로 뭔가가 튀어나왔다. 휴대전화처럼 생긴 조그만 기계. 파란 불꽃이 번쩍, 하자 형사는 허리를 꺾으며 경련을 일으켰다.

차량 뒷문이 덜컥 열렸다. 경란은 누가 나오는지 쳐다보지 않고

친애하는 내 집

돌아서서 냅다 뛰었다. 하이힐이 벗겨져 발목이 접질렸지만 상관하지 않고 계속 뛰었다. 금방이라도 등 뒤에 살인범이 따라붙어 머리를 잡아챌 것 같았다.

호텔 로비에서 당황한 매니저의 부축을 받고 나서야 경란은 계속 자신이 비명을 지르고 있었다는 사실을 알았다.

잠시 후 주차장을 쳐다봤을 때 형사가 탄 차는 매연을 뿜어내며 호텔 주차장을 빠져나가고 있었다. 넓은 주차장에 남은 건 그녀가 떨어뜨린 하이힐밖에 없었다.

경란의 다리에 힘이 풀렸다.

— 제발 여기 좀 와줘. 나 어떻게 해야 할지 모르겠어.

울먹거리는 경란의 목소리에 재영은 말문이 막혔다. 냉정하기로 소문난 경란이 울다니. 어찌나 당황했는지 재영은 수화기 너머에 있는 경란을 토닥이는 자세까지 취했다.

"괜찮아. 괜찮아. 내가 있잖아. 울지 말고 정확하게 말해봐. 무슨 일인데 그래? 조은심한테 무슨 일 생겼어?"

— 넌 이 상황에서도 조은심만 중요하냐!

"아니 그게 아니라……. 네가 울 일이 달리 없을 거 같아서. 그럼 무슨 사고라도 난 거야?"

경란이 계속 섧게 울자 재영은 덜컥 겁이 났다.

"설마 너 다쳤니? 아파?"

경란은 속삭이듯 작은 목소리로 말했다.

— 나 너무 무서워. 여기 와주면 안 돼?

"알았어. 지금 갈게."

재영은 두 번 생각하지 않고 대답했다.

그는 전화를 끊고 원희를 불러냈다.

"남은 일은 네가 알아서 해라. 쟤 잘 달래서 동기부여하고 스태프

친애하는 내 적

배우들 미팅 주선하고. 웬만하면 콘티대로 찍으라고 해. 분위기 봐서 잘 못 찍는 거 같으면 다른 놈으로 바꿔야 되니까."

"대표님은 어디 가세요? 지금 굉장히 중요한 땐데."

"내 인생에 후회되는 일이 딱 하나 있는데. 필요한 때 내가 좋아하는 여자 옆에 있어주지 못했던 거다."

"근데요?"

"이번에는 후회 안 할 거라고! 인마! 너만 믿고 가니까 잘해."

재영이 대한민국에 존재하는 교통신호를 모조리 무시하고 호텔에 도착했을 땐 상황은 거의 끝나 있었다. 인근 서에서 온 순찰차는 조사를 마치고 주차장을 막 출발하고 있었고 호텔 매니저는 이 일로 혹시 그렇지 않아도 없는 손님 더 떨어지지 않을까 노심초사하며 로비를 서성이고 있었다.

재영을 본 매니저는 경란이 서초 경찰서에서 내려온 경찰과 이야기 중이라고 말해주었다.

데스크 뒤편 복도를 지나 휴게실로 향하는데, 닫힌 문 너머로 경란의 흥분한 고함 소리가 들렸다.

"납치된 게 분명하다니까요! 내가 봤어요! 고개 푹 숙인 채 운전석에 앉아 있는걸!"

아까까지 거의 죽어가던 애가 대체 무슨 일이람. 재영은 황당한 마음을 감추고 조심스럽게 휴게실 문을 열었다. 형사와 경란이 테이블 위에 자판기 커피를 내려놓은 채 대화 중이었다.

형사는 재영을 힐끔 쳐다보곤 심드렁한 어조로 말했다.

"그냥 집에 갔겠죠. 납치라뇨. 형사를 왜 납치해요. 쓸데없이. 지용이 걔 집에 돈도 없어요. 이혼도 당했고……. 완전 개털이라고요. 난 또 뭔 일 난 줄 알고 왔더니 참나……."

"지금 그걸 말이라고 해요! 김지용 형사님이요, 나랑 같이 사건을 수사하고 있었다니까요!"

"무슨 사건을 수사했는데요?"

경란은 일순 말문이 막혀 대답하지 못했다. 재영은 얼른 방으로 들어가 경란의 어깨에 손을 얹으며 말했다.

"어제 저희가 살인사건을 목격했거든요. 그 사건 수사입니다."

"아저씨는 누구세요?"

형사가 볼펜으로 관자놀이를 긁적이며 물었다. 형사는 탈모가 한참 진행 중인 사십 대 중반 남자였다. 남은 머리를 정교하게 빗어 어떻게든 감춰보려 했지만 머릿속이 휑하니 비어 보이는 건 어쩔 수 없었다.

"이 친구, 친굽니다. 어제 살인현장에 같이 있었고요."

경란은 재영을 돌아보곤 손을 잡았다. 얼굴에 눈물 자국이 가득했고 손은 얼음장처럼 차가웠다. 재영은 경란의 손을 놓지 않은 채 옆 의자에 앉았다.

경란은 심호흡을 몇 번 하더니 형사에게 말했다.

"같이 살인사건 용의자를 찾고 있었어요."

"아가씨랑 같이요? 아니 김지용 이 꼴통새끼……. 대체 왜 살인사건을 민간인이랑 수사해……."

경란이 벌컥 화를 냈다.

"그래서요? 김 형사님 안 찾겠다는 얘기예요?"

"좀 두고 보시죠. 집에 간 걸 수도 있으니까."

친애하는 내 적

"그게 말이 돼요? 수사하다가 갑자기 왜 집에 가요."

"아, 그러니까 수사한다는 게 말이 안 된다니까요. 김지용 형사, 서에는 누굴 찾는다, 안 찾는다 그런 얘기 전혀 안 했고요. 오늘도 병원 진료 받는다고 결근한 거예요. 그것도 무슨 진료인 줄 압니까? 정신과 진료예요. 정신과. 한 1년 쉬다가 복귀한 지 이제 두 달 됐어요. 우리 서의 골칫거리라고요. 내 장담하는데 걔는 수사하다가 집에 가고도 남을 애예요."

그런 놈이었어? 역시 사람을 겉모습만 보고 판단하면 안 돼. 얼굴만은 아시아의 거장 같던 정인상을 봐도 알 수 있는 일이다.

경란이 발끈했다.

"정신과 진료 받는다는 거 저한테도 얘기했어요. 나쁜 놈한테 얼굴 다치고서 그렇게 됐다고 하던데 그렇게 막 얘기하셔도 돼요?"

"술 먹고 자빠진 거죠. 아니면 누구하고 싸웠든가. 걔가 원래 술먹고 아무한테나 시비 걸고 그래요. 그거 다 조사해봤는데 CCTV에 찍힌 것도 없고 목격자도 없어요. 골목 깊숙한 데 들어갔다가 혼자 피투성이로 나왔는데…… 현실이 무슨 스릴러영화인 줄 압니까. 용의자가 형사 얼굴에 칼 긋고 겁주게. 다들 도망치기 바빠요. 지용이 걔가 원래 관심병 환자예요. 걔 휴직하고 다들 얼마나 좋아했는데."

"형사님이 김지용 형사님한테 어떤 감정이 있는지는 잘 알겠는데요, 다 나았으니까 복귀한 걸 거 아니에요. 동료 형사가 수사를 하다 사라졌으면 어떻게든 찾으려고 애써야 하는 거 아니에요? 아저씨는 의리도 없어요?"

형사의 얼굴이 벌겋게 달아올랐다. 그는 분통을 터뜨릴 듯 입을 벌렸지만 결국 긴 한숨과 함께 말했다.

"알겠습니다. 저희가 잘 찾아볼 테니 그만 들어가보세요. 집에 들어가서 잘 주무시면 내일 김 형사한테 직접 사과전화 드리라고 하겠습니다."

"아저씨! 제가 봤다니까요. 분명히 김 형사님 누군가에게 제압당한 상태였어요."

"제압당했는데 어떻게 차를 몰아요. 그냥 좀 기다려보시라니까요."

"아저씨!"

경란이 소리를 지르며 벌떡 일어섰다.

"그 형사님 죽으면 아저씨가 책임질 거예요?"

이번에는 형사도 울화통을 참지 못했다.

"완쾌는 무슨. 딱 보니까 완전히 미쳐 있던데. 푹신한 소파에나 앉아서 말 몇 마디 하고 돈 받는 놈들이 뭘 압니까? 그 새끼 그거 복귀하자마자 연쇄살인이니 납치니 하는 말만 계속했어요. 그 새끼한테 중요한 사건은 절대 안 맡겨요. 다들 미친 거 아니까. 어제 사건도 당직이라 현장에 나간 거지, 사건 담당도 아니에요. 개한테 절대 살인사건 안 맡긴다고요. 아가씨가 지용이랑 무슨 경찰놀이를 했는지 모르지만 그런 거 우린 아무 관심도 없으니까 그냥 집에 가세요! 경찰 일은 경찰에게 맡기고!"

"아저씨, 경찰 맞아요?"

경란은 거의 싸울 듯한 기세였다. 그냥 뒀다간 큰일 나겠다 싶어 재영은 경란을 감싸 안고 말했다.

"이 친구가 흥분을 잘 해서⋯⋯. 제가 좀 달래고 오겠습니다."

친애하는 내 적

재영은 경란을 끌고 복도로 나왔다. 경란은 재영을 꼭 붙들고서 거의 울듯한 목소리로 말했다.

"그 사람 찾아야 돼. 안 그럼 죽어."

"알았어. 알았어. 찾아야지."

재영은 경란을 다독였다. 도대체 여기서 무슨 일이 있었는지, 형사가 누구에게 납치됐다는 건지 알고 싶었지만 지금은 그런 걸 물어볼 때가 아니었다. 일단은 경란이 더 진정되길 기다려야 했다.

"나도 죽는 줄 알았어……."

경란은 다리에 힘이 없는지 바닥에 털썩 주저앉았다. 그녀는 맨발이었다. 재영은 놀라 말했다.

"야. 너 신발……."

"힐이 부러져서 벗어놨어. 안에 있을 거야."

재영은 재킷을 벗어 바닥에 깔아주었다.

"여기 앉아. 내가 들어가서 얘기해볼 테니까 잠깐 쉬고 있어."

안으로 들어가려는데 경란이 손을 잡았다. 그녀가 작게 속삭였다.

"와줘서 고마워."

"아니지. 나 도와주려다 너 고생하는 건데. 잠깐 기다려. 내가 어떻게든 수사하도록 해볼게."

형사는 누군가에게 전화를 하던 중이었다.

"야! 이 새끼야! 지금 어디야? 당장 전화 받아! 너 때문에 나까지 생고생이야, 대체 이게 뭐냐?"

형사는 버럭버럭 소리를 지르다가 재영을 보고 전화를 끊었다.

"김지용 음성사서함입니다. 이 새끼가 전화를 안 받아서요. 도대체 저 여자분이랑 지용이랑 뭘 수사하고 있었다는 겁니까? 그 사건 그냥 딱 봐도 강도사건이던데. 아무나 올라오면 찌르고 돈 뺏으려고 한 거 아닙니까. 요새 그런 사건이 얼마나 많은데."

"저도 연락 받고 바로 온 거라……. 무슨 일인지 잘 모르겠습니다."

"새끼가 사고를 쳐도 어떻게 이런 사고를 치냐."

형사는 속이 타는지 남은 커피를 들이켰다.

"제가 그놈 사숩니다. 아주 죽겠어요. 어느 순간 맛이 가서는 툭하면 사고를 치고 다녀요. 수습은 다 내 몫이니 아주 죽을 맛이에요."

"겉보기에는 멀쩡해 보이던데요."

"그래서 다들 속죠. 그놈도 처음부터 그랬던 건 아닙니다. 처음에는 머리 잘 돌아가고 몸 빠르고, 괜찮은 놈이었어요. 어느 날인가부터 우리 모르게 연쇄납치, 살인이 벌어지고 있다면서 미제사건을 파기 시작하는데 벌써 다섯 명이 죽었다나, 여섯 명이 죽었다나?"

형사는 설레설레 고개를 흔들며 말을 이었다.

"아무리 조사를 해도 증거가 안 나오는 겁니다. 그런 일 없다, 잘 타일러봐도 점점 심하게 몰입하더니 나중에는 증거조작까지 했어요."

"증거조작이요?"

"예. 범인이 남긴다는 흔적을 직접 만들었어요. 그러더니 특수수사본부 차려달라고 난리를 피웠죠. 상부에서 거부했더니 얼굴을 칼로 쫙 긋고 범인에게 당했다나 뭐래나 하고 나타났어요. 그래서 휴직 시키고 정신과로 보낸 겁니다. 병원에서는 뭐라더라, 범인 체포

친애하는 내 적

에 대한 강박 때문에 생긴 병이라던가."

"그런 상태라면 왜 복귀가 된 거죠? 계속 치료를 받아야 하는 거 아닙니까?"

재영이 날카롭게 물었다.

"병원에서 치료가 다 됐다고 하니까. 우리가 보기에는 절대 아니었지만요. 복귀하자마자 바로 옛날 사건 자료부터 책상에 쫙 펼쳐놓고 들여다보지 뭡니까. 지구대나 교통과 같은 데로 보내려고도 해봤는데 본인이 완강히 거부하고……. 거기다가 살인사건만 아니면 수사는 곧잘 해요. 사생활이 없으니까 24시간 수사를 하죠. 마누라도 없고, 아이도 없고. 인생이 완전히 망가진 놈인데 그냥 내치기도 좀 그렇지 않습니까. 시간 좀 지나면 좀 나아지지 않을까 생각한 거죠. 그런데 그새를 못 참고 사고를 쳤어요. 구제불능이지."

"그래서 김 형사님 안 찾을 생각입니까?"

형사는 얼굴을 찌푸렸다.

"저 아가씨 말을 믿어요?"

"예, 믿습니다. 사람이 갑자기 사라졌는데 찾긴 찾아야 하는 거 아닙니까? 형사님도 여기 걱정돼서 오셨을 거 아닙니까?"

"걱정이요? 걱정이야 되죠. 그 새끼가 무슨 사고 쳤나 걱정이요. 위에서는 뭔 일 터지면 나부터 조질 텐데."

형사는 심사숙고 끝에 말했다.

"어쨌든 찾긴 찾아야겠네요. 그래야 그놈한테 벌점 매겨서 딴 데로 보낼 테니까. 그 여자분한테도 잘 말씀해주시고, 집에 잘 데려다주세요. 휴대전화 켜져 있으니까 금방 찾을 겁니다. 어디 술집 같은데서 만취해 있을 테니까."

“꼭 연락 주십시오. 친구가 걱정이 많네요.”

재영은 소파 아래 하이힐을 찾았다. 부러진 힐을 보내 마음이 아팠다. 그는 소매로 힐에 묻은 먼지를 닦았다.

그는 밖으로 나가려다 말고 형사를 돌아보며 말했다.

“그런데 김지용 형사란 분이요, 왜 그렇게 된 거죠? 예전엔 좋은 형사였다면서요.”

“죄책감 때문이죠. 사건을 해결 못할 때마다 마음이 무너진 거죠. 우리 일이라는 게 아무리 마음이 아파도 개인적인 감정을 개입시키면 안 됩니다. 너무 깊이 들어가면 형사들 마음도 망가지니까요. 지용이는 오랫동안 괴로워하다가 결국에 자신이 실패한 사건들 뒤에 연쇄살인범이 있다고 상상하기 시작했어요. 그러면 마음이 편해질지 모르지만 그게 정답은 아닌데요.”

“김지용 형사 생각이 맞을 수도 있지 않을까요? 진짜로 연쇄살인범이 있다면…….”

하지만 형사는 재영의 말을 가로막았다.

“그러면 우리가 잡겠습니다. 그러니까 두 분은 그만 들어가서 좀 쉬세요. 경찰 일은 경찰에게 맡기고.”

경란은 담요를 뒤집어쓴 채 조수석에 앉아 창밖을 내다보고 있었다. 에어컨을 트니 춥다고 우는소리를 해서 어쩔 수 없었다. 아무리 밤이라도 한여름인데 추울 수가 있나 싶었지만 창백한 얼굴로 이빨을 딱딱 부딪치는 걸로 보아 진짜였다. 오늘 무슨 일을 겪었는지 모르지만 보통 놀란 게 아니었다.

다행히 트렁크에 ‘전쟁의 무법자들’ 홍보 때 쓰고 남은 군용담요

친애하는 내 적

가 있어 어깨에 덮어줄 수 있었다.

재영은 경란의 눈치를 보며 말했다.

"암튼 그 사람 말은 그렇대. 경찰 말을 믿어야지, 미친 형사 말 믿어서 뭐하겠냐."

"그런 거 아니야. 분명히 마지막에 나한테 도망치라고 했어. 너도 내 말 못 믿는 거야?"

재영은 얼른 말을 바꿨다.

"그럼. 믿지. 어쨌든 수사할 거라니까 금방 찾을 거야. 휴대전화도 켜져 있다니까. 근데 말이야, 김지용 형사랑 무슨 수사를 하고 있었어? 거긴 왜 간 건데?"

경란은 바로 대답하지 않았다. 한동안 눈을 꼭 감은 채 이마를 문지르다가 천천히 입을 열었다.

"이따가 얘기해줄게. 지금은 너무 힘들다."

밤이라 도로는 한산해 금방 경란의 집에 도착했다. 재영은 경란을 부축해 집까지 올라갔다. 그녀를 소파에 앉히고 부러진 힐은 비닐에 싸서 신발장에 넣었다.

"따뜻한 커피 한잔 만들어줄까?"

경란은 기운이 없는지 소파에 반쯤 누운 채 고개를 끄떡였다.

연인 시절부터 경란은 재영의 커피를 좋아했다. 재영의 더러운 성질이 커피 안에 스며들어 더욱 씁쓸한 맛을 낸다나. 오래 만났기 때문일까, 찬장 한번 열어본 것으로 경란이 물건을 어디다 두는지 알 수 있었다. 그는 싱크대 아래서 커피그라인더와 머그잔을 꺼내고 물을 끓이고 냉장실의 커피콩을 갈았다. 향긋한 커피향이 방 안을 가득 채웠다.

경란은 조금 긴장이 풀리는지 길게 한숨을 내쉬었다. 그녀는 재영이 건넨 커피를 받아 한 모금 마셨다.

"고마워."

경란은 조그맣게 말했다. 소파에 조그맣게 웅크린 그녀의 모습은 평소보다 작고 가냘파 보였다.

"오늘 고생 많았다. 나 갈 테니까 뜨거운 물로 샤워하고 푹 자. 내일 김 형사 찾든 못 찾든 경찰에서 연락한다고 했으니까."

"무슨 일 있었는지 알고 싶지 않아? 이번 일이 조은심과 무슨 관련인지 궁금할 거 아냐."

솔직히 묻고 싶은 게 많았다. 조은심을 찾는 일이 어떻게 살인사건 수사로 넘어갔는지도, 형사와는 왜 함께 행동했는지도 알고 싶다. 처음 보는 동네서 무얼 하고 싶었는지도 궁금하고 형사가 납치된 걸 어떻게 확신하는지도 알고 싶었다.

하지만 경란은 충분히 지치고 힘들어 보였다. 거기에 짐을 하나 더 올리고 싶지 않았다. 재영은 경란의 헝클어진 머리를 쓸어 올려주며 말했다.

"나중에. 기운 나면 알려줘. 나 간다."

"여기 있으면 안 돼?"

"뭐?"

"무서워서 그래. 그 새끼가 나까지 잡으러 오면 어떡해."

경란은 간절한 눈빛으로 재영을 쳐다보았다. 재영은 뭐라고 대답해야 할지 몰라 망설였다.

"설마……."

그럴 리가 있겠냐고 말하려다 그만두었다. 그렇잖아도 경찰에게 거짓말쟁이로 몰렸던 그녀다. 그녀가 상상하는 납치범이 존재 안 할 수도 있다는 말은 하고 싶지 않았다.

"아무도 안 올 거야. 걱정 마. 이 오피스텔은 경비에 CCTV도 있는데 미친놈이 아니고서야 오겠니."

"어제는 그렇게 자고 가고 싶어 했잖아."

재영은 말문이 막혔다. 자존심 강한 경란이 이렇게까지 말하는데 ……. 경란에게 잘해주지 못한 것이 늘 마음에 걸렸다. 오늘이라도 원하는 대로 해주자는 생각에 재영은 경란을 살짝 안고 어깨를 토닥이며 말했다.

"알았어. 알았어. 울지 마. 내가 지켜줄 테니까."

경란이 씻으러 간 사이 재영은 커피 잔을 씻고 쓰레기를 분리수거했다. 음식물 쓰레기가 엄청나게 쌓여 있었다. 욕실에서 들리는 샤워기 소리에 마음이 싱숭생숭했다.

오늘도 그녀와 함께 잠들진 못하겠지.

거기까지 생각하다가 재영은 고무장갑 낀 손으로 머리를 소리 나게 철썩 때렸다. 경란이 저렇게 겁먹고 심란해하는데 다독일 생각은 못하고 음탕한 생각을 했다는 것 자체가 부끄러워 견딜 수가 없었다. 좀 더 숙연해지도록 하자. 하지만 자꾸 욕실에서 나는 소리에 귀가 쫑긋 서는 건 어쩔 수 없었다.

안 되겠다. 일단 좀 나가자.

재영은 음식물쓰레기를 챙겨가지고 밖으로 나왔다. 다행히 쓰레기 분리수거일이었다. 오피스텔 주민들 사이에 끼어 쓰레기를 버리고 돌아서다 문득 걸음을 멈췄다.

길 건너편에 모닝 한 대가 주차되어 있었다. 시동은 켜져 있지만 차 안이 캄캄해 안에 누가 있는지 보이지 않았다. 길 가다 보면 발에 채이듯 많은 게 모닝이다. 별일 아니라고 넘어가도 될 일이지만 공포에 질린 경란과 함께 있었기 때문인지 자꾸 신경이 쓰였다.

재영은 오피스텔을 나가 모닝을 향해 걸어갔다. 헤드라이트 불이 번쩍 켜졌다. 재영이 손을 들어 눈을 가릴 때 모닝이 빠르게 모퉁이를 지나 사라졌다. 차량 번호를 볼 틈도 없었다.

재영은 왠지 모를 불안감에 차가 떠난 자리를 한참 동안 지켜보았다.

재영이 집으로 돌아왔을 때 경란은 잠옷 차림으로 위스키를 홀짝이고 있었다.

"너 그냥 간 줄 알았어."

재영은 문을 모두 걸어잠근 후 창밖을 살폈다. 모닝이 보이지 않은 걸 확인한 후 블라인드를 쳤다. 경란의 목소리가 높아졌다.

"왜? 무슨 일 있었어?"

"아냐. 그냥 좀 보는 거야. 네 말대로 누가 쳐들어오면 어떡하냐. 너 안심하고 자라고 내가 다 확인하는 거야."

"고마워."

재영은 블라인드를 들추고 다시 밖을 보았다. 모닝 한 대가 지나가는 것이 보였다. 재영은 경란을 돌아보며 말했다.

"집에 야구배트 같은 거 없니?"

경란의 집에 야구배트는 없지만 망치는 있었다. 재영은 망치를 손에 쥔 채 경란 옆에 앉았다. 라디오에서는 조그맣게 넬의 '기억을 걷는 시간'이 흘러나오고 있었다.

경란은 혼자 술을 홀짝이다 재영에게도 잔을 내밀었다.

친애하는 내 적

"너도 한잔해."

"안 피곤하냐. 그만 마시고 자라."

"잘 거야. 이것만 마시고."

경란은 침울한 목소리로 말했다.

"난 내가 되게 강한 줄 알았어. 근데 형사님 보는데 너무 무서웠어. 지금도 자꾸 그 사람 얼굴이 떠올라."

"무슨 일이 있었던 거야?"

경란은 떨리는 목소리로 사정을 설명했다. 아침에 김지용 형사가 찾아와 함께 스튜디오에 들러 사진을 분석한 일. 사진 속 모닝을 찾다가 호텔에 탐문 간 일. 그리고 주차장에서 벌어진 일까지 전부다. 경란은 형사가 경련을 일으키는 순간을 설명하다가 입을 다물었다.

재영은 너무 놀라 아무 말도 하지 못했다. 그렇잖아도 인생이 가시밭길인데 주연여배우가 잠적이 아니라 납치라니. 그것도 연쇄살인범에게. 살다 살다 이렇게 반갑지 않은 소식은 처음 들어본다. 그는 벌떡 일어나 찬장에서 위스키 잔을 하나 꺼내 와 술을 마셨다.

"안 되겠다. 나도 한 잔 해야지."

경란은 창밖을 보며 혼잣말처럼 말했다.

"호텔로 죽어라 도망쳤어. 그 사이에 차는 멀리 떠나버렸고. 그 다음에 너한테 전화한 거야."

"그 얘기 전부 경찰한테도 했어?"

"했지. 내가 하는 말을 믿어주는 것 같진 않았지만. 그 사람들은 그냥 형사님이 차 몰고 떠났다고 생각하더라고."

"그래. 형사 말이 틀릴 수도 있잖아. 그 새끼, 아니 그분이 정신적으로 문제가 있다고 하던데.”

“내가 피투성이가 된 걸 봤다니까!”

혀라도 깨물었는지 아냐.

재영은 속으로 말했다. 하지만 아무리 아니라고 외면하려고 해도 경란의 말에 일리가 있다는 건 인정할 수밖에 없었다. 그가 아는 한 경란은 절대 허튼소리 안 하기로 유명한 여자니까. 조은심이 납치되었다는 사실은 믿을 수가 없다. 아니, 믿고 싶지 않다.

재영은 안달복달못하며 말했다.

“그럼 어떡하지? 조은심 어떻게 찾아?”

“형사님 말로는 한두 달 살려둔다고 했으니까. 지금 걱정은 형사님이야. 그 사람은 오래 안 살려둘 텐데…….”

“야. 형사야 알아서 살아야지. 그게 그 사람 일인데. 우리가 걱정해야 될 건 조은심…….”

“뭐?”

경란이 인상을 썼다.

“아니, 내 말은 형사도 걱정인데 그보다는 조은심이 더 걱정이라 이거지.”

“나 아니었으면 그 사람 그렇게 될 일 없었어. 아직 내 말 모르겠어? 나 혼자 갔으면 내가 납치됐을 거라고. 나 때문에 그렇게 된 거야.”

“아니, 뭐 꼭 그렇게 볼 것까지야…….”

재영은 경란의 눈치를 보고 말을 멈췄다. 경란은 고개를 숙인 채 침묵하고 있었다. 재영은 경란이 형사를 두고 도망친 것에 죄책감을 느끼고 있다는 사실을 깨달았다.

친애하는 나의 적

"도망친 것도 대단한 거야. 나 같으면 그 자리에서 하나도 못 움직이고 그냥 오줌을 지렸을 거다. 너나 되니까 도망친 거지. 너까지 잡혔으면 난 어떡하냐. 형사도 도망치라고 그랬다며. 네가 무사해서 다행이야. 그 형사님도 네가 도망쳐서 경찰에 난리를 쳐놨으니 안 죽고 풀려날 가능성이 높지. 아마 나중에 너한테 삼대가 고마워할 거다."

재영은 어떻게든 경란의 기분을 풀어줄 생각에 열심히 떠들었다. 하지만 경란은 계속 고개를 흔들기만 했다. 재영은 슬슬 짜증이 나기 시작했다. 잘 모르는 형사 걱정을 왜 계속 해줘야 돼? 그의 인생도 끝장나기 일보 직전인데. 조은심을 어떻게 찾을지 그런 얘기를 해야 하는데 대체…….

재영은 짜증 섞인 목소리로 말했다.

"야! 어제 처음 만난 형사를 왜 그렇게 걱정해. 아직 뭔 일 났는지 안 났는지도 모르는데."

"너 지금 그걸 말이라고 하니?"

"그래. 말이라고 한다. 넌 조은심 찾으라고 돈 받았으면서 민중의 지팡이 걱정을 왜 해! 걔들은 걔들이 알아서 하는 거지. 죽으면 나라에서 돈도 나와!"

"넌 옛날부터 참 정이 없었어."

"야! 내가 지금 정 따질 때냐? 내가 죽게 생겼는데. 오늘 내가 정인상 감독도 잘랐어. 너야말로 정을 발휘해봐라. 나 망하면 연쇄살인범한테 죽는 것보다 훨씬 불쌍해져."

"오버하지 마. 너 아직 안 망했잖아."

경란은 눈을 부릅뜨고 재영을 째려보았다.

"너야말로 오버하지 마라. 처음 만난 형사한테. 너 걔 맘에 들디? 잘생겨서 좋아?"

"말하는 거 하고는. 넌 정말 지저분한 놈이야."

재영은 한숨을 쉬며 위스키를 한 잔 더 따라 마셨다.

"내 말을 말자. 너랑 내가 무슨 대사를 논하겠냐."

"넌 항상 이런 식이야. 문제 생기면 지 할 말만 하고 딱 말을 끊지."

"내가 언제?"

"너 조은심이랑 잤지?"

"뭐?"

뜬금없는 말에 재영은 화들짝 놀랐다.

"둘이 진짜 사귄 거잖아. 내 뒤통수 치고. 그때도 좀 아니라고 하다가 딴청 피웠지."

"갑자기 무슨……. 절대 아냐. 내 목을 건다. 진짜 아냐."

"솔직히 좋아하긴 했지? 걔만 받아들였으면 나 차려고 했지?"

재영은 눈을 감았다. 무슨 대답을 해줘야 할까. 오늘 그 얘기를 해야 할 때가 맞긴 맞나. 그때 뱃속에서 뜨거운 기운이 치고 올라왔다. 어차피 망한 사이다. 옛날 얘기에 분칠하지 말자. 재영은 번쩍 눈을 뜨고 소리쳤다.

"잠깐 한눈팔긴 했다. 그렇게 예쁜 애가 좋다는데 어떡하나? 그래도 내가 의리 생각해서 아무 짓도 안 하고 돌아왔는데 너야말로 사람 아주 쓰레기 만들고……."

"의리? 의리 같은 소리 하네. 그럴 줄 알았어. 그래서 내가 너 먼저 찬 거야. 넌 딱 그런 놈이니까. 견적이 나오는 놈이잖아. 그냥 있어봐야 더 비참한 꼴 당할 게 뻔하거든. 그래서 딱 잘랐지. 그래도 계속 기분 안 좋더라."

"나도 기분 안 좋았어. 너 그때, 아니다. 말을 말자."

"말해. 여기까지 와서 말 안 할 게 뭐 있냐?"

"너도 딴 놈 만났지? 내가 다 알아. 네 휴대전화 문자랑 메일이랑 내가 다 봤어."

"만나긴 누굴 만나. 너 남의 문자, 메일을 봤어? 이거 미친놈 아냐?"

두 사람은 욕설을 하고 삿대질까지 해가며 계속 싸웠다. 그러는 와중에도 위스키는 점점 비어갔다.

가끔 꼭 술을 마셔야 할 날이 있다. 꾹꾹 눌러왔던 감정을 드러내기 위해. 슬픔을 잊기 위해. 두려움을 없애기 위해.

그러다 보면 잠이 온다.

따뜻한 햇살이 창문을 비집고 들어왔다. 재영은 눈곱을 떼어내며 부스스 눈을 떴다. 창밖으로 빽빽하게 늘어선 빌딩 숲과 파란 하늘이 보였다. 몸이 무겁고 팔다리가 쑤셨다. 그는 침대 아래 대자로 뻗어서 자고 있었다. 숙취가 어찌나 심한지 숨 쉬는 것도 힘들었다. 어제 무슨 일이 있었던 것 같은데 머릿속이 흐릿해서 잘 기억이 나지 않았다.

아, 속 쓰려. 술을 얼마나 먹은 거야.

눈알을 굴려보니 옆에 위스키 병이 굴러다니는 것이 보였다. 마치 연상작용처럼 단서가 될 만한 몇 가지 단어가 뇌리를 스치고 지났다.

위스키. 경란. 형사. 수사. 조은심.

재영은 설마 하는 생각에 침대 위를 넘겨다보았다. 거기 경란이 속옷만 입은 채 잠들어 있었다. 자다가 더워서 벗었는지 이불 위에 구깃구깃 앞뒤가 뒤집혀진 잠옷이 놓여 있었다.

재영은 혹시나 하는 생각에 바지춤을 더듬었다. 허리띠는 꽉 조여져 있었고 지퍼도 정상위치에 있었다. 어쨌든 술김에 일을 벌이진 않은 모양이었다.

그때 경란이 번쩍 눈을 떴다. 그녀도 일순 상황파악이 안 되는지 눈을 깜빡거렸다. 방 안 공기가 순식간에 어색해졌다. 재영은 다시 자는 척하려고 했지만 술에 취해 행동이 굼떴다. 그는 엎드리려다 쿵, 소리가 나도록 침대에 머리를 부딪쳤다.

"너 괜찮니?"

경란이 죽어가는 목소리로 말했다.

"어. 괜찮아. 나 화장실 좀 갔다 올게. 너 옷 좀 입어라."

재영은 비틀비틀 일어나 화장실로 향했다. 경란은 정신을 차리고 급히 잠옷을 챙겨 입었다. 그녀 역시 숙취로 머리가 아팠다. 어제의 여파 때문인지 기분도 여전히 우울했다. 바닥에 굴러다니는 빈 위스키 병을 집어 테이블 위에 올려놓았다.

그런데 잔이 보이지 않았다.

술잔이 어디 갔지?

경란은 머리를 문지르며 생각하다가 어제 마지막 한 잔을 들고 화장실에 갔던 일이 떠올렸다. 그 다음은 기억이 없다.

혹시…….

그녀는 급히 화장실로 뛰어갔다.

친애하는 내편

"야! 한재영!"

화장실 문을 벌컥 여는 순간, 오줌을 싸려던 재영이 화들짝 놀라 그녀에게 시선을 주었다. 두 사람의 시선이 마주쳤다. 영겁의 시간과도 같은 찰나가 지나고 쪼르르 속절없이 오줌발이 터져 나왔다.

재영은 당황했는지 몸을 틀며 소리쳤다.

"야. 너, 너……."

차라리 그녀가 들어가지 않았다면 별일 없었을 것이다. 재영이 과음했던 것도 비극의 한 원인이었다.

재영이 바지춤을 올리며 물건을 보이지 않으려고 반대쪽으로 몸을 틀었고, 술기운에 몸을 제대로 주체하지 못해 한쪽 슬리퍼가 벗겨졌다. 맨발이 타일을 밟는 순간, 서걱. 살이 베이는 날카로운 소리가 들렸다.

재영은 일순 움찔했다가 발을 쳐들어보았다. 발바닥에서 피가 뿜어져 나오는 걸 보고 그는 비명을 질렀다.

"으악! 내 발! 내 발!"

"야! 진정해! 진정! 진정! 내가 경찰, 아니 119 부를게."

한재영이 밟은 것은 제일 큰 조각이었다. 발바닥에서는 쉴 새 없이 피가 뿜어져 나왔다. 재영은 피를 보고 아찔해졌지만 욕조를 잡고 간신히 넘어지지 않았다. 경란은 재영이 쏟아내는 피는 물론, 오줌마저도 두려워하지 않고 달려들어 수건으로 재영의 발바닥을 감았다.

"꽉 잡고 있어."

경란은 수건을 재영에게 넘겨주고 119에 전화했다. 고통과 공포 속에 정신이 혼미해지는 재영의 눈에 경란은 관세음보살처럼 보였다.

　재영은 구급차에서 나 이제 죽는 거냐고, 거짓말 말라고 사람이 이렇게 피를 흘리고 어떻게 사냐며 눈물콧물 범벅이 된 채 119대원과 경란을 번갈아 잡고 온갖 우는소리를 다했다. 나중에는 경란의 가슴에 안겨 엉엉 울며 그동안 미안했다고 사과했다.

　그는 발바닥 스무 바늘을 꿰매고 정신을 차렸다. 응급실에는 그보다 훨씬 중한 환자들이 많았다. 재영에게 줄 침상도 없어 그는 복도의 소아용 침상에 다리만 걸치고 앉아 링거를 맞아야 했다.

　진통제를 맞아도 발바닥은 계속 아팠다. 아니, 골반까지 계속 욱신거렸다. 재영은 담배생각이 간절했지만 병원 내는 금연이었고 급하게 나오느라 담배는커녕 지갑도 챙겨오지 못했다. 이럴 때 경란이는 어디 갔을까. 호랑이도 제 말 하면 온다는 말이 있듯 저쪽에서 경란이 걸어오는 것이 보였다.

　재영은 어색한 미소를 지으며 말했다.

　"미안하다. 내가 오늘 좀 추태를 부렸지?"

　"괜찮아. 아팠잖아."

　"피 나오는 영화를 그렇게 많이 찍었는데 사람 몸에 피가 그렇게 많은 줄 몰랐지 뭐냐. 펑펑 쏟아지는데 정신이 하나도 없더라. 다음에 영화 찍을 땐 피를 더 써야겠어."

　경란의 얼굴은 평소보다 더 창백했다. 나 때문에 그러나……. 재영은 애써 쾌활하게 말했다.

　"근데 너 화장실에 들어와서 나한테 무슨 말 하려고 했던 거야?"

　"나 너한테 할 말 있어."

친애하는 내 적

"뭔데?"

경란은 품속에서 봉투를 꺼내 재영의 무릎 위에 내려놓았다.

"이거. 그때 받은 계약금."

"이건 왜?"

"그만두려고. 이제는 내가 할 수 있는 일이 없을 것 같아."

재영은 가만히 봉투를 쳐다보며 침묵했다. 경란이 말했다.

"방금 경찰서랑 통화했어. 김 형사님 못 찾았대. 휴대전화도 꺼졌고."

"아직 아침이잖아. 좀 있다가 나타날 수도 있지."

"난 그렇게 생각 안 해. 지금쯤 아주 위험한 상태일 거야. 어쩌면 죽었을 수도 있고. 이런 상황에서 조은심을 찾기도 쉽지 않지만 혹시 찾는다고 해도 네가 원하는 대로 영화에 출연시키는 건 쉽지 않을 거야."

그래서 그냥 빠지겠다고? 이대로 도망칠 거야? 나 혼자 두고? 조은심이든 김지용이든 일단 찾아봐야 될 거 아냐! 재영의 머릿속에 수많은 대답이 지나갔지만 퀭한 눈의 경란을 보고 있으니 말이 나오지 않았다.

그는 결국 고개를 끄떡이며 말했다.

"미안해. 나 때문에 괜히. 고생 많았다."

"내가 한 일이 뭐가 있다고. 나야말로 미안해. 도움이 못 돼서. 넌 강하니까 어떻게든 영화 살려낼 수 있을 거야."

경란은 떠났다. 재영은 봉투를 무릎 위에 올려놓은 채 멍하니 앉아 있었다. 나쁜 소식은 한꺼번에 온다는 말은 틀림없는 사실이다. 주연여배우는 납치됐다고 하고 발바닥에는 구멍이 났으며 유일하게 도움을 주던 옛 연인은 그를 떠났다.

　병원 특유의 작고 답답한 창문 너머로 아침 햇살이 쏟아지고 있었다. 이런 날 추적추적 비가 와야지 화창한 날씨가 웬말이냐. 재영은 하늘을 쳐다보며 저 위에 있을 높은 분의 행동에 욕설을 퍼부었다.

　경란은 집에 오자마자 서랍장을 뒤져 스타킹으로 둘둘 말아놨던 가스총부터 찾았다. 한참 사설도박장에 빠져 살 때 방범 차원에서 사둔 물건이다. 사놓고 한 번도 써본 적이 없어 돈만 날렸다고 생각했는데, 마침내 호신무기가 필요한 때가 왔다.

　그런데 어떻게 쓰는 거더라? 그녀는 이리저리 가스총을 살폈다. 설명서는 언제 버렸는지 찾을 수가 없었다. 어쨌든 총이니까 상대를 겨누고 방아쇠만 당기면 될 것 같긴 하다. 한참을 방치한 물건인데 가스는 제대로 차 있을지, 쏘면 뭐가 나가기나 할지 걱정됐지만 시험 삼아 한 방 쏴볼 수도 없는 일이었다.

　그녀는 가스총을 핸드백에 넣고 옷을 갈아입었다. 머리를 질끈 묶고 몸에 딱 붙는 티셔츠에 청바지, 활동하기 좋은 운동화를 신었다.

　그녀는 맥시멈 호텔과 비닐하우스 사이의 집들을 뒤져 형사와 조은심을 찾을 생각이었다. 불가능에 가까운 일이란 사실을 그녀도 알고 있었다. 짧은 시간의 탐문으로 두 사람을 찾을 가능성도 낮고 만에 하나 찾는다고 해도 혼자 힘으로 살인자와 맞서 싸워야 했다.

　하지만 이대로 도망칠 순 없었다. 여러 사람의 목숨이 달린 일이다. 실패하더라도 최선을 다해봐야 했다.

친애하는 내 적

계약을 파기한 건 그녀와 재영의 목표가 미묘하게 다르기 때문이다. 재영이 원하는 건 조은심을 찾아 영화에 복귀시키는 것이고, 그녀가 원하는 건 사람들을 구하는 것이었다. 탐문이 실패한다면 그녀는 조은심 납치를 언론에 제보할 생각도 있었다. 그 경우 그녀는 청계산 땡초의 사진을 자신이 훔쳐냈다고 말할 생각이었다.

그녀는 파파라치팀을 운영하는 선배에게 메일을 보냈다. 조은심의 잠적부터 시작해 지금까지 그녀가 알아낸 사실들을 세세히 적고 청계산 땡초의 사진을 첨부했다. 만일 그녀에게 무슨 일이 생긴다면 선배가 남은 일을 처리할 것이다. 특종에 목숨 건 사람이니 어떻게든 기사화시킬 것이고 사진 분야의 전문가니 청계산 땡초의 사진을 보고 그녀가 알아채지 못한 걸 알아낼 수도 있을 것이다.

경란은 스물네 시간 후에 선배에게 메일이 가도록 예약을 걸었다. 만일 일이 잘 풀린다면 메일 발송을 취소하고 직접 대박 특종을 쓰면 되니까. 이건 그야말로 최악의 상황을 위한 보험이다. 더 챙길 게 없나 주위를 살피니 재영이 어제 가지고 있던 망치가 보였다.

경란이 망치를 챙겨 넣고 집을 나서려 할 때 승철에게서 전화가 왔다.

― 형사하고 수사는 잘 돼가냐?

"별로. 영 안 좋다."

― 그때 준 사진들 다시 봤거든. 내가 실수한 게 있어서 전화했다. 2층짜리 전원주택 찍은 마지막 사진 있잖아. 그거 풍경을 찍은 게 아니야. 사진을 찍은 거야.

"그게 무슨 소리야?"

― 무슨 소리는. 말 그대로지. 어느 집인지 벽에 사진을 붙여놨는

데 그걸 찍은 거라고. 각도랑 사이즈가 워낙 절묘해서 진짜 현장에서 찍은 줄 알았지 뭐냐. 확대해서 보니까 사진이 살짝 반사돼서 천장의 전등 불빛이 보이더라고.

"그러니까 집 벽을 찍었다 이거야?"

─ 응. 왜 그랬는지는 모르지만. 화장실 벽 같다.

재영은 회사 주차장에 차를 세웠다. 의사는 진통제 먹고 집에서 쉬라고 말했지만 밀린 일이 많아 그럴 수가 없었다. 새 감독이 영화를 어떻게 찍고 있는지 알아봐야 했다. 익숙지 않은 목발을 짚고 쩔뚝쩔뚝 회사로 들어가려 할 때 뒤에서 고함 소리가 들렸다.

"형!"

돌아보니 성호가 회사 1층 야외테라스에 앉아 있었다. 평범한 사람이라면 어디 다쳤느냐, 회사 나와도 괜찮은 거냐, 정도의 말로 대화를 시작하겠지만 역시 성호는 달랐다.

그는 배려와 걱정의 말을 모두 생략하고 바로 본론으로 들어갔다.

"어제 정인상 감독 잘랐다면서. 방금 감독협회에서 공문 오고 난리 났어. 왜 그랬어?"

"그게 뭐 대단한 일이라고. 감독 중간에 자르는 게 한두 번이야? 투자사에서도 막 자르면서 왜 그래?"

재영은 퉁명스럽게 말했다. 평소라면 성호를 달래려 애썼겠지만 오늘은 그럴 기분이 아니었다.

"그거야 영화 들어가기 전에 자르는 거지! 한참 찍다가 자르는 경우가 얼마나 돼? 초짜 신인들이나 가끔 자르지. 정인상 감독은 사

친애하는 나의 적

이즈가 있는 사람 아냐. 좋아하는 후배들도 많고. 이런 큰일은 우리랑 상의해야지 대체 무슨 짓을 하는 거야? 이번 일은 절대 그냥 못 넘어간다고 난리야. 협회 차원에서 대응한대."

"그래서 어쩌라고?"

"어쩌긴 뭘 어째. 형이 어쩔 건지 나한테 설명해야지. 정인상 자르면 대안은 있는 거야?"

"오준기라고 아주 촉망받은 신인감독 있지."

"그게 누군데? 영화는 얼마나 찍었어? 제작비 다 쓰지 않았어? 이거 끝까지 찍을 수는 있는 거야?"

"걱정 마라. 추가로 투자 받았으니까."

"투자? 어디서? 형 지분 가진 것도 없잖아."

"그런 거 안 따지는 악마를 만났지."

성호는 영문을 모르겠다는 표정으로 재영을 쳐다보다 알고 싶지도 않다는 듯 손을 내저으며 말했다.

"암튼 힘들면 그냥 손 떼. 제작 능력 없으면서 끙끙대며 잡고 있지 말고. 우리가 받아서 마저 찍을 테니까. 형이 가져간 돈은 기획 개발비로 해서 최대한 까줄 테니까."

재영은 성호의 속내를 알았다. 이왕 감독까지 바꾼 마당이니 재영에게 모든 책임을 뒤집어씌워 물러나게 하고 투자사에서 직접 영화를 컨트롤할 속셈이다.

"내 영화야. 끝내도 내가 끝내."

"어떻게 끝내려고. 조은심은 어디 있는데? 걔 언제 올지도 모르잖아. 형이 남승우 꼭 쥐고서 이 영화만 찍으니까 다른 회사들도 난리야. 어떻게든 막힌 혈을 풀어야지. 형 힘으로는 무리야. 우리가 나서는 게 나아."

　재영은 욕심이 덕지덕지 붙은 성호의 얼굴을 쳐다보며 생각했다.
조은심이 연쇄살인마에게 납치됐다고 말하면 얘가 뭐라고 할까.

　하지만 재영의 입에서는 엉뚱한 말이 튀어나왔다.

　"다음 주 월요일부터 영화 찍을 거야."

　"진짜?"

　"진짜. 딴 데랑 접촉 안 하고 조용히 우리 것만 찍고 가기로 했어.
그런데 정인상 감독이 또 이상한 짓 하려고 해서 자른 거고. 지금
새 감독이랑 스케줄 조절하고 있으니까……. 이거 비밀이니까 외부
에는 말하지 마라."

　"거짓말 치는 거 아냐?"

　"뻔히 들킬 거짓말을 내가 왜 하냐."

　"이번에도 나 실망시키면 형 진짜 다시는 안 봐. 나 형 투자 도왔
다가 회사에서 완전 쓰레기 됐어. 나 더 이상 후회하게 하지 마."

　성호는 자기 할 말만 하고서 돌아섰다. 재영은 성호의 등에 대고
소리쳤다.

　"왜 다쳤냐고 물어봐줘서 고맙다. 넌 참 착한 놈이야."

　"안 물어봤는데?"

　성호는 어리둥절한 얼굴로 물었다. 반어법도 모르는 무식한 놈이
라니. 재영은 됐으니까 가보라고 손을 흔들었다.

　어쨌든 며칠은 벌었다. 어차피 더 이상 추락할 곳도 없다. 월요일
까지 조은심이 나타나길 기대할 수밖에. 기적적으로 그녀가 나타날
수도 있으니까. 아니면 김성호가 그날 급사할 수도 있다. 전쟁이 나
서 영화가 소용없어질 수도 있다.

　　　　　　　친애하는 내 적

하지만 아직 수난은 끝난 것이 아니었다. 사무실에 있던 원희가 그를 보자마자 달려들었다.

"대표님 큰일 났는데요."

"큰일은 무슨. 김성호 때문에 그래? 내가 잘 얘기해서 보냈으니까 걱정 마라."

재영은 사무실 안쪽 의자에 털썩 주저앉았다.

"그게 아니라요. 더 큰일이에요. 근데 대표님 다리가 왜 그래요? 다치셨어요?"

"물어봐줘서 고맙다. 그래도 너밖에 없구나. 나한테 잘해준 사람한테 잘해줘야 하는데. 나보다 힘 있는 사람들한테만 잘했구나."

"갑자기 왜 도 닦는 소리를 하고 그러세요. 적응 안 되게. 많이 다치셨어요?"

"몸보다 마음이 많이 다쳤다. 근데 더 큰일이 뭔데?"

원희는 대답 대신 회의실을 쳐다보았다.

정인상이 저승사자 같은 표정으로 서 있었다. 옆에는 칼로 찔러도 피 한 방울 안 날 것 같은 인상의 여자가 함께였다.

재영은 왠지 모를 불길한 예감을 느꼈다. 원희가 작게 속삭였다.

"감독님이 변호사 데리고 왔어요."

네 사람은 회의실에 모여 앉았다.

남원희는 큰 싸움이 벌어질까 봐 좌불안석이었고 정인상은 카펫에 발을 비비며 재영을 째려보았다. 한재영은 아랫배에 가스레인지라도 들어 있는 것처럼 얼굴이 붉으락푸르락 쉬지 않고 변해가며 정인상을 노려보고 있었다. 장내에 평정을 유지하고 있는 건 정인상과 함께 온 여자뿐이었다.

여자는 딱 소리가 나게 볼펜을 내려놓으며 말했다.

"아직 이해가 안 되는 모양이신데요. 제가 계약서 3조 8항을 다시 읽어드리죠. 잘 들어주세요. '환상의 여인'을 을의 동의 없이, 여기선 을이란 정인상 감독님을 말하는 거고요. 그 정돈 알고 계시죠? 다시 읽겠습니다. 을의 동의 없이 시나리오를 고치거나 감독을 교체할 수 없다라고 되어 있거든요."

재영은 억지로 분노를 억누르며 말했다.

"그래서요?"

"그러니까 제 고객, 정인상 감독님의 동의 없인 더 이상 촬영이 불가하다는 이야기죠. 지금까지 찍은 필름도 일반에 절대 공개할 수 없습니다. 집에서 가족들 모아두고 비디오로 트는 것도 감독님 허락을 받으셔야 합니다."

"감독님! 정말 너무하는 거 아닙니까! 조금 의견 차이가 있었다고 해도 그렇죠! 어디서 이런 하이에나 같은 녀……, 여자를 데려와요! 영화인 문제는 영화인끼리 해결해야 하는 거 모르세요!"

"저기 사장님……. 말조심 좀……."

남원희가 따라 일어서며 한재영의 팔을 부여잡았다. 여자 앞에서, 그것도 변호사 앞에서 한마디라도 잘못했다간 영화가 엎어지는 건 물론이요, 합의금까지 물어줘야 할지 모른다는 생각에서다.

변호사도 기대가 되는지 눈을 반짝였다. 재영은 원희의 말을 듣고 변호사를 서늘한 눈으로 쳐다본 후 다시 정 감독에게 말했다.

"감독님. 이제 영화는 다 찍은 줄 아세요. 변호사 끌어들이는 감독을 나라 어떤 제작자가 써주겠어요? 이제 인도나 과테말라 같은

데 가서 영화 해야 할 겁니다."

"정말 저열한 협박이군요. 판사님이 들으면 좋아하겠어요."

"아가씨, 어렵게 공부해서 이런 식으로 돈 벌면 좋아요? 무슨 애들 코 묻은 돈 뺏는 것도 아니고."

"다시 말해보세요."

여자는 모세가 십계명을 듣듯 녹음기를 쳐들었다. 한재영은 씨근덕거리면서도 입을 다물었다.

그놈의 계약서가 문제다. 정인상이 이런 괴작을 만들 줄 모르고 감독 교체 조항을 추가하지 않았다.

재영은 정인상을 노려보며 거칠게 콧김을 내뱉었다. 숟가락질도 못할 것 같은 저 물렁한 인간이 계약서의 작은 조항 하나를 빌미로 변호사까지 데려올 줄 몰랐다.

하긴 대한민국에서 영화를 여섯 편이나 찍은 녀석이 물렁할 리 없다. 아메바 지능 수준의 행동과 말투에 깜빡 속은 것이다. 하지만 정체가 드러난 이상 더 속이긴 어려울 거다.

재영은 미소를 지으며 말했다.

"감독님. 이러지 말죠 우리. 약간의 의견 차이가 있긴 했지만 우리 같이 으쌰으쌰 영화 만들던 사이 아닙니까, 오해가 있으면 대화로 풀어야죠. 이런 애송이를 끌어들이면 씁니까."

한재영의 특기인 당근과 채찍이 발휘되는 순간이다. 그는 죽일 듯이 화를 내다가 갑자기 웃으면서 다 잊고 새로 시작하자는 설득 방법을 쓰기로 유명했다. 말도 안 되는 수법 같지만 의외로 잘 먹혀 재영에게 설득의 달인이라는 명성을 심어주었다. 하지만 이번엔 통하지 않았다.

정인상은 변호사 등 뒤에 몸을 감추며 말했다.

"난 대화하려고 했어."

"감독님, 거기 숨지 말고 날 보면서 이야기를 해요. 전부 내보내고 우리 둘이서 터놓고 말을 해봅시다. 우리 이런 사이 아니잖아요. 그래서 원하시는 게 뭔데요? 말씀해보세요."

변호사는 팔짱을 끼며 말했다.

"감독님. 감독님은 더 말할 필요 없어요."

"당신은 좀 빠져! 감독님! 우리 처음 영화할 때 같이 밤새 술 먹었던 일 좀 생각해보세요. 그때 우리 잘해보기로 하지 않았습니까. 제가 감독님 싫어서 그랬겠어요? 다 작품을 위해서 그런 거지. 제가 잘되면 다음 작품 같이 할 수도 있잖아요."

정인상의 얼굴이 일그러졌다. 그는 변호사를 밀치고 앞으로 나서며 버럭 소리쳤다.

"넌 항상 그런 식이야! 아무 거리낌 없이 하고 싶은 대로 다 하고 문제가 생기면 다 작품을 위해서 그랬다고 헛소리지. 너 말고 다른 사람들이 얼마나 힘들지 생각이나 해봤어? 주연배우 마음대로 정하고 시나리오도 알아서 가져오고 예산도 로케이션도 마음대로 결정한 주제에 영화가 잘못된 게 전부 내 탓이야?! 나 정인상이야! 너 따위가 얕볼 그런 사람이 아니야!"

"감독님이 왜 그러시나 했더니 그런 오해가 있었군요. 진작 말씀을 해주시지 그랬어요. 그랬으면 변호사에게 줄 돈, 우리끼리 술 마시면서 마음을 터놓는 데 쓸 수도 있지 않았습니까. 더 하고 싶은 말씀 있으면 해보세요. 제가 다 들을게요."

"겨울 장면 들어가야 한다고 그렇게 말했는데, 크랭크인 날짜 빨

친애하는 내 적

리 잡아서 콘티도 새로 짜게 만들고."

"어차피 감독님 마음대로 찍었……. 아, 아닙니다. 이해해요. 제 잘못이죠."

"그래. 재촬영하게 된 거에는 내 책임도 있어. 그래도 그렇지, 어디서 이상한 초보를 데려다 영화를 찍으라고 그래? 남승우는 그래도 가만히 서 있으면 폼이라도 나잖아. 그 여자애는 그냥 서 있으면 엑스트라보다도 존재감이 없어. 도대체 무슨 생각으로 그런 거야? 너 그 여자랑 잤어?"

"감독님 그건 너무 심한 말씀이시네요."

"아니면 늘 붙어 다니는 기자 계집이랑 잤니? 대표가 다른 데만 신경을 쓰니까 현장이 엉망이지!"

재영은 순간적으로 이성의 끈을 놓았다. 다른 소리는 한 귀로 듣고 한 귀로 흘릴 수 있었지만 경란에 대해 이러쿵저러쿵 하는 건 참을 수가 없었다. 재영은 인상을 향해 몸을 날렸다.

"이 새끼야! 다 네가 영화를 못 찍어서 벌어진 일 아냐!"

남원희가 재빨리 한재영을 블로킹했다.

정인상은 움찔하면서도 할 말을 계속했다.

"거봐. 이게 자네 인간성이라고. 아무튼 나도 더는 못 참아. 나도 프라이드가 있는 사람이야! 더 이상 자네의 협박엔 넘어가지 않겠어!"

변호사가 고개를 끄떡였다.

"이제 제가 알아서 하겠습니다."

그녀는 자리에서 일어서며 말했다.

"사흘, 시간 드릴게요. 감독님께 전권위임을 하실지, 법정에 가

실지 결정을 해주세요. 아니면 내일까지 자살을 하셔도 되고요."

변호사는 환하게 웃어 보인 후 떠났다.

한재영은 패배감에 고개를 숙였다. 그도 올바른 대답이 무엇인지 알고 있었다. 투자사까지 부담스러워하는 상황에서 감독과의 소송 전은 자살행위다. 언론사에서도 흥미를 가지고 달려들 것이고 그나마 줄어든 조은심 관련 기사도 폭발적으로 늘어날 것이다. 정만수도 절대 가만히 있지 않을 것이다. 그렇잖아도 정만수가 보채는 걸 아직 때가 아니라고 잘 달래고 있는데.

하지만 이곳은 영화판이었고 영화판에선 무슨 일이든 일어날 수 있었다.

경란은 비닐하우스를 중심으로 반경 300미터 내에 있는 집을 모조리 뒤지기로 마음먹었다. 의심 사지 않고 탐문을 하기 위해 동네 교회에 들러 성경말씀이 적힌 전단지를 챙겼다.

경란은 현관 앞에서 벨을 누르고 사람이 나오면 만면에 미소를 지으며 말했다.

"좋은 말씀 전하러 왔습니다."

대부분 인상을 쓰며 문을 닫지만 그 전에 대충 집 안 상태가 어떤지 확인할 수 있었다. 벌써 일곱 명을 납치, 아니 어쩌면 여덟 명을 살인한 자다. 여성만 납치하는 것으로 보아 범인의 성별은 아마 남자일 것이고 납치한 후 한두 달 가두어뒀다가 살해한다고 했으니 가족과 함께 살 가능성은 없다고 봐도 무방했다. 그녀가 찾는 건 혼자 사는 남자였다.

호텔 매니저의 말처럼 대부분 집이 비어 있었다. 벨을 누르고 사

친애하는 내적

람이 나오지 않으면 집 주위를 돌며 주차해둔 차가 있는지 확인하고 유리창을 통해 안을 살폈다. 혹시 청계산 땡초가 찍은 사진이 벽에 걸려 있지 않을까 기대했지만 그런 행운은 일어나지 않았다.

간혹 마당에 개를 풀어놓은 집도 있었지만 대체로 사람에게 친근하게 구는 종류의 개였다. 개들도 심심했는지 조금 놀아주면 오히려 꼬리치며 경란을 따라다녔다.

집을 돌면 돌수록 이런 방식으로는 아무것도 알아낼 수 없다는 사실만 분명해졌다. 창문으로 집안을 훔쳐보는 것만으로는 안에 사람이 갇혀 있는지 아닌지 알 방법이 없었다. 그렇다고 한집, 한집 문을 부수고 들어가 뒤질 수도 없는 일이었다.

뙤약볕 아래서 계속 걸어 다니니 금방 지쳤다. 그녀는 남의 집 처마 아래서 잠시 쉬었다. 세 시간 가까이 집들을 뒤지고 다녔지만 아무것도 알아내지 못했다. 대부분의 집이 수상하게 느껴질 뿐이다.

차라리 경찰서에 가서 형사들을 설득하는 게 낫지 않을까, 생각했지만 일단은 할 수 있는 일부터 해보자고 마음을 고쳐먹었다. 사람의 목숨이 달린 일이다. 아무리 가능성이 낮은 일이라도 끝까지 해봐야했다. 경란은 힘을 내 다시 움직였다.

언덕을 올라가자 도로확장공사 중인 중장비들이 보였다. 인부들은 점심을 먹으러 갔는지 사람은 보이지 않았다.

맞은편에 단층짜리 집이 한 채 보였다. 제법 널찍한 마당은 청소 한번 안 했는지 잡초가 무성하게 자라있었고 무릎 높이의 나무울타리는 곳곳이 부서져 있었다. 경란은 울타리를 넘어 집으로 다가가 벨을 눌렀다. 몇 번을 눌러봐도 인기척은 느껴지지 않았다.

집을 한 바퀴 돌아봤지만 창문마다 커튼이 쳐져 있어 전혀 안을 볼 수 없었다. 여름인데 갑갑하지도 않나.

그녀는 창문을 톡톡 두들겨보았다. 안을 꿰뚫어 볼 수 있다면 얼마나 좋을까. 그녀는 포기하고 돌아섰다가 뭔가 딱딱한 걸 밟고 걸음을 멈췄다. 발목까지 자란 잡초 사이로 구두 한 짝이 처박혀 있었다.

경란은 구두를 집어 들었다. 낡긴 했지만 아직 쓸 만한 구두다. 무엇보다 김 형사가 신던 구두와 같은 색깔이다. 하지만 그 사람 구두가 맞을까. 그냥 비슷한 종류가 아닐까. 한 가지 확실한 건 구두가 여기 버려진 지 오래되지 않았다는 점이다. 흙으로 더럽혀지지도 않았고 비를 맞은 흔적도 없다.

경란은 어쩌다 신발을 흘렸을까 하는 생각에 뒤뜰을 따라 천천히 움직였다. 잡초 위로 무언가 질질 끌린 자국이 있었다. 혹시 쓰러진 사람을 끌고 간 건 아닐까. 자국은 뒷문으로 이어져 있었다.

경란의 심장이 쿵쾅쿵쾅 뛰었다. 그녀는 어떻게 할지 고민했다. 경찰을 부를까. 하지만 뭐라고 설명을 하지? 이집 안으로 경찰이 납치된 흔적을 발견했다고? 절대 도와주지 않을 것이다.

그녀는 망설이다 핸드백에서 망치를 꺼냈다. 그렇다면 좀 더 단서를 찾아낸 다음 연락하는 수밖에.

만일 이 집이 아니라면?

그때는 주인이 오기 전에 도망쳐야겠지.

경란은 망치로 뒷문에 달린 유리를 깨고 안으로 손을 넣어 문을 열었다. 무섭기도 했지만 그보다는 속이 시원했다. 이제야 수사다운 수사를 해보네.

경란은 주춤주춤 안으로 들어갔다.

친애하는 내 적

한 손에 망치를, 다른 한 손에는 휴대전화를 들고.

예상 외로 평범한 보통 집이었다. 벽에 시체들 사진이 붙어 있다거나 냉장고에 사람 토막이라도 들어 있으면 바로 신고할 생각이었는데 거실이든 침실이든 가구배치나 색깔 모두 무난, 그 자체였다. 경란은 여차하면 신고할 생각으로 들고 있던 휴대전화를 주머니에 넣었다.

이제 어떡하나. 경란은 등허리를 타고 식은땀이 흘러내리는 걸 느꼈다. 집주인이 오기 전에 도망치는 게 최선이다. 사죄의 의미로 돈이라도 조금 놓고 갈까. 사람들 찾겠다고 나서서 이게 무슨 민폐인 걸까.

마지막으로 화장실을 살폈다. 하얀색 변기. 크림색 욕조. 세면대 위에 면도기와 칫솔, 치약이 놓여 있다. 역시 특별할 것 없는 평범한 욕실이다. 그녀는 문을 닫으려다 뭔가를 발견하고 동작을 멈췄다.

욕조가 설치된 벽에 사진 한 장이 붙어 있었다.

청계산 땡초가 찍은 전원주택 사진.

●

형사를 상대하는 건 즐거웠다. 놈을 목적지까지 데려가는 동안, 이것저것 질문을 던졌지만 놈은 끝까지 대꾸하지 않았다. 그럼에도 기분은 나쁘지 않았다. 이 정도 강단은 있는 놈이어야 의지를 꺾었을 때의 기쁨도 더 커지는 법이니까.

언제고 방해꾼이 나타날 걸 알고 미리 구덩이를 파두었다. 그리고 영화 소품으로 쓰던 낡은 나무 관 하나.

형사를 관에 넣고 귓가에 속삭였다.

"넌 여기에 산 채로 매장될 거야. 아무도 네가 죽었다는 사실을 모르겠지. 넌 캄캄한 어둠 속에서 숨이 막혀서 외롭게, 천천히 죽어갈 거야. 불쌍하게도."

그리고 놈이 뭐라고 하나 지켜보았다. 놈은 처음이자 마지막으로 입을 열었다.

"넌, 곧 잡힐 거야."

왠지 꺼림칙한 기분에 얼른 관 뚜껑을 닫았다. 놈이 어둠속에서 웃었다. 좋아. 언제까지 웃나 보자. 구덩이에 흙을 덮었다.

늘 생매장 당하는 인간의 마음이 궁금했다. 좁은 관속에 갇힌 채 땅속에 들어간다면, 그래서 캄캄한 어둠 속에서 서서히 숨이 막혀 죽어간다면 기분이 어떨까? 조금씩 미쳐갈까? 아니면 공포로 인해 순식간에 죽어버릴까? 관을 긁다가 손톱이 다 나가고 머리가 하얗게 샌다는 소문은 사실일까? 지금이야말로 확인해볼 기회다. 관속의 공기가 완전히 사라지는데 대략 열두 시간 정도 걸릴 것이다. 그 전에 땅을 파고 놈을 꺼내볼 생각이었다. 놈에게 약간의 희망을 주고 의지까지 완전히 꺾어버린 후에, 진정한 안식을 줄 것이다.

흔적이 남지 않도록 땅을 단단하게 다진 후에, 미팅을 위해 서울로 나갔다. 전부 깔끔하게 정리했다는 생각이 들면서도 사람들을 만나는 내내 마음이 편치 않았다. 어쩌면 이번이 마지막 수집이 되지 않을까.

그렇다면 조은심은 확실하게 내 것으로 만들고 싶다.

간신히 일을 마치고 집으로 돌아가는 차에 오른다. 차를 몰며 더

친애하는 내 적

시간 끌지 않기로 마음을 정한다. 형사를 마무리 지은 다음, 그녀를, 그녀가 그토록 궁금해하던 옆방으로 데려가 진짜 여신으로 만들어줘야지.

●

경란은 핸드백을 바닥에 내려놓고 사진을 뜯어냈다. 그 뒤에 청계산 땡초가 찍은 마지막 사진인 디지털 도어록이 숨겨져 있었다. 0부터 9까지의 숫자와 입력이란 문자 하나.

비밀번호를 맞추면 어떤 일이 벌어질까.

경란은 시험 삼아 아무 숫자나 눌러보았다. 짧은 비프음과 함께 숫자키에 불이 들어왔다가 꺼졌다. 경란은 휴대전화를 꺼내 조은심의 신상정보를 검색했다. 그녀의 생일은 81년 7월 3일. 810703을 눌러봤지만 이번에도 경고성의 비프음만 올릴 뿐이었다. 그렇다면 8173? 이번에도 틀렸다.

경란은 생각에 잠겼다. 살인범이 자기 신상으로 비밀번호를 정했다면 알아낼 방법이 없었다. 그녀는 주머니에 손을 넣어 휴대전화를 꼭 쥐었다. 경찰을 부를까. 하지만 여전히 그들에게 할 말이 없다는 게 문제다.

"으음……."

경란은 인상을 썼다. 김지용 형사가 뭐라고 했지. 청계산 땡초가 죽은 자리에서 7이란 숫자를 봤다고 했지. 그렇다면 조은심은 여섯 번째 희생자일 것이다. 경란은 짜증과 분노를 담아 6을 입력했다.

그러자 쿵, 하는 소리와 함께 벽이 열렸다. 처음에는 이게 무슨 일인가 싶었다. 경란은 십 센티미터쯤 열린 벽으로 다가가 살짝 밀어보았다. 그 안은 지하와 연결되어 있었다. 밖에서는 처음 계단 몇 개만 보일 뿐, 그 아래는 캄캄한 암흑이었다.

겁이 나서 내려갈 엄두가 나지 않았다.

차라리 경찰을 부를까.

하지만 여전히 경찰을 불러서 할 말이 떠오르지 않았다. 명확하게 말해 그녀는 지금 가택침입 중이었다. 경찰을 와준다고 해도 그들이 오는데 시간이 얼마나 걸릴지도 알 수 없는 일이고. 그 사이에 살인범이 들이닥치기라도 하면 큰일이다.

경란은 휴대전화를 꺼내 들었다. 액정불빛은 얼마 뻗지 못하고 어둠 속에 녹아버렸지만 그래도 두어 걸음 정도 볼 수 있었다.

경란은 조심스럽게 계단으로 발을 내딛었다. 한 걸음, 한 걸음 계단을 내려갈수록 뱃속의 용기는 줄어들고 다리는 후들거렸다. 살인자가 언제 나타날지 모르는 지하공간에서 휴대전화 액정 하나에 의지해 턱이 높은 계단을 내려가는 건 결코 쉬운 일이 아니었다.

경란은 배에 힘을 주고 크게 외쳤다.

"거기 아무도 없어요?"

대답은 들리지 않았다. 피 냄새나 구토물 같은 역겨운 냄새도 나지 않는다. 오히려 공기가 산뜻하고 은은한 향마저 느껴진다. 잘못 온 게 아닐까. 성격 이상한 사람이 만든 지하벙커 같은데 불법침입한 건 아닐까.

시간이 지나자 휴대전화 액정이 꺼졌다. 경란은 다시 액정을 밝힌 다음 휴대전화를 손에 쥐고 쭉 주위를 살폈다. 벽에 하얀색 스위치가 달린 것이 보였다. 버튼을 누르자 천장에 달린 전등에 불이 들어왔다.

경란은 손으로 전등불을 가린 채 계단을 마저 내려갔다.

지하실 안쪽에 조은심이 있었다. 그녀는 하얀 드레스 차림으로 철장 앞에 서서 밖을 내다보고 있었다. 어둠 속에 오랫동안 있었기 때문인지 두 손으로 눈을 가리고 있었다.

경란은 그녀를 향해 달려가며 말했다.

"조은심 씨. 제가 구하러 왔어요. 잠깐만 기다려요."

조은심이 간신히 눈을 떴다. 그녀는 철장을 두 손으로 잡고 흔들며 열렬하게 소리쳤다.

"빨리 열어줘요! 빨리요! 하느님 정말 감사합니다. 정말 감사합니다. 아가씨도 고마워요. 나 정말 이렇게 죽는 줄 알았어요. 정말 죽는 줄 알았어요. 빨리요, 빨리 열어줘요. 갑갑해 죽겠어요."

하지만 철장 문은 굳게 잠겨 있어 열쇠 없이는 열 수 없었다.

"열쇠 어디 있는지 아세요?"

"내가 그걸 어떻게 알아요! 그 미친 새끼가 가지고 있겠지. 열쇠가 없으면 때려 부숴요! 나 일 초도 더 이상 여기 있기 싫다니까요!"

은심은 성질을 부리다가 경란의 얼굴을 보고 말을 멈췄다.

"혹시 김경란?"

"예. 저 맞아요."

경란은 벽에 열쇠가 걸려 있지 않을까 기대하며 지하실을 쭉 돌아보았다. 그리 크지는 않지만 공들여 만든 지하실이다. 바닥에는 붉은색 카펫을 깔았고 벽에는 부드러운 쿠션을 붙였다. 천장에 설치된 에어컨 덕분에 공기도 상당히 쾌적하다.

조은심이 갇혀 있는 정사각형의 철장 안에는 싱글침대 하나와 삼각 테이블, 나무의자, 그리고 구석의 변기 하나가 전부였다. 테이블 위에는 책 몇 권이 놓여 있었다. 맨 위에 놓인 책은 셰익스피어의 맥베스 희곡이었는데 조은심이 그랬는지 잔뜩 구겨져 있었다. 방 한쪽에는 철문이 달려 있었는데 역시 닫혀 있어 어디로 연결되어 있는지는 알 수 없었다.

은심이 말했다.

"당신 경찰 됐어요?"

"아뇨. 아직 기자죠. 한재영 부탁 받고 조은심 씨 찾아다녔어요."

"재영 씨는 어디 있어요?"

조은심 입에서 한재영 이름이 나오자 은근히 기분이 나빴다.

"안 왔어요. 그 사람 요즘 바빠서. 나 혼자 구하러 온 거니까요. 조은심 씨 납치한 사람은 어디 있는지 알아요?"

"몰라요! 내가 그걸 어떻게 알아요! 여기 들어오면서 못 만났어요? 그 새끼 완전 미친 새끼인데. 경찰은 어디 있어요?"

"나 혼자 왔다니까요."

"세상에. 당신 미쳤어요? 혼자 여길 왜 와요! 지금 뭐 해요! 빨리 경찰 불러요! 아니. 아니. 다 필요 없고 빨리 이거나 풀어줘요! 일단 여기서 나가야겠어요!"

성량 좋은 은심이 소리를 지르자 지하가 쩌렁쩌렁 울렸다.

경란은 짜증 섞인 목소리로 함께 외쳤다.

"조용히 해요! 시끄러우니까 생각을 못 하겠잖아요."

"뭘 조용히 해! 이거 열어달라니까!"

조은심은 눈에 쌍심지를 켜고 외쳤다. 기운이 넘치는 것으로 보아 밥을 굶지는 않은 모양이었다.

친애하는 나의 적

경란은 말했다.

"계속 소리 지르면 나 그냥 갈 거예요."

말이 떨어지기가 무섭게 은심은 입을 다물었다. 하지만 여전히 살벌한 눈빛으로 경란을 노려보고 있었다.

경란은 모른 척 고개를 돌린 채 경찰에 전화했다. 그런데 통화권 이탈이라며 연결이 되지 않았다. 지하라 그런가. 액정에 안테나가 하나도 뜨지 않는다.

"잠깐 기다려요."

경란은 휴대전화를 들고 계단을 올라갔다.

"야! 너 어디 가! 이 배신자 같은 년아!"

"조용히 좀 해요!"

경란은 은심을 돌아보며 버럭 소리쳤다.

그때 계단 위에서 쾅, 문 닫히는 소리가 들렸다. 경란의 목덜미에 쫙 소름이 돋았다. 그녀는 천천히 뒤를 돌아보았다. 계단 위에 누군가 서 있었다. 전등 바로 아래 서 있어 얼굴은 잘 보이지 않았지만 옷차림과 덩치로 보아 남자임은 알 수 있었다.

경란은 사내를 뚫어져라 쳐다보며 핸드백에서 가스총을 꺼내려 했다. 하지만 핸드백이 없다.

아차, 화장실에 두고 왔지. 비밀통로의 문을 여는 데 정신이 팔려 핸드백을 바닥에 내려놨었다. 사내가 천천히 계단을 내려왔다. 경란의 가스총은 그의 손에 들려 있었다.

"용케도 여길 찾았네."

귀에 익은 목소리다. 설마!

경란은 너무 놀라 그 자리에 못 박힌 채 움직이지 못했다. 사내가 가까워지며 얼굴이 드러났다.

"당신이 왜……."

사내는 경란의 말을 끝까지 듣지 않고 가스총을 쐈다. 경란은 얼굴을 감싸 쥐고 그 자리에 무릎을 꿇었다.

남자는 비명을 지르는 경란의 뒤통수를 권총 손잡이로 내리쳤다.

친애하는 내 적

재영이 회의실 창밖을 내다보며 정인상을 설득할 방법을 궁리할 때 만수에게서 문자가 왔다.

[한 대표, 조은심 배우 언제 보여줄 거야. 자꾸 이런 식으로 사람 피하면 이상한 생각을 할 수밖에 없어요. 내 벌써 주위에 자랑 다 해놨단 말이야. 내가 돈 잃는 것보다 싫어하는 게 무시당하는 거야. 다음에는 이렇게 점잖게 말 안 할 거니까 삼 분 내로 전화해요.]

재영은 뱀독이 묻은 것처럼 휴대전화를 멀찍이 떨어진 소파에 던져버렸다. 자꾸 변호사가 제시한 세 번째 옵션이 생각난다. 오늘 중으로 자살을 하라고 했던가. 정만수가 안 점잖게 굴기로 마음먹었다면 그쪽이 나을 수도 있었다.

그는 창가 난간에 털썩 주저앉아 자신이 뭘 그렇게 잘못했나 생각했다. 그는 그저 영화 한 편 개봉해서 오백만 흥행을 찍겠다는 소박한 꿈을 꾸었을 뿐이었다. 그런데 감독은 소송을 걸고 여배우는 납치되었다고 하는 데다, 수상한 투자자는 협박 문자를 보낸다.

무엇보다 가장 안타까운 건 경란과도 틀어졌다는데 있다. 다시 한 번 잘해볼 기회였는데. 은근히 기대하고 있었는데. 서럽고 한심해서 왠지 눈물이 찔끔 나왔다.

다 늙어서 이게 무슨 주책이냐. 모든 게 그의 욕심 탓이었다. 일이 잘 안 풀리면 그만두고 다른 길을 찾아야 했는데 매번 어떻게든 해보겠다고 무리수를 뒀다. 그러다 보니 많은 사람들이 상처 입었고, 어쩌면 한두 사람 죽을지도 모르게 생겼다.

이제부터라도 순리를 지켜야겠다.

그가 티슈를 꺼내 눈물을 닦고 코를 풀 때 원희가 불쑥 회의실 안으로 얼굴을 내밀었다.

"대표님."

재영은 급히 눈물을 감추며 말했다.

"왜 또? 넌 왜 노크도 없이 문을 여냐?"

"오준기 감독이 오늘치 촬영 분량 가져왔는데 보셔야죠."

보긴 뭘 봐. 어차피 망했는데. 라는 말이 턱밑까지 터져 나왔지만 재영은 꾹 참았다. 하긴 이보다 더 나빠질 일이야 있겠냐. 어쨌든 이게 다 영화 개봉하자고 하는 일이니 영화 봐야지.

"봐야지."

원희가 문을 활짝 열자 옆에 선 오준기가 보였다. 얼굴에 가득한 여드름은 발갛게 달아올라 있었고 팔다리는 어제보다 더 마른 것 같았다. 하지만 눈빛만은 첫 촬영의 흥분으로 날카롭게 빛나고 있었다.

정말 미덥지 못한 놈이야. 재영은 생각했다.

오 감독은 회의실 테이블에 노트북을 세팅하며 이러쿵저러쿵 변명을 늘어놓았다. 기상 상황이 좋지 않았고 조명 세팅할 시간이 부족했으며 스태프와의 커뮤니케이션이 아직 불안하고 어쩌고저쩌고……. 감독이란 작자들이 입만 열면 하는 얘기다.

친애하는 나의적

놀랍게도 오준기는 재영이 목발을 짚고 있음을 알아차리지 못했다. 그 또한 진짜 감독 같다.

재영은 손을 들어 준기의 말을 제지했다.

"그냥 선입견 없이 보죠."

"예."

재영은 한숨을 쉬며 화면에 시선을 주었다. 그냥 말이 되게만이라도 찍어줬으면 좋겠다. 그렇잖아도 익사 직전인데 준기의 영화가 거기에 돌덩이를 하나 얹는 것은 아니었으면.

십오 분 후.

재영은 입을 반쯤 벌린 채 화면에 집중하고 있었다. 영화는 끝내주게 훌륭했다. 감각적이고 빠르며 무엇보다 배우들의 대사를 치는 타이밍이 좋았다. 남승우는 연기를 할 줄 알았고 차은진은 조은심 같았다.

재영은 감탄과 흥분을 감추기 위해 헛기침을 했다. 해 뜨기 전이 가장 어둡다. 바닥을 쳐야 위로 올라갈 수 있는 법이다. 이럴 때 필요한 명언들이 머릿속에 떠다녔다. 갑자기 재영의 몸에서 삶에 대한 의욕이 끓어올랐다. 그래. 인생 한번 태어났으면 열심히 살아야지, 죽긴 왜 죽냐.

준기는 재영의 눈치를 보며 화면을 껐다.

"이게 오늘 찍은 분량인데요, 어떻게 보셨습니까?"

끝내주는군. 재영은 속으로 대답하며 원희에게 손짓했다.

"남 이사, 뭐 해요. 가서 시원한 음료수라도 가져와요. 우리 오 감독 고생했는데 좀 마셔야지."

원희가 밖에 나간 사이 재영은 은근하게 물었다.

"조은심 얼굴 나오는 장면도 있던데 그건 뭐예요?"

"정인상 감독님이 예전에 찍어놓은 컷인데 여기 붙이면 딱 어울릴 것 같아서 제가 가져왔습니다."

"뭐 찍었는지 다 기억해요?"

"대충은요. 근데 어디 있는지는 잘 모르겠어서 어제 밤새 편집실에서 촬영 분량 뒤져서 찾았는데요, 좀 이상한가요?"

"아니 뭐 그럭저럭 괜찮네요. 계속 이렇게만 하면 되겠어요. 오 감독님 재주 있으신 분이네."

재영은 더 말하려다 그만두었다. 오준기가 칭찬을 듣고 기고만장이라도 하면 곤란하니까.

준기는 감격한 목소리로 말했다.

"최선을 다하겠습니다."

재영은 준기에게 감독 계약 두 개 더 하자고 말하고 싶은 걸 꾹 참았다. 몸값 오르기 전에 후려쳐야 하지만 아직 시간은 넉넉하니까. 적당한 때에 술 한잔 사면서 계약서를 쓰면 된다.

"그럼 앞으로도 열심히 찍어요. 난 감독님만 믿을게요."

"그런데 아까 정인상 감독님한테 전화 왔는데요. 곧 현장 복귀할 거니까 더 찍지 말고 기다리라고."

"아, 걱정 말아요. 그거 내가 해결할 테니까 감독님은 딴 거 생각하지 말고 그냥 열심히 찍어요. 뭐든 힘든 일 있으면 전화하고. 바깥일은 다 내가 알아서 할 테니까."

준기는 안심한 듯 고개를 끄떡이다 놀란 목소리로 말했다.

"근데 대표님 다리 다치셨어요?"

"별거 아니니까 걱정 말고. 환상의 여인 파이팅!"

친애하는 내 적

재영은 준기를 다독이고 밖으로 나왔다. 원희가 인근 편의점에서 음료수를 사가지고 올라오고 있었다.

"대표님 어디 가세요?"

"정인상 문제 정리해야지. 넌 오준기 감독하고 정식계약서 쓰고 촬영 스케줄 짜라."

무조건 정인상을 설득해야 했다. 일단은 총괄감독으로 올려주겠다고 해보고 안 통하면 협박을 해서라도 소송의 '소'자도 꺼내지 못하게 하겠다. 그 다음에는 조은심을 찾아야지. 경란은 조은심이 납치됐다고 했지만 그는 아직 그 말을 믿을 수가 없었다. 오준기의 등장이 행행운의 여신이 삼십사 년 만에 그에게 미소 짓기 시작한 증거라면 정인상을 설득하는 순간 조은심도 짠! 하고 나타날 것이다.

운이란 게 그렇다. 한번 불운이 시작되면 끝이 없지만 행운이 닥칠 때는 한꺼번에 온다.

"참 1층 커피숍에 남승우 밴 와 있던데요."

"승우?"

"차은진도 같이요."

원희는 주위를 살피더니 재영의 귓가에 조그맣게 속삭였다.

"요즘 둘이 사귀나 봐요."

재영은 흠, 하고 콧소리를 냈다. 젊은 남녀니 연애를 하건 말건 상관없는 일이지만 두 사람이 근처에 있다는 게 운명처럼 느껴졌다. 두 사람 다 그에게 약점이 잡혀 있고, 몸이 좋다는 공통점이 있다. 정인상을 만날 때 데려가서 인상 좀 구기고 있으라고 해야겠다.

재영은 절뚝거리며 엘리베이터로 가다가 문득 경란을 떠올렸다. 정인상 만나는데 같이 가보자고 해볼까.

재영은 경란에게 전화했다. 휴대전화가 꺼져 있었다.

애는 어디서 뭘 하고 있을까.

도박장에라도 간 걸까. 아니면 문을 잠그고 잠을 자고 있을까.

"나 보여요? 괜찮아요?"

세상 가득 짙은 안개가 낀 것처럼 눈앞이 온통 흐릿했다. 귓가에는 누군가의 걱정스러운 목소리가 계속해서 들렸다. 머리가 빙글빙글 돌아 지금 서 있는지 누워 있는지도 분간할 수 없었다.

경란은 눈을 질끈 감고 다시 뜨기를 반복했다. 흔들리던 세상이 점점 제자리를 찾았다. 그녀는 어딘가에 누워 있고 누군가 어깨를 흔들며 그녀의 이름을 부르고 있었다.

"경란 씨!"

안개가 걷히면서 기억이 돌아왔다. 조은심. 가스총. 계단. 지하실. 머리에 한 대를 맞고 기절했었지.

누가 날 때렸지?

살인범이 누구지?

정인상.

경란은 은심의 팔을 잡고 몸을 일으켰다. 그녀는 은심과 함께 철장 안에 갇혀 있었다.

은심은 안도의 한숨을 내쉬었다.

"경란 씨 죽는 줄 알고 깜짝 놀랐어요. 괜찮아요? 토할 거 같지 않아요? 머리 맞으면 한번 토해야 되는데. 내가 예전에 영화 찍다가 뇌진탕 온 적 있어서 잘 알아요."

경란은 대답하지 않고 철장 밖에 있는 정인상을 쳐다보았다. 인

친애하는 나의 적

상은 물걸레로 바닥과 벽에 묻은 가스를 지우고 있었다. 인상은 회색 작업복을 입고 있었는데 평소와 느낌이 너무나 달랐다. 옷차림의 문제가 아니다. 마치 다른 사람이 된 듯한 느낌이다. 인상은 경란을 힐끔 쳐다보곤 무덤덤하게 말했다.

"일어났냐. 흥분해서 총을 썼더니 뒤처리가 힘드네."

"당신, 도대체 왜 이래요? 미쳤어요?"

"항상 여길 깨끗하게 유지하려고 노력하고 있지. 여신이 되려면 몸과 마음이 편해야 하니까. 그런데 가스 냄새가 너무 독하네."

조은심이 인상을 쓰며 말했다.

"남의 말을 안 들어. 완전히 미친놈이야."

경란은 철장 가까이 다가가며 말했다.

"감독님 착한 분이잖아요. 좋은 작품 많이 하셨고……."

"지금 내가 하는 것도 작품이야. 흥행 생각 안 하는 작품. 진정한 여신을 만드는 작품이지. 일에 취미를 연결시키지 않으려고 했는데 저 여자가 너무 아름다워 어쩔 수가 없었어. 그래서 촬영이 끝나자마자 수집을 했지."

"수집이요?"

"그래. 난 수집가야. 납치범도 살인자도 아니고. 그 형사 놈도 날 비난한 대가를 치렀지."

"김지용 형사요? 그분 어떻게 됐어요?"

"대가를 치렀다니까."

인상은 딱 잘라 말하곤 청소로 돌아갔다. 무표정한 얼굴. 고저가 없는 느린 말투. 평소의 인상과는 확실히 다르다. 무언가 감정이 거세된 듯한 느낌이다.

경란은 다시 물었다.

"그래서 난 어쩔 거죠? 나도 대가를 치러야 하나요?"

"그래야겠지. 무엇보다도 순결해야 할 공간에 흙발로 침입했으니. 하지만 내가 묻는 질문에 솔직히 대답하면 크게 아프진 않을 거야."

"조은심 씨처럼 벌을 받는 건가요?"

"너? 너도 여신이 되고 싶어? 그럴 자격이 되나?"

인상의 목소리가 조금 커졌다. 경란이 한 말 중 무언가가 인상의 마음을 건드린 모양이었다. 그는 대걸레에 몸을 기댄 채 경란을 뚫어져라 바라보았다.

"어디 자세히 볼까? 흠⋯⋯. 눈빛은 마음에 드는데. 허리가 좀 굵군. 다이어트가 필요하겠어."

인상의 눈빛이 점점 위험하게 빛났다. 평소의 점잖은 모습, 조금 전까지의 무감각한 모습과는 또 다른 태도다.

"내 허리가 어떤데요? 이리 와서 자세히 봐요."

경란은 두 손으로 허리를 짚으며 말했다. 겁이 나서 다리가 후들후들 떨렸지만 내색하지 않으려 애썼다. 인상이 잔인한 미소를 지으며 철장 가까이 다가섰다.

삽시간에 그는 완전히 다른 인간이 되어 있었다. 무표정함으로 위장한 가면이 사라지자 사람의 고통을 즐기는 괴물의 진짜 얼굴이 드러났다. 인상은 제대로 미쳐 있었다. 평상시에는 어떻게든 광기를 감추고 살고 있지만 문득 광기를 드러낼 때마다 사람을 납치하고 죽이는 것이다.

인상은 철장에 얼굴을 댄 채 속삭이듯 말했다.

친애하는 내 적

"너 배짱 하나는 두둑하구나. 어디 뭘 보라고?"

"내 입. 이 병신아."

경란은 입을 벌렸다. 간신히 참고 있던 토사물이 인상의 얼굴로 쏟아졌다. 어제, 오늘 먹은 게 많지 않아 구토물의 대부분의 위액이었다. 인상은 얼굴을 부여잡고 물러서며 비명을 질렀다. 시큼한 냄새가 사방으로 퍼졌다.

"이 개년이!"

그는 대걸레를 휘둘렀지만 경란은 이미 철장 안 깊숙이 물러난 후였다. 대걸레가 철장과 부딪쳐 반으로 부러졌다.

인상은 부러진 대걸레를 집어 던지고 소매로 얼굴을 문질렀다. 양동이 물로 얼굴을 씻으며 비명을 지르고 욕설을 내뱉었다. 조금 희석되긴 했어도 위액이 피부에 닿았으니 제법 쓰라릴 것이다.

경란은 길게 한숨을 쉬었다. 어찌 되었건 김지용 형사를 위해 작은 복수라도 해준 셈이다. 이제 남은 일이 문제긴 하지만.

어차피 인상은 그녀를 살려두지 않을 터였다. 손가락 하나 움직이지도 못할 만큼 겁을 먹기 전에 일을 벌이는 게 낫겠지. 재영에게 전화를 할 수 있다면 좋을 텐데. 그럼 마지막 인사라도 건넬 텐데. 하지만 그녀의 휴대전화는 철장 밖 의자 위에 놓여 있었다.

그녀는 은심을 돌아보며 말했다.

"말씀대로예요. 토하니까 확실히 낫네요."

조은심은 덜덜 떨고 있었다.

"왜 그래요?"

"저 사람, 가끔 정말로 무서워질 때가 있어요."

뒤를 돌아보자 인상이 한 손으로 얼굴을 가린 채 일어서고 있었다. 손가락 사이로 보이는 두 눈에 핏발이 서 있었다.

"넌 여신이 될 자격이 없어."

인상은 성큼성큼 의자로 다가가 가져온 가방을 열고 둘둘 말린 비닐과 톱을 꺼냈다.

"네년은 지금 당장 끝내주지. 조은심, 옆방에 뭐가 있는지 알고 싶다고 했지? 오늘 옆방을 보여줄게. 보면 너도 반하게 될 거야."

그때 현관 벨소리가 들렸다. 혹시 경찰이 온 걸까?

경란은 마지막 기대를 품었지만 인상은 그녀 마음을 알아차린 것처럼 고개를 흔들었다.

"기대하지 마. 그저 외판원일 테니까. 벨 몇 번 누르고선 지쳐서 가버릴 거야. 넌 조각조각 예쁘게 될 거고."

인상은 톱을 들고 문으로 걸어왔다. 경란은 테이블을 넘어뜨려 문을 막으려고 했지만 테이블, 의자 모두 바닥에 단단하게 고정되어 있었다. 경란은 대신 책을 집어 던졌다. 인상은 피하지 않았다. 책모서리에 얼굴을 맞고 피를 흘렸지만 미소를 지으며 구멍에 열쇠를 넣고 돌렸다.

막 문이 열리는 순간, 마치 벨이 고장이라도 난 것처럼 울려대기 시작했다.

띵동. 띵동. 띵동. 띵동.

인상은 일순 망설였다. 그는 계단 위, 밖으로 나가는 문에 시선을 주었다. 지하는 백 퍼센트 방음이라 문만 닫으면 벨소리를 듣지 않고 조용히 일을 처리할 수 있었다. 하지만 밖에 어떤 놈이 왔는지 자꾸 신경이 쓰였다. 혹시 경찰이라도 왔으면? 그렇잖아도 경란이 누구에게 어디까지 얘길 했는지 걱정이 되던 참이다.

친애하는 내 적

그는 다시 문을 잠그고 돌아섰다.

"운이 좋군. 긴 이야기는 조금 있다가 해보지."

경란은 인상이 밖으로 나가 문을 닫은 다음에야 길게 한숨을 쉬었다. 인상이 불을 끄고 나가는 바람에 지하 전체가 캄캄해졌다. 이번이 마지막 기회다. 놈이 다시 돌아오면 그녀의 목숨은 없는 거나 마찬가지다.

경란은 바닥에 털썩 주저앉아 옆에 있을 은심에게 소리쳤다.

"이리 와봐요."

"보이지도 않는데 왜요? 무서워서 그래?"

"이리 와보라니까요. 나한테 방법이 있어요."

경란은 스타킹을 벗으며 말했다.

벨은 쉬지 않고 계속 울렸다. 밖에 있는 놈이 누구든 끈기 하나는 대단했다. 사람이 나오기 전까지는 절대 떠나지 않을 놈이다. 나와보길 잘했다.

인상은 얼굴을 씻고 이마의 상처에 밴드를 붙였다. 위액은 잘 닦이지 않아 계속 미끈거렸다. 개 같은 년. 고통스럽게 죽여주마. 인상도 자신의 내면에 살인자가 도사리고 있음을 잘 알고 있었다. 그에게는 사실 세 가지 인격이 있었다.

영화감독의 인격. 수집가의 인격. 그리고 살인자의 인격.

살인자는 가끔씩 튀어나와 맘에 안 드는 놈을 차례로 죽이고 보란 듯이 증거를 남겼다. 가급적 놈을 나오지 않게 하려고 애썼지만 제어가 불가능할 때가 있다. 바로 지금 같은 때.

인상은 거실로 나와 충격기를 챙겼다. 일단은 밖에서 지겹도록 벨을 눌러대는 놈 부터다.

별거 아닌 일로 그랬다면 끝장을 내주마.

아냐. 아냐. 그래선 안 돼. 인상은 어떻게든 살인자의 본능을 억누르려 애썼다. 집 앞에서 사람을 죽이면 뒷감당이 불가능하다. 목격자가 있을지도 모른다.

인상은 억지로 웃으며 입을 열었다.

"누구세요?"

문을 열자 거기 재영이 서 있었다. 놈은 아예 문에 체중을 실고 서서 손가락 끝으로 벨을 누르고 있었다. 재영의 상판대기를 보는 순간 다시금 분노가 치밀었다. 인상은 충격기로 재영의 얼굴을 지져버리려다 동작을 멈췄다. 재영 뒤에 남승우와 차은진을 발견했기 때문이었다. 집 앞에서는 여전히 인부들이 공사 중이었다.

인상은 충격기를 든 손을 등 뒤로 감췄다.

재영은 환하게 웃으며 말했다.

"집에 계실 줄 알았습니다. 이쪽으로 이사 오신 줄도 모르고 예전 집에서 생쇼를 했네요. 여기 알아내느라 고생 엄청 했습니다."

"여긴 별장이야. 은퇴하면 살려고 했는데 요즘 좀 머리가 복잡해서 와 있었지. 무슨 일이야?"

"감독님 돈 좀 버셨나 봐요. 잠깐 들어가서 얘기해도 될까요? 아휴, 좀 걸었더니 덥네요."

재영은 인상의 대답을 기다리지 않고 안으로 들어왔다. 남승우와 차은진도 좀비처럼 꾸역꾸역 재영의 뒤를 따랐다.

"잘 꾸며놓고 사시는데요."

재영은 에어컨을 켜더니 거실 소파에 털썩 주저앉았다. 인상은

친애하는 내적

다시 한 번 살인자의 본능을 잠재우기 위해 애써야 했다. 상대가 셋이 아니었다면 바로 재영의 목부터 땄을 것이다.

인상은 말했다.

"지방이라 땅값이 싸. 예전에 지은 거고."

"아, 그렇구나. 근데 뭐 하셨어요? 벨을 정말 한참 눌렀는데도 안 나오시던데."

차은진이 허락도 받지 않고 냉장고에서 생수를 꺼내 마시다가 끼어들었다.

"여자친구하고 있으셨던 것 같은데요."

"그게 무슨 소리야?"

인상과 재영이 동시에 은진을 쳐다보며 말했다. 은진은 당황되는지 약간 기어들어가는 목소리로 말했다.

"저기 핸드백이 보여서요."

테이블 아래 경란의 핸드백이 놓여 있었다. 나중에 안에 뭐가 들어 있나 확인할 생각에 거실로 옮겨둔 것이 실수다.

인상은 급히 일어나 핸드백을 방에 던져놓고 문을 닫았다.

"그냥 아는 애 거야."

"아직 젊게 사시나 보네요. 괜히 성인남녀 연애 방해하지 말고 얼른 가봐야겠습니다."

재영은 실실거리며 웃고 있었다. 지 애인 가방이 뭔지도 모르나? 인상은 다시 한 번 재영에 대한 평가를 낮췄다.

"그래서 여긴 왜 온 건가? 나 바쁜데."

"한 가지 부탁드리려고 왔습니다. 제가 잘 생각해봤는데요. 저희 감독직이요. 계속 맡아주셔도 될 것 같습니다."

"그래?"

"다만 총괄감독을 맡아주시면 어떨까요. 영화는 저희가 찍을 테니 감독님은 나중에 확인하시고 필요한 의견을 제시하는 거죠."

인상은 또 한 번 살인자의 본능을 참아야 했다. 그는 손을 들어 재영의 나불거림을 중지시킨 후 짧게 말했다.

"내 변호사랑 얘기하지?"

"그럼 변호사를 이리 부르시면 어떨까요. 밤새 한번 얘기해보는 겁니다. 어떤 의견들이 있고 어떤 방법이 좋을지. 투자사 성호도 부를까요? 그 친구도 의견이 있는 것 같은데."

인상은 입술을 깨물었다. 지하에 여자 둘을 가둬두고 있는 이때 사람들을 불러 모을 순 없었다. 하지만 재영은 약속을 받기 전까진 옥쇄할 각오로 여기서 버티겠다는 표정이었다.

재영이 코를 킁킁대더니 주위를 살피며 말했다.

"근데 감독님, 혹시 누가 토했어요? 어디서 토한 냄새가 나는데."

인상의 머리가 짧은 시간 엄청난 속도로 돌아갔다. 그는 계산을 마치고 빠르게 말했다.

"알았네. 그렇게 하지. 총괄감독 받아들이겠네."

일단 놈들을 보내는 게 급하다. 밤새 여자들을 처리하고 내일 생각이 바뀌었다고 하면 되니까.

하지만 재영은 보통내기가 아니었다. 놈은 계약서를 내밀며 말했다.

"정말요? 그렇게 해주신다니 다행입니다. 그럼 여기 사인하시죠. 기존계약을 종료하고 총괄감독 계약으로 승계한다는 내용입니다. 잔금은 두 배로 드린다고 했으니 저 간 다음에 깨춤을 추며 기

친애하는 내 적

뻐하세요."

인상은 그냥 셋 다 죽일까 생각했다. 하지만 하품을 하는 남승우의 근육을 보고 참았다. 그는 푸들푸들 떨리는 손으로 계약서에 사인을 하며 재영을 노려보았다.

좋아. 넌 내일이다. 널 죽이고 각서를 빼앗을 거다.

인상은 속내를 드러내지 않으려고 노력하며 말했다.

"이제 됐나?"

"아주 좋습니다. 감독님. 이렇게 쿨하신 분이 왜 변호사까지 데려오고 그러셨어요."

"얘기 끝났으면 가봐."

"가야죠. 참 그전에 잠깐 화장실 좀."

인상은 불굴의 인내심으로 분노를 억누르며 화장실 문을 가리켰다. 재영은 계약서를 한 손에 든 채 설사가 급한 사람처럼 화장실로 뛰어갔다. 인상은 재영의 뒤통수를 보다가 화장실의 전원주택 사진을 치우지 않았다는 사실을 떠올렸다.

"잠깐만!"

하지만 이미 재영은 화장실로 들어간 후였다. 인상은 품속의 전기충격기를 움켜잡았다. 등허리를 타고 식은땀이 흘러내렸다. 다시금 몸속의 살인자가 튀어나오려고 했다. 일이 이렇게 된 이상 전부 죽이는 게 나을지도 모른다.

남승우와 차은진은 소파 한쪽에 붙어 앉아 잡담을 나누고 있었다.

"설마 한 대표가 같이 밥 먹자고 하진 않겠지?"

"밥 사기 싫어서 그냥 갈걸?"

남승우부터 죽이고 나머지를 처리해야 한다. 인상은 전기충격기를 쥔 채 승우 앞에 섰다. 남승우는 얼간이처럼 웃으며 말했다.

"감독님이랑 일 못 하게 돼서 섭섭하네요."

표정만 봐도 거짓말이란 걸 알 수 있었다. 놈은 식욕과 성욕을 채우는 과정을 제외한 어떤 것에도 관심이 없었다. 얼굴만 잘생겼을 뿐 머릿속은 텅텅 비었는데. 로마 시대 태어났으면 글라디에이터, 조선시대 태어났으면 망나니가 딱이었을 놈이 현대에 태어나서 슈퍼스타 대우를 받는다. 평생을 작품을 위해 몸과 마음을 갈고 닦아온 인상으로선 승우가 부럽고 질투 났다.

그것도 이제 끝이지. 놈을 죽일 생각을 하니 기분이 좋아졌다.

인상이 충격기를 꺼내 들 때 화장실 물 내려가는 소리와 함께 재영이 밖으로 나오며 천진하게 말했다.

"참, 감독님! 아까 보니까 뒷문이 부서져 있던데요."

인상은 충격기를 감추며 재영을 돌아보았다. 재영은 그저 행복한 얼굴이었다. 화장실에서 뭘 본 것 같지 않았다.

"어, 얼마 전에 도둑놈이 들었어."

"세상에. 경찰에 신고는 하셨어요?"

"뭐 특별히 훔쳐간 게 없어서. 바쁘기도 했고."

"아, 그래서 화장실에 망치 두신 거예요?"

맞다. 경란이 문을 부셨던 망치를 욕조 위에 내려놓고 온 걸 깜빡했다. 인상은 자신의 부주의함을 욕했다.

"그렇지. 만일을 대비해서야."

"그렇군요. 그럼 문단속 잘 하시고요. 저희는 이만 가보겠습니다."

친애하는 나의 적

재영은 악수하자고 손을 내밀었다. 평생을 배우들 연기지도하며 보낸 인상이다. 재영이 연기를 하는 게 아닌가 싶어 가만히 눈을 쳐다봤지만 그렇지는 않았다. 녀석은 그냥 해맑은 바보였다. 자기 일 말고는 생각을 안 하는 바보.

　인상은 안심하고 재영과 악수했다.

　"곧 내가 만나러 갈 걸세."

　"그러시죠. 제가 한잔 사겠습니다."

　인상은 두 사람을 보내고 소파에 앉아 잠시 쉬었다. 온몸이 천근만근 같았다. 하지만 아직 할 일이 남아 있었다. 그는 화장실로 향했다.

　재영은 복권 맞은 기분이었다. 정인상이 왜 저러지? 똥마려운 표정으로 해달라는 거 다 해주네. 역시 행운이 몰려오는 징조인 걸까. 재영은 평생 노력했으니 좋은 결과가 올 때가 됐다고 진지하게 생각했다.

　이제 조은심만 돌아오면 게임 셋이다. 덧붙여 경란에게도 다시 연락이 왔으면 소원이 없겠다. 그는 차 뒷좌석에 앉아 노래를 흥얼거렸다.

　남승우는 운전하며 말했다.

　"이제 동영상 돌려줄 거죠?"

　"그래. 줄게. 영화 다 찍으면."

　"약속이 다르잖아요!"

　조수석에 앉아 있던 은진이 조심스럽게 물었다.

　"자기, 무슨 동영상 얘기야?"

"아, 별거 아니야. 우리끼리 장난친 영상인데 재영이 형이 자꾸 페이스북에 올린다고 해서."

재영은 점잖게 말했다.

"그 영상 페이스북에 올리면 온종일 포털사이트 검색 1등 먹을 거다. 내 장담하지."

은진은 눈을 빛내며 궁금해했다.

"그 정도예요? 나도 보여줘요."

"은진 씨 보면 승우를 싫어하게 될 거야."

"무슨 소리예요. 제가 승우 씨를 얼마나 좋아하는데."

승우는 울적한 얼굴로 입을 다물었다. 재영은 한결 가벼운 마음으로 경란에게 전화했다. 하지만 여전히 전화기가 꺼져 있었다. 얘는 대체 어디 있는 거야.

그때 처음 보는 번호로 전화가 왔다. 혹시나 하고 받아보니 어제 만났던 형사였다.

─ 수사상황을 알려드리려고 전화했습니다. 김경란 씨 휴대전화는 꺼져 있네요. 김지용 형사 아직 실종상탭니다.

"정말요? 술 먹고 뻗은 게 아니고요?"

─ 아직 확실한 건 아닌데 좀 이상하긴 합니다. 김지용 형사 차량은 인근 주차장에서 발견됐는데 CCTV 없는 곳을 귀신처럼 찾아서 운전자만 사라졌어요. 운전석에 혈흔도 확인했고요. 김지용 형사 스스로 사건을 조작했을 수도 있습니다만 그보다는 실제 사건이 벌어졌다고 보는 쪽이⋯⋯.

"잠깐만요. 잠깐만요. 그럼 이러고 있을 게 아니라 경란이부터 보호해줘야 하는 거 아닙니까. 걔가 한번 납치당할 뻔했던 게 맞는 거잖아요. 걔 휴대전화도 꺼져 있는데! 오피스텔로 사람 보내셨어요? 휴대전화 위치추적 같은 거 해보셨어요?"

– 아직 안 했습니다.

"뭐 해요! 빨리 하세요! 저도 바로 경란이네 가볼 테니까."

재영은 전화를 끊었다. 은진이 재영을 쳐다보며 말했다.

"경란이 언니 찾아요?"

"왜? 어디 있는지 알아?"

"나 이런 말 해도 되나 모르겠네. 좀 전에 그 집에 있잖아요. 아까 그 핸드백. 경란이 언니 핸드백이던데."

"정말?"

"그럼요. 그거 명품인데. 저도 하나 가지고 싶어서 계속 눈여겨봤었거든요. 그 언니, 혹시 감독님이랑 사귀는 거예요?"

"차 세워!"

재영의 비명과도 같은 고함에 승우는 차를 급정거했다. 재영은 목발을 짚고 차에서 내렸다. 차로 가시는 게 빠르지 않겠냐는 말을 꺼낼 틈도 없었다.

은진은 달려가는 재영의 뒷모습을 쳐다보며 말했다.

"그냥 보내도 되나."

"뭐, 사랑싸움 같은데 우리가 끼면 이상하지. 저 형 때문에 갑갑하기만 했는데. 은진이 뽀뽀."

은진은 승우에게 수줍게 뽀뽀하며 말했다.

"다리 다쳤으니까 그러지. 집까지 태워다 주는 게 낫지 않나 싶어서."

승우는 고개를 설레설레 흔들고선 진심을 담아 말했다.

"난 머리까지 다쳤으면 좋겠는데."

인상은 불을 켜고 지하로 내려갔다. 철장 안에 갇힌 두 여자가 보였다. 경란은 철장 안쪽 벽에 등을 기대고 서 있었고 조은심은 침대에 걸터앉아 있었다. 스타일이 상반되는 여자 둘이라. 이번 일이 무사히 정리된다면 다음에는 두 명을 한꺼번에 수집해도 괜찮겠다는 생각이 들었다. 솔직히 오늘 바로 처리하기 아깝다. 경란은 고개를 푹 숙인 채 두 손으로 얼굴을 가리고 있었다. 바보 같은 년이 이제야 자기 처지를 깨달은 게 틀림없다.

인상은 천천히 계단을 내려가며 말했다.

"오래 기다렸지?"

경란이 천천히 고개를 들었다. 경멸과 증오로 가득한 표정. 경란은 인상을 향해 손가락을 까딱거렸다.

"하품이 나더라. 뭐 해. 일루 와봐."

"그래. 가주지. 오늘 옆방을 보여줄게."

이번에는 머릿속에서 살인자가 튀어나오는 걸 막지 않았다. 인상은 톱과 비닐뭉치를 들고 철장 문을 열었다. 경란이 죽기 전에 제발 죽여달라고 빌게 만들어줄 생각이었다. 조은심은 침대 맡에 앉아 고개를 숙인 채 부들부들 떨고 있었다.

인상은 문을 활짝 열고 경란을 향해 달려들었다. 그는 경란이 철문 하단에 스타킹을 묶어놨다는 사실을 알지 못했다. 앞으로 내딛던 발이 스타킹에 걸렸고 인상은 붕 날아올랐다가 바닥을 나뒹굴었다.

경란은 럭비선수처럼 인상을 덮쳤다.

친애하는 내 적

"야! 뭐 해! 너도 잡아!"

재영은 숨을 헐떡이며 인상의 집을 향해 뛰었다. 자꾸만 불길한 예감이 들었다. 제발 아무 일 없기를. 발바닥이 질척한 게 상처가 터진 것 같았지만 지금은 그런 걸 따질 때가 아니었다.

공사 중이던 인부들은 모두 퇴근한 후였다. 중장비만 남은 스산한 공사장 뒤로 보이는 인상의 집은 마치 귀신의 그것처럼 보였다.

재영은 목발을 몽둥이처럼 고쳐 잡고 인상의 집 벨을 눌렀다.

"감독님, 저 왔습니다."

이번에도 답이 없었다. 재영은 몇 번 더 눌러보다 포기하고 유리가 부서진 뒷문을 통해 안으로 들어갔다.

"감독님?"

집안에는 아무도 없었다. 그 사이에 외출이라도 한 걸까. 재영은 방에 들어가 인상이 감춘 핸드백을 찾았다. 은진의 말대로 경란의 핸드백이 맞았다. 하지만 휴대전화는 들어 있지 않았다.

이게 여기 왜 있는 걸까.

설마……. 정인상하고 경란이가 사귀나?

에이, 설마 그럴 리가 없지.

그렇다면 남은 결론은…….

섬뜩한 결론에 재영은 생각을 멈췄다. 그는 답답한 마음에 빠르게 집을 뒤져나가기 시작했다. 그리고 화장실에서 전원주택 사진을 다시 보았다. 이번에는 재영도 그냥 넘어가지 않았다. 사진을 뜯고 그 아래 감춰진 디지털 도어록을 발견했다.

비밀번호. 비밀번호가 뭐지?

그는 생각나는 아무 숫자나 마구 눌러봤지만 그중에 답은 없었다. 이럴 때 경란이라면 답을 찾았을 텐데. 재영은 초조함에 손톱을 깨물었다. 그는 신중하게 답을 찾는 종류의 인간이 아니었다. 답이 나올 때까지 무식하게 밀어붙이는 인간이었다.

고민하는 재영의 눈에 욕조 바닥에 놓인 망치가 들어왔다. 그는 망치를 집어 들었다. 이거 꼭 경란이네 집에 있던 망치처럼 생겼네. 재영은 망치로 디지털 도어록을 내리쳤다.

쾅!

경란이 인상의 등에 올라타고 목을 졸랐다. 그 사이 은심은 바닥에 떨어진 톱을 집어 들려고 들었다. 인상은 은심의 가슴을 걷어차 멀리 나뒹굴게 만들고 경란의 팔을 꺾었다. 경란은 인상의 팔을 물어뜯었다.

"으아아악! 이 개년!"

인상은 미친놈처럼 팔을 휘둘렀다. 경란은 인상의 팔에 이빨자국을 제대로 남긴 채 나가떨어졌다. 인상은 피가 배어나오는 팔뚝을 꽉 잡으며 욕설을 내뱉었다. 그는 경란을 끝장내려다가 톱을 향해 엉금엉금 기어가는 은심을 보고 그리로 방향을 바꿨다.

인상은 은심의 발을 밟고 톱을 집어 들었다.

"실망이야. 실망. 이 정도 함께 있었으면 내 마음을 알아줄 줄 알았는데."

"너 미친놈인 건 내가 알지. 이거 놔! 이 미친놈아!"

인상이 톱을 은심의 얼굴에 들이댔다.

"얼굴에 상처가 나야 정신을 차리려나?"

친애하는 내 적

은심은 공포로 부들부들 떨었다. 그때 경란이 괴성을 지르며 인상을 향해 달려들었다. 인상이 돌아서며 주먹을 휘둘렀을 때는 살짝 늦었다. 경란은 인상의 가슴을 머리로 들이받았다. 두 사람은 한덩어리가 되어 바닥을 나뒹굴었다.

"이런 미친년이……."

인상은 철장에 뒤통수를 부딪치고 얼굴을 찌푸렸다. 경란은 인상의 몸 위에 매미처럼 달라붙었다.

"조은심 뭐 해! 이 새끼 죽여!"

은심은 톱을 집어 들었다. 인상이 경란의 목을 꽉 움켜잡고 뒤로 밀어냈다. 체중 차이 때문에 경란은 힘없이 밀려났다. 당황한 은심은 톱을 내밀어 인상의 팔을 긁었다.

"으아악!"

인상은 비명을 질렀다. 살이 베어지며 피가 뿜어져 나왔다. 인상은 고통과 분노로 괴력을 발휘해 단번에 경란을 밀치고 일어섰다. 은심이 다시 톱을 휘두르며 달려들었다. 이번에는 제대로 자세를 잡고 홈런타자처럼 힘 있게 무기를 휘둘렀다.

인상은 간발의 차이로 공격을 피했다. 산전수전 다 겪은 인상이지만 무시무시한 톱 공격에 더는 견디지 못했다. 그는 은심의 다음 공격을 피해 철장 문 밖으로 뛰어나갔다.

"안 돼!"

경란과 은심이 동시에 달려들다 부딪쳐 엉덩방아를 찧었다. 그 사이 인상은 문을 잠근 후 뒤로 물러섰다. 그는 철장 안에 피투성이가 된 두 여자를 보며 이를 갈았다.

"미친년들. 완전히 돌아버린 년들."

그는 겉옷을 벗어 팔의 상처를 묶었다. 경란은 철장에 붙어 악다구니를 썼다.

"일루 와! 겁먹었냐?"

은심은 톱을 흔들며 외쳤다.

"여신 만들어준다며. 빨리 만들어줘. 뭐 해!"

"바보 같은 년들. 잠깐만 기다려라. 내 금방 올 테니까. 내가 다시 왔을 때는 피 질질 흘리면서 제발 용서해달라고 빌게 될 테니까."

쾅!

묵직한 굉음이 벽을 울렸다. 인상은 이게 무슨 소린가 싶어 주위를 살폈다. 천장과 벽이 동시에 흔들리고 있었다. 천장의 전등이 쾅, 소리가 날 때마다 흔들거렸다.

"이건 또 뭐야?"

소리의 진원지는 지하로 내려오는 비밀통로였다. 쾅! 쾅! 한 방, 한 방 내리치는 소리가 날 때마다 계단 천장에서 먼지가 우수수 떨어졌다.

경란은 신이 나서 외쳤다.

"넌 끝났어! 경찰 온 거야!"

은심도 소리쳤다.

"자살밖에 답이 없다. 개새끼야!"

"둘 다 입 다물어."

인상은 가방에서 두 번째 톱을 꺼냈다. 이번에는 어린애 몸통만큼 커다랗고 톱니가 날카롭게 튀어나온, 무식한 놈이었다. 톱니마다 붉은 얼룩이 묻어 있어 더욱 수상했다. 큰 톱을 보고 은심과 경란은 입을 다물었다.

친애하는 내 적

인상은 톱을 고쳐 잡고 계단으로 걸어갔다.

그때 쾅! 하는 소리와 함께 비밀문을 뚫고 망치가 튀어나왔다.

다시 한 방.

구멍이 커졌다.

다시 한 방.

이번에는 문이 반쯤 부서졌다. 부서진 문을 뜯어내고 누군가 계단 위에 모습을 드러냈다. 흔들거리는 전등 불빛 바로 아래 서 있어 얼굴은 보이지 않았다.

인상이 물었다.

"누구냐?"

"경란아! 거기 있냐?"

경란은 눈물이 핑 돌았다. 재영의 목소리가 이토록 반가워보긴 난생처음이었다. 그녀는 크게 소리쳤다.

"나 여기 있어! 조심해! 정인상 무기 들었어! 진짜 커!"

조은심도 외쳤다.

"한재영! 나 여기 있어! 경찰에 신고는 했니?"

재영은 한 손에 망치를, 다른 손에 목발을 든 채 계단을 내려왔다. 기세등등한 재영의 모습은 여주인공을 구하는 영웅이라기보다는 또 다른 악당처럼 보였다.

"걱정 마. 나도 무기 있어. 내가 금방 구해줄게."

재영은 계단 아래 큰 톱을 들고 서 있는 인상을 보고 입을 다물었다. 저 새끼 저거 뭐야. 부엌칼 같은 거 하나 들고 있을 줄 알았는데. 사람끼리 싸우는데 톱 들고 있는 새끼가 어디 있어. 근데 저 톱 왜 이렇게 커? 톱니가 붉은색인 것도 신경 쓰였다.

게다가 인상의 눈빛이 평소와 달랐다. 입을 꽉 다문 채 그를 노려보는 꼴이 마치 추격자의 하정우 눈빛은 저리가라 할 정도로 흉악했다.

인상이 착 가라앉은 말투로 말했다.

"그래. 오늘 한번 끝장을 내보자."

살기가 느껴지는 목소리. 평소의 촐싹대는 말투가 전혀 아니다. 재영은 겁을 먹었다. 저거 진짜 정인상 맞나? 혹시 쌍둥이 동생 아닐까?

경란이 외쳤다.

"재영아! 조심해!"

재영은 다시금 용기를 냈다. 경란이가 보고 있다. 여기서 내뺐다가는 다시 후회할 일이 생긴다. 내 여자 앞에서는 멋져 보이고 싶은 것이 남자의 자존심이다. 그나마 무식한 망치질로 남성호르몬을 끌어올려놔서 다행이었다. 그렇지 않았다면 다리가 벌벌 떨려 움직이지도 못했으리라.

재영은 이를 악물고 계단을 따라 천천히 내려갔다.

인상은 톱을 까딱거렸다.

"뭐 해. 빨리 와."

저런 미친놈 가까이 가고 싶지 않은데. 다른 방법이 없을까. 재영은 자신에게 무기가 두 개 있다는 사실을 떠올렸다.

그렇다면!

재영은 기습적으로 망치를 집어 던졌다. 인상은 반사적으로 고개를 숙여 망치를 피했다. 망치는 빙글빙글 지하실을 가로질러 날아가 철장에 쾅, 부딪쳤다가 바닥에 떨어졌다.

친애하는 내 적

재영은 계단을 한꺼번에 뛰어내리며 인상의 머리를 목발로 내리쳤다. 퍽! 목발이 반으로 부러졌다. 인상이 휘청 한쪽 무릎을 꿇었지만 그것만으로는 쓰러지지 않았다. 재영은 반만 남은 목발을 다시 휘둘렀다. 하지만 이번에는 인상도 가만히 있지 않았다. 그는 재영의 머리통을 향해 톱을 내리찍었다. 목발과 톱이 허공에서 맞부딪쳤다. 톱날이 목발을 부수고 멀찍이 날려버렸다.

재영은 손잡이만 남은 목발을 든 채 인상을 쳐다보았다. 인상은 귀신처럼 웃으며 톱을 고쳐 잡았다.

"재롱은 다 떨었냐?"

재영은 남은 목발을 인상에게 던지고 도망쳤다. 계단을 올라갈 겨를은 없었다. 그는 인상 옆을 지나쳐 철장 쪽으로 뛰었다.

"너 바보냐? 거기 막혔어. 너 도망 못 가."

인상이 득의한 어조로 말하며 재영을 따라 걸어왔다. 재영의 눈에 철장 안에 갇힌 경란과 은심이 보였다.

경란이 바닥에 떨어진 망치를 집어 들며 소리쳤다.

"재영아! 엎드려!"

재영이 두 번 생각하지 않고 그 자리에 납작하게 엎드렸다. 재영을 바짝 쫓아오던 인상과 경란의 시선이 마주쳤다. 경란은 망치를 던졌다. 망치는 빙글빙글 돌며 날아가 인상의 이마를 정통으로 맞췄다.

인상은 비틀거렸지만 쓰러지지 않았다. 다들 숨을 죽였다. 재영은 절망했다. 저놈 머리는 돌인가. 그는 주머니 속 휴대전화를 꽉 쥐며 지금 신고하면 톱으로 잘리기 전에 경찰이 올지 생각했다. 아마 다섯 토막쯤 난 다음에나 경찰이 오겠지.

인상이 히쭉 웃었다. 다음 순간 머리에서 피가 흘러내리며 얼굴 전체가 핏물로 흠뻑 젖었다. 인상은 비틀비틀 옆으로 걷다가 쿵, 바닥에 머리를 박았다.

재영은 떨리는 마음을 진정시키고 인상에게 다가갔다. 인상은 부들부들 경련을 일으키고 있었는데 죽을지 살지는 알 수 없었다. 조은심이 창살문을 흔들며 소리쳤다.

"뭐 해! 이거 열어줘!"

"열쇠 어디 있는데?"

"그 새끼 주머니에! 빨리 열어줘! 나 정말 갑갑해 죽겠어."

재영은 조심스럽게 인상의 몸에 손을 대보았다. 영화를 보면 이럴 때 보통 악당이 갑자기 살아나 손목을 덥석 잡는다. 가급적 그런 일은 없으면 좋겠는데.

다행히 인상은 재영이 열쇠를 찾아 꺼낼 때까지 경련만 일으킬 뿐 손가락 하나 까딱하지 못했다. 다만 컥, 하고 기침을 하며 재영의 손에 피를 토했을 뿐이다.

재영은 철장 문을 열었다. 은심이 번개처럼 몸을 날려 재영의 품에 꼭 안기더니 울먹였다.

"구해줘서 고마워. 재영 씨."

재영은 순간 움찔했지만 곧 은심의 등을 토닥여주며 말했다.

"어. 그래. 그동안 고생 많았다."

경란은 재영을 째려보며 생각했다. 저 새끼, 저거 좋아서 웃는 것 좀 봐라. 그녀는 이를 악문 채 두 사람을 지나쳐 철장 밖으로 나갔다.

재영이 그녀를 쳐다보며 물었다.

친애하는 내편

"경란아. 괜찮니?"

"난 괜찮아. 은심 씨나 봐줘."

경란은 딱딱한 목소리로 대답하고 인상의 맥을 확인했다. 아직 숨이 끊어지진 않았다. 그녀는 테이블 위에 놓인 자신의 휴대전화를 집어 들고 계단으로 걸어가며 말했다.

"빨리 경찰이랑 구급차 불러야겠다."

그 말에 은심이 제일 놀랐다. 그녀는 재영을 밀치고 경란 앞을 막아서며 말했다.

"경찰? 지금 부른다고?"

"그럼 어떡해? 불러야지."

"그럼 사람들이 날 어떻게 생각하겠어. 저런 놈한테 한 달 넘게 감금되어 있었는데. 앞으로 별별 소문이 다 돌 텐데 내가 앞으로 연예활동 할 수 있겠어? 신고는 안 돼. 하지 마!"

경란은 어이가 없어 헛웃음을 지었다.

"너 나 처음 봤을 때는 왜 경찰이랑 같이 안 왔냐고 난리였잖아."

"그때랑 지금이랑 같니? 암튼 신고는 안 돼. 신고하려면 나 간 다음에 너 혼자 해. 나 여기 있었던 거 비밀로 하고."

"그게 말이 되니!"

"뭐가 말이 안 돼! 나 여기서 아무 일도 없었어! 저 사람, 그냥 인형 가꾸듯 날 보살펴주기만 했다고. 날 여신으로 만든다나 뭐라나 하면서. 그러면 그냥 없던 일로 해도 되잖아."

경란은 코웃음을 쳤다.

"그건 대중이 판단할 일이지."

재영이 쩔뚝거리는 다리로 두 사람 사이를 끼어들며 말했다.

"같은 편끼리 싸우면 되니. 자, 둘 다 진정하고 내 말 좀 들어봐. 일단 나도 다리가 아파서 구급차는 불러야 하는데 말이지."

경란과 은심은 동시에 소리쳤다.

"우리가 왜 같은 편이야!"

경란은 말했다.

"너……. 내가 네 목숨도 구했어. 빨리 경찰 불러서 정인상 살리고 김지용 형사님 어디 있는지 알아내야 돼."

조은심은 팔짱을 끼며 차갑게 말했다.

"누가 경찰 부르지 말래? 나 없이 부르라 이거지. 우리 관계를 생각해서 내가 영화까지 출연해줬는데 너 내 편 안 할 거야? 정인상이 그러던데 너 영화도 다시 찍어야 한다면서? 그러면서 내가 스캔들에 빠지면 좋겠어?"

"저기 그게 그러니까……."

재영은 말끝을 흐리더니 경란의 눈치를 보았다.

"경란아. 우리 계약 말이야. 다시 원상복귀해줄 테니까 잠깐 내 말 좀 들어주면 안 될까? 어쨌든 영화는 찍어야 할 거 아냐."

경란은 입술을 깨물었다. 처음부터 이렇게 될 줄 알았다. 그래서 계약도 파기했던 건데.

그녀는 재영에게 울음을 보이지 않으려고 애쓰며 말했다.

"하긴. 네가 그런 놈이지. 알았어. 네 맘대로 해."

재영은 경란의 일그러진 표정과 싸늘한 은심의 표정을 번갈아 바라보았다. 도도한 은심의 표정. 자신이 원하는 것은 모두 다 가지고야 말았고 앞으로도 그럴 것임에 틀림없는 얼굴이다. 재영은 다시 시선을 경란에게 향했다. 애써 눈물을 참는 경란의 얼굴. 예전부터

친애하는 내 적

그랬다. 경란은 누구에게든 절대로 눈물을 보이지 않으려고 했고 항상 강한 척 굴었지만 사실은 그 누구보다도 상처를 많이 받았고 마음이 약했다.

하긴 그녀가 그런 여자가 아니었다면 재영을 그토록 오래 만나지도 않았을 것이다. 아니, 지금 이 자리에 있지도 않았겠지.

은심이 승리의 미소를 지으며 말했다.

"그럼 남은 일은 두 사람이 알아서 하고 나 집까지 태워다 줘. 절대 내 이름 거론 안 되게 해야 돼."

재영은 마음을 굳혔다. 어쩔 수 없다. 냉혹해지자. 여기서 은심을 꽉 잡아놔야 영화를 찍는다. 지금부터 그가 하는 행동을 보고 경란이 충격 받을지 모르지만 그래도 꼭 해야 할 일이다.

미안하다. 경란아. 내가 다음에는 멋진 모습 보여줄게.

재영은 바지 주머니에서 휴대전화를 꺼냈다. 그리고 뒤로 두어 발자국 물러나 휴대전화를 치켜들고 동영상을 찍기 시작했다. 쓰러진 정인상과 은심이 함께 잡히도록 주의해가며 앵글을 잡았다.

은심과 경란은 멍한 얼굴로 재영이 하는 행동을 보고 있었다.

뒤늦게 은심이 빽 소리를 질렀다.

"재영 씨! 지금 뭐 하는 거야?"

동영상을 다 찍은 재영은 아무 말 없이 휴대전화를 주머니에 넣었다.

그리고는 입을 열었다.

"은심 씨, 이제 나가도 돼. 남은 건 우리가 알아서 할 테니까."

"아니 그게 아니라 지금 날 왜 찍었냐고."

"보험이야. 보험. 너 나중에 영화 안 찍겠다고 딴소리하면 어떡하냐. 힘들다고 외국으로 튈 수도 있고."

"그래서?"

"여차하면 너 이 사건에 연루되었다고 제보해야지."

은심의 눈썹이 일그러졌다.

"지금 나 협박하는 거야?"

"아니. 협조를 구하는 거야. 맘에 안 들면 너도 우리 동영상 찍어. 기분 나쁘면 너도 동영상 공개하면 되잖아."

재영은 빨리 찍으라는 듯 경란 옆에 섰다. 경란은 슬그머니 재영을 옆으로 밀어냈다.

재영은 말을 이었다.

"참, 그리고 우리 경란이 독점인터뷰도 해주고. 그게 원래 너 찾는 계약조건이었으니까. 화내지 말고 짜증내지 말고 진심을 다해서."

은심의 이마에 핏줄이 곤두섰다.

"우리 경란이? 나 태어나서 한 번도 독점인터뷰 한 적 없어. 일본애들하고도 안 했어."

"그럼 이번 기회에 첫 경험 하면 되겠네. 너 여기 더 있기 싫다며. 빨리 나가라. 바깥공기도 쐬고 잠도 자고 그래야지. 내일부터 영화 찍으려면 엄청 힘들 텐데."

"내일? 너 미쳤니? 나 피부 다 망가진 거 안 보여? 정신적 충격 극복하고 몸 회복하려면 최소한 한 달은 치료 받아야 돼."

"너 지금 아주 괜찮아. 내가 지금까지 본 네 모습 중에 진짜 사람 냄새가 나는 건 오늘이 처음이야. 이번 기회에 진짜 배우 한번 되어 봐라. 아니면……."

친애하는 내적

재영은 휴대전화를 흔들며 말을 이었다.

"이거 공개할 테니까 집에서 좀 쉬든지. 정신적 충격 극복하고 피부 재생할 시간 충분할 거야. 아니, 평생 쉴 수도 있겠다."

"한재영! 너 정말 나쁜 놈이구나. 나 정말 실망했다."

"나쁜 놈은 맞지. 좋아하는 사람한테 실망도 많이 시켰고."

재영은 경란을 힐끔 곁눈질했다. 경란은 팔짱을 끼며 말했다.

"됐고. 그만 싸우고 어떻게 할지 빨리 결정을 내렸으면 좋겠는데. 이 사람 이러다 금방 죽겠다. 김지용 형사님 찾아야 한다고!"

경란의 말대로 인상은 여전히 경련을 일으키고 있었다. 은심은 재영의 손을 꼭 잡고는 사정하듯 말했다.

"재영아. 나 영화 안 찍겠다는 거 아니야. 네가 하란 대로 다 할 거야. 뭐든 다 할 거야. 내 말 무슨 뜻인지 알지? 그러니까 그 동영상 지우자. 그런 거 있으면 내가 마음이 불편해서 살 수가 없어."

은심의 눈은 어느새 촉촉하게 젖어 있었다. 역시 배우는 배우야. 재영은 내심 감탄했다. 손은 또 얼마나 부드러운지. 저절로 심장이 쿵쾅쿵쾅 뛰었다.

하지만 몇 년 전과 마찬가지로 재영은 손을 빼며 말했다.

"미안한데 안 되겠다. 차 열쇠 줄 테니까 집에 가서 푹 쉬어. 내가 내일 전화할 테니까 그때 스케줄 정리하고."

은심은 갑자기 맹수로 돌변해 으르렁댔다.

"개새끼. 너 내가 박살내버릴 줄 알아."

"마음대로 해. 대신 영화는 찍는 거다?"

은심은 인사 한마디 없이 열쇠를 받아 사라졌다. 재영은 119와 경찰에 전화했다. 경란은 침대보를 가져와 인상의 상처를 싸매주었다. 그리고 김지용 형사에 대해 물었지만 인상은 입만 뻐끔거릴 뿐 대답하지 못했다.

두 사람은 철장 안 침대에 걸터앉아 사람들이 오기를 기다렸다. 어색한 침묵이 흘렀다.

재영이 눈치를 보다가 말했다.

"근데 저 옆방에는 뭐가 있는 거야?"

"나도 몰라. 문 잠겼어."

"여기 열쇠 있는데 한번 들어가볼까?"

경란은 질겁하며 말했다.

"절대 안 돼! 나 간 다음에 열어!"

"미안. 난 그냥 분위기가 좀 그래서……. 좀 바꿔볼까 하고."

"분위기 더 나빠지게 만들려고? 지금까지 있었던 일만으로도 나 당분간 잠 못 자. 근데 저런 데 뭐가 있는지 왜 궁금하니! 난 저 방에 뭐가 있는지 전혀 알고 싶지 않거든?"

"미안하다. 괜히 이런 일에 끌어들이고. 내가 진짜 나쁜 놈이다."

"뭘 새삼스럽게. 진작부터 알고 있었어. 그런 놈인 거."

"미안해."

다시 침묵이 흘렀다. 경란이 불쑥 입을 열었다.

"왜 조은심 하자는 대로 안 했냐? 뭐든 하란 대로 해주겠다는데."

"야. 나 쟤 별로 안 좋아해. 그때 네가 하도 화내고 난리쳐서 내가 제대로 말을 못 했지만 내가 얼마나 단호한 남잔데. 그때도 딱 잘라서 절했었어."

"진짜?"

친애하는 내 적

물론 거절하고 엄청나게 후회했었다. 집에 돌아와 미친놈이라고 후회하고서 그녀를 다시 만나러 갔다가 그녀가 다른 남자와 이야기하는 걸 보고 실망해서 돌아섰었다.

은은한 재즈 음악과 값비싼 위스키, 소곤거리는 대화 그리고 절망. 투자사가 클럽을 빌려 마련한 파티였다. 그녀는 야회용의 등허리가 깊게 파인 드레스를 입은 채 사람들과 이야기를 나눴고 초대받지 못한 손님이었던 재영은 노스페이스 패딩을 입은 채 구석에서 공짜 위스키를 마셨다.

그래서일까, 경란이 헤어지자고 했을 때 제대로 대응하지 못했다. 마음속으로는 은심을 생각한 게 사실이니까. 하지만 지금에 와서는 그때 은심을 거절하길 잘했다는 생각밖에 들지 않았다.

그래. 하얀 거짓말 한번 치자.

재영은 숨을 크게 들이마시곤 경란의 손을 살며시 잡았다.

"그럼. 그때 난 너밖에 안 봤어. 진짜야."

"재영아, 넌 거짓말 칠 때 꼭 심호흡을 하더라."

경란은 재영의 손을 뿌리치며 말했다. 멀리서 구급차 사이렌 소리가 들렸다. 재영은 한숨을 쉬었다. 일이든 연애든 제대로 되는 게 없다.

재영의 말에 동의하듯 인상이 콜록 피가 섞인 기침을 내뱉었다. 경란은 급히 인상에게 달려가 물었다.

"김지용 형사님 어디 있어요? 그 사람 살아 있으면 당신 정상참작 받을 수 있어요."

인상은 다시 입을 달싹거렸다. 이번에는 조금 더 또렷하게 목소리가 흘러나왔다. 경란은 인상의 말에 집중하며 고개를 끄덕거렸다. 재영은 그런 경란을 뚫어지게 바라보았다.

구급차 사이렌 소리가 점점 가까와져 왔다.

친애하는 내적

1
1
—

[조은심 씨가 지금 공항에 들어서고 있습니다. 갑작스러운 잠적 후 한 달만의 공식적인 외출입니다. 측근의 말에 따르면 프랑스로 여행을 갔다가 '환상의 여인'에 문제가 생겼다는 사실을 알고 재촬영 협의를 위해 돌아왔다고 합니다.]

재영은 공항 편의점 텔레비전을 통해 입국장으로 들어서는 은심을 보고 있었다. 수많은 취재진이 은심을 둘러싼 채 사진을 찍고 질문을 던졌다. 조은심은 자신이 어떤 존재인지 아는 듯 우아하고 느린 걸음걸이로 천천히 복도를 따라 걸었다. 그녀의 목소리가 바로 앞에서, 그리고 TV 속에서 동시에 들렸다.

[소식을 너무 늦게 들었습니다. 정인상 감독님 일은 프랑스에서 듣고 저도 많이 놀랐어요. 그럴 분으로 보이지 않았는데 제대로 된 수사가 이뤄져 진실이 밝혀지길 바랍니다.]

[귀국 후 스케줄은 어떻게 하실 생각이십니까?]

[일단은 '환상의 여인' 촬영 스케줄에 맞출 생각입니다. 불미스러운 일이 있었지만 작품을 위해서라도 최선을 다하려고 합니다.]

재영 옆에 서 있던 승우가 말했다.

"형, 나 이번에 시키는 대로 하면 꼭 그거 없애줘야 돼."

"알았다니까. 내가 우리 부모님 명예를 걸고 약속한다. 이번이 마지막 부탁이야."

"저는 어떻게 해요?"

은진이 겁먹은 목소리로 물었다. 배짱 좋은 그녀도 조은심 주위로 몰려든 기자들의 수를 보고 기가 질린 듯 했다.

"그냥 승우 따라가서 은심 씨 옆에 꼭 붙어 있으면 돼요. 남은 건 우리가 다 알아서 할 테니까."

조은심이 돌아왔기에 은진이 할 일이 없어졌다. 그냥 잔금 쥐여 줘서 집에 보낼까 하다가 마음을 고쳐먹고 적당한 조연 자리를 만들어주었다. 오늘 기자들 앞에서 살짝 얼굴을 보인 후 모레쯤 승우와 은진의 열애기사를 흘릴 생각이었다.

물 들어올 때 노 저으란 말이 있다. 조은심 기사로 영화 홍보가 될 때 승우 은진 열애기사로 몰아치는 거다. 이 정도면 배우들로 주말예능 도배하는 것보다 효과적이다.

은진은 결의에 찬 얼굴로 고개를 끄떡였고 승우는 기사 나가면 꼭 동영상 없애줘야 한다고 다시 한 번 못을 박았다.

1층 로비에 성호와 원희가 기다리고 있었다. 성호는 원희에게 뭐라고 설명하다가 재영을 보고 손을 흔들었다.

"어디 갔다 와. 지금 언론에서 난리야. 난리! 정인상 구속에 조은심 복귀라고 국민적 관심이 대단하다고. 이럴 때 빨리 찍어서 터뜨려야 해. 위에서도 투자 더 한다고 빨리 진행하래. 형, 인생 편 거야."

정말 그런 걸까.

조은심과 취재진이 쏟아져 나왔다. 승우는 얼른 은진의 손을 잡고 은심에게로 뛰어갔다.

"누나!"

기자들의 관심이 젊은 연인에게로 넘어갔다. 떠오르는 젊은 스타. 묘령의 여자. 꼭 잡고 있는 손. 연예부기자라면 놓치고 싶지 않은 사진이다. 승우는 특유의 살인미소를 지으며 손을 흔들었고 은진은 떨리는지 눈을 꼭 감고 있었다.

기자들이 열심히 두 사람 사진을 찍어댈 때 조은심이 재영을 보고 손을 흔들었다.

"대표님."

이번에는 카메라 플래시가 재영의 얼굴 위로 터졌다. 조은심은 부드러운, 하지만 자신만만한 미소를 지으며 재영에게 손을 흔들었다.

"뭐 해요. 이리 오세요."

한재영은 눈 위로 손을 들어올렸다. 플래시 때문에 눈이 부셨다. 환하게 웃고 있는 조은심이 보였다. 그녀는 아름다웠다. 남자가 자신에게 바라는 것이 무엇인지 잘 알고 있는 얼굴이다.

하지만 재영은 더 이상 은심에게 관심이 없었다. 은심을 보자 경란의 얼굴이 떠올랐다. 지친 경란의 모습. 웃는 얼굴. 울먹이는 모습. 갑자기 경란이 참을 수 없이 보고 싶어졌다.

재영은 원희를 은심에게 밀쳤다.

"네가 잘 정리해라."

"그게 무슨 말씀이세요, 대표님?"

"너도 이제 이런 일도 해봐야지."

재영은 원희의 어깨를 탁탁 치고는 돌아섰다. 성호가 어딜 가냐고 물었지만 대답하지 않았다. 등 뒤로 원희의 더듬대는 목소리가 들렸지만 재영은 끝까지 한 번도 돌아보지 않았다. 조은심은 박수를 치며 기자들의 관심을 돌렸다.

"자, 질문 받겠습니다."

조은심은 능숙한 태도로 대답했다. 하지만 재영을 쳐다보는 그녀의 표정은 어딘가 우울해 보였다.

재영은 공항 밖으로 나가다 정만수와 마주쳤다. 만수는 떡대 좋은 직원들과 함께였다. 정만수는 재영을 보고 반가운 목소리로 말했다.

"한 대표! 그동안 왜 전화를 안 받았어? 클럽 사람들하고 약속도 다 잡아났는데 도통 연락이 안 돼서 걱정했잖아."

재영은 만수를 무시하고 지나가려 했지만 직원들이 길을 막아 그럴 수가 없었다.

만수는 재영에게 어깨동무를 하며 말했다.

"조은심 씨가 여기 있다면서. 나 뉴스 보고 왔어. 오늘은 만날 수 있는 거겠지?"

"그럼요. 안에 들어가시면 됩니다. 저희 회사 남 이사 아시죠? 제가 조은심 배우한테 잘 얘기해놨으니 가서 손만 흔드시면 됩니다."

"고마워. 그런데 자네 어디 가나?"

"지금 꼭 봐야 할 사람이 있어서요. 그럼 대표님도 행복하십쇼."

재영은 인사를 하는 둥 마는 둥 하고 만수를 지나쳐 택시를 탔다.

정만수는 흐뭇하게 웃으며 부하들의 어깨를 쳤다.

"거봐. 저런 진솔한 친구가 사기를 칠 리 있나. 야, 너 카메라! 정신 집중해서 나랑 은심 씨랑 어깨동무할 때 정확하게 찍어라. 로타

리클럽 친구들 놀라게 할 일만 남았다."

그날 경란은 김지용 형사를 구했다. 정인상은 지용을 어디에 묻었는지 알려주었고 경란과 경찰들은 지용이 숨이 막혀 죽기 직전, 간신히 찾아냈다. 지용이 세상 밖으로 처음 나와 한 말은, 범인을 잡았냐가 아니라 아내와 아이가 보고 싶다는 거였다고 했다. 경란은 지용의 아내에게 연락해 그들이 다시 만나도록 도왔다. 지용 아내는 아이를 데리고 병원으로 찾아가, 잠든 지용을 오랫동안 쳐다봤다고 했다. 그들이 잘 되길, 행복하길 바란다.

그날 일은 경란이 인상에게 납치되었다가 재영이 구출했다는 식으로 정리가 되었다. 정인상은 구급차에 실려가 병원에서 치료를 받았고 지금은 경찰 조사를 받고 있었다. 조은심은 미리 인상의 집을 빠져나가, 중국계 재벌의 전용기를 타고 프랑스에 갔다가 바로 귀국하는 퍼포먼스로 세간의 의심을 잠재웠다.

경란은 참고인으로 아직 경찰서에 있었다. 재영은 밖에 서서 그녀가 나오면 할 말을 구상했다.

'고마워. 다 네 덕분에 잘됐어. 이제 뒷일은 다른 사람들이 알아서 할 거고. 우리 얘기나 좀 할까?' 이렇게 말하는 건 너무 약하다. 차라리 '경란아 많이 힘들었지? 나도 반성 많이 했어. 정말 미안해. 나 은심이고 영화고 다 팽개치고 일루 온 거야. 우리 다시 시작하자.' 같은 사과로 시작하면 어떨까.

그때 경란이 경찰서를 나왔다. 재영은 그녀에게 손을 흔들었지만 경란은 쳐다보지도 않고 인도를 따라 걸어갔다. 재영은 경란 옆에서 함께 걸으며 무슨 말을 할지 궁리했다. 하지만 입을 연 건 그녀가 먼저였다.

"왜 따라와? 아직도 나한테 시킬 일 남았어?"

"나 이제 영화 다른 사람들한테 맡기려고. 다들 프로니까 알아서 잘할 것 같더라. 난 더 중요한 일을 해야지. 너 만나는 일 같은 거…….."

"만났으니 됐네. 그럼 잘가."

경란은 택시를 불렀다. 재영은 그녀 앞을 막아섰다.

"이제 나한텐 너밖에 없다고. 그 말 하려고 여기 온 거야. 공항에서 조은심 보고 인터뷰 준비하는데 자꾸 네 얼굴만 생각나더라. 네 생각밖에, 네 걱정밖에 들지 않았어. 널 계속 보고 싶어."

경란은 더 말해보라는 듯 턱을 까딱였다.

"더 할 말 없어?"

재영은 한참 고민하다가 말했다.

"음……. 은심이 보면 볼수록 정말 못생겼더라."

택시가 몇 번 빵빵거리다 가버렸다.

하. 정말 한심한 놈이다. 뻔뻔하고 파렴치한 놈. 이딴 소리를 하면 다시 만나줄 거란 생각이 드나? 정말 답이 없다. 경란은 고개를 설레설레 흔들고 재영을 지나쳐 걸어갔다. 어차피 오늘은 날씨도 좋았다. 집까지 천천히 걸어가면 된다. 재영은 뒤를 따라오며 계속 말을 걸었다.

"경란아. 우리 저기 어디 커피숍에 가서 잠깐 얘기 좀 하자. 십 분이면 돼. 십 분이면. 내가 다 설명하고 사과할게. 내가 영화 찍겠다고 잠깐 눈이 뒤집혔었는데 정말 미안해. 나 이제 정신 차렸어. 내

친애하는 내 적

가 혼자 잘되려고 그런 거 절대 아니다. 이 영화 대박 터지면 너한
테 반 주려고 그랬다니까. 이제 잘될 일만 남았으니 너도 고생 끝
행복 시작이야. 경란아. 내 말 듣고 있니?"

경란은 돌아서서 재영의 따귀를 세게 올려붙였다.

"돈 반 보내고 다시 얘기해."

재영은 얼굴을 감싸 쥔 채 아무 말도 하지 못했다. 경란은 다시
앞을 보고 걸었다. 앞으로 재영과 어찌 될지 그녀도 알지 못했다.
하지만 일단 화를 내고 나니 한결 기분이 좋았다. 시원한 바람이 머
리를 스치고 지났다. 경란은 눈을 감고 크게 숨을 들이마셨다.

재영은 다시 그녀를 따라붙으며 계속 말을 걸었다.

"야. 너 손 진짜 맵다. 한 대 맞으니까 바로 정신이 나. 내가 뭘 잘
못했는지 알겠다. 정말 미안해."

재영은 계속 사과하고 변명했지만 경란은 대답하지 않았다. 두
사람은 바짝 붙어선 채 인도를 따라 계속 걸었다.

경란은 갑자기 피식 웃음이 나왔다. 햇빛은 눈부시고 공기는 상
쾌하고 바람은 시원했다. 몇 년 만에 가장 마음이 가벼워진 기분이
었다.

다시 한 번 기회를 줘볼까. 더 이상 나빠질 일도 없고 우리 둘 다
바닥을 쳐봤으니 이제 다시 올라갈 일만 남은 게 아닐까. 그렇다면
혼자 올라가는 것보단 같이 올라가는 것도 나쁘진 않을 것 같다고.
시원한 바람을 얼굴로 느끼며 경란은 생각했다.

— fin.

외전. 남승우의 모험

—

'환상의 여인' 홍보가 시작된 후 가장 바빠진 사람은 남승우였다. 그는 영화, 드라마, CF 등의 모든 스케줄을 중지하고 '환상의 여인' 홍보에 몸 바쳤다. '무한도전', '일박이일', '런닝맨' 등의 주말 예능은 물론 '해피투게더', '나는 남자다' 등의 평일 예능, 거기다 '마녀사냥', '썰전' 등의 케이블 예능까지 출연해 촬영 관련 일화를 소개했다.

그뿐만이 아니다. 나중에는 고부갈등을 다룬 '웰컴 투 시월드'에 패널로 나가 좋아하는 장모 상을 밝힌 다음 온 가족이 '환상의 여인'을 보면 사이가 좋아질 거라고 정색하며 뻥을 쳤고 연예인 가족이 출연하는 '붕어빵'에 출연해 3년 내로 결혼해 아들, 딸 가리지 않고 둘만 낳고 싶다는 의견을 표명한 후 '환상의 여인' 개봉일이 아이 낳기 좋은 날이라고 거짓말을 했다.

개봉일이 다가올수록 홍보는 점입가경, 나중에는 관련자들조차 당황할 정도가 되었다. 남승우는 '아침마당', '6시 내 고향' 등의 일일 프로까지 나와 지방 어르신들을 찾아다니며 제발 '환상의 여인'을 봐달라고 읍소했으며 그 와중에도 밥 먹을 시간만 나면 명동, 강남역 등지에서 게릴라 데이트, 팬들과의 만남 등의 스케줄을 소화

친애하는 내 적

했다. 게다가 국내외 언론의 인터뷰란 인터뷰는 모조리 받아들여 나중에는 울릉도 케이블 방송과도 만남의 시간을 가졌다.

['환상의 여인'! 정말 최고입니다!]

그는 '환상의 여인'의 성공을 위해서는 목숨마저 제물로 바칠 기세였는데, 심지어 소속사 대표마저 이러다 이 작품이 유작이 되겠다고 그만 홍보하자고 사정할 정도였다.

남승우가 악착같이 영화 홍보하는 이유에 대해 많은 소문들이 떠돌았다. 그중에는 남승우가 영화에 전재산을 넣었다는 영화 대주주설, 남승우와 조은심 사이의 열애설 등이 있었는데 어느 것도 사실과는 거리가 있었다.

누군가 우스갯소리로 제작자가 남승우 섹스비디오라도 가지고 있는 모양이라는 말을 했는데…….

그게 정답이었다.

동영상은 실제 존재했고 제작자인 한재영이 가지고 있었다. 남승우는 영화 개봉 다음 주 월요일에 파일을 돌려받기로 약속하고 몸이 부서져라 뛰는 중이었다.

고교 졸업 후 몇 년 동안이나 단역에 단역을 전전하다가 이제야 스타로 발돋움한 그다. 비디오 하나 때문에 인생을 망칠 수는 없었다. 그래서 남승우는 한재영이 시키는 대로 대한민국에 존재하는 모든 프로에 출연하는 중이었다.

하지만 참는 데도 한계가 있는 법이다.

남승우는 아침까지 굶은 채 응암동의 한 허름한 스튜디오에서 중국에 냉장고를 납품하는 중소기업 사내잡지 화보 겸 인터뷰를 찍다가 마침내 폭발해버렸다.

"더는 못 참아!"

그는 매니저까지 뿌리친 채 직접 차를 몰아 한재영을 찾아갔다. 재영은 네이버 영화란에 익명으로 '환상의 여인' 홍보글을 쓰고 있던 중이었는데 딱딱하게 굳어버린 승우의 표정을 보고 상황을 짐작했다.

"잠깐, 승우야."

그는 아무도 회의실에 들어오지 못하도록 문을 잠그고 남승우와 독대했다.

"무슨 일 있냐? 여긴 무슨 일이야? 너 인터뷰 하고 있는 거 아니었어?"

남승우는 울분에 가득 찬 목소리로 말했다.

"형. 이제 그만해."

"그만하자니. 뭘?"

재영은 짐짓 모르겠다는 듯 말했다. 비열한 놈. 승우는 이를 악물었다.

그는 여기서 재영을 죽이면 범인으로 몰릴 가능성이 얼마나 될까 고민하다가 한 번 더 진심을 담아 말했다.

"홍보. 형, 이 정도면 됐잖아. 나 그동안 진짜 열심히 했어. 아무리 사람…… 약점을 잡았어도 말이지, 너무하는 거 아냐? 내가 지금까지 한 것만으로도 대한민국 영화 홍보 역사를 다시 쓴 거 알아? 지금까지 나처럼 미친놈처럼 홍보한 사람, 하나라도 있으면 말해봐. 그러니까 그만하자고. 나 이제 정말 죽을 거 같애. 정말."

승우는 울상을 지었다.

"'환상의 여인' 봐달라는 말이 얼마나 입에 뱄는지 어제는 엄마한

친애하는 내 적

테도 그 얘기 했어. 우리 회사 대표는 날 아주 미친놈 보듯 하고! 요즘은 나한테 말도 안 걸어! 당연하지. 드라마, 영화 다 중지하고 이거 홍보만 주구장창 하고 있으니."

"약점? 내가 무슨 약점을 잡았지? 궁금하네."

"형, 자꾸 이럴래? 우리 여기서 같이 죽을까? 그랬으면 좋겠어?"

승우는 언성을 높였다. 재영은 누가 소리를 들었을까 봐 창밖을 내다보았다. 원희가 사무실에 있었지만, 못 들은 척 컴퓨터만 쳐다보고 있었다.

재영은 문이 잠긴 걸 다시 한 번 확인하곤 승우의 어깨를 토닥였다.

"미안. 농담이야. 농담."

"그럼 그만하는 거지? 그럼 동영상 돌려줘. 나 마음 편히 좀 쉬자."

"근데 말이야. 승우야. 개봉까지 이제 일주일밖에 안 남았다. 딱 일주일만 더 참자. 그 다음에 우리 웃으면서 이야기하면 되지 않겠냐."

"형!"

"야. 내 말 끝까지 들어봐. 네 홍보 덕에 영화가 확 치고 올라갔다고. 너 아니었으면 우리 영화 어떻게 됐겠냐? 전 감독은 사고 치고 잡혀가고, 새 감독은 완전 초짜고. 조은심은 촬영 끝나자마자 코빼기도 안 비치고. 너라도 열심히 해줘서 여기까지 온 거야."

"그러니까 그만하겠다고."

"승우야. 근데 이거 잘되면 나만 잘되냐? 이 영화 잘 되면 너 바로 맨 위로 올라가는 거야. 김수현, 송중기, 그리고 남승우. 차세대

스타 빅 스리 되는 거지. 조금만 고생하자.”

“김수현? 송중기? 말이 되는 소리를 해! 걔들은 배우만 하잖아! 나 이거 하다가 예능인 되게 생겼어. 내가 지금 신동엽보다 예능을 많이 뛴대! 김구라랑 일주일에 다섯 번씩 만나! 세상 어떤 배우가 ‘6시 내고향’에 출연해? 내가 전국 오일장이란 오일장엔 다 가봤어!”

재영은 계속 웃는 낯으로 승우를 달랬다.

“너 잘 모르는 모양인데 지금 분위기 좋아. 너 영화 홍보하는 거 보고 투자사에서 너 엄청 좋게 봤대. 사실 출연료로 몇억씩 주는 거 그거 다 홍보까지 포함 아니냐. 근데 좀 떴다 하면 아무것도 안 하려고 그러니까 얼마나 불만들이 많았겠나. 할리우드 슈퍼스타 휴 잭맨도 ‘강심장’에 나와서 김치 먹는 세상인데 말이지. 근데 너는 몸 안 사리고 홍보하잖아. 이 바닥 분위기를 네가 바꾸고 있는 거라니까. 다시 말해 너랑 휴 잭맨이 동급이라 이거지.”

재영은 동급이라는 말을 하며 꿀엄지를 내밀었다.

승우는 주먹을 한 대 날리고 싶은 걸 참고 선언했다.

“됐고. 이제는 형 하는 말에 안 속으니까 더 말하지 마. 내가 할 일은 충분히 했다고 생각해. 딴 작품 포기하면서까지 영화 찍고, 지금까지 개처럼 홍보하러 다녔어. 더는 못 해! 감독님이랑 다른 배우들 다 참여하는 공식 일정 말고는 더 이상 나 부르지 마.”

남승우는 최후통첩하듯 말하곤 방을 나가려 했다.

하지만 재영은 문 앞을 막아서며 차가운 표정으로 말했다.

“진심……이냐?”

승우는 순간 겁이 났지만 배에 힘을 주고 말했다.

“또 협박하려고? 하려면 해봐. 같이 죽지 뭐. 나도 이렇게 사느니

친애하는 내 적

배우 그만하는 게 나아. 진짜로 예능 넘어가지 뭐. 거기서 좀 놀림감 되고 돈 벌면 돼. 형이 문제지. 영화는 당연히 망할 거고 형은 협박 혐의로 구속될 거고. 요새 경란이 누나랑 좀 잘되는 거 같던데, 당연히 헤어지겠네?"

재영은 눈 하나 깜짝하지 않았다.

"그건 너도 그렇지. 요즘 차은진하고 사이좋다며. 너답지 않게 오래 만난다고 다들 놀라던데. 걔가 그 동영상 보면…….”

"그만! 더 말하지 마!"

승우는 버럭 소리를 지르며 재영의 멱살을 잡았다. 네덜란드에서 돌아오는 비행기에서 봤던 영상을 떠올리자 팔다리에 절로 소름이 돋았다.

그 거대한 물건과 핑크빛…….

승우는 고개를 흔들어 애써 생각을 지우려 했다. 어찌나 충격이 큰지 은진과 키스하다가도 그 일을 떠오르면 몸이 딱딱하게 굳어 한동안 움직일 수가 없다. 은진에게는 드라마 찍을 때 액션 장면에서 다친 후유증이라고 둘러댔지만 사실은 그 일의 충격 때문에 그랬다.

승우는 재영을 노려보며 이를 갈았다.

"형이 저지른 일 아냐. 사람 인생을 완전히 망친 거잖아!"

"자, 진정해. 진정. 그러니까 내가 책임지고 수습하겠다는 거 아니니. 네가 요새 많이 힘든 건 잘 알겠다. 내가 스케줄 팍 줄여볼게. 일단 오늘은 집에 가서 푹 쉬어. 아, 오랜만에 은진이 만나라. 은진이가 네 걱정 많이 하더라."

"형 걱정이나 해."

승우는 파르르 떨며 말했다. 한재영 같은 놈이 은진이 운운하는 걸 듣고 싶지 않았다.

재영은 승우의 약점을 알아차렸다는 듯 야릇한 미소를 지었다.

"은진이 힘들게 하지 말자. 우리."

승우는 더 듣고 싶지 않아 문을 박차고 나왔다. 원희가 어느새 문 앞에 서 있었다. 휴대전화를 쥐고 있던 손을 등 뒤로 감추는 걸로 봐서는 여차하면 경찰에 신고할 생각이었던 게 틀림없다.

승우는 원희를 노려보며 생각했다. 이 새끼는 어디까지 아는 걸까. 혹시 동영상은 봤을까.

원희는 어색하게 웃으며 말했다.

"배우님 목소리가 너무 커서 무슨 일이라도 난 줄 알고……."

승우는 재영을 돌아보며 말했다.

"개봉하면…… 돌려주는 거지?"

"당연하지. 난 네 편이라니까."

대답은 빠르고 목소리는 힘이 넘쳤지만, 승우는 재영이 눈을 깜빡거리는 걸 놓치지 않았다. 배우란 거짓말을 하는 직업이다. 승우는 배우의 직감으로 깨달았다.

이 새끼, 끝까지 안 돌려줄 거구나.

그가 배우로 있는 한 동영상을 품에 끼고 해충처럼 수액을 빨 놈이다. '환상의 여인'이 잘되기라도 하면 2편 찍자, 3편 찍자, 하면서 계속 들러붙겠지. 그에게 배우로서의 가치가 있는 한, 환갑이 돼도 끝까지 뻗대면서 사람 협박할 것이다.

"지금 어디 있는데? 혹시 여기저기 복사해둔 거 아냐?"

"무슨 소리야! 원본 하나밖에 없어. 집에 잘 숨겨놨으니까 아무 걱정 말고 넌 그냥 할 일만 하면 돼."

승우는 사무실을 나섰다. 계단을 내려가며 그는 결심했다.

주지 않겠다면 빼앗겠다고.

빼앗는 방법에도 여러 가지가 있다. 가장 확실한 방법은 폭력을 사용하는 것이다. 한재영이 평소 배짱 있는 척하지만 몇 대만 때리면 눈물, 콧물 다 흘리며 동영상을 내놓을 게 분명했다. 승우는 재영을 질근질근 밟으면서도 조금도 양심의 가책을 받지 않을 자신이 있었다.

다만 현실적인 문제가 있었다. 정확히 말해 법적인 문제다. 제작사 사무실이나 길거리에서 재영을 두들겨 팼다간 동영상을 돌려받기도 전에 경찰이 출동할 것이고, 재영을 어딘가 은밀한 곳에 데려가 불게 만들었다간 동영상 대신 납치감금 및 폭행죄로 협박당할 것이 뻔하다.

그렇다면 어떻게 해야 하나?

훔치는 건 어떨까? 동영상을 훔쳐낸 후 한재영과 관계를 끊는 것이다. 물건을 잃어버렸다고 경찰에 신고할 수도 없을 테니 조용히 일을 끝낼 수 있다. 생각하면 할수록 그쪽이 낫다는 확신이 든다. 하지만 그는 도둑질에 대해 아무것도 몰랐다. 초등학교 때 엄마 지갑에서 돈 꺼낸 게 마지막 절도였을 정도다. 그날 죽도록 맞고 다시는 남의 지갑에 손도 대지 않았다. 그런 실력으로 재영의 집에 숨겨져 있다는 동영상을 훔쳐내는 게 가능할 리 없다.

승우는 사무실로 돌아가 동영상 내놓으라고 재영의 멱살을 잡고 흔들고 싶은 마음을 억눌렀다.

이럴 때일수록 침착해야 한다. 재영이 낌새를 채면 다시는 기회가 없다. 딱 한 번. 시침 떼고 있다가 단번에 동영상을 훔쳐내야 한다.

승우는 심호흡하고 차량 오디오를 켰다. 은진이 USB에 담아준 '90년대 끝내주는 노래 vol.1'가 흘러나왔다. 은진이 자기 보고 싶을 때 들으라며 좋아하는 노래만 골라준 것인데, 요즘 힘들어서 그런지 자주 듣는다.

[그 천일 동안 힘들었나요. 혹시 내가 당신을 아프게 했었나요.]

이승환의 명곡 '천일 동안'이 흘러나왔다.

승우는 이승환의 마음을 이해할 수 있었다. 그도 영화 찍기 시작해서 지금까지 1년 가까운 시간 동안 정말 힘들었고 한재영 그 개새끼는 그를 정말 아프게 했다. 이러다 영화 엎어지면 한재영이 소라넷 같은 곳에 동영상을 팔아먹고 튀는 게 아닐까, 하루에도 열 번씩 겁에 질렸다. 팬을 만나도 이 중에 동영상을 본 자가 있지 않을까 자꾸 신경이 쓰였다. 사람에 대한 믿음이 사라지고 불신과 증오만 남았다.

그러다가 차은진을 만났다. 정말로 괜찮은 여자였다. 가식이 없었고 누구에게나 호탕하고 솔직하게 대했다. 그녀와 있을 때는 속을 감출 필요가 없어 마음이 편했다.

승우는 한숨을 쉬었다. 그녀라면 그가 실수로 재영을 죽여도 외면하지 않을 것이다. 시체 묻을 자리를 찾아 삽질부터 해줄 여자다.

승우는 거기까지 생각하다 퍼뜩 정신이 났다. 은진은 절대 안 된다. 그녀에게는 비밀을 지켜야 했다. 만에 하나, 그녀가 동영상을

친애하는 내 적

보고 경멸의 눈빛을 보낸다면, 그는 더 이상 세상을 살아갈 자신이 없었다.

'나 혼자 해결해야 할 일이야.'

승우는 이를 악물었다. 호랑이도 자기 말할 때 온다는 속담대로, 마침 은진에게서 전화가 왔다. 승우는 목소리를 가다듬고 애써 밝은 목소리로 전화를 받았다.

"은진아."

은진이 특유의 생동감 넘치는 말투로 말했다.

— 자기, 인터뷰 끝났어? 자기 정말 힘들겠다. 나라도 옆에 있으면 좋을 텐데. 다음 스케줄은 어디야? 이번 주 들어서 우리 얼굴도 못 봤잖아. 내가 그리로 갈게.

"아, 올 필요 없어. 오늘 스케줄 다 취소됐어."

— 정말? 잘됐다! 같이 밥 먹자! 그렇잖아도 아빠가 종친회 갔다가 한우 선물 받아 왔거든? 내가 그거 가지고 오빠네 갈게. 전주에서 갓 잡은 투뿔등심이래. 오빠, 한우야. 한우. 호호호.

"미안. 오늘은 안 되겠다. 내가 너무 피곤해서 좀 쉬어야겠어."

— 정말? 나 밥만 먹고 가도 되는데. 나 정말 등심 잘 굽는데.

은진의 목소리가 간절해졌다. 승우도 은진을 보고 싶고, 등심도 먹고 싶었지만 꾹 참고 말했다.

"담에 먹자. 오늘은 좀 쉴게."

침묵이 흘렀다. 은진은 실망한 기색이 역력한 목소리로 말했다.

— 알았어. 잘 쉬고 다음에 봐.

승우는 망설였다. 그냥 오늘은 은진이랑 놀까. 한재영 문제는 나중에 해결하고 오늘은 기분 전환을……. 하지만 그는 곧 고개를 흔들었다. 더 이상 미루기만 해서는 안 된다. 당장 내일부터 초 단위 스케줄을 소화하게 될지도 모를 일이다. 잠깐이라도 시간이 났을 때 해결방법을 찾아야 했다. 그게 바로 자신을 위하는 길이고 은진을 위하는 길이다.

그는 낮게 대답했다.

"그래. 내가 다시 전화할게."

— 그래.

수화기 너머로 은진의 섭섭함이 느껴졌다. 승우는 속으로 생각했다. 정말 미안해. 내가 한재영 그놈 금방 정리할게. 그 다음에 우리 등심 먹자.

빼앗든 훔치든 혼자서 할 수 있는 일이 아니다. 누구든 이런 쪽 일의 전문가가 필요했다. 승우는 흥신소에 연락해볼까 하다가 그만 두었다. 그랬다간 돈은 돈대로 뜯기고 흥신소 깡패들에게 협박당하게 될지도 모를 일이다.

승우는 막막한 심정으로 휴대전화 연락처를 뒤져보다 '독고광'이라는 이름에서 손가락을 멈췄다.

'그러고 보니 이 형님이 있었네.'

왜 지금껏 생각을 못 했을까. 독고광이라면 이런 일의 전문가이긴 하다. 다만 너무 위험한 자라는 게 문제인데……. 승우는 잠시 고민하다가 마음을 고쳐먹었다.

상대는 한재영이다. 극독은 극독으로 처리해야 하는 법이다. 독고광이 수상한 인간인 건 사실이지만 그를 속일 위인은 아니었다. 승우는 배에 힘을 주고 독고광에게 전화했다. 한참 신호가 갔지만

친애하는 내직

아무도 전화를 받지 않았다. 또 어디 감옥에라도 갔나. 승우는 한숨을 쉬며 전화를 끊었다.

이제 어떡하나. 승우는 고민했다. 오늘은 포기하고 그냥 은진이나 만날까?

서서히 그쪽으로 마음이 동할 때 전화벨이 울렸다. 휴대전화 화면에 전화번호 대신 발신자표시제한이라는 글씨가 떠 있었다.

'누구지?'

승우가 어리둥절한 기분으로 전화를 받자 독고광의 음침한 목소리가 들렸다.

— 누구냐.

승우는 휴대전화를 고쳐 잡으며 말했다.

"형, 저 승운데요. 남승우요."

— 아, 승우. 무슨 일이냐?

"형한테 조언을 구할 일이 있어서요. 지금 만날 수 있을까요?"

잠시 침묵이 흘렀다. 독고광이 말했다.

— 경찰이 시켜서 전화한 거 아니지?

승우는 등허리를 타고 식은땀이 흘러내리는 걸 느꼈다. 이 형 또 사고 쳤구나. 괜히 전화했나 싶었지만 후회하긴 늦었다. 그는 진심을 담아 말했다.

"그럼요. 경찰이 왜 저한테 그런 걸 시키겠어요. 그냥 형이랑 얘기 좀 하고 싶어서 전화했어요."

— 그럼 네가 나 있는 데로 와라. 내가 지금 어디 있냐면…….

남승우는 '환상의 여인' 출연 직전 찍은 월화 미니시리즈로 스타가 됐다.

천재 피아니스트지만 어릴 때의 아픔 때문에 재능을 감추고 금고 털이로 살아가는 남자의 이야기였다. 그녀는 사랑하는 여자를 만나 과거를 청산하고 다시 음악으로 돌아오려 하지만 조직 보스에 의해 손가락이 부서지고 만다. 처음에는 절망하지만 연인을 위해 끝없는 재활을 택하고 피나는 노력 끝에 또 다른 재능을 깨닫고 천재 화가로 다시 태어난다는 내용이었다.

왜 화가냐면 손을 결국 못 고쳤기 때문이다.

화가는 그림만 잘 그리면 되니까…….

월화 미니시리즈로 시청률 20퍼센트를 찍고 일본, 중국에도 판매되어 나름의 성과를 올렸다.

무엇보다 덕을 본 건 주연인 남승우였는데 단번에 액션과 멜로가 동시에 가능한 이십 대 중반 스타로 자리매김했다.

드라마 주연을 꿰차기 전에 '환상의 여인'을 계약한 게 평생의 실수다. 그것만 아니었다면 지금 드라마에 영화에 중국 CF까지 하며 떼돈을 벌고 있을 텐데. 집에 돈 세는 기계 가져다두고 침대 아래 돈을 깔아두고 살 텐데.

남승우는 회한을 곱씹으며 차를 세웠다. 독고광이 그를 불러낸 곳은 경기도 파주 인근의 컨테이너 창고였다.

승우는 독고광이 이런 외진 곳에서 무얼 하고 있나 궁금했다. 창고에 밀수품에 장물이라도 잔뜩 있는 게 아닐지 두려웠다.

다행히도 창고는 책으로 가득했다. 승우는 천장까지 쌓여 있는 책 사이를 지나 안으로 들어가며 크게 외쳤다.

"고광이 형! 어디 있어?"

"여기야. 여기. 일루 와."

독고광은 창고 안쪽의 작은 사무실에서 인터넷 고스톱을 치고 있었다. 남승우는 옆의 빈 의자에 앉았다. 독고광은 모니터에서 시선을 떼지 않은 채 오랜만이라고, 승우의 팔을 툭툭 치고는 심드렁하게 마우스질을 계속했다.

"형, 여…….."

승우는 이런 데서 뭐 하고 계시냐고 물으려다 그만두었다. 괜히 듣지 않아도 될 말까지 들어서 진짜로 경찰을 만나게 됐을 때 자백을 할까 봐 두려웠기 때문이다.

그는 드라마 촬영 때 독고광과 처음 만났다. 독고광은 그에게 금고털이 연기를 지도했는데 금고 문 여는 장면에서는 손 대역을 해주기도 했다. 그러다 드라마 뒤풀이에서 친해져서 그 뒤로 호형호제하는 사이가 됐다.

독고광은 자신이 라스베이거스와 마카오 등지에서 금고털이 겸 암살자로 일했으며 3년 동안 열 명 넘게 죽였다고 주장했다. 말만 들으면 세상에 이런 허풍쟁이가 없지만 눈빛이나 태도가 워낙 진지해서 진짠지 거짓말인지 헷갈렸다.

한 가지 확실한 건 독고광이 아직 손을 씻지 않았다는 사실뿐이다.

승우는 독고광이 잠복 중이던 경찰에 체포됐을 때 그 사실을 알게 되었다. 경찰의 주장에 다르면 독고광은 드라마 로케를 따라다니며 전국의 부잣집을 털고 있었다고 했다. 승우는 독고광에게 변호사 비용을 빌려주고 구치소로 사식 몇 번 넣어준 후 연락을 끊었다.

몇 달이 지난 후 독고광으로부터 증거불충분으로 석방됐다고, 밥 살 테니 한번 보자는 문자를 받았지만 다시 연락하지 않았다. 사실은 전화번호까지 바꿨는데, 그건 스타가 된 그에게 범죄자 친구는 어울리지 않았기 때문이다. 그때만 해도 이렇게 독고광을 다시 만날 날이 올 줄은 생각도 못했다.

　독고광이 승우를 힐끔 쳐다보며 말했다.

　"친구가 하는 창곤데, 요즘 안 좋은 일이 있어 여기 숨어사는 중이다."

　"아. 예."

　승우는 독고광이 '안 좋은 일'에 대해 이야기할까 봐 조마조마해졌다.

　다행히 독고광은 더 이야기하지 않고 질문을 던졌다.

　"근데 넌 무슨 일이냐?"

　"저기…… 여쭤볼 게 있어서요."

　"그 얘긴 아까 전화로 했고. 네가 나한테까지 연락한 거 보면 급한 일 같은데. 그냥 본론만 말해봐."

　승우는 심호흡했다. 오는 내내 어디까지 이야기할지 고민했다. 만의 하나라도 한재영 대신 독고광에게 협박당하는 불상사가 생기면 곤란해서다.

　그래서 그는 적당한 거짓말을 생각해두었다.

　"형, 제가 시나리오를 쓰고 있거든요. '도둑들' 같은, 일종의 강탈물인데 어떤 사람한테 빼앗아야 할 물건이 있는 거예요."

　"크기가 얼마나 큰데?"

　"별로 안 커요. 아무리 커도 하드디스크 크기? 아니면 메모리카드 크기? 아무튼 주머니에 들어갈 정도예요."

"그럼 어디든 감출 수 있다는 뜻인데. 그냥 물건 주인 납치해서 고문한 다음에 빼앗으면 안 되나? 내가 고환을 박살내는 기술을 몇 가지 아는데……."

독고광은 별거 아니라는 듯 간단하게 말했다. 승우는 시커먼 색깔로 'PAIN'이라는 문신이 새겨진 독고광의 팔뚝을 쳐다보다 재빨리 고개를 흔들었다.

"그건 좀…… 조용히 처리하고 싶어서요. 사람 다치면 안 되고요. 그러니까 12세, 12세 관람가 받아야 하거든요."

"그렇다면 조용히 훔쳐야 한다는 건데. 물건이 어디 있는지는 아냐?"

"모르겠……, 아니 잠깐만요. 집. 집에 있어요. 집에 잘 보관하고 있다고 했어요."

"집이라. 그럼 물건 주인이 집에 있을 때 불을 질러. 그럼 그놈이 그 물건을 들고 밖으로 나올 거야. 그럼 때려서 빼앗으란 말이야."

"형. 12세요. 12세."

"요즘 열두 살이면 알 거 다 알아. 내가 기술 가르쳐준 애들 중에는 그보다 어린 애들도 여럿 있다. 쇠파이프 같은 걸로 어깨 때리면 피도 안 나."

승우는 이마의 땀을 닦았다. 독고광의 조언을 구하러 온 게 잘못이라는 생각이 자꾸 들었다.

"그게 불 지르면 다른 집 사람들도 다치잖아요. 119 아저씨들도 힘드시고."

"그런 거까지 걱정하면 나쁜 짓 못 하지."

독고광은 빙그르르 의자를 돌려 승우를 정면으로 쳐다보았다. 그는 담배를 꺼내 불을 붙이며 말했다.

"그럼 이제 솔직히 말해봐라. 무슨 물건인데 그러냐? 누가 너 협박하냐?"

승우는 일순 숨을 멈췄다. 독고광은 독사처럼 차가운 눈으로 그를 쳐다보고 있었다.

승우는 어떻게든 거짓말을 쳐보려 했지만 입이 떨어지지 않았다. 그는 한참을 머뭇거리다 간신히 말했다.

"어떻게 아셨어요?"

"네가 무슨 시나리오냐. 잘 읽지도 못하는 놈이. 무슨 일인지 차근차근 말해봐라. 내가 도와줄 수 있는 일이면 도와줄 테니까."

승우는 한숨을 쉬었다. 하긴 그는 머리 쓰는 일에 젬병이었다.

독고광은 담배 연기를 내뿜으며 다시 마우스로 손을 뻗었다.

"말하기 싫으면 그만 가라."

"아니에요. 말할게요."

승우는 마음을 정했다. 한재영에게 당하고만 살 수는 없었다. 당장은 독고광을 믿는 수밖에 없다.

그는 두서없이 이야기를 늘어놓았다.

"형 말이 맞아요. 누가 저 협박하고 있는데요. 지금까진 어떻게든 시키는 대로 해왔는데 더는 버틸 수가 없어서요. 물건 되찾고 자유를 찾고 싶어요. 그런데 어떻게 해야 할지, 누구한테 말해야 할지 전혀 몰라서…… 형한테 도와달라고 하려고 왔어요."

독고광은 미미하게 고개를 끄떡였다. 승우는 겁에 질렸다. 독고광이 갑자기 눈을 빛내며 '협박당하는 이유가 뭔지 말해봐라.'라든가 '나도 오늘부터 너 협박하고 싶은데?' 등등의 말을 할까 봐 두려워서다.

다행히 독고광은 듬성듬성 수염이 난 턱을 문지르며 말했다.

"예전에 네가 날 도운 적이 있으니 나도 널 도와줘야겠지. 내가 뭘 어떻게 해주면 되겠냐? 그놈 때려잡고 그 물건이란 걸 찾아주면 되겠냐?"

남승우는 두 손을 마구 흔들었다.

"아뇨. 아뇨. 그러실 필요는 없고요. 형 바쁜데 제가 귀찮게 할 수 있나요. 제가 직접 하려고 하는데 어떻게 해야 할지, 방법만 알려주시면 돼요."

무슨 일이 있어도 독고광을 끌어들이고 싶지 않았다. 당장은 나쁜 마음을 품고 있지 않은 듯 보이지만 동영상을 보면 생각이 달라질지 모르기 때문이다. 늑대 굴을 피하려다 호랑이 아가리로 머리를 들이미는 일만은 피하고 싶다.

독고광은 담배를 비벼 끄며 말했다.

"하긴 나도 요즘 상황이 복잡해서. 너까지 도울 틈이 없겠다. 요즘 경찰이 날 주시하고 있거든. 너 협박하는 놈 깡패냐?"

"아닌데요. 일반인인데요."

"일반인이라. 그럼 간단하지. 물건은 집에 있다 이거지? 조용히 되찾고 싶고?"

"예. 특별히 다치는 사람 없어요."

승우는 다치는 사람 없이, 라는 말에 힘을 주었다.

"그럼 집에 없을 때 훔치는 수밖에 없어. 집이 어딘지는 알지?"

승우는 멈칫했다. 재영과 1년 넘게 지지고 볶으며 지냈으면서도 그가 어디 사는지 전혀 알지 못했다. 집이 있긴 한가? 사무실에서 사는 거 아닌가? 어디 고시원 같은 데서 사나?

독고광은 승우의 어리둥절한 표정을 보곤 쯧쯧 혀를 찼다.

"어디 사는지도 모르면서 물건을 어떻게 찾아? 하늘을 봐야 별을 따고 집에 들어가야 물건을 훔치지. 잘 들어라. 중요한 건 딱 두 개야. 첫째, 어떻게 집으로 들어가느냐. 둘째. 어떻게 물건을 찾느냐. 금고를 열어야 하거나 경비가 있거나 하면 몇 가지가 더 추가되겠지만 네 경우에는 그것만 알면 되겠다."

"어떻게 집으로 들어가죠?"

독고광은 한심하다는 듯 혀를 찼다.

"그거야 네가 알아서 해야지. 내가 지금 너한테 열쇠 따는 법 가르쳐야겠냐? 너 협박하는 놈한테서 열쇠를 훔쳐내든 그놈 가족을 꾀서 열쇠를 빌리든 어떻게든 해. 다만 다른 사람 힘 빌리지 말고 전부 네 힘으로 해야 해. 괜히 '잠긴 문 열어드립니다', 뭐 그런 광고 보고 전화하지 마라. 그런 놈이 지금 네가 상대하는 놈보다 더 위험할 수도 있으니까. 정 도움이 필요하면……."

"믿을 수 있는 사람에게 도움을 청하나요?"

승우는 은진을 떠올리며 물었다.

독고광은 코웃음을 쳤다.

"세상에 그런 사람이 어디 있어? 그게 아니라 너 말고 협박당하는 다른 놈. 그런 놈을 찾아. 그놈도 똥줄이 탈 테니까 협력해도 괜찮을 거다. 각자 필요한 게 분명하니까. 뒤통수 맞지 않게만 조심하면 된다."

"알았어요. 일단 들어갔다고 치고요. 물건은 어떻게 찾죠?"

친애하는 내 적

독고광은 딱 잘라 말했다.

"찾기 힘들어. 그놈이 바보나 미친놈이 아닌 이상 중요한 물건은 따로 숨겨뒀을 거야. 그걸 찾아내는 건 오랜 경험과 노력을 필요로 하는 일이야. 내가 보기엔……."

독고광이 갑자기 뜸을 들였다. 승우는 답답한 마음에 물었다.

"형이 보기엔요?"

"불 지르는 게 최선이지. 네가 싫어하는 거 같긴 한데."

"형……."

"알았어. 알았어. 그럼 이거 가져가라."

독고광은 서랍을 이리저리 뒤지더니 오십 원짜리 동전 크기의 네모난 플라스틱 덩어리 몇 개를 꺼냈다. 승우는 어리둥절해져 물었다.

"이게 뭐예요?"

"무선핀홀 카메라야. 세상에서 제일 작은 CCTV지. 일단 집에 들어가면 뒤져보고 못 찾겠으면 이걸 적당한 데 붙이고 나와. 방 전체를 조망할 수 있는 곳에다. 가능하다면 천장이 좋겠지. 방, 화장실, 거실 하나도 빼놓지 말고 전부 설치해."

승우는 침을 꿀꺽 삼키곤 카메라를 집어 들었다. 작고 가볍다. 카메라 렌즈조차 바늘구멍처럼 작게 난 구멍 뒤에 감춰져 있었다.

"무선으로 작동하니까 수신기 연결하면 바로 방 안 볼 수 있다. 전송 가능한 거리는 한 30미터 되니까 그 새끼 집 근처에 자리 잡고 기다려."

"그 새끼가 물건 꺼내볼 때까지요?"

"아니지. 그 새끼가 왜 갑자기 물건을 꺼내보겠냐. 네가 그놈을 들쑤셔야지."

"어떻게요?"

독고광은 한심하다는 듯 승우를 쳐다보다 말했다.

"그 새끼한테 네가 전화를 하면 되지. 물건 꺼내 갔다고. 다시는 나 협박하지 말라고. 그럼 그놈이 어떻게 하겠냐? 숨겨둔 장소를 열고 물건을 꺼내볼 거 아니냐. 그럼 그놈 없을 때 다시 들어가서 물건 회수하고 카메라 가지고 나오면 되지."

"정말 그렇네요!"

승우는 뛸 듯이 기뻤다. 독고광의 말을 듣고 나니 모든 일이 식은 죽 먹기처럼 쉽게 느껴졌다.

그는 당장 재영의 집을 박차고 들어가 카메라를 설치하고 싶은 마음에 벌떡 일어서며 말했다.

"이거 잘되면 다 고광이 형 덕분이에요. 내가 나중에 다 보답할게요."

"보답은 됐고. 근데 너 진짜 할 거냐?"

"그럼. 해야죠. 형이 어떻게 하면 되는지 다 알려줬잖아요. 물건도 주고."

"글쎄다. 이론과 실천은 다르지. 내가 이쪽 일을 오래 해봐서 아는데. 남의 물건 훔치는 게 말이지. 둘 중 하나가 돼야 돼. 아주 똑똑하거나. 아주 운이 좋거나. 그렇지 않으면 반드시 뒤탈이 생겨. 근데 넌 별로 똑똑하진 않잖아?"

승우는 살짝 발끈했다.

"무슨 소리예요. 저 머리 좋아요. 드라마 할 때 기억 안 나세요? 대본도 한번 읽으면 다 외웠잖아요."

친애하는 나의 적

"그거야 대사가 거의 없었으니까 그렇지. 거의 다 눈빛 연기였잖아. 생각해봐라. 너 날 뭐라고 부르냐?"

"형이요. 고광이 형."

독고광은 흠, 하고 숨을 내뱉었다.

"나 성이 독고고, 이름이 광이야."

"형, 진짜예요? 진짜 성이 독고예요? 우리나라에 독고 씨가 있어요? 나 지금 처음 알았어요."

"그뿐이냐. 드라마에서 너희 엄마로 나온 선우은숙 씨 있지? 그 여자는 선우 씨야. 선 씨가 아니라. 너 끝까지 몰랐지?"

독고광은 놀란 입을 다물지 못하는 승우를 보며, 참 잘생겼는데 뇌가 해맑은 놈이라는 생각을 했다.

'애가 착하긴 한데.'

독고광은 승우를 좀 더 직접적으로 도울까 하다가 그만두었다. 그가 끼어드는 순간 두 사람 모두에게 안 좋을 수 있었다.

그는 잠시 생각하다 말했다.

"결국엔 네 결정이다. 네가 머리는 나빠도 운이 아주 좋을 수도 있으니까."

"고마워요. 고광이, 아니 광이 형."

남승우는 시내로 차를 몰고 나오며 독고광이 한 말을 곱씹었다. 그는 여전히 자신이 무식하다는 사실을 인정할 수 없었다. 이름이야 제대로 안 알려준 독고광의 잘못이지, 그의 실수가 아니다.

무엇보다 그는 운이 좋았다. 그렇지 않다면 이십 대 중반에 벌써 스타로 이름을 떨치고 있을 리 없을 테니까.

'좋아. 끝까지 간다. 동영상을 회수하고 자유를 되찾고야 말겠어.'

그렇다면 재영의 집부터 알아내야 했다. 남승우는 알고 지내는 스태프며 매니저들에게 전화를 걸어 집주소를 수소문했지만 누구도 알지 못했다. 심지어 강남에 사는지 강북에 사는지 경기도에 사는지조차 아는 사람이 없었다.

한재영은 일중독자 같은 놈이라 다들 현장에서, 사무실에서, 술집에서 고래고래 소리 지르며 욕하는 꼴만 봤지, 집에 간다고 먼저 나서는 꼴은 보지 못했다고 했다. 촬영감독은 웃음기 없는 목소리로 그놈은 흡혈귀 같은 놈이라 어딘가 야산 속 무덤에 들어가 잘 거라고 말했다.

승우는 원희에게 전화해 재영의 집주소를 물어볼까도 생각했다. 명절 선물을 보내려고 한다고 말하면 어떨까? 하지만 곧 생각을 고쳐먹었으니 원희가 재영의 오른팔이라는 점 때문이었다. 그놈이 괜한 입방정이라도 떤다면 재영이 경계심을 품고 동영상을 다른 곳에 감출지도 모를 일이다.

그렇다면 누구에게 물어봐야 하나. 재영과 가까운 사이지만 최근에 관계가 멀어진 사람이 딱 좋은데. 그때 이름 하나가 승우의 뇌리를 스쳤다.

조은심!

승우는 곧바로 은심의 단골미용실로 향했다.

은심은 VIP룸에서 디자이너와 잡담을 나누다 승우를 보고 비아냥거리듯 말했다.

"대스타 남승우가 이런 누추한 곳에는 무슨 일이래?"

승우는 은심 옆에 앉으며 다짜고짜 말했다.

"누나. 묻고 싶은 게 있는데."

은심은 손톱 관리를 받으며 심드렁하게 말했다.

"물어봐라."

"다른 사람 없이 얘기했으면 좋겠는데."

은심은 잠시 생각하다가 방 안의 사람들에게 손가락을 까딱였다.

"잠깐들 나가줄래요? 우리 남 스타가 할 말이 있다니까."

사람들은 저희들끼리 수군대며 밖으로 나갔다. 남승우는 조은심과 스캔들이라도 나는 게 아닐까 걱정됐지만 내친걸음이었다. 조은심은 매니큐어 바른 손가락을 가볍게 흔들며 말했다.

"너 요즘 많이 바쁘다며? 내 매니저가 그러는데 춘천 오일장까지 가서 영화 홍보하더라고 하던데. 그래도 오늘은 어찌 틈이 났나 보네?"

"누나는 홍보 안 해? 나 혼자 죽을 고생 하고 있는데."

"내가 재밌는 말을 잘 못 하잖아. 차라리 신비주의로 나가는 게 낫지. 너 요즘 그렇게 웃긴다며? 나한테도 좀 그렇게 웃겨보지. 현장에서는 맨날 폼만 잡고 있더니."

말을 못하긴 무슨. 조은심은 마음만 먹으면 어떤 남자든 웃기고 울릴 수 있는 여자였다. 남승우는 촬영장까지 찾아와 조은심 앞에서 엉엉 우는 오십 대 회장님도 본 적이 있었다. 그 회장님은 삼 분 만에 웃으면서 떠났다.

"암튼 무슨 일인데?"

승우는 정신을 차리고 용건을 꺼냈다.

"누나 한재영 집 어디 있는지 알아?"

조은심은 재영의 집이라는 말에 순간 움찔하더니 한결 차가운 표정으로 승우를 노려보며 말했다.

"그걸 왜 나한테 물어?"

은심의 말투에 찬바람이 쌩쌩 불었다. 순간적으로 방 안 온도가 3도쯤 떨어진 듯 느껴질 정도였다. 승우는 당황해서 말까지 더듬었다.

"아니, 누나 한재영이랑 친하잖아. 그래서 물어보는 거지. 다들 한재영 집이 어디 있는지 모른다고 해서, 누나는 알까 봐."

"나 그런 놈 집 몰라. 궁금하면 직접 물어봐. 아니면 김경란인가 뭔가 하는 년한테 묻든가. 둘이 좋아 죽어 못 사는 거 같던데."

"누나 그리고 보니 김경란이랑 독점 인터뷰 한다며? 벌써 인터넷에서 광고 엄청 하던데. '무릎팍도사'니 '힐링캠프' 같은 데서 불러도 안 나가더니 왜 그랬어? 경란이 누나랑 사이도 안 좋잖아."

"한재영한테 물어봐. 내가 왜 그랬는지."

승우는 심장이 쿵, 쿵, 뛰는 걸 느꼈다. 그는 협박당하는 다른 놈을 찾으라던 독고광의 말을 떠올리고 있었다.

생각해보면 재촬영 때부터 이상했다. 평소 불만불평이 많아 투덜이 스머프라 불리던 조은심이 복귀해서는 납죽 엎드려 한재영과 신인감독의 말에 고분고분 따른 것부터가 그랬다. 그러면서도 촬영 중간중간의 술자리에는 나오지 않았고 제작발표회 때도 사진 촬영만 하고 집에 갔다. 사이가 좋은 듯하면서도 안 좋다. 중간에 무슨 일이 있었던 걸까?

조은심은 짜증 섞인 목소리가 승우의 상념을 깼다.

"암튼 난 걔들 얘기는 전혀 하고 싶지 않거든? 그거 물으러 온 거면 그만 가줄래?"

승우는 엉거주춤 일어섰다. 연예계 대선배인 은심이다. 괜히 화나게 해서 좋을 것 없다. 그는 그냥 갈까 하다가 문 앞에서 돌아섰다.

그는 마음을 독하게 먹고 은심의 얼굴을 뚫어져라 쳐다보며 말했다.

"혹시 누나, 한재영한테 약점 잡힌 거 있어?"

차은진은 승우의 태도가 신경 쓰였다. 피곤하다고 집에서 쉬겠다니. 지금껏 들은 적 없는 말이다. 정말 피곤한 걸까? 그 강철체력 남자가? 승우는 귀찮다, 하기 싫다, 라는 말은 입에 달고 살았지만 피곤하다는 말은 한 번도 한 적이 없었다.

전화 끊을 때 목소리도 힘이 넘쳤다. 피곤하다기보다는 어딘가 찜찜한 구석이 있는 말투였다. 잘 쉬고 다음에 보자고 할 때도 한껏 서운함을 담아 말했는데 모른 척 전화를 끊은 것도 수상하다.

'거짓말이 분명해.'

그렇다면 왜 거짓말을 했을까? 은진도 승우의 화려한 여성편력을 잘 알고 있었다. 인터넷에서 남승우 이름만 쳐도 짧은 시간 엄청났던 스캔들이 쫙 뜨는데 모를 수가 없다. 게다가 촬영장에서도 승우에게 당했다고 주장하는 여자 스태프들이 여럿 있었다. 그들은 은진을 따로 불러 조심하라고, 남승우가 괜찮은 놈처럼 보여도 저러다 갑자기 입 싹 씻고 안면 몰수한다고 말했다.

그래서 조심할 때도 있었다. 그렇다고 해서 일부러 승우의 접근을 피하진 않았는데, 잘생기고 몸 좋은 남자가 만나자는 걸 거부할 정도로 정신 나가진 않았기 때문이다. 문제가 생길 것 같으면 그때 쳐내야지, 처음부터 철벽을 치면 나중에 후회할 게 분명하다. 하지만 직접 경험해본 승우는 자상하고 착한 남자였다. 고년들이 부러워서 거짓말 한 거라 생각해왔는데 방금 일을 겪고 보니 자꾸 의심이 든다.

정말 피곤한 걸까? 아무리 피곤해도 애인이 보자고 하면 한번 보는 게 도리가 아닐까? 아니, 보자고 말하는 순간 피곤이 가셔야 정상 아닌가? 한우 투뿔등심까지 구워주겠다고 했는데. 평소의 남승우는 고기를 마다할 인간이 아니었다. 분명히 뭔가가 있다.

그래도 좀 쉬다가 밥 먹을 때가 되면 정신 차리고 연락하지 않을까 하는 기대가 있었는데 지금까지도 문자 한 통 없다. 배고프고 서러워 눈물이 날 지경이었다. 거실에서 소고기 특유의 진한 기름 냄새가 풍겨 나와 더욱 그랬다. 그녀를 제외한 가족들은 한우 파티를 벌이고 있었다.

은진은 문을 닫고 향초를 켠 다음 다시 침대에 누웠다. 그녀는 배가 아프다고 뻥치고 승우의 연락을 기다리며 방에서 고행하는 중이었다. 하지만 생각을 하면 할수록 지금 무슨 멍청한 짓인가 하는 후회만 들었다.

그녀는 침대에 대자로 누워 승우에게 보낼 문자를 썼다가 지우기를 반복했다. 그냥 하트뿅뿅 넣어서 지금 뭐 하냐고 묻기도 했고 섭섭하다고 솔직하게 말해보기도 했고 뜬금없이 다른 연예인 이야기로 시작해보기도 했다. 어느 것도 딱히 마음에 들지 않았다. 굽히고 들어가는 것 같지 않으면서도 은근하게 승우의 속을 떠보고 싶은데

친애하는 내 적

적당한 어휘가 떠오르지 않는다.

이러다가 승우가 먼저 전화해 오면 얼마나 좋을까, 은근히 기대했지만 세상 일이 늘 그렇듯 그런 일은 일어나지 않았다.

안 되겠어. 그냥 전화해야지. 은진은 결심했다. 지금 시간이면 배고플 것 같아서 전화했다고 하면 된다. 그래도 고놈이 딴소리하면 전화 끊고 고기나 먹어야겠다. 그녀는 배에 힘을 주고 통화 버튼을 눌렀다.

아니, 누르려 했다.

그 순간 전화가 왔다. 은진은 일순 승우가 전화한 줄 알고 야생마처럼 흥분했지만 액정에 뜬 친구 이름을 보고 차갑게 식었다. 청담동의 유명한 미용실에서 보조 디자이너로 일하는 친구다.

은진은 그냥 끊을까 하는 마음을 억누르고 전화를 받았다.

─ 야. 빅뉴스. 빅뉴스. 남승우 우리 가게 왔다!

호들갑스러운 친구의 말에 은진은 벌떡 일어나 책상다리를 하고 앉았다.

"너네 미용실에? 왜? 머리 하러 왔어?"

─ 아니. 지금 조은심이랑 이야기 중. 방문 잠그고 한 시간째 뭔 얘길 하는지 몰라. 문에 살짝 귀대고 들어봤는데 집이 어쩌고 열쇠가 저쩌고 하는데 너한테 무슨 얘기 한 거 없어?

은진은 입술을 깨물었다. 피곤하다던 놈이 조은심을 만나러 갔다고? 왜? 최대한 긍정적으로 생각한다면 홍보 문제로 여주인공을 만나러 갔을 수도 있다. 하지만 여친과의 만남을 거부한 후의 일이라면 당연히 욕을 먹어야 한다.

은진은 침대 아래로 몸을 날리며 말했다.

"내가 지금 갈 테니까, 걔들 잘 감시하고 있어."

처음에 은심은 지금 무슨 소리냐고 차갑게 말했다. 하지만 승우가 우물쭈물하다가 그동안 은심의 이상한 행동을 조목조목 이야기하자 지금 무슨 헛소리를 하는 거냐고, 너 미친 거냐고 화를 냈다. 그러다가 갑자기 설명을 시작했는데, 한재영이 저러다 굴다리 밑에서 구걸하면서 살까 봐 걱정돼서 도와줬다는 게 그 요지였다.

하지만 말이 너무 많아서 오히려 더 의심스러웠다. 평소 은심이라면 개소리 말고 꺼지라고 짧게 말하고 그를 쫓아냈을 것이다.

승우는 비장의 카드를 꺼냈다.

"솔직해 말할게. 나 한재영한테 협박당하고 있어. 그래서 누나도 혹시나 해서 그래."

은심은 갑자기 입을 다물더니 테이블의 생수병을 집어 꿀꺽꿀꺽 마셨다. 그녀는 한결 차분해진 목소리로 말했다.

"그러니? 그럼 한재영 집은 왜 물어봤어?"

"물건 찾아서 없애려고 그러지. 그 새끼가 더 이상 저 협박 못하게. 누나도 뭔가 있으면 나랑 같이 하자."

"훔치겠다고?"

"응. 전문가랑 상의를 해봤거든? 방법이 있대."

은심은 아무 말도 하지 않았지만 약간 동하는 표정이긴 했다. 승우는 얼른 백팩을 열고 핀홀 카메라를 꺼내놓았다.

"그게 뭐니?"

승우는 독고광에게 들은 이야기를 설명했다. 은심은 팔짱을 낀 채 승우의 이야기를 들었다.

"그럼 네가 들어가서 훔쳐낼 거야?"

승우는 같이 들어가야지, 라고 말하려다 그만두었다. 불여우 같은 조은심이 위험한 일을 하려고 들 리 없다. 하지만 은심이 해줄 일은 그거 말고도 있다. 어쩌면 가장 중요한 일일지도 모른다.

"누나는 한재영 집 열쇠만 구해줘. 남은 일은 내가 알아서 할게. 아, 내가 집에 들어갈 때 밖에서 망 봐주면 좋겠다. 그건 할 수 있지?"

"아니? 내가 왜?"

갑작스러운 은심의 반문에 승우는 당황했다.

"응? 누나도 협박당하는 거 아냐……?"

"아냐. 난 그냥 네 얘기 듣고 있던 건데?"

은심은 손을 내저으며 말했다. 승우는 입을 딱 벌렸다. 속에 든 걸 전부 털어놓자마자 은심이 딴소리를 할 줄은 몰랐다.

그가 어쩔 줄 몰라 할 때 은심이 빠르게 말을 쏟아냈다.

"근데 너 불쌍해서 안 되겠다. 한재영 그놈 정말 나쁜 놈이야. 내가 도와줄게. 난 문만 열어주면 된다 이거지?"

승우는 어리둥절해져 고개를 끄떡였다.

"……응. 그렇긴 한데."

"그럼 쇠뿔도 단김에 빼랬다고, 지금 가자."

은심은 벌떡 일어나더니 승우의 팔을 덥석 잡고 앞장서 밖으로 나갔다. 승우는 머릿속이 잔뜩 혼란해진 채 은심의 뒤를 따랐다.

은진이 미용실에 도착했을 때 승우와 은심은 출발하고 없었다. 은진의 디자이너 친구는 은진을 데리고 복도로 나와 그간 있었던 일을 설명했다.

"둘이서 손잡고 나갔어. 매니저, 코디 다 놓고. 운전도 승우 씨가 하고."

"어디 가는데?"

"한재영이 어쩌고저쩌고 하던데. 그게 누군지 알아?"

"알지."

은진은 음산한 목소리로 대답했다. 그녀의 손에는 아이스팩으로 곱게 포장한 등심이 들려 있었다. 혹시나 해서 고기도 가지고 나왔건만 점점 실망감이 커지는 건 어쩔 수 없었다. 그녀는 친구에게 등심을 주고 갈까 하다가 그만두었다. 아직 모르는 거야. 아직 몰라.

"암튼 고맙다."

"고맙긴 뭘. 근데 손에 든 건 뭐야?"

"별거 아니야. 그럼 나중에 내가 다시 연락할게."

은진은 고독한 탐정처럼 스산한 걸음으로 건물 밖으로 나왔다. 그녀는 이제 어떻게 할지 궁리하다가 한재영에게 전화를 걸었다.

"대표님, 저 은진인데요. 지금 승우 씨 어디 있는지 아세요?"

은심은 조수석에 앉아 말했다.

"그런데 우리 승우, 재영이한테 왜 협박당하는 거야?"

"그건 왜 묻는데?"

은심은 어깨를 으쓱거렸다.

"그냥 궁금해서."

승우는 살짝 긴장했다.

"그거 알면? 누나도 나 협박하게?"

친애하는 내 적

"어머. 넌 내가 그런 사람으로 보이니? 하긴. 얘기하기 쉽진 않겠지. 암튼 한재영 그놈 정말 나쁜 놈이야. 너 그거 때문에 지금껏 죽어라 홍보했구나?"

은심은 쯧쯧 혀를 차며 승우의 볼을 가볍게 어루만졌다. 승우는 소름이 돋는 걸 느끼며 살짝 옆으로 피했다.

"응. 그랬지. 그런데 누나는 진짜……?"

"난 아니라니까. 그러니까 홍보도 안 하잖아."

은심은 웃는 낯으로 대답했지만 눈빛은 날카로웠다. 더 이상 캐지 말라고 경고하듯이. 승우는 퍼뜩 의심이 들었다. 혹시 조은심도 동영상 같은 게 있나? 그렇다면 한재영의 배짱은 그가 상상한 이상이라는 뜻이 된다. 아니, 완전히 미친놈이다.

남승우가 동영상의 내용을 상상할 때 은심이 딱 잘라 말했다.

"절대 아니니까 이상한 생각 하지 마."

정신을 차리고 승우는 얼른 대답했다.

"알았어."

재영의 집은 일산에 있었다. 승우는 은심의 지시에 따라 멀찌감치 떨어진 상가에 차를 세웠다. 조은심은 아파트를 가리키며 말했다.

"저기야. 한재영 집. 417동 406호. 다녀와."

승우는 은심을 멀뚱히 쳐다보았다.

"어딜 다녀와?"

은심은 답답하다는 듯 말했다.

"어디긴 어디야. 가서 카메라 설치하고 와야지."

"안에 들어가야 설치를 하지. 열쇠가 없는데."

은심은 회심의 미소를 지었다.

"열쇠 아니거든? 내가 비밀번호 알아."

아니, 그걸 어떻게 알지? 승우는 둘이 사귀었다는 소문이 사실이었냐는 말이 목구멍까지 나오는 걸 참았다. 그는 은심을 다시 보았다. 지금껏 재벌 2세, 3세 아니면 거들떠도 안 보는 줄 알았다. 그런데 한재영 같은 루저도 만나주다니 의외로 인간적인 데가 있다.

"그럼 다녀올게."

은심은 차에서 내리려는 승우를 제지했다.

"그냥 가면 어떡해. 너 스타잖아. 사람들 다 알아볼 텐데. 나 여기 왔소, 광고하고 싶냐?"

"그럼?"

은심은 챙겨온 코디 가방을 열어 모자와 선글라스, 그리고 마스크를 꺼냈다.

"이거 쓰고 가. 안에 들어가면 바로 나한테 전화하고."

승우는 은심의 지시대로 변장하고 아파트로 향했다. 왠지 이게 아닌데, 하는 생각이 자꾸 들었다. 시작도 그가 했고, 장비니 계획도 그가 가져왔는데 은심이 지시를 내린다는 사실이 이해가지 않았다. 게다가 그 여자, 협박도 안 당한다면서 왜 그를 도우려는 걸까?

승우는 애써 찜찜한 마음을 지웠다. 모로 가도 서울만 가면 된다고 했다. 누가 주도권을 쥐든 무슨 상관이냐. 동영상만 회수하면 될 일이다. 은심에게도 나름의 꿍꿍이가 있는 모양이지만 그거야 그 여자 사정이다.

그런데 아파트 주민들의 표정이 이상했다. 묘한 표정으로 자꾸

친애하는 내 적

그를 힐끔거리는데 승우는 처음에 정체를 들킨 줄 알았다. 하지만 곧 모자에 선글라스, 마스크까지 착용했으니 좀도둑일지 모른다고 의심한다는 사실을 깨달았다. 이러다가 경찰에 신고가 들어갈지 모를 일이다. 승우는 선글라스와 마스크를 벗고 모자를 더욱 깊게 눌러쓰는 것으로 타협을 보았다.

아파트 경비는 자리를 지키고 있었지만 다행히 TV조선 뉴스 속보 '김정은이 좋아하는 명품 브랜드는?'에 정신이 팔려 그가 로비로 들어서는 것도 알지 못했다. 승우는 그 사이 엘리베이터를 타고 4층으로 올라갔다.

406호 문은 굳게 잠겨 있었다. 승우는 은심에게 전화를 걸었다.

"누나. 도착했는데, 비밀번호."

– 2111이야. 씨네21 영화랭킹 1위를 하고 말겠다는 다짐이지.

"그 랭킹 지금은 안 뽑지 않아?"

– 그러니까 걔가 성공 못하는 거야. 시대에 발을 못 맞추거든.

그럼 설마 이번 영화도 실패한다는 뜻인 걸까. 승우는 내심 그렇지 않기를 바랐다. 오랫동안 찍고 홍보하면서 나름 정이 들었기 때문이다. 그는 은심이 시키는 대로 번호를 눌렀다.

하지만 비밀번호는 맞지 않았다.

"문 안 열려."

– 진짜? 그럴 리가 없어. 다시 해봐.

"벌써 몇 번 해봤어. 뭐야! 누나. 지금 나랑 장난해?"

은심은 손톱을 물어뜯었다. 한재영이 번호를 바꿨을 줄은 몰랐다. 1등 하기 전에는 비밀번호 지킬 거라더니 그것도 거짓말이었나? 그녀는 울화통이 터지는 걸 억지로 참았다.

그녀는 그동안 혼자서 재영의 집을 털 생각도 여러 번 했었다. 힘세고 멍청한 남승우가 나타나 이때다 싶었는데 시작도 못하고 끝날 줄은 상상도 못했다.

　　'진정하자. 진정해. 조은심. 너 톱스타 조은심이야. 이보다 힘든 일도 얼마든지 있었어. 정신만 집중하면 어떻게든 풀어나갈 수 있어. 생각해봐. 한재영이 비밀번호를 뭘로 했을지.'

　　수화기 너머로 승우의 목소리가 다급한 목소리가 들렸다.

　　― 나 어떡해! 경비 아저씨가 일루 온다고!

　　은심은 당황하지 않았다. 대한민국 톱스타로 살면서 별별 일을 다 겪었다. 그중 몇 가지는 배우인생이 아니라 인생을 끝장낼 만큼 큰 스캔들이었다. 하지만 매번 불사조처럼 살아남았다. 그에 비하면 지금은 별일 아니다. 어떻게든 돌파구를 찾아낼 수 있다. 최악의 경우, 경비에게 망신을 당하는 건 그녀가 아니라 남승우다. 그녀는 빠르게 계산했다.

　　'생년월일이나 기념일 그런 건 아니야. 무조건 영화 관련이야.'

　　승우는 완전히 패닉 상태였다. 406호 문을 잡아당겨보고 있는데, 복도 끝 비상구 철문이 열리고 경비가 걸어 나왔기 때문이다.

　　경비가 승우를 똑바로 쳐다보며 소리쳤다.

　　"이봐요. 아저씨! 거기 살아요?"

　　뭐라고 대답해야 하지? 모자를 벗고 누군지 보여줄까? 아니면 그냥 도망치나? 드라마에선 이럴 때 경비를 때려눕히고 튀었겠지만 현실에서는 다리가 뻣뻣하게 굳어 움직일 수가 없었다. 승우는 휴대전화로 은심에게 도움을 청했다.

　　"빨리! 경비한테 뭐라고 해!"

최애하는 내 적

은심은 혼잣말처럼 천만이라고 중얼거렸다. 재영은 재촬영이 시작되고 늘 입버릇처럼 "이 영화 천만 해야 하는데."라고 말했다. 분명 키워드는 거기에 있다.

승우는 은심의 말을 듣고 경비에게 외쳤다.

"천만!"

경비는 당황해서 걸음을 멈췄다.

"천만이 뭐여? 당신 무슨 소리야?"

승우는 다시 휴대전화에 대고 속삭였다.

"무슨 소리냐잖아. 천만이 뭐야?"

— 바보야. 그게 아니라. 비밀번호! 하나. 공. 공. 공. 공. 공. 공. 공!

승우는 급히 버튼을 눌렀다. 마지막 0을 누르는 순간 락이 풀리며 문이 열렸다. 경비가 다가오다 걸음을 멈췄다. 승우는 경비를 돌아보며 어색하게 말했다.

"재영이 형이 가져오라는 물건이 있어서요."

"한재영 씨 후배예요? 그럼 진작 그렇게 애길 하지. 모자 너무 눌러쓰지 마시고. 사람들이 오해하잖아요. 신고가 몇 개 들어왔는지 몰라."

"제가 탈모, 탈모가 있어서요. 그럼 수고하세요."

"근데 천만이 뭐야?"

"저희 영화 구호요. 천만 관객 파이팅."

승우는 급히 문을 닫고 길게 한숨을 내쉬었다. 휴대전화에서 은심의 날선 목소리가 들렸다.

— 괜찮아? 비밀번호 맞아?

"맞네. 들어왔어."

은심도 기쁜지 흐흐흐, 웃었다.

— 잘했어. 이제 방마다 카메라 설치해.

"응."

승우는 짧게 대답하고 집을 살폈다. 별다른 인테리어 없이 삭막하게 필요한 물품만 있는 것이 딱 총각 혼자 사는 아파트였다. 거실 겸 부엌에는 식탁과 의자 두 개, 그리고 커피머신이 전부였고 침실에는 붙박이 옷장 옆에 킹사이즈 침대 하나가 덩그러니 놓여 있었다. 다른 방에는 컴퓨터와 책상, 각종 영화 DVD와 책들이 쌓여 있었다.

승우는 책상서랍을 열어보았다. 서랍에는 각종 잡동사니가 잔뜩 들어 있었다. 그중에는 메모리카드며 USB도 여러 개 있었다. 이중 어딘가에 들어 있지 않을까? 승우는 침을 꿀꺽 삼키며 그리로 손을 뻗었다.

그때 은심의 목소리가 들렸다.

— 뭐 해? 카메라 설치하고 있어? 괜히 집 뒤질 생각 말고 바로 설치하고 나와. 시간 끌어봐야 좋을 거 없어.

"알았다니까."

승우는 서랍을 닫고 카메라를 설치하기 시작했다. 카메라를 천장에 붙이고 스위치를 켜자 렌즈에 살짝 불이 들어왔다.

— 보여?

은심은 노트북에 수신기를 연결하고 화면을 켰다. 화면 가득 승우의 얼굴이 보였다. 은심은 휴대전화에 대고 말했다.

"카메라 조금 아래로. 그래. 지금 각도 딱 좋다."

친애하는 내 적

은심은 적당한 카메라 위치를 알려주었다. 두 사람이 한참 카메라를 설치하고 있을 때 재영에게서 전화가 왔다. 은심은 얼굴을 찌푸렸다.

이 인간, 하필 이럴 때 전화질이야?

은심은 망설였다. 전화를 받는 게 좋을까? 받지 않는 게 좋을까? 이런 중요한 때 재영과 말 섞기는 싫지만 그가 뭔가 알아차린 게 아닌지 신경 쓰였다.

그때 승우의 목소리가 들렸다.

– 거실이랑 침실, 화장실도 설치해야겠지?

"그렇게 해. 지금 한재영한테 전화 왔거든. 남은 건 네가 알아서 해."

은심은 승우의 대답을 기다리지 않고 재영의 전화로 바꾼 후 부드럽게 말했다.

"재영 씨, 무슨 일로 전화했어?"

재영 씨? 뭔가 있긴 있구나. 재영은 직감했다. 은심은 지하실에 있었던 모종의 사건 이후 그를 미워해 절대 말을 섞지 않으려고 들었다. 꼭 해야 할 말도 원희나 매니저를 통해 전달했다. 그랬던 여자가 갑자기 입속의 꿀처럼 부드럽게 "재영 씨?"라고 말을 거는 걸 보면 분명 뭔가가 있다.

"승우랑 같이 나갔다며? 셋이서 얼굴이나 볼까 해서 전화했지."

– 그런 얘긴 누구한테 들었어?

"다 소식통이 있지."

재영은 옆을 곁눈질했다. 은진이 딱딱한 표정으로 조수석에 앉아 재영의 통화에 귀 기울이고 있었다. 재영은 은진이 기특했다. 은진이 아니었다면 반란 음모가 있는 줄도 모르고 지나칠 뻔했다.

"그런데 둘이 사이 안 좋지 않았나? 갑자기 무슨 할 말이라도 있나 봐?"

재영은 은근한 말투로 은심을 떠봤지만 은심은 넘어가지 않았다.

— 무슨 소리야. 우리 키스 신도 찍었는데. 사이 좋아.

"그럼 같이 연예가중계도 나가면 어떨까? 나가서 우리 영화 홍보도 하고."

— 내가 말했지? 네 애인 독점 인터뷰 하는 걸로 홍보 끝이라고. 더는 목에 칼이 들어와도 못하지.

농담처럼 말하지만 진담이라는 걸 재영도 알고 있었다.

"그럼 어쩔 수 없지. 지금 어디야? 우리도 그리로 가려고 하는데."

— 우리? 누구 다른 사람 있어?

"차은진 씨. 알지? 요즘 승우랑 만나잖아. 우연히 만났는데 두 사람 얘기가 나와서. 어딘지 얘기하면 우리가 그리로 갈게."

은심은 머리를 굴렸다. 뭐라고 대답할까. 처음에는 적당한 말로 둘러대고 나중에 보자고 할까 싶었지만 어떤 계시처럼 끝내주는 아이디어 하나가 뇌리를 스치고 지났다. 시간 끌 것 없이 오늘 중으로 모든 일을 끝낼 수 있다.

그녀는 함정을 파고 들짐승을 기다리는 사냥꾼처럼 음흉하게 웃으며 말했다.

"그럴까? 여기 너네 집 근처야. 일루 와. 넷이서 밥이나 먹자."

재영은 알겠다고 대답하고 전화를 끊었다. 그의 머릿속도 조금

친애하는 내 적

전 은심만큼이나 빠르게 회전하고 있었다. 남승우와 조은심이 집 근처에 진치고 있다니, 뭔가 위험한 짓을 꾸미는 게 틀림없었다.

은진의 전화를 받았을 때부터 예감이 좋지 않았다. 그래서 경란 과의 약속도 작파하고 연놈들을 찾아 나선 것인데, 결과적으로 봐 서는 훌륭한 선택이었다.

은진이 조바심을 내며 물었다.

"둘이서 뭐 한대요? 좀 이상하지 않아요?"

재영은 고개를 흔들었다. 그렇잖아도 복잡한 상황에 은진까지 끌 어들이고 싶지 않았다. 이런 일은 최대한 조용히 처리해야 한다.

"아냐. 하나도 안 이상해. 원래 배우들이 사이가 좋아졌다 나빠졌 다가 하는 거라. 자세한 이야기는 가서 밥 먹으면서 하지 뭐."

재영은 운전을 하며 짧게 한숨을 쉬었다. 사이가 좋아졌다 나빠 졌다가 한다니. 지금의 그와 경란이 딱 그랬다.

'슬슬 경란이랑 잘되고 있었는데.'

그동안 지은 죄가 많아 여기까지 오기도 쉽지 않았다. 경란은 아 직도 그를 이름 대신 "야, 배신자."라고 불렀다. 전화를 걸면 "배신 자니?"라며 전화를 받았다. 재영은 납작 엎드린 채 경란에게 최선 을 다했고 가끔 경란의 기분이 좋을 때 위대한 작가 존 르 카레의 말 을 인용해 '세상에 배신 없는 충성이 어디 있겠냐.'고 낮은 목소리로 항변하기도 했다.

그 모든 노력이 결실을 얻어 조금씩 경란이 마음을 열고 있던 터 였다. 오늘 이탈리안 레스토랑에서 쐐기를 박을 생각이었는데 두 골칫거리 때문에 계획이 물거품이 되었다. 위화도에서 회군한 이성 계의 마음으로 레스토랑 앞에서 돌아설 수밖에 없었다.

그때 전화벨이 울렸다. 당연하게도 경란이었다. 재영은 마음의
준비를 하고 전화를 받았다.

"어, 경란아. 밥 잘 먹고 있니?"

일부러 급한 일이 있는 것처럼 숨을 헐떡여봤지만 소용없었다.

— 야. 배신자. 약속시간 오 분 전에 급한 일이 생겼다고 문자 하
나 틱 보내는 놈이 세상에 어디 있어? 역시 배신자 새끼는 달라.

"진짜 급한 일이라서 그래. 이해 좀 해줘. 이거 잘돼야 너한테 잔
금도 주고, 영화가 잘돼야 이익금 절반 보내줄 거 아니냐. 밥 먼저
먹고 있어. 내가 최대한 빨리 끝내고 가볼게."

— 됐고. 너한테 뭔가를 기대한 내 잘못이니까 더 변명할 것도 없
다. 무슨 급한 일인데? 그거나 말해.

재영은 이맛살을 찌푸렸다. 경란의 성질을 건드리지 않으려면 여
기서 솔직하게 털어놔야 했다. 하지만 옆에 은진이 듣고 있다는 게
문제다. 그는 낮은 목소리로 말했다.

"그…… 동영상 때문이야. 알지? 그거. 거기에 문제가 생겼어."

경란의 목소리가 높아졌다.

— 동영상? 누구 동영상? 조은심 거? 인터뷰 안 해준대?

"둘 다. 걔들 지금 우리 집 근처에 와 있다."

눈치 빠른 경란답게 재영이 무슨 말을 하는지 바로 알아차렸다.

— 동영상 훔쳐가려고? 어머, 세상에. 걔들 진짜 절박한가 보다.

은진이 둘이서 무슨 얘길 하나 엿들으려는 듯 몸을 가까이 붙였
다. 재영은 얼른 전화를 끊으려고 빠르게 말을 쏟아냈다.

"암튼 이따 끝나고 전화할게."

전화를 끊기 직전 경란의 목소리가 들렸다.

친애하는 내 적

— 너도 승우한테 심하긴 했잖아. 웬만하면 싸우지 말고 대화로……

재영은 더 듣지 않고 전화를 끊었다. 은진이 바짝 붙어 앉으며 캐물었다.

"동영상이 뭐예요?"

"영화. 영화가 동영상 아니냐. 쟤들이 저러는 게 우리 영화에 해를 끼칠 것이다, 이런 얘기지."

재영은 조금의 망설임 없이 둘러댈 말을 찾아낸 자신의 아이큐에 감탄했다. 그는 입으로는 은진을 안심시키며, 머릿속으로는 승우와 은심을 생각했다.

'둘이서 뭘 하고 있었던 걸까?'

남승우는 걱정하지 않아도 된다. 순진한 바보에 뼛속까지 호구인 녀석이다. 뭔가를 꾸미려고 해도 머리가 받쳐주지 않을 것이다. 하지만 조은심은 달랐다. 복마전 같은 연예계에서 10년 넘게 정상을 차지하고 있는 여자다. 독하고 머리 회전도 빠르며 추진력도 있다. 그녀가 나섰다면 분명 뭔가가 있다.

사실 그도 처음부터 은심이나 승우를 협박하려 한 것은 아니었다. 어떻게든 영화를 찍으려고 무리하다 보니 그렇게 된 것이었다. 그때 승우는 스타병에 걸려 제정신이 아니었고 은심은 모종의…… 사건으로 오랫동안 지하에 갇혀있어 지나치게 흥분해 있었다. 영화를 마저 찍으려면 꼭 해야 할 일이었다.

경란의 말처럼 최근 들어 승우에게 너무하기는 했다. 하지만 영화가 망하면 그도 망할 것이 분명해 어쩔 수가 없었다. 경란에게 줄 돈도 없어지고……. 하지만 영화가 개봉하면 동영상을 돌려주겠다는 약속은 진짜였다. 하루에도 열 번씩 마음이 바뀌지만 최소한 지금 생각은 그랬다.

솔직히 남승우는 그에게 감사해야 했다. 배우란 다양한 경험을 해야 깊이가 생기는 법인데, 그 사건 이후로 연기가 부쩍 늘었다. 특히 멘붕에 빠졌을 때 연기는 타의 추종을 불허했다. 그럼 조금 고맙게 생각해줘도 되지 않나. 재영은 입맛을 다셨다.

경란의 말처럼 웬만하면 싸우지 않고 해결하고 싶다.

하지만 은심이 끼어든 이상 쉽지 않을 것이다.

은심은 바로 승우에게 전화했다.

"설치 끝났어?"

— 응. 다 했는데. 한재영이 뭐래?

"지금 이리로 온대. 차은진하고 같이."

승우는 화들짝 놀랐다.

— 은진이가? 왜? 왜 한재영이랑 같이 있는 건데?

"내가 그걸 어떻게 아니. 오면 물어봐. 둘이서 뭐 했냐고."

— 뭐 했냐니. 둘이 뭐 한 거 같아? 아니. 잠깐만. 둘이 와? 어디로 오는데? 여기로 오라고 했어?

"어차피 한재영이 집에 가야 물건을 어디 감췄는지 알 거 아냐. 시간 끌 거 없어 불러가지고 물건 훔쳤다고 말하려고."

— 누나, 미쳤어? 은진이도 있는데…….

"걔 없을 때 말하면 되는데 뭐가 걱정이야? 빨리 나와. 나 배 고프니까."

은심은 전화를 끊고 인상을 썼다. 덩치 좋고 허우대 멀쩡한 놈이

친애하는 내 적

왜 이리 배짱이 없는지 모르겠다. 남자라면 자고로 머리 크고 덩치 크고 간덩이도 커야 한다는 게 은심의 지론이었다. 그런 면에서 셋 중 둘이 작은 남승우는 아웃이다. 덩치는 크지만 머리가 작고 간덩이도 조그맣다. 그런 면에서 보면 차라리 한재영이 낫다. 한재영은 배신자에 파렴치한 악당이지만 셋 다 갖추고 있었다.

그나저나 저녁은 뭘 먹는 게 좋을까? 아무리 중차대한 일이 있어도 밥은 맛있는 걸 먹어야 한다는 게 은심의 지론이었다. 그녀는 인터넷으로 인근 맛집을 검색했다.

그녀는 문득, 남승우가 왜 협박당하는지 궁금해졌다. 그놈도 동영상 같은 게 찍힌 걸까? 그렇다면 한재영은 그녀가 생각한 이상으로 미친놈이다.

'미친놈이라 좋긴 한데.'

하지만 놈과는 이미 끝났다. 동영상만 회수하면 반드시 엉엉 울면서 무릎 꿇고 사과하도록 만들어주겠다.

네 사람은 테이블에 둘러앉아 스테이크를 먹었다. 인근에서 유명한 스테이크 전문점으로 은심이 인터넷에서 보고 예약한 곳이었다. 네 사람은 기계적으로 고기를 썰고 입에 넣어 씹으며 눈치만 볼 뿐 누구 하나 입을 열지 않았다.

그때 가게 주인이 실실 웃으며 와인 한 병을 들고 다가왔다.

"조은심 씨, 옛날부터 팬이었습니다."

"어머, 그러세요?"

"이거 별거 아니지만 스테이크랑 함께 드시라고 제가 골라봤습니다. 괜찮으시면 기념으로 사진 한 장만······."

"저희 주시는 거예요? 어머 감사해요. 당연히 사진 찍어야죠."

은심은 일어나 가게 주인과 사진을 찍었다. 은심의 몇 안 되는 장점으로, 그녀는 팬에게는 나름 살갑게 굴었다. 승우도 사진을 찍을 요량으로 머리를 쓸어 올리며 일어섰지만 주인은 승우가 누군지 알아보지 못했다.

그는 승우를 힐끔 쳐다보곤 은심에게 말했다.

"매니저가 잘생겼네요."

승우는 헛기침을 몇 번 하고 "화장실이 급해서……."라고 누구 하나 물어본 적 없는 말에 대답하고는 밖으로 나갔다.

주인이 은심에게 사인지를 내밀며 물었다.

"그런데 네 분 다 오늘 처음 만나시나 봐요. 별 말씀도 없으시고."

"어머, 그런 거 아니에요. 다들 친한 사이랍니다. 같이 영화도 찍었는데요. 밥을 먹을 때는 밥에 집중하는 편이라서. 이따 커피 마시면서 수다 좀 떨려고 해요."

은심은 '수다'에 힘을 주며 재영을 쳐다보았다. 재영 역시 억지웃음을 지으며 고개를 끄떡였다.

"그럼. 할 얘기 많으니까."

그 사이에도 은진은 스테이크를 쓱쓱 썰어 입에 넣고 우적우적 씹으며 승우를 주시하다, 그가 유리문 너머 화장실에 들어가는 걸 보고 벌떡 일어났다.

"저도 화장실 좀……."

그녀가 가게를 나가자 테이블에는 재영과 은심 둘만 남았다.

재영은 주인이 서비스로 준 와인을 한 모금 마신 후 말했다.

"이제 너 좋아하는 수다 좀 떨자. 너 여기서 뭐 하냐?"

친애하는 내 적

"뭐 하긴 뭘 해. 승우랑 얘기하고 있었다니까. 듣자 하니 승우 협박하고 있었다면서? 승우가 고민이 많더라. 어떻게 사람이 그럴 수가 있어. 범죄자도 아니고. 아니, 범죄자 맞나?"

재영은 코웃음을 쳤다. 역시 뭔가 있을 줄 알았다. 대놓고 따지고 들 줄은 몰랐지만. 생각해보면 은심은 늘 돌직구였다.

그는 은심을 똑바로 쳐다보며 엄포를 놓았다.

"너네 엉뚱한 짓 해봐야 소용없어. 괜히 절도죄로 망신이나 당해. 지금이라도 포기하고 그냥 가라."

은심은 꽃처럼 웃으며 와인을 가볍게 흔들었다.

"포기라니? 벌써 빼냈는데."

재영은 눈을 게슴츠레 떴다. 은심의 속내를 알고 싶었지만, 빌어먹을, 배우라 그런지 거짓말을 쳐도 표가 안 난다. 그는 천천히 말했다.

"무슨 소리야? 빼내긴 뭘 빼내?"

"비밀번호를 천만으로 했더라. 우리 영화 천만 할까?"

재영은 표정을 굳혔다. 은심은 놀리듯이 말했다.

"벌써 들어가서 꺼내 왔어. 그래서 축하도 할 겸 밥 먹자고 한 거야, 한재영 씨. 이제 사람 협박 못 하겠네?"

"웃기지 마. 그렇게 쉽게 찾을 수 있는 물건이 아니야. 내가 얼마나 깊이 숨겨놨는데."

"그럼 가서 확인해보든가. 나 그때 참 섭섭했어. 어떻게 내 편을 안 들고 그년 편을 들 수가 있는지. 인터뷰도 취소할 거야. 이제 내 영향력 총동원해서 당신 부숴버릴 거야."

재영은 남은 와인을 한 번에 마시곤 자리에서 일어섰다.

"그래. 가봐야겠다. 너 거짓말이면 후회하게 될 거야."

"기꺼이. 그럼 잘 가."

가게 주인은 재영이 단거리 육상선수처럼 가게를 튀어나가는 걸 보고 놀랐다.

"다들 어디 가세요?"

은심은 승리자의 미소를 지으며 말했다.

"글쎄요. 다들 바쁜가 봐요. 와인 참 맛있네요. 고마워요. 그럼 계산서랑 아이스커피 한 잔 주시겠어요? 얼음 듬뿍 넣어서요."

승우는 세면대에 고개를 숙인 채 얼굴을 씻었다. 그는 지금의 모임이 불편해서 견딜 수가 없었다. 재영과 은심은 물건에 대해 한마디도 안 하고 열심히 고기를 썰었는데 두 사람의 인내심과 식욕에 감탄이 나올 정도였다.

그나저나 은진에게 뭐라고 변명해야 하려나. 그녀는 얼음장처럼 싸늘한 표정으로 그에게 말 한번 걸지 않았다. 그렇다고 재영에게 협박당하고 있다는 걸 먼저 털어놓을 수도 없는 일이었다.

그는 고개를 들다가 처녀귀신처럼 등 뒤에 서 있는 은진을 보고 화들짝 놀랐다.

"야! 너 여기서 뭐 해! 여기 남자화장실이야."

"걱정 마. 문 잠갔어."

"아니, 그게 문제가 아니잖아."

승우는 문을 열려 했지만 은진이 비켜주지 않았다.

"나한테 해명해야 할 일 있지 않아?"

"그게 그러니까…… 오해야. 오해."

친애하는 나의 적

"뭐가 오해야. 내가 뭐라고 했다고. 난 그냥 자기가 나랑 등심 안 먹고 집에서 쉬겠다고 해놓고 왜 조은심이랑 만났는지 궁금할 뿐이야."

승우는 입을 반쯤 벌린 채 미동도 하지 못했다. 이제야 독고광이 똑똑하지 않다고 한 말을 이해하겠다. 은진에게 할 말이 하나도 떠오르지 않았다. 한재영이라면 이럴 때 그럴싸한 말을 해서 은진이 마음을 돌려놓을 텐데.

은진이 팔짱을 끼며 말했다.

"왜 말을 못 해? 진짜 나한테 감출 일이 있나 보네?"

"아니, 그런 거 아니고. 조은심하고 꼭 할 말이 있어서."

"그게 뭔데?"

그냥 솔직히 얘기할까. 하지만 입이 떨어지지 않았다. 그럼 게이 이야기는 하지 말고 협박당한다는 이야기만 할까? 하지만 협박당하는 이유가 뭐냐고 분명히 물어볼 것이다. 그가 대답하지 않으면 재영에게 직접 물어보겠지.

승우가 이러지도 저러지도 못할 때 밖에서 누군가 쾅, 쾅 문을 두들겼다.

"승우야. 안에 있니?"

은심이었다. 승우는 대답하지 못하고 망설였다. 은진은 턱을 까딱였다.

"뭐 해? 대답 안 해."

승우는 억지로 목소리를 짜냈다.

"안에 있어."

"빨리 나와! 한재영 갔어! 물건 어디 있는지 확인해야지!"

은진이 끼어들었다.

"무슨 물건?"

"아…… 그게."

승우가 대답하지 못할 때 밖에서 은심이 소리쳤다.

"너 네 남친 협박당하는 거 모르니? 시간 없어! 나와!"

"협박? 누구한테 협박당하는데?"

"의논은 나중에 너희들끼리 해! 지금 아니면 시간 없어!"

"아, 진짜! 아줌마는 빠져요!"

두 여자가 동시에 소리를 지르자 귀청이 떨어져 나갈 것 같았다. 나중에 은진은 무슨 소린지 빨리 설명하라며 승우의 멱살까지 잡고 흔들었다.

은심이 문을 두들기며 말했다.

"싸우는 건 나중에 하고 자동차 열쇠나 내놔! 그럼 남은 일은 내가 알아서 할 테니까!"

은진은 휙 돌아서서 문을 열었다. 은심이 아이스커피를 한 손에 든 채 오만한 표정으로 문 앞에 서 있었다.

은심과 은진.

이름도 비슷하고 같은 역할도 해본 두 여자가 서로를 노려보았다. 은진은 은심에게 시선을 떼지 않은 채 승우에게 소리쳤다.

"열쇠 내놔."

"어."

승우는 열쇠를 꺼내 들었다. 은진은 재빨리 열쇠를 빼앗아 들고 은심을 노려보았다.

"내 남친이랑 무슨 일 있었던 거 아니죠?"

친애하는 내 적

"절대, 네버 아니야."

"정말이죠? 거짓말이면 우리 셋 다 죽는 거예요."

은진은 얼음장처럼 차가운 말투로 말했지만, 은심은 산전수전 다 겪은 대스타답게 오히려 윙크까지 날리며 말했다.

"한번 떠봤는데 안 넘어오더라. 괜찮은 남자니까 잘해봐. 자세한 건 승우한테 듣고."

은진이 손을 내밀었다. 은심은 열쇠를 잡아채고는 밖으로 뛰어갔다. 승우도 따라나가려는 걸 은진이 문을 잠그며 말했다.

"잠깐만 나랑 얘기 좀 해."

은진은 문을 잠갔다. 화장실에는 다시 승우와 은진 두 사람만 남았다. 승우는 은진의 뒷모습을 보며 오줌 마려운 사람처럼 다리를 꼬았다가 풀었다.

'아…… 안 되는데. 나도 가야 되는데.'

한재영이 동영상을 어디 감췄는지 꼭 봐야 했다. 절대 은심에게 맡길 수 없는 일이다. 근데 그 여자는 왜 남의 일에 그렇게 적극적으로 나서는 걸까? 거기다 언제 한번 떠봤다는 거야? 정말 정체를 모를 여자다.

"은진아. 자세한 건 내가 나중에 설명할 테니까. 일단 나 좀 보내주면 안 될까? 지금 꼭 해야 할 일이 있어서."

은진은 승우를 노려보다가 고개를 숙이며 힘 빠진 목소리로 말했다.

"진짜 협박당하는 거야?"

"아…… 어. 그렇게 됐네. 내가 말 못 해서 정말 미안해."

승우는 땀을 뻘뻘 흘리며 은진 가까이 가서 어깨를 토닥였다. 은진은 고개를 숙인 채 가만히 있었다. 뭔가 되려는 징조다. 승우는 입맛을 다셨다. 은진 등 뒤로 문이 보인다. 저것만 열고 나가면 되는데. 한두 마디 더 달래고 가면 될까. 나중에 욕은 먹겠지만 지금은 동영상을 회수하는 게 중요했다.

"그러니까 은진아…… 나 지금……."

그때 은진의 등이 조금씩 떨렸다. 승우의 손등 위로 눈물이 떨어졌다.

승우는 당황해서 물었다.

"야. 너 우니?"

"억울해서 운다. 어떻게…… 협박을 당하는데…… 나한테 말도 안 하고…… 다른 년하고…… 의논을……."

은진은 고개를 숙인 채 엉엉 울었다. 승우는 은진의 얼굴을 가만히 살폈다. 화장이 지워져 눈 주위가 온통 얼룩덜룩했다.

"그런 거 아니야. 은심 선배한테는 물어볼 게 있어서 갔다가……."

"나한테는 말도 안 했잖아."

"미안."

"난 혹시나 해서 고기도 싸왔는데. 힘든 일이 있으면 나한테 먼저 말해야지. 다른 사람하고 상의하고. 내가 자기한테 그 정도밖에 안 돼?"

"정말 미안해."

그는 은진을 꼭 안았다.

그때 밖에서 누군가 문을 두들겼다.

"안에 뭐 해요! 그만하고 나와요! 여기 남자 화장실이야!"

친애하는 내 적

승우는 손가락으로 은진의 눈물을 닦아주었다. 그런 다음 은진의 어깨를 꼭 끌어안으며 말했다.

"일단 나가자. 나가서 다 설명할게."

"조은심한테 가야 한다며. 안 가?"

승우는 고개를 흔들었다. 협박이든 뭐든 나중 문제다. 정 일이 안 풀리더라도 재영이 시키는 대로 얼마간 고생하면 된다. 그런 다음에도 협박하면 그때는 다른 방법을 찾아야지. 일단은 은진의 마음을 푸는 것이 더 중요하다.

재영은 한달음에 아파트까지 뛰어갔다. 막 엘리베이터 버튼을 누르는데 경비가 재활용쓰레기를 치우다 말을 건넸다.

"아까 후배라는 사람 왔다 갔는데. 뭐 좀 가져오라고 했다면서?"

"어떻게 생긴 놈, 아니 사람이었어요?"

"모자 눌러써서 얼굴은 못 봤고. 키가 엄청 크던데."

키 큰 놈이라면 남승우다. 재영은 씩씩대며 집으로 향했다. 두 사람이 집까지 숨어 들어와서 물건을 가져갈 것이라곤 상상도 못했다. 이건 진짜 현행법 위반인데. 그는 잠시 경찰에 신고할까도 생각했다. 하지만 그랬다간 그도 바로 체포될 것이 분명했다.

'정말 가져갔을까?'

재영은 승우와 은심이 동영상을 어떻게 찾았는지 이해가 가지 않았다. 동영상 파일은 컴퓨터, 노트북, 하드디스크, 메모리카드, USB, 심지어 태블릿, 휴대전화 등 어디든 넣어둘 수 있었다. 심지어 인터넷 메일함이니 웹하드에도 보관할 수 있다. 그들이 그런 모든 곳을 다 뒤질 만큼 머리가 좋다는 생각은 들지 않았다.

그렇다면 어떻게? 너무 멍청해서 오히려 가능했던 걸까?

은심은 운전석에 앉아 노트북을 주시하고 있었다. 재영이 문을 박차고 들어와 방으로 뛰어들었다. 그녀는 두근두근한 마음으로 커피를 빨대로 쪽쪽 빨아 먹었다.

'어디 숨겼니? 어디 숨겼어?'

그녀는 긴장된 마음에 플라스틱 컵을 꼭 쥐었다.

재영은 책상 서랍을 열었다. 물건을 깊이 감춰뒀다는 말은 거짓말이었다. 조은심이든 남승우든 집까지 뒤질 줄은 상상도 못했기에 동영상 파일은 애초 찍힌 그대로, 각각의 메모리카드에 저장한 채 서랍에 넣어두었다.

좀 더 안전하게 웹하드나 인터넷메일함에 보관할까 싶기도 했지만 그랬다간 진짜 협박범이 되는 것 같아 꺼려졌다. 요즘 해킹이 잦아 연인끼리 셀카 찍은 것도 인터넷에 퍼진다는 소문도 들었고. 만의 하나라도 영상이 인터넷에 퍼지면 여러 사람 인생이 끝장나는 거라 그럴 수는 없었다.

서랍 속에는 메모리카드가 다섯 개 있었다. 그중 셋에는 배우들 오디션 영상이며 영화 장소 섭외용 영상, 그리고 이런저런 잡다한 영상들이 들어 있었고, 남은 둘에 승우와 은심의 영상이 있었다.

재영은 머리를 긁적였다.

'없어진 건 없는 거 같은데?'

어느 게 은심 것이고 어느 게 승우 것인지 특정하긴 힘들지만 둘 다 있긴 있는 것 같다. 그럼 은심이 뺑을 친 것일까? 그 여자라면 충

친애하는 내 적

분히 그러고도 남을 여자다. 하지만 왜 그런 짓을 하지? 그는 혹시 모른다는 생각에 컴퓨터를 켜고 메모리카드를 끼웠다. 그리고 동영상을 클릭했다.

은심은 어이가 없어 헛웃음을 흘렸다. 다른 사람도 아니고 대스타 조은심의 비밀을 그냥 서랍에 넣어놨다는 사실을 보고도 믿을 수가 없었다. 강철금고는 아니어도 침대 아래 어딘가 비밀 공간 정도에는 감춰놔야 하는 거 아닌가?

역시 한재영은 구제불능이다. 그러니까 대스타인 그녀를 거절하고 김경란 같은 하류인생을 택한 것이겠지만. 한재영이든 김경란이든 나중에 병풍 뒤에서 향냄새 맡고 나서야 후회할 놈들이다.

'후회하게 만들어주겠어. 꼭.'

화면 속 재영이 영상을 재생하기 시작했다.

모니터에 은심이 지하실에서 흥분해 소리치는 장면이 나오고 있었다. 그녀는 이를 악물었다. 저 동영상만 찾으면 그녀는 자유다. 경란과 인터뷰를 할 필요도 없고 재영에게 뒤통수 맞았다는 분노로 밤잠 설치지 않아도 된다.

그녀는 차에서 내릴 준비를 했다. 재영이 나오면 바로 아파트로 돌진할 생각이었다. 이럴 때 힘세고 멍청한 승우가 있으면 좋은데. 하지만 그놈은 지금 은진이란 계집애에게 빠져 허우적대고 있을 터였다.

재영이 컴퓨터에 다른 메모리카드를 끼웠다. 은심은 화면에 온 신경을 집중했다. 아마도 저 안에는 승우가 협박당하는 이유가 들어 있을 것이다. 남승우 따위에게는 관심 없지만 그래도 남의 치부는 조금이라도 더 알고 싶은 게 사람 마음이니까.

하지만 화면에 뜬 건 재영이 경란과 바다를 배경으로 찍은 동영상이었다. 두 사람은 손을 꼭 잡은 채 카메라를 보고 환하게 웃고 있었다. 재영이 경란에게 말했다.

― 자기, 무슨 소원 빌었어?

은심은 어이가 없어 헛웃음을 흘렸다.

'저 자식, 지금 뭐 하는 거야?'

재영은 화면을 끄지 못했다. 언제였었지? 경란과 동해를 보러 놀러갔을 때였다. 새해 첫날, 일출을 보며 소원을 빌었다. 헤어질 때 홧김에 영상을 다 지운 줄 알았는데 남은 것이 있었다. 다시 보니 왠지 마음 한구석이 아려왔다. 지금 다시 잘 되려고 함에도 그랬다.

그때 그는 새로 영화가 잘되게 해달라고 기도했다. 경란은 끝까지 뭘 빌었는지 얘기해주지 않았다. 화면 속 경란이 헤헤 웃으며 "비밀."이라고 말했다.

재영은 영상이 끝날 때까지 화면을 바라보았다. 지금 이러고 있을 때가 아니란 사실을 알면서도 시선을 뗄 수 없었다. 그가 악착같이 영화를 찍고 배우를 협박한 것 모두 잘되기 위해서, 그러니까 행복해지기 위해서였다. 정말 행복했을 때의 모습을 보고 있으니 움직이고 싶지 않았다.

은심 역시 멍하니 화면을 바라보았다. 처음에는 어이가 없을 뿐이었는데 차츰 쓸쓸해졌다. 생각해보면 그녀를 제외한 모두에게 짝이 있었다.

친애하는 나의 적

'이 중 내가 제일 스탄데.'

은심은 짧게 한숨을 쉬었다. 어딜 가든 사람들은 그녀를 알아보았고 조금이라도 잘해주려고 노력했다. 동네 레스토랑 주인마저 서비스 와인에 음식 값도 안 받는 스타가 바로 그녀다.

하지만 가까운 사람들은 그녀를 무시하고 배신했다. 소속사도 매니저도 그녀를 통해 돈 벌 궁리뿐이었고 가족, 친척들은 모두 집에서 놀며 그녀에게 손을 벌렸다. 심지어 감독이란 작자는 그녀를 지하실에 가둬두기까지 했으며 잠깐 마음을 줬던 제작자는 다른 여자를 택했고 이제 막 뜨기 시작한 애송이 배우는 그녀의 말을 무시했다.

이유가 뭘까. 어디서부터 잘못된 걸까.

은심은 고개를 흔들었다. 이제 와선 이유가 중요하지 않다. 남들이 돕지 않는다면 혼자 할 수밖에. 그녀는 언제나 혼자였다. 아니라고 생각할 때도 있었지만 그건 착각에 불과했다. 지금은, 혼자서 싸워야 할 때다.

그녀가 결의를 다질 때, 재영이 다른 메모리카드를 넣었다.

거기에는 승우의 영상이 들어 있었다.

재영은 영상이 시작되는 순간 꺼버렸다. 아무리 봐도 적응이 안 된다. 첫 장면만 봤는데도 공포영화를 본 것처럼 심장이 쿵쿵댄다. 가끔은 이런 걸 옆에서 찍은 자신이 역겹기도 하고 자랑스럽기도 했다. 아무튼 한 가지는 확실했다.

'내가 속았군.'

은심의 연기에 감쪽같이 속았다. 그런 연기력을 영화 찍을 때 발휘해보지. 그럼 당장 액션, 스릴러, 멜로 모든 장르의 시나리오가 줄을 설 텐데. 현실에서는 인생의 단맛, 짠맛, 쓴맛까지 다 본 여자인데 영화 속에서는 늘 멋진 모습만 보이고 싶어 한다는 게 은심의 문제다.

재영은 은심에게 전화했다.

"야. 어떻게 된 거야?"

"뭐가 어떻게 돼?"

은심은 화면을 뚫어져라 바라보며 대답했다. 그녀는 방금 자신이 헛 걸 본 게 아닌지 진심으로 고민하고 있었다. 재영이 첫 장면에서 바로 정지를 눌러서 더욱 헷갈린다. 분명히 남자랑 남자가 키스를 하고 있었는데……. 둘 중 한 명은 틀림없이 남승우였다.

재영이 대답했다.

– 물건 가져갔다며? 여기 제자리에 있는데?

"그래? 그럼 그런가?"

– 그게 무슨 소리야!"

재영과 대화를 나누면서도 은심의 머릿속은 빠르게 회전했다.

'설마 남승우가 게이인 걸까?'

세상에. 어쩐지. 그랬구나. 그렇다면 그동안 있었던 일이 전부 말이 된다. 허우대가 멀쩡한 놈인데 희한하게 섹시하지 않다고 생각했었다. 그래서 키스 신을 찍을 때 불꽃이 튀지 않았던 거야.

'그럼 승우가 좋아하는 남자는 누구지? 혹시 한재영? 그럴 수도 있겠네. 그럼 세상에, 한재영은 자길 사랑하는 남자를 등치고 있는 거야? 하긴. 나도 등쳤으니 그러고도 남을 놈이지.'

친애하는 내 적

은심의 머릿속 소설이 상상의 나래를 폈다. 재영과 승우가 키스하는 상상. 재영이 승우를 때려눕히는 상상. 그럼에도 승우가 재영에게 집착하는 상상. 가까운 사람들에게 그런 비밀이 있었다는 상상을 하니 왠지 충격적이면서도 흥분됐다.

그녀가 갑자기 침묵하자 재영이 조심스럽게 말했다.

– 여보세요? 은심아. 내 말 듣고 있니? 여보세요?

은심은 정신을 차렸다. 둘이 사랑하든 말든 그녀에겐 중요하지 않다. 그녀에겐 그녀 자신의 인생이 제일 중요했다.

그녀는 재영에게 할 말을 고르며 숨을 들이마셨다.

레스토랑 바로 옆에 작은 놀이터가 있었다. 승우와 은진은 놀이터 벤치에 앉아 이야기를 나눴다. 승우는 이번에는 솔직하게 이야기했다. 한재영에게 모종의 동영상으로 협박당하고 있었다고. 그래서 열심히 영화 홍보했던 거라고.

은진은 방금 전까지 울던 것도 잊고 주먹을 불끈 쥐어가며 화냈다.

"그 새끼, 안 되겠네! 콩밥 좀 먹어봐야 정신을 차리지! 왜 경찰에 신고 안 했어! 당장 경찰서 가자!"

"안 돼. 나 그 영상 퍼지면 인생 끝이야."

"그렇게 중요한 거야?"

승우가 고개를 끄덕이자 은진은 결의에 찬 표정으로 일어섰다.

"그럼 가자. 우리가 동영상 빼앗아야지."

은진은 승우의 손을 잡고 앞장서 뛰어갔다. 승우는 은진의 도움에 가슴 든든해졌다. 역시 그의 눈이 틀리지 않았다. 그가 사람을 죽이면 은진은 파묻을 땅을 알아 볼 여자다.

그때 은진이 뛰면서 말했다.

"근데 무슨 영상이야? 여자 만나는 거야?"

승우는 흠칫 놀랐다. 지금까지 은진에게 도움을 청하지 않았던 이유가 생각났다. 영상의 내용 때문이었다. 잠시 감정이 격해져 그런 모든 사실들을 잊고 있었다.

승우는 달리면서 손사래를 쳤다.

"아냐. 그런 거."

"그럼 뭐였는데? 자기 마약 해? 대마초?"

"무슨 소리야! 나 그런 거 안 하는 거 너도 알잖아."

"그런 거 아니면 문제 될 거 없잖아? 여자 맞지? 솔직히 얘기해. 어차피 나도 결국 알게 될 일이야. 여자지?"

승우는 입술을 깨물었다. 갑자기 숨 쉬기가 힘들 정도로 가슴이 답답해졌다. 넌 똑똑하지 않으니 협박범이 시키는 대로 하는 게 나을 수도 있다던 독고광의 말이 떠올랐다. 생각해보면 독고광의 말이 전부 옳았다.

'미안해. 고광이 형. 아니 광이 형. 형이 하자는 대로 했어야 했는데.'

"누구야? 나도 아는 사람이야? 예뻐? 섹시해? 어디가 맘에 들었어?"

은진은 달리는 속도를 늦추지 않고 승우의 팔을 꽉 잡은 채 귓가에 계속 속삭였다. 나중에는 숨이 차서 헉헉대면서도 말을 멈추지 않았다.

"왜 말 안 해? 진짜 여자야? 어떤 여자야? 혹시 조은심 아냐?"

"절대 아니야."

친애하는 내 적

"그럼 누군데!"

승우는 눈을 딱 감았다. 은진이 어찌나 말이 많고 빠른지 청룡열차를 탄 채 아웃사이더 랩을 듣고 있는 기분이었다. 머릿속이 복잡했다.

수많은 격언들이 떠올랐다가 사라졌다. 그중 '정직이 최선의 방책이다.'라는 말에 번쩍 불이 들어왔다. 승우는 지옥에 한 걸음 발을 내딛는 마음으로 선언했다.

"아냐. 남자 만나는 거였어."

승우는 크게 숨을 들이마셨다. 비밀이란 마음속에 품고 있는 것만으로 사람을 좀먹는 것이다. 막상 털어놓으니 속이 후련했다. 은진이 흠칫하며 걸음을 멈췄다. 이제 더는 안 묻겠지. 승우는 어떻게든 사정을 설명하려고 입을 벌렸다. 그때 은진이 승우를 쳐다보며 먼저 기관총처럼 쏘아댔다.

"어떤 남자야? 남자랑 뭐 했는데? 혹시 한재영이야? 자기 혹시…… 사람들 속이려고 나 만나는 거였어?"

승우는 딱딱하게 굳었다. 무슨 변명을 해도 계속 다음이 있다. 마치 개미지옥에 빠진 기분이었다.

그는 간신히 말했다.

"일단 동영상부터 찾으면 안 될까? 자세한 건 내가 나중에 설명할게."

"지금 설명해. 난 승우 씨가 날 진짜 좋아한 건지 알고 싶어."

"널 좋아, 아니 사랑해. 그건 진짜야!"

"여보세요? 은심아. 내 말 듣고 있니? 여보세요?"

재영은 계속 말했다. 은심은 여전히 대답이 없었다. 생각해보면 이상한 일이다. 얼마 안 가 들킬 게 뻔한 소리를 왜 했을까? 스트레스가 너무 심했던 건 아닐까?

그때 휴대전화 너머로 은심의 목소리가 들렸다.

― 한번 거짓말 쳐본 거야. 너 뭐라고 하나 보려고.

재영이 한숨을 쉬었다.

"사람 놀라게 하지 마라. 그렇지 않아도 나 힘드니까."

은심은 마음속으로 코웃음 쳤다. 힘들긴 뭐가 힘들어. 한재영, 저 나쁜 놈은 승우의 순정을 이용해 협박 중이었던 게 틀림없다. 성적 정체성을 가지고 사람을 괴롭히다니.

은심은 나름 게이를 좋아했는데, 그건 게이가 옷 잘 입고 잘 씻고 다니며 무엇보다 그녀에게 집적거리지 않았기 때문이다.

그때 재영이 버럭 소리를 질렀다.

― 자꾸 나 자극하면 그냥 콱! 영상 공개하는 수가 있어!

설득력 없는 협박이란 건 재영도 은심도 알고 있었다. 그 영상 공개해봐야 다 같이 죽는데, 그런 짓을 할 리가 없다.

은심은 적당히 재영을 달랬다.

"미안. 안 그럴게. 그냥 좀 놀려보고 싶어서 그랬어. 그럼 일루 와. 같이 커피나 한잔하자. 내 사과하고 홍보도 할게."

― 홍보?

"승우랑 '연예가중계' 나갈까 하는데. 어때?"

화면 속 재영이 침을 꿀꺽 삼켰다. 어지간히 마음이 동하는 모양이다. 하긴 그녀가 홍보에 나서면 흥행에 도움이 될 테니까. 은심은 회심의 미소를 지었다. 재영이 밖으로 나오면 바로 집으로 쳐들어가 메모리카드를 들고 나오면 된다.

다만 한 가지, 남승우에 대해선 생각을 고쳐먹었다. 동영상을 빼앗아 승우를 살짝 괴롭혀줄 생각도 있었는데 그건 포기하기로 했다. 다른 일이라면 몰라도 성적 정체성에 대한 일이라면 눈감아주는 것이 연예계 대선배의 도리다. 차은진 그 계집애만 불쌍하게 됐지.

어쨌든 물건을 회수하려면 일단 재영을 집에서 끌어내야 했다. 어떤 사탕발림을 해서든. 은심은 유혹하듯 말했다.

"생각 있으면 나와."

— 알았어. 나갈 테니까 거기 가만히 있어.

재영이 벌떡 일어섰다. 은심은 차 밖으로 한쪽 발을 내밀었다. 재영이 밖으로 나오는 순간 뛰어 들어갈 생각이었다.

'맞다. 변장. 변장.'

이대로 아파트에 들어갔다간 사람들 사인해주다가 시간 다 보낸다. 그녀는 화면을 주시하며 모자와 선글라스를 집어 들었다.

재영이 현관문을 열었다. 은심은 자신의 심장박동 소리를 들으며 놈이 아파트 밖으로 나오길 기다렸다.

그때 재영이 걸음을 멈췄다.

재영은 현관까지 갔다가 걸음을 멈추곤 방에 시선을 주었다. 오늘 놀랄 일이 많아서 그런 걸까, 물건을 두고 가는 게 왠지 꺼림칙했다.

오늘만은 가까이 두는 편이 낫겠다.

재영은 마음을 정하고 방으로 돌아와 메모리카드를 주머니에 넣었다. 그러고선 다시 밖으로 튀어나갔다.

　지켜보던 은심의 안색이 변했다. 재영이 물건을 챙겨 나올 거라곤 생각도 못했다. 영화 '신세계'에서 최민식이 했던 명대사가 뇌리를 스쳤다.

「이러면 다 나가린데.」

　은심은 지근지근 아파오기 시작하는 머리를 문질렀다. 이럴 때 승우라도 옆에 있으면 어떻게든 부추겨서 물건을 빼앗을 텐데 그 바보는 지금 다른 여자와 함께 있었다.

'이제 어떡하지?'

　은심은 입술을 깨물었다. 일단 만나서 이야기를 하면서 시간을 벌까? 그러다가 기회를 봐서 물건을 훔치면…….

　그녀가 채 생각을 정리할 틈도 없이 재영이 아파트 밖으로 튀어나왔다. 은심은 반쯤 열린 차문과 핸들을 번갈아 쳐다보았다.

'그냥 받아버릴까?'

　어차피 승우의 차다. 메모리카드만 빼가지고 도망치면 괜찮지 않을까. 재영은 어느새 아파트 단지 가운데 놀이터를 가로지르고 있었다. 마침 놀이터에 다른 사람도 없다.

　그녀가 잘못된 결단을 내리기 직전, 은진과 승우가 재영 앞을 가로막았다.

　저것들 뭐 하는 거야?

　은심은 눈을 게슴츠레 뜨고 세 사람을 쳐다보았다.

　은진은 재영에게 손을 내밀며 말했다.

친애하는 내 적

"내놔요. 동영상."

재영은 일순 말문이 막혔지만 곧 정신을 차리고 말했다.

"갑자기 무슨 소리야. 무슨 동영상?"

"승우 씨 협박하는 동영상이요. 남자 나오는 동영상! 좋은 말로 할 때 일루 내놔요!"

승우는 조마조마한 표정으로 은진의 뒤에 서 있었다. 은진에게 세팅 다 해놨으니 집에 들어가서 꺼내 오기만 하면 된다고 사정했지만, 은진은 그냥 받아내는 편이 깔끔하다고 우겼다.

재영이 인상을 쓰며 말했다.

"내가 안 주면?"

은진은 대답 대신 핸드백을 열었다.

"그때 기억나요? 눈 멀 뻔했던 거. 오늘은 진짜 한 통 다 눈에 부어버릴 줄 알아요."

재영은 부르르 몸을 떨었다. 그날 떨어진 시력은 아직도 회복이 안 됐다. 가끔씩 은진을 볼 때마다 저년이 내 눈 갉아먹은 년이지, 하고 생각했다. 그런 년이 지금 대놓고 가스총을 쏘겠다고 협박하는 꼴을 보니 아침에 먹은 국수가락이 다 곤두섰다.

"너 지금 나 협박하는 거야?"

"아니죠. 협박은 대표님이 한 거고요. 전 사실을 얘기하는 거예요."

은진은 비장한 표정으로 서부영화의 카우보이처럼 가스총을 꺼냈다. 재영은 마른 침을 삼켰다. 여기 있어봐야 좋은 꼴 못 볼 게 분명했다. 무엇보다 품속에 메모리카드가 있는 지금, 뒤도 돌아보지 않고 튀는 게 최선이다. 그는 눈을 동그랗게 뜨고 은진의 어깨 너머에 시선을 주었다.

"세상에! 저기!"

은진이 뒤를 돌아볼 때 재영은 그대로 튀었다. 하지만 하늘은 재영의 편이 아니었다. 어느새 나타난 은심이 재영의 다리를 걸었다.

재영은 붕 하고 날아올랐다가 넘어졌고, 다시 일어났을 때는 은진과 은심, 그리고 승우에게 포위되어 있었다. 재영은 순간 겁을 먹었지만 이럴 때 약한 모습을 보였다간 당장 물어뜯긴다는 사실을 알고 있었다.

그는 벌떡 일어나 고래고래 소리를 질렀다.

"야! 니들 지금 뭐 하는 거야! 나 너희들 회사 대표야! 다들 비켜!"

은진이 가스총을 겨눴다.

"동영상 내놔요."

재영은 입을 다물었다. 은진이 손가락 세 개를 내밀었다.

"셋까지 안 내놓으면 쏩니다. 하나. 둘."

손가락이 순식간에 하나로 줄어들었다. 재영의 얼굴이 창백해졌다. 은진은 불학무식해서 셋을 세는 순간 쏘고도 남을 년이었다.

재영은 항복하듯 손을 들며 말했다.

"잠깐! 잠깐! 내가 줄게. 근데 그거 집에 있어. 집에 가야 돼."

만일 은심이 없었다면 재영의 시간 끌기는 통했을 것이다.

하지만 은심이 팔짱을 끼며 말했다.

"거짓말 마. 주머니에 있잖아."

재영은 방방 뛰었다.

"무슨 소리야! 내 주머니에 뭐가 있어!"

"자신 있으면 주머니 까뒤집어봐."

친애하는 나의적

재영은 기다렸다는 듯 바지 주머니를 뒤집었다. 주머니에는 천원짜리 몇 장이 든 머니클립과 휴대전화가 전부였다. 집중해서 쳐다보던 은심과 승우가 짧게 신음을 흘렸다.

재영은 더욱 흥분한 척 외쳤다.

"이게 다다. 천 원 몇 장. 내가 이 영화에 올인해서 돈도 없어. 그런데 니들 나한테 왜 이래? 내가 불쌍하지도 않아?"

하지만 은심은 여전히 냉철했다. 그녀는 고개를 흔들며 말했다.

"그거 말고. 재킷 안주머니."

재영은 동작을 멈췄다. 그는 허풍 치다 걸린 도박꾼 같은 표정으로 은심을 쳐다보았다.

은진이 고개를 끄덕이며 필리핀 킬러처럼 가스총을 내밀었다.

"주머니 열어."

한마디 변명만 해도 방아쇠를 당길 기세였다. 재영은 절망했다. 이제 남은 건 가스총을 맞고 물건을 빼앗기느냐, 그냥 빼앗기느냐밖에 없었다.

그때 구세주처럼 경비가 나타났다. 경비는 네 사람을 번갈아 쳐다보며 물었다.

"여기서 뭣들 하는감? 406호 아저씨. 이게 무슨 일이래요? 저 처자는 왜 총을 들고 있고. 영화 찍어요?"

"아저씨 잘 왔어요! 경찰 불러요! 경찰! 이 사람들 이상한 사람들이야."

재영은 있는 힘을 다해 소리쳤다. 경비는 순간 흠칫 놀랐지만 다음 순간 은심을 알아보았다.

그는 재영의 절규조차 잊은 채 은심의 손을 덥석 잡으며 말했다.

"이게 누구여. 조은심 맞재? 세상에. 대스타를 내가 이런 데서 만나네."

"아휴. 안녕하세요. 저희 재영 씨 친구들인데 지금 잠깐 영화 촬영, 그러니까 리허설 중이에요. 재영 씨가 이상한 소리를 해도 그러려니 하세요."

"암. 그래야제. 아휴, 사인이나 해줘요. 우리 손녀 가져다주게."

은심은 고개를 끄떡이며 은진에게 눈짓을 보냈다. 빨리 처리하라는 뜻이다. 은심이 고개를 끄떡이며 승우에게 속삭였다.

"자기 뭐 해? 한재영 뒤져야지."

"응."

승우가 주춤주춤 재영에게 다가왔다. 재영은 저항하려고 했지만 승우는 그러지 말라는 듯 고개를 흔들었다.

"형, 포기해요. 포기하면 편해요."

재영은 암담해졌다. 승우가 바보긴 해도 힘 하나는 장사다. 절대로 이길 수 없다. 그렇다면……!

재영은 마음을 독하게 먹었다. 어차피 물건을 빼앗길 거라면 발버둥이라도 쳐보는 게 낫다.

"으아아아아!"

그는 괴성을 지르며 포위망의 가장 약한 고리인 경비와 은심 사이로 뛰어들었다. 두 사람 사이를 밀치고 지나가려는 순간, 은진이 방아쇠를 당겼다.

하얀 최루가스가 놀이터를 가득 채웠다. 재영은 다시 한 번 비명을 질렀다.

"으아아아아아!"

친애하는 내 적

이번에는 조금 전 괴성보다 훨씬 여리고 고통스러웠다.

해무(海霧) 같은 최루가스를 헤치고 재영이 튀어나왔다. 그는 눈을 문지르며 비틀거렸고 그러다 그네에 다리가 걸려 넘어졌다. 뒤이어 은진과 승우가 튀어나왔다. 둘 다 눈물, 콧물, 침까지 흘려대고 있었다. 은진의 겨냥이 마지막 순간 살짝 흔들린 탓이다.

승우가 먼저 몸을 날려 재영을 덮쳤다. 두 사람은 한동안 드잡이질을 했지만 재영의 위치가 더 좋았다. 그는 바닥을 등진 채 두 발로 승우의 가슴을 걷어차고 엉금엉금 기었다.

재영은 미끄럼틀을 잡고 일어나 도망치려 했다. 그때 은진이 눈을 비비며 가스총을 겨눴다.

"야! 거기 서! 이거 한 방 더 있어!"

재영은 돌아보지 않고 계속 뛰었다. 은진은 가스총을 쐈지만 이번에는 불발이었다. 재영은 고통스러운 와중에도 쾌재를 불렀지만 몇 걸음 가지 못해 걸음을 멈췄다.

바로 앞에 경란이 서 있었다.

경란은 팔짱을 낀 채 혀를 끌끌 찼다.

"내가 이럴 줄 알았지. 어쩐지 오고 싶더라니. 내가 웬만하면 대화로 해결하라고 했잖아."

"야! 저년이 먼저 가스총을 쐈어! 난 밥도 사려고 했다고!"

경란은 한심하다는 듯 그를 쳐다보다 손을 내밀었다.

"내놔."

재영은 망설이다가 메모리카드를 꺼내 경란에게 건넨다. 경란은 메모리카드를 똑, 똑 분질러 모래사장에 던져버렸다. 재영은 자기 몸이 부러지는 듯 신음을 흘렸다. 경란은 손을 탁탁 털고서 다시 물었다.

"복사본 있어?"

"없어."

"다들 들었죠? 이게 다래요. 이제 끝이에요. 다들 이제 하고 싶은 일만 하면서 사세요."

경란은 재영을 쳐다보며 덧붙였다.

"이런 게 대화야."

네 사람 모두 놀랍고도 아쉬운 표정으로 경란을 쳐다보았다. 재영은 땅이 꺼져라 한숨을 쉬며 "그럼 인터뷰도 안 해줄 텐데." 하고 중얼거리며 경란을 곁눈질했다. 경란은 보살과도 같은 미소를 지으며 "그건 두고 봐야지."라고 말했다.

멀리서 경찰 사이렌 소리가 들렸다.

재영의 진가는 경찰서에서 발휘되었다. 그는 명동에서 있을 게릴라 홍보의 리허설을 하다가 은진이 실수로 총을 쏜 것이라 우겼다. 언변 하나는 기가 막혔지만 경찰 입장에서는 설득력이 약간 부족했다.

그때 조은심이 나섰다. 한국의 평균적인 남성들답게 그들 대부분이 은심의 팬이었다. 특히 경찰서장이 그랬다. 서장은 은심의 일거수일투족에 관심을 쏟다가 그녀가 실수였다고 한마디 하자, 기념사진 한 장을 부탁하고는 방면해주었다.

다만 은진은 가스총 구입처에 대한 조사 때문에 잠시 더 경찰서에 있어야 했다. 승우가 곁에 남고 남은 사람들은 경찰서를 나섰다.

친애하는 내 적

경찰서 앞에 은심의 익스플로러 밴이 대기하고 있었다. 은심은 재영과 경란을 돌아보며 과장스럽게 손을 흔들었다.

"다 끝났네."

"그런가."

재영이 힘없이 말했다. 은심은 경란을 보며 승리의 미소를 지었다.

"그럼 인터뷰는 안 해도 되겠죠, 경란 씨?"

경란 역시 미소 지었다.

"제가 다시 연락드릴게요."

"그러시든가요. 같이 커피나 한잔해요."

경찰서에 드나드는 사람들이 은심을 알아보고 사인을 부탁했다. 그녀는 선글라스를 끼며 말했다.

"이놈의 인기란. 저는 빨리 가봐야겠네요. 다음에 봐요."

그녀는 밴을 타고 떠났다. 마지막 순간 두 사람을 쳐다보는 눈빛이 살짝 쓸쓸해 보였지만, 재영은 그냥 햇빛이 잘못 비쳐서일 거라 생각했다.

그는 경란에게 말했다.

"야. 너 어떡하려고. 인터뷰한다고 사방팔방 선금 땡겼다며."

"괜찮아."

경란은 품속에서 메모리카드를 꺼냈다. 모래사장에 버리는 척하면서 주머니에 넣어둔 것이다.

"이거 돈 주면 복원해주는 회사 많다. 고쳐서 은심 씨랑 다시 얘기해야지."

재영은 반색하며 말했다.

"그럼 승우 것도 고칠 수 있겠네?"

"걘 많이 부려먹었잖아. 이제 좀 쉬라고 해."

재영은 잠시 생각하다가 어깨를 으쓱거렸다.

"하긴 승우 녀석도 고생 많이 했으니까."

승우는 은진에게 할 말 때문에 걱정이 태산이겠지만, 재영은 둘 사이는 걱정하지 않았다.

서로에 대한 사랑만 있다면. 결국에는 사랑하는 마음만이 중요하다.

재영의 예상대로였다. 은진이 조사를 마치고 복도로 나왔을 때 승우는 더듬더듬 그동안 있었던 일을 설명하려 했지만 그녀는 고개를 흔들었다.

"됐고. 자세한 이야기는 나중에 해. 피곤하니까. 일단은 집에 가자."

"그래. 내가 집까지 태워줄게."

"일단 자기 집으로 가. 나 등심 가져왔으니까."

승우는 감격했다.

"정말? 고기…… 구워주려고?"

"아휴. 한심한 인간. 내가 이런 인간이 어디가 좋아서."

승우는 은진의 손을 꼭 잡았다. 두 사람의 손은, 따뜻했다. 두 사람은 함께 경찰서를 나섰다.

승우는 걸음을 옮기며 그동안 쭉 궁금했던 걸 물어보았다.

"은진아. 나 아는 사람 중에 독고광이란 형이 있는데, 너 그 사람 이름이 뭔지 아니?"

친애하는 내적

"독고광이라며. 그럼 고광 아냐."

"그렇지! 나만 틀린 거 아니지!"

승우는 너무 기뻐 방방 뛰었다.

- 외전. 남승우의 모험 fin.

작가의 말

—

　시작은 간단했습니다. 연예계의 뒷이야기, 화려한 겉모습과는 다른 내밀한 속사정에 대한 소설을 쓰면 재미있지 않을까 하는 생각이요. 본의 아니게 영화나 드라마 일도 하고 있어 그쪽 돌아가는 사정도 많이 아니까 잘 쓰면 재미있고 의미도 있는 글이 나오지 않을까, 기대했습니다. 그게 2004, 5년 정도의 일이니 세상에, 벌써 10년이 지났네요.

　시간이 흐르고 알게 됐습니다. 사람들은 연예계의 우중충한 뒷이야기보다는 화려한 겉모습을 보고 싶어 한다는 걸요. 우울한 얘기는 우리들 인생으로도 충분한데 굳이 스타들 모습에서까지 그런 걸 찾고 싶겠어요? 더 화려하고 더 멋진 쇼 비즈니스의 세계, 누구보다 뛰어난 슈퍼스타, 불나방처럼 달려드는 지망생들, 그리고 천재적이면서도 아픔을 가진 주인공. 뭐 그런 이야기가 필요한 거죠. 화려한 스타들의 모습 사이로 살짝 슬픔이 느껴지는, 하지만 결말에는 희망이 느껴지는 사랑 이야기요.

　그래서 이 책을 다시 썼습니다. 그런데 화려한 삶에 대해 제가 잘 모르니까 힘들더군요. 말하자면 가난한 제가 재벌가 이야기를 쓰는 기분?

親愛하는 내적

그래서 다 쓴 상태로 몇 년 묵혀두었습니다. 그러다 어느 날 원고를 다시 집어 읽는데 나는 이 책을 왜 쓰고 싶었던 걸까, 생각해보았습니다. 답은 간단했습니다. 재미있는 이야기를 쓰고 싶으니까요. 그런 마음으로 다시 썼고 결과에 나름 만족합니다. 개인적인 성향 상 약간 마이너한 부분이 없는 건 아니지만 최대한 밝고 명랑한 이야기에 업계의 진실을 섞어 잘 녹여내려고 애썼습니다.

글을 쓰는 건 저의 일이지만 읽고 판단하는 건 독자분들의 몫입니다. 아무쪼록 재미있게 봐주시는 분들이, 뭐 그래도 아주 나쁘진 않았어, 책값이 아깝진 않았어, 하는 분들이 많았으면 하는 바람입니다.

2016년 봄,
한상운